宗璞文集

第⑧卷 长篇小说 *三*

野葫芦引第三卷·西征记

人民文学出版社

和父亲冯友兰先生

看望冰心

【招魂之區】纷争里渐现奇形，前线是好男儿尸骨似橄榄。

尽方是不文钱财积山峯；画堂里蟹螯菊朵未云外，村野

间水旱饥荒抓壮丁！把保单换了国民戈，可收去生，把招魂西

字写天庭。孤魂万里，怎破得摩疠雾浓。幌心胖捻了

青春景，明月芦花无影踪，莽天涯何处是归程？

目 录

序　曲 …………………………… 1

第一章 …………………………… 1

　澹台玮军中日记 ……………… 51

第二章 …………………………… 61

第三章 …………………………… 113

　看那小草　听那小草 ………… 148

第四章 …………………………… 152

第五章 …………………………… 210

　梦之涟漪 ……………………… 245

第六章 …………………………… 250

第七章(上) ……………………… 316

第七章(下) ……………………… 349

间　曲 …………………………… 381

后　记 …………………………… 383

序　曲

【风雷引】百年耻,多少和约羞成。烽火连迭,无夜无明。小命儿似飞蓬,报国心遏云行。不见那长城内外金甲逼,早听得卢沟桥上炮声隆!

【泪洒方壶】多少人血泪飞,向黄泉红雨凝。飘零!多少人离乡背井。枪口上挂头颅,刀丛里争性命。就死辞生!一腔浩气吁苍穹。说什么抛了文书,洒了香墨,别了琴馆,碎了玉筝。珠泪倾!又何叹点点流萤?

【春城会】到此暂驻文旌,痛残山剩水好叮咛。逃不完急煎煎警报红灯,嚼不烂软塌塌苦菜蔓菁,咽不下弯曲曲米虫是荤腥。却不误山茶童子面,腊梅髯翁情。一灯如豆寒窗暖,众说似潮壁报兴。见一代学人志士,青史彪名。东流水浩荡绕山去,岂止是断肠声!

【招魂云遍】纷争里渐现奇形。前线是好男儿尸骨纸样轻,后方是不义钱财积山峰;画堂里蟹螯菊朵来云外,村野间水旱饥荒抓壮丁!强敌压境失边城!五彩笔换了回日戈,壮也书生!把招魂两字写天庭。孤魂万里,怎破得瘴疠雾浓。摧心肝舍了青春景,明月芦花无影踪。莽天涯何处是归程?

【归梦残】八年寒暑,夜夜归梦难成。蓦地里一声归去,心惊!怎忍见旧时园亭。把河山还我,光灿灿拖云霞,气昂昂傲日星。却不料伯劳飞燕各西东,又添了刻骨相思痛。斩不断,理不清,解不开,磨不平,恨今生!又几经水深火热,绕数番陷人深井。奈何桥上积冤孽,一件件等,一搭搭迎。

【望太平】看红日东升。实指望春暖晴空,乐融融。又怎知是真?是幻?是辱?是荣?是热?是冷?是吉?是凶?难收纵,自品评——且不说葫芦里迷踪,原都是梦中阴晴。

主要人物

孟樾(弗之)　明仑大学历史系教授

吕碧初　弗之妻

嵋(孟灵己)　弗之次女、明仑大学学生、远征军医院工作人员

合子(孟合己,乳名小娃)　弗之子、中学生

峨(孟离己)　弗之长女、点苍山植物站工作人员

澹台玮　碧初外甥、明仑大学学生、远征军翻译官

澹台珏(玹子)　澹台玮姊

吕绛初　碧初二姊,玹、玮母

严亮祖　滇军将领

严颖书　亮祖子

严慧书　亮祖女

吕素初　碧初大姊、亮祖妻、颖书母

荷　珠　亮祖妾、颖书母

李之薇　明仑大学学生、远征军医院工作人员

冷若安　明仑大学学生、远征军翻译官

江昉(春晔)　明仑大学中文系教授

萧澂(子蔚)　明仑大学生物系教授

庄无因　嵋好友、明仑大学学生

殷大士　澹台玮恋人

谢　夫　美军上尉

布林顿　美军少校
高明全　远征军师长
彭田立　游击队队长
丁　昭　远征军医生
哈察明　远征军医生
陈大富　远征军医院院长
老　战　民夫
欢留、苦留、福留　远征军官兵
吕香阁　吕家远亲

第 一 章

一

昆明下着雪,雪花勇敢地直落到地上。红土地、灰校舍和那不落叶的树木,都蒙上了一层白色。天阴沉沉的,可是雪白得发亮,一切都似乎笼罩在淡淡的光里。这在昆明是很少见的。学校的大门镇静地站着,不管两侧墙壁上贴着多么令人震动的标语、墙报,它都无动于衷,又像是胸有成竹。

几个学生从校门走出,不顾雪花飘扬,停下来看着墙上,雪光随着他们聚在这里。各样的标语壁报,或只是几句话,有的刚贴上去,有的已经掉了一半,带着厚厚糨糊的纸张被冷风吹得簌簌地响,好像在喊叫。

"这是你的战争!This is your war!"

这条标语最是触目惊心。是的,战争已经不是报纸上、广播里的消息,也不是头顶上的轰炸。它已经近在咫尺,就在你身边,在你床侧。敌人,荷枪实弹的敌人正在向你瞄准。

"这是你的战争!This is your war!"

标语下面有一张漫画,画中有一个全副武装的年轻人正在查看手中的枪。

几个同学在漫画前站了一会儿。有人很兴奋,有人在沉思。他们走开了,在雪地上留下杂乱的脚印。又有几个人走过来了,大声议论着滇西战场的情况。

一个说:"那是什么战场,根本没有场,全是原始森林。"

另一个说:"不但要打日本鬼子,还要打毒蛇猛兽。"

大路两旁的吃食摊子仍然飘散着米粥、面饼、醪糟的香味,可是却没有了平常的热闹气氛。人们匆忙地来去,显得有些紧张。

前几天,学校举行了征调大会,也是一次动员大会,秦校长在会上宣布了教育部征调四年级男生入伍的决定。因为盟军提供了大批新式武器和作战人员,他们和中国军队言语不通,急需翻译。这正是大学生的光荣职责,其他年级的学生也可以志愿参加。孟弗之、萧子蔚、江昉等先生都在会上讲了话,要求大家共赴国难。这些天,共赴国难已形成一种气氛。同学们都感到国家需要我,胜利需要我。

孟弗之挎着他的蓝花布挎包从校门走出,他刚上完课。无论时局怎么紧张,教学必须坚持到最后一刻。他身边有几个同学问他怎样看这次征调。

弗之指一指墙上的标语说道:"我认为这次征调是完全必要的。我在会上已经讲了,我们的老百姓以血肉之躯,前赴后继,艰苦抗战,可以说已经到了最后关头。现在盟军送来了新式武器,需要人去教我们的士兵使用。这是实实在在的工作,不光是热情和空话。"

又有人问:"那天大会讲了,还需要志愿者。做志愿者有条件吗?"

弗之微笑答道:"首先是爱国热情。英语也要有一定水平,我想一个大学生的英语水平足够对付了。"

他看着周围的年轻人。谁将是志愿者?他不知道。可是他知道那些挺直的身躯里跳动着年轻的火热的心。墙边还有学生和教师三三五五在讲话。

弗之沿着红土道往北门走,回腊梅林去,免得穿过凤翥街一带闹市。他回头看了一眼那醒目的标语,"This is your war!"转身拉一拉挎包,这挎包似乎比平日沉重得多。走了一段路,迎面走来几个学生,恭敬地鞠躬。弗之不认得。

一个学生走近来说:"孟先生,我们是工学院的,从拓东路来。我们是三年级,自问英语也可以对付了,愿意参加翻译工作。听说是要考试?"

弗之说:"是的。其实就是参加训练班,能胜任的先走,差一点儿的提高一下。"

他还想说几句嘉奖的话,却觉得话语都很一般,只亲切地看着那几张年轻的,还有几分稚气的脸庞。乱蓬蓬的黑发上粘着雪花,雪水沿着鬓角流下来,便递过一块叠得方正的手帕。一个学生接过,擦了雪水,又递给另一个,还给弗之时已是一块湿布了。

雪越下越大了。弗之把那块湿布顶在头上,不顾脚下泥泞,加快了脚步。

这时,后面有一个年轻人快步跟上来,绕到弗之前面,迎面唤了一声:"孟先生。"

弗之认得这人,是中文系学生,似乎姓蒋。他小有才名,文章写得不错,能诗能酒,能书能画。

"孟先生。"那学生嗫嚅着又唤了一声。

弗之站住,温和地问:"有什么事?"

蒋姓学生口齿不清地答说:"现在四年级学生全部征调做翻译,我——我——"

弗之猜道:"你是四年级?"

那人忙道:"是,正是。不知征调有没有例外?"

"什么例外?"

"我的英文不好,不能胜任翻译。并且我还有——很多创作计划——"

"无一例外。"

弗之冷冷地说,并不看他,大步走了。

蒋姓学生站在红土道旁,看着弗之的背影,忽然大声说:"你们先生们自己不去,让别人的子弟去送死!"

弗之站住了,一股怒气在胸中涨开,他回头看那学生。

学生上前一步:"只说孟先生是最识才的,叫人失望。"

弗之转身,尽量平静地说:"你,你无论怎样多才,做人的道理都是一样的,不能打折扣,一切照学校规定办。"

弗之慢慢走,自觉脚步沉重。这些天,投笔从戎的呼声很高,多数人义无反顾,可也有各种言论反对征调,说是给国民党做炮灰。像这样赤裸地说自己不愿去,还是第一次见。

"真难!"弗之叹了一口气。

走到城门外,正遇见江昉从门里出来,倒是打着一把伞。

两人都站住了,江昉把伞举过来一些,先开口道:"这次征调学生实在是万不得已的做法,政府虽然腐败,国难是大家的。"

弗之听了心里安慰许多,这话江昉在征召大会上也讲了,讲得还要淋漓痛快。那次大会之后,江昉受到一些进步学生的劝说,说他的讲话帮助了国民党。江昉辩了几句,那学生话中有话,似乎他的意见是有来头的。

"我现在是凭良知办事。"弗之说,"意见真是五花八门。你们系里的一个姓蒋的学生,竟然说自己有才,要求免征调。"

"我还没有退化到只凭良知的地步。"江昉笑说,"这学生我知道,才是有些,提出这样的要求,人品也可见了。"两人略一举手,分头走了。

弗之进了祠堂大门,见腊梅林一片雪白,雪水从树枝上滴滴答答落下。不禁想起北平的积雪,房檐上挂着的冰凌,什么时候能再看见?这里到底是存不住雪的。他走过泥泞的小路,进家门时鞋已经湿了。

碧初从里屋迎出,接过那蓝花布挎包,苍白的脸上浅浅的笑靥,使弗之不只感到挎包分量的减去,也觉心上轻松。

碧初轻拍他的手臂,低声问:"饿不饿?"

弗之摇头,自去里屋脱长衫、换鞋。

碧初说:"今天早饭晚了,那皂角太难煮了!没有迟到吧?"

"没有,我会保持从不迟到的记录。"

"孟太太。"有人在门外叫,接着走进一个人,原来是李涟,一面说,"到系里去找孟先生,不见,现在跟着来了。"

弗之让座。李涟说:"这几天,学生的情绪好像还好,这对年轻人是一个大关口。有的人说,能有机会直接为抗战出点儿力,以后胜利了也心安;有人说,正不想念书呢,到丛林里打仗多浪漫;可也有人不想去。也有闲话,说校长和先生们是向上面邀功。"

弗之叹道:"竟把在存亡关头共赴国难的大事说成这样,真不知还有没有作为一个中国人的良心。人总是有各种各样的,但共赴国难这个大前提是不能改的。"

李涟迟疑道:"还有人专门托我呢,托我在孟先生面前说话。"

弗之平静地说:"我想,我已经知道了。你说的是不是中文系的一位学生,姓蒋的?"

李涟道:"就是,他叫蒋文长。去年我到大理调查,他也在,写了几首蝴蝶诗,写得好。我们有些来往。我知道学校不会同意他的请求,不过,他既然托了我,觉得总该说一说。"

弗之微笑道:"我在路上遇见他了,所以都知道了。这样的人,不能为国家民族尽职责,无论怎样多才,都是不足取的。你要帮助他认识这一点。不过,我已经感觉到他是不会去的。对于这类学生,秦校长早有过话:不予毕业。这是说他没有完成作为一个大学生的责任。"

李涟有些不好意思,含糊地说了些什么。

这时碧初端过两碗黏黏的皂角汤,笑道:"且当莲子粥喝。"

弗之和李涟接过,不再提这事。

在弗之和李涟讨论蒋文长时,在大戏台楼上,澹台玮正在萧子蔚的房间里。玮是三年级,但学分已够四年级。学生处告诉他,他可以作为四年级的学生服役,也可以作为三年级的学生留下读书。他带着一个想法,来见萧先生。

师生两人对坐在小木桌旁,讨论着生物学的问题。子蔚感到玮有些心不在焉,已有些猜到他的心思。

待讨论告一段落,玮说:"萧先生,我要做的事是要和您说的。"

子蔚微笑道:"不是商量,是通知?"

玮道:"也是商量。"他停顿了一下,说,"我只觉得战场和敌人越来越近,科学变得远了,要安心念书似乎很难。"

"如果你是在征调之列,我绝没有阻拦的道理,可是你并不在征调之列。生物化学是新学科,需要人开拓,要知道得到一个好学生是多么不容易。我相信你会完成我来不及完成的工作。我也很矛盾。"

子蔚站起身,走到窗前。雪已停了,腊梅林上的雪已消了大半。玮也走到窗前,默默地望着窗外。

去军队服役,玮并不是突然想到的。这些年不断有人离开学校,去战地服务,或去延安。他越来越觉得救亡的职责是在所有的中国人身上,他也要分担。远征军出师不利,怒江西岸腾冲、龙陵一带沦陷已近两年。把敌人赶出国境,这是离他最近的责任,他怎能不去!他不止一次想到高黎贡山和怒江,还想到高山树顶上和江水翻腾的波浪上闪动着的月光。他已经是个大人了,他应该在这次战争中投进自己的一份力量,哪怕是血和肉。

过了一会儿,玮转身向着子蔚:"战争不会很长了,我会回来的。"

"那是当然。"子蔚说。

师生走到室中,玮向子蔚鞠了一躬。

子蔚向前一步,拉着他的手郑重地说:"我尊重你的决定。"

玮再鞠一躬,走出房间,回头说:"萧先生,我去了。"

子蔚默默地看着他下楼,又到窗前,看他出了楼门,沿小路往腊梅林中去了。

碧初在屋里,看见玮从腊梅林中走过来,便知道他是一定要走的了。可怎么和二姐交代?

玮进门叫了一声"三姨妈",碧初拿出弗之的鞋让他换了。玮随碧初走到弗之书桌前。

弗之放下手中的笔,沉思地看着他说:"已经报了名了?"

"还没有。"玮说,"我觉得该来说一声。我就要去报名。"

碧初在旁说:"可你是三年级,没有征调你。"

"作为志愿者也是本分。"玮说得很郑重。

弗之站起,大家走到外间方桌边坐下。弗之和碧初看着玮,爱抚的眼光流露出关心和一个问号。

玮马上回答:"已经和姐姐说了,给爸妈打了电报。"

弗之两人互望一下,点点头。

腊梅林里传来一阵歌声,"骑驴灞桥过,铃儿响叮当——"

门开了,嵋与合子走了进来,他们笑嚷:"这样的雪可没法子踏雪寻梅,只能踏泥了。"

玮笑接道:"好在梅就在门前不用去寻。"

两人放了伞和书包,嵋站在娘身旁定睛看着玮,说:"玮玮哥,你是要去寻什么了,我知道。"

玮微笑道:"不过是寻一个本分。"

弗之叹道:"如果人人都知道自己的本分就好了。"

一时,嵋帮着碧初摆上饭来。玮见她左手缠着绷带,便问:"是冻疮?"

嵋把左手藏在背后,低声说:"不要紧的。"

嵋与合子每年冬天冻手,四只小手又红又肿。今年嵋的左手冻疮破了,有铜板大小的疮口,只好包着。

他们没有什么好吃的,但无论什么菜蔬一经碧初调制便不同一般。玮总说,三姨妈家的饭最好吃。饭间还有那"莲子粥",玮喝了许多。

饭毕,大家一起收拾桌子,嵋忽然问:"这次征调有女生吗?"

"没有女生。"玮看了一眼三姨父,接着说,"不过好像可以作为志愿者参加。"

嵋自己说:"我是随便问问。"一面收拾了碗筷,要去洗。

碧初说:"你的手这样——"

合子马上接道:"我来。"

他抢着到厨房洗了碗,一会儿出来,与嵋一起,送玮走过腊梅林。

在大门口分手时,玮说:"我晚上要和同学在一起,不一定回来了。"

嵋、合两人又跟着走到陡坡前,眼看着玮玮哥沉下去了。

合子说:"小姐姐,你在想什么?"嵋不答。合子又说:"我知道你在想什么。你也要去。"

嵋歪头看了看他,一笑。

玮下了陡坡,一直走到学校的征调办公室。那里中午似乎也没有休息。这时,人并不多,玮在门前来回走了两趟,便一直走进去。

管事的是社会学系一位教授,姓翟。他见玮进来,温和地问:"哪一系?"

玮报了名和系,旁边一位办事员查看放在桌上的表格,对翟先生说:"名单里没有澹台玮这个名字。"

玮解释说:"我是三年级,但系里说我可以算是四年级了。"

"这么说你是好学生。"翟先生拿起另外一堆表格,"三年级学生可以志愿参加服役,国家是需要的。不过你要通过考试。"玮点头。

办事员拿出生物系名册,找出玮的名字,便递给他一张试卷。

翟先生轻轻拍他的肩,说:"慢慢答,不着急。"

屋里除了办事人员,只有他一个报名者,显得有些冷清。试题很简单,想来是十分需要翻译。"楚虽三户,亡秦必楚。"这句话在玮心头掠过,他很快交了卷。

翟先生要他坐等,很快看完试卷,说:"上午已试过一批学生。你很好,明天去报到吧。"一面递给他一张录取通知书。

通知书更简单,写着他的名字和报到日期、地点和一句话:欢迎参加反法西斯战争。报到日期就是明天。

翟先生说:"你赶上了这一批。"

玮疑惑地打量着周围,这么简单的手续就决定他到炮火中去了,简直不可思议。他向翟先生鞠躬,走到门外,这时雪已停了,而且化得没有一点儿痕迹。

他跨过坑坑洼洼的泥水,向教室走去。他要去上一堂课,快到门口忽然想起四年级的课已经停了,便转身走向实验室。

实验室前的小花圃里,有些植物仍然一身绿衣,不显衰败,有几株还顶着花朵。花朵刚着雪水,湿漉漉的,不很精神。

玮凝神望了片刻,忽见一人转过花丛,穿着半透明的乳白色雨衣,帽子掀在颈后,衬出一头黑发,原来是玹子。

玮说:"是找我吗?怎么知道我在这儿?"

"爸妈来电报了。"玹子说。

"他们不知怎么着急。"玮微叹。

"还好,很理智。"玹子说,递过一张电报纸。

电文已经译好:"玮儿,一心报国,岂可阻拦,唯望一切谨慎。"

玮默默地看了几遍。父母明知阻拦也是没有用的。

他把录取通知递给玹子,玹子也默默看了好几遍,两人各拿着一张纸站在花圃前。

半晌,玹子说:"我帮你收拾东西吧。"

两人走到玮宿舍。宿舍里纸壁依旧,已经有些空床。有人在收拾衣物。一个同学问玮是不是明天去报到,大家可以一起去。一个新生以羡慕和尊敬的眼光看着这些大哥哥们。

忽然"啪啪"几声,从房顶落下几团泥,一团正落在玮的床铺正中,泥点溅开来。

玮笑道:"还好不是子弹。音乐没有了,来一幅图画。"

新生问:"什么音乐?"

便有人解释,以前雨点儿在洋铁皮屋顶上发出叮咚的声音,宛如音乐,现在换了茅草屋顶,便只有图画了。

像一切学生一样,玮的东西很简单,只是书多一些。书的种类多种多样,玮把几本生物学方面的书和几本诗集包在一起,对玹子说:"逃难时带着这几本就行了。"

玹子提起那包书,拎了拎,微笑道:"我尽力。希望不至于——"想了一想又说,"我一手抱着阿难,一手提着你的书。"

玮说:"对了,还有阿难呢。只管把书扔了,我不过随便说说。"

他们收拾好东西,理出一个小箱子,把一些杂物分赠给适当的人,把简单的被褥卷好,以免再溅上泥水。

一个同学说:"明天我帮你打行李。"

玮笑说:"你当我不会?"

玹、玮二人提了那些书和要存放在玹子处的东西,同往宝珠巷来。

玹子的小窝仍然很舒适。洋娃娃只剩了一个,仍然站在那里,举着手臂。

玮拍拍它的头说:"我知道那些伙伴都到哪儿去了。"玹子微笑不语。

过了片刻,房东在楼下喊:"澹台小姐,可要开饭?"

自从玹子和保罗疏远以后,房东认为玹子本来是个好人,态度殷勤多了。

当下玮说:"就早点儿吃饭吧。吃过饭去看一下阿难。"

"我也这样想。"玹子说,便到廊子上吩咐开饭。

"我真感谢爸爸妈妈这样支持。也是离得太远,我想妈妈要在身边,会哭着不让我去呢。"玮说。

玹子擦了桌子,摆上一瓶红葡萄酒,说:"做译员不一定上战场。"

玮说:"我可是要上战场。"

玹子望着玮,她那总是光彩照人的脸上,显得心事重重。

"我们关心的是你的平安,我想还有很多人都是这样,包括——"

"你说殷大士?我不告诉她。还有庄无因,我要告诉他。他不会劝我去还是不去,我们互相尊重。卫莳有消息么?"

玹子摇头,轻轻地说:"我觉得自己担负的事情太多了,现在又加上你的。"

玮笑道:"你现在说话像个老姐姐。"

"我自己也觉得变得多了,你倒没有怎么变,还是那个玮玮。"

玹子斟了两杯酒,递给玮一杯,一面说:"以壮行色。"

一缕阳光照在酒杯上,亮晶晶的。两人举杯对碰一下,将酒一饮而尽。

饭后,两人到蹉跎巷。玮一看见阿难,就大声宣布:"变得最多的是阿难!"

阿难站在房间中央,腰上拴着一根长带,由青环拉着,正在勇敢地摇摇摆摆学步。

他看见玹子,就挥舞着小手迎上来,高兴地大声笑着,叫"姑——妈,妈——姑"。

玹子弯腰,将他抱起,笑说:"真沉,太沉了。"

阿难伏在玹子肩上,扭头疑惑地望着玮。

"你不认识我么?"玮不知道怎么样介绍自己。

他一下子想起自己的童年、少年时代,想起什刹海边的大房子,他的各种玩具,他的飞机模型和地图。

他在地图上已经越过了万水千山,现在却要跨出最重要的一步,这在地图上没有多远,可是也许会改变他整个的人生。

"如果我死了,你会记得我么?"他忽然在心里说,看着阿难。因为他小,所以他最有希望——这大概是玮要来蹉跎巷的重要原因。

玹子把阿难放进婴儿车,让玮看着,自己和青环到廊下商量什么事。阿难不依,又大声叫"姑——妈",这称呼好尴尬。

玮顺手拿起床边的一个玩偶,来哄阿难,果然宝珠巷的许多玩偶都到了这里。它们都老实地待在自己的位置上,一副各得其所的样子。

阿难可不安分。一面推开玮递过来的玩偶,一面仍大声叫着"妈——姑"。

玮把婴儿车前后推动着,不解地问:"你这么不友好么?对了,你要的不是洋娃娃。你要的是枪,是不是?"

阿难无意识地点头又摇头,两只黑如点漆的眼睛煞有介事地打量着玮。

"真像凌姐姐。"玮轻叹,忽然心里有些烦乱。明天便要开始新生活,这重大的决定难道不应该早些告诉她,那原在远处,现已移居在他心上的人?

阿难安静地望着玮,似乎也在想什么。两人对望了一阵。

这时廊下有人大声说:"小姐在这点,我送炭来了。"玮隔窗望见,一个瘦小的少年把一筐炭码在廊下。

玹子进屋来,从提包里拿钱。一面说,送炭人名叫苦留,是从保山逃难过来的。那正是玮要去的方向。玮在心里陡然升起一种亲切之感,便走出去,问了几句保山的情况。

自那日苦留划船送玹子回城以后,便有时来蹉跎巷做些力气活,和青环姐弟相称。

这时苦留恭敬地回答玮的问话,说保山是个好地方,和昆明坝子差不多;日本鬼子太狠了,那次大轰炸给了保山几万个孤儿,自己就是一个。说着和青环对看一眼,眼光中流露出依恋的神色。

玮觉得,苦留整个的人就像一块炭,依恋的神色使炭软化了。

玮说:"我就要到那一带去。"

苦留说:"你家是去打鬼子?我佩服。"

玮离开时建议玹子把阿难移到宝珠巷去,以便照顾。他在这间屋里时,真觉得自己像个男子汉了。他走出蹉跎巷时,却又犹豫起来,不知道怎样去找他最想见的人。

玮和殷大士来往,都是大士来找他。他从未去过殷家,这时去找她是很冒昧的。他走过翠湖边,走过严家。他知道殷宅就在这附近,在那一片水波、几丛绿树之后。

玮站在一座桥上,连那所房子也没有看见,就转身回学校去了。

二

晴朗的日子没有几天,天空又变得阴沉沉的,像随时要撒下雨雪。

嵋坐在教室里,这正是她陪姐姐峨来上英文课的那间教室。如今自己也是大学生,在这里上课了。教室房顶的洋铁皮换成了茅草,屋角有一条裂缝,原来很窄,现在变宽了。它也长大了,变老了。七年了,还没有走出战争。是在等着我们去打胜仗么?

这一节课是江昉先生的《楚辞》,是选修课。有些理工科的学生也选读,还有从拓东路特地赶来的。他们说,听江先生的课,如同饮一杯特制的美酒,装的是中华文化的浪漫精神。讲义是江昉自编的,他正在校勘《楚辞》,把研究心得和他诗人的创造力融合在一起,使得这门课十分叫座。这些日子因战事和学生从军,人心波动不安,这间教室现在还是坐满了人。

嵋在椅子的搁板上摆好讲义和笔记本,正襟危坐。旁边的同学在小声说话,一个同学上前把黑板仔细地擦了一遍,一面哼着"打胜仗,打胜仗。中华民族要自强——"

打胜仗,打胜仗!嵋心里想着,再不打胜仗,连这教室都老了,都要死了。

江昉抱着一摞书走进教室,把手中的书摊在桌上,口中叼着的烟斗放在讲台上。他从不含着烟斗上课,只不时在桌子上磕一磕。他拿起粉笔,在黑板上写了"国殇"两个大字。教室里一阵翻讲义的声音,随即是肃静。

江昉坐在椅上,两眼望着屋顶,慢慢地吟诵——

操吴戈兮披犀甲,车错毂兮短兵接。

> 旌蔽日兮敌若云,矢交坠兮士争先。
> 凌余阵兮躐余行,左骖殪兮右刃伤。
> 霾两轮兮絷四马,援玉枹兮击鸣鼓。
> 天时怼兮威灵怒,严杀尽兮弃原野。
> 出不入兮往不反,平原忽兮路超远。
> 带长剑兮挟秦弓,首身离兮心不惩。
> 诚既勇兮又以武,终刚强兮不可凌。
> 身既死兮神以灵,魂魄毅兮为鬼雄。

他的声音低沉而洪亮,抑扬顿挫,学生们随着声音认真地读着诗句。读完全诗,江昉把摊在桌子上的书又摆整齐。这是他的习惯,带了书来,摊一下就算是用过了。

默然片刻以后,他开始讲,先介绍了《国殇》在《九歌》中的地位,便逐句讲解:"'操吴戈兮披犀甲',照我近来的研究所得,'吴戈'应该是吾科。《御览》三五六引作'吴科'。科是盾牌,戈是长矛,一个是守一个是攻,联系到下一句'短兵接',则用不上长矛。所以前一句应该是持盾而披犀甲,这样便于短兵接。"

江昉讲话时,微阖双目,有时把烟斗在桌上磕一磕。讲完这两句,他问大家:"我说得够明白?"稍停了一下,又接下去讲。

讲到"首身离兮心不惩"这一句时,激昂起来:"首身分离是古来一句常用的话,用具体的形象表示死。人死了,可是其心不改,精神不死。屈原在《离骚》中有句云'虽九死其犹未悔',一个人,一个国家,一个民族,就要靠这点精神。最后一句'魂魄毅兮为鬼雄',有的版本作'子魂魄兮为鬼雄',这样一来就差一些,还是'魂魄毅兮为鬼雄'好,这个'毅'字很重要。"

他起身到黑板前写字,只听"哧"的一声,长衫的下摆被椅上露出的钉子撕破了,现出里面的旧棉袍,有好几个破洞,棉絮从破洞里露出来。

江昉并不觉得,只管讲述,同学们也视而不见。嵋想,应该随身带一个小针线包。江昉写完板书,就捏着粉笔站着讲,棉絮探着头陪伴他一直到下课。

江昉放下粉笔,几个同学围上去提问题。一会儿,人散去了。

嵋早从老校工处拿来了针线,走上来说:"江伯伯,我来缝一下,不然走起路来不方便。"

江昉看看嵋,有些惊异地说:"你真长大了。"遂脱下长衫放在教桌上。

嵋把撕破处对好,飞针走线,针脚匀净细密,这是碧初特意教的。一时缝毕,将长衫递给江昉。忽然想起一个人,曾给江伯伯缝过长衫,便有些黯然。见破棉袍几处破洞中有一个较大,遂俯身下去又粗粗缝了几针。

江昉抓着长衫,愣了片刻,说:"我知道你想起了谁。我也想起她。她为我缝补过,那时棉袍还没有破。"

他穿上长衫,对嵋点点头,脸上斧劈刀削般的皱纹更显深重。

嵋的思绪撇开凌姐姐,又想到"面目枯槁、衣衫褴褛"这几个字,好像有人这样形容庄子。屈原的死如同琴弦的崩裂,如同夜空中耀眼的闪电,留下滚滚雷鸣,响彻古今。庄子则用生命的膏汁点燃着丰富的思想,把自己烧尽。先生们也是这样,会不会?大概那也是值得的。

江昉走后,嵋收拾书包。这时庄无因走了进来,手里拿着一把伞:"就要下雪了,知道么?"

嵋不响,收拾好书包,两人去还了针线包,嵋才说:"我给江伯伯缝长衫,江伯伯的长衫似乎特别爱破,有一次是凌姐姐缝的。"

无因微叹,雪妍去世了,峨接着做,世事就是这样的。

他们在教室后面的树丛中,随意走了两转。又下雪了,下得很急,不像昆明的雪。无因用伞遮住峨,自己一边的肩膀很快湿了。

两人转过几间教室,不觉走进了图书馆。图书馆本来不大,因人少,显得空荡荡的。他们在最里面的长桌前,对面坐了。无因取出一叠粗纸,开始笔谈。

"解析几何有问题么?"峨的下节课是解析几何,无因特来做课前辅导。

"现在的问题不是解析几何,我有更重要的问题。"

无因脸上显出一个大问号。

"我在想,社会需要我们做什么?我们最应该做什么?我想去从军,像玮玮哥那样。"峨在"从军"下面重重画了条横线。

"你从军能做什么?我很难想象。"

急雪在窗外飞舞,敲打着薄薄的玻璃窗。窗隙中透进了冷风,有同学过去将窗关紧。这一切他们两人都不觉得。

"我做我能做的一切。"这是峨的回答。

"澹台玮的事,我不发表意见。对于你,我可要——"无因把后面的字涂去了,改写成:"我可以做些建议么?"

"我知道你的建议,应该好好读书,可是现在更需要我们的地方是战场。"无因看了不语。

峨又推过一张纸来,上写着:"我只是烦了,连教室都老了。我想去加一把力,打胜仗,好结束战争。我想,那也是我们的本分。"

"当然我也有这样的本分,不过我也有别的本分。你也有别的本分。"

嵋抬头望了无因一眼。他那轮廓分明的脸上有一点儿微红,素来沉静又有些冷漠的神情显出了几分温柔。

嵋心想:"无因很好看。"不觉"哧"的一笑,仍低头看那张粗纸,写道:"你应该继续读书,你会有大作为的。其实玮玮哥也会有大作为。你没有被征调,也不需要你做志愿者,你不欠什么。"

"也许战场上的每一个生命都会有大作为。我相信你就会为这世界增添很多,增添什么我不知道。"

"莫非是数学定理?"嵋抬起眼睛又一笑,微向上翘的睫毛挂着几颗晶莹的水珠。

无因忽然低声说:"你知道那个童话么?一个女孩子一说话就吐出珍珠宝石。"

"能吐出精米白面更好,我要去上课了。"嵋写道。

两人相视无语。无因收起那些粗纸,两人走出图书馆。急雪已经过去,几点雪花缓缓飘落。无因打伞送嵋到教室,便自走了。

嵋不知这节课讲些什么。看着年轻的教员,只觉得他很像一个士兵。

下课后,几个同学议论滇西情况。敌人占领了我滇西土地,切断了滇缅公路,一切外援物资都靠空运。这条空运道路非常艰险,飞机在山谷中飞行,又有敌机拦截,坠落牺牲常有所闻。大家愤愤不已。

有人说战场听起来太远了,应该走进去,每人都出一把力。还有人问,孟灵己下节有课么?马上打自己的头说,已经第四节了,没有下节了。峨摆摆手,自管回家。

走过另一间教室时,正遇李之薇出来,两人遂一起走。

"我正要去找你,刚好碰见了。"之薇说,"你知道吗?我有一个大决定。"

"我也有一个大决定。"峨说。

两人对望,都笑了。不远处有人大声叫李之薇,之薇对峨点点头,跑开去。

峨走过中学时,见弟弟孟合己和几个同学站在校门前。

"是在等我?"峨走近了,温和地问。

合子已经很高,比峨高出小半头。有一段时间比身量时,他总是到小姐姐的眉间,现在是峨只到他的耳上了。他行动举止极像父亲,肌肤白净又似母亲,现在是高中二年级学生。

他对峨说:"我们去大学报名了,没有成功。"

"人家不要我们。我们年纪太小。"几个同学抢着说,"我们磨了半天,老师说我们该好好读书,把我们轰了出来。"

峨看着他们,觉得自己已经不是小姐姐,而是大姐姐了。

他们沿街走去,合子说:"我去报名,你觉得奇怪么?"

"你不去我才觉得奇怪。"

合子郑重地回答:"管报名的老师安慰我们,说你们还赶得上,后来又自己说但愿你们赶不上。"

"我是要去的,"峨说,"好叫你们赶不上。"

"我知道你要去。"合子说,"那天你问玮玮哥招不招女生,我就知道了。"

"孟灵己!""孟合己!"马路两边有各自的同学在招呼,他们分别说了几句话,才一起回到家里。

碧初在厨房里,正坐在小板凳上,守着饭锅看报。有一篇文章讲几个民夫在森林里救出一个美国飞行员,把他送到一处独家村养伤。

峨蹲下来搂住母亲的肩,想说话又没有说。这时饭锅开了,碧初忙起身照料。

"等爹爹回来再说。"峨想。

晚饭后弗之才回来,峨与合子端过一个炭盆,让他烤烤手脚。碧初也走过来,坐在对面椅上。峨、合各自拿了小板凳偎在父母身旁。

弗之下午去送过一批出发的学生,他说:"我站在那里,看着眼前那些年轻的脸,一个个都显得那样聪明活泼。我们不得不将他们送上战场,我们不得不如此。我难过的是,自己不能去。"

峨与合子互相看了一眼,都不说话。灯光昏暗,弗之长叹一声。

这时峨忽然大声说:"爹爹,娘,我要去从军。"

碧初猛然站起来,一手扶住峨的肩。

"你?"弗之说,"可你是女孩子!"

合子委屈地说:"我已经去报过名了。可是说我们年纪太小了。"

峨说:"我认真考虑过了,我要为胜利加一把力。"

"阿爷无大儿,木兰无长兄。"弗之喃喃自语。

"我不必'市鞍马',也不是'替爷征'——不过,也算是代爹爹完成一个心愿吧。"

峨说着,望了母亲一眼,不觉流下泪来。碧初也已泪光莹然,一大滴眼泪落在峨的额上。弗之伸手拭去了这滴泪,又抚着峨的头,手在微微颤抖,默然不语。燃烧的木炭由红转白,发出轻微的声响。

这一晚,弗之夫妇很久不能入睡。就峨的性格来讲,她做出什么事,他们都不会惊异。谁都有责任去打胜这场战争,难得有这些好青年。可是峨究竟是女孩子,年纪又小,叫人怎么放心。玮玮是男孩子,而且绛初虽远,一定会设法照顾他,一定会的。他们能给峨什么? 只能是一副小小的行囊,装着她打胜仗的信心。

次日,峨清早到李之薇家。之薇正在小天井里生炭炉子。

"我来问你。"

"我也要问你。"

之薇站起身来,用手揉着被烟熏红了的眼睛。

"我已经准备好了。"峨说,"很顺利。"

"我这里可不顺利。"之薇向房门扫了一眼,低声说,"妈妈和我吵,她不准我去。"

峨眼睛里出现一个问号,意思是怎么办。

这时房门开了,金士珍走了出来。她昨晚诵经太久,起得晚了,头发很乱,一件旧阴丹士林布大褂没有扣好。她并没有要整理一下的意思,就走到院中站住,冷冷地望着峨。

"参军上前线,昨晚薇儿和我说了。参军上前线不是要去杀人吗? 大神是不让杀人的。杀人是犯戒。"

"伯母,我们不是去杀人,是去救人。"峨说。

"您不也是赶过疟疾鬼,和别的魔怪吗?"之薇说。

"那是魔怪,不是人。"

"要是坏人呢? 坏人杀人就不能阻挡、不能反抗吗?"

峨稍提高了声音,一面暗想,眼前遇到的是不是和平主义的想法?

这时金士珍两眼一瞪,两手一拍,在院子里绕圈小跑起来。

之薇知道母亲又要有一场发作,拉着嵋走到门外,低声说:"你先回家,等一会儿我来找你。"

嵋说:"明天也可以的,不过你不要太勉强。"自回家去。

之薇回到院内,见母亲仍在慢跑,口中念念有词。过了一会儿停下来,坐在炭炉边上,拿起蒲扇扇火。之薇不理她,回到自己屋内整理衣物,她要看父亲的态度。她想父亲会支持她,如果也说不通,她就一走了之,反正腿长在自己身上。

近中午时分,李涟回来了。他上了两堂课,又和几个学生谈过话,在回家的路上,他就知道自己越来越走近一个难题。

之薇要从军,他赞赏女儿的勇气,他也知道在之薇心里,除了爱国心、勇气等以外,还有一种厌倦,想离开这个家。他只有支持她。昨晚他没有表态,是因为不愿意当时和金士珍起冲突。他知道妻子常常是不可理喻的,他们这些信徒似乎另有一套思维方法。

他坐在方桌前喝着茶,大声说:"之荃中午要练篮球,不回来了。"

士珍在里屋擦拭着什么,并不搭理。李涟觉得今天的午饭好像要没有着落,他不知怎样对付难题,也不便催促午饭。

一会儿,之薇从楼上下来了,做饭常常是她的事,她不想失职。

"薇儿,"李涟定了定神,唤了一声,和之薇一起走到院中,"我可以明白地说,我支持你从军,国难当头,谁都有责任。若是说不通,就只管去好了。"

之薇抬头看着父亲,眼前的父亲从没有这样为她担当过什么。她嗫嚅着说不出话,勉强笑了一下,走到厨房门口,回头说:

"我去做饭。"

午饭时,三人都不说话。那时各家的饭菜都很简单,李家的饭桌上总有一碗豆腐渣,那是金士珍喜欢的。今天之薇炒菜时多放了油,她想安慰母亲。她会有很长时间不能为这个家做饭了,母亲会很累。

士珍看看女儿,想问问她为什么多放油,她遇到的是歉疚的目光,而不是挑战的神气。

"我遇见荷珠了。"李涟说。

"严家小老婆?"士珍问。

李涟点点头:"我只是和孟先生一起见过她一次,她倒记得我,走过来和我说话。她说滇西一带毒虫很多,这些虫咬人会让人死,可是做成药会让人活。我真不知道她怎么想起来跟我说这些。"

"听说她是养毒虫出身。会友们有人知道她。"士珍不经心地说。

吃完午饭,金士珍在之薇房门外张望了一下,没有说什么。

"妈,"之薇唤道,"我下午只有一堂课,要不要带点儿菜回来?"李家素来下午买菜,因为便宜。

"你顺便吧。"士珍说,"钱又快用完了。"

下午,李涟和金士珍进行了严肃的谈话,这在他们夫妻间是少有的事。

金士珍很平和地说:"你支持薇儿从军,你当我不知道?"

"像薇儿和孟灵己这样的孩子,实在是很难得的。"李涟避开了问话。

"孟灵己去,给老孟先生增光,别人会学她的样。薇儿去没有什么用,何况我们还需要薇儿工作帮助家用呢。"

"对于一个家来说也许是一种牺牲。可是人不能只有家。还有神,还有——"

"还有国!"金士珍说。

"还有毒虫需要消灭。"李涟说。

这时他们已经达到一种默契,消灭毒虫是在神佛的慈悲以外的。因为有了这种默契,士珍没有再发作。

又一天上午,之薇特地到父母的卧房仔细擦拭了摆在墙角的小供桌。桌上杂乱无章地摆着一些莫名其妙的东西,有已经干硬的昆虫,如螳螂;有奇怪的人像;还有一些大大小小的石块,照之薇看来都是碎砖破瓦。但这是母亲信仰的一角。

金士珍坐在床上,她体会到之薇的好意,想说什么,把手在床沿上一拍。之薇回头见母亲面容憔悴、神情黯然,心上一酸,走过来想抱住母亲。

但是她没有这个习惯,几次张口,只说:"如果家里真需要我,我就不去。"

士珍摇头,并不看她,说:"小处需要你比不上大处,你去吧!"

这是之薇没有想到的,她一歪身坐在母亲身边。母女依偎着,许久没有话。

之薇把家里收拾干净,又洗了几件衣服晾好,自己对镜梳头。士珍走过来为她编好两根发辫。

"妈,我去报名了。"之薇说。

士珍点头,又伸手理了理女儿的衣襟。

之薇一径来到腊梅林,峨一见她便笑道:"同意了?"

之薇点头,把肩上的辫子向后一甩。

峨想,连所谓的"大神"也同意打日本侵略者,可见我们抗战是全民的了。

碧初知道之薇未用早饭,拿出家里仅有的三个鸡蛋,吩咐嵋煎了,撩两个在之薇盘里,自己为之薇倒上酱油,又亲切地拣去她肩上的一根头发。

"娘,我们去报名了。"嵋站在门前说。

碧初站在门内,看着她们走进腊梅林。

两人一出大门,见之荃从街那头跑过来,手里捏着一张很皱的钞票。他把钞票塞在之薇手里说:"妈说,你没吃早点。"

之薇默默地接过来,低头把这张钞票看了一会儿,塞进口袋。

走到报名处,那里已经有几个志愿者,都不是一年级的。

翟先生看见她们说:"你们两个也来了?家里大人同意吗?"他特别看看之薇。

"全同意!"两人齐声说。

翟先生翻阅了一下学生名册,又递过一张表格,她们郑重地签名。于是在志愿者名单上,多了孟灵己和李之薇两个名字。

嵋和之薇做完了这件大事,走回家去。两人默契地走到翠湖边,走那条绕湖的路,各自想着心事。

忽然有人唤道:"嵋!孟灵己!"

原来她们不知不觉走到严府门口,一个身着军服的年轻人站在那里,正是严颖书。他正要进家门,看见她们过来,便停住招呼:"是来看亲娘吗?"

嵋有些尴尬,她已经很久没有想起还有个大姨妈了。其实,素、碧二人时常来往。

"大姨妈好吗?慧姐姐呢?"嵋随口问。

"你自己去看。"颖书说。

"你什么时候回来的?"峨一边问,马上想起母亲说过,颖书已从某师部调到楚雄一家医院,常回昆明办事。

"一个月总要回来几趟。"颖书说,看看峨身边的李之薇。

"我的同学李之薇。"峨介绍,"我们已经报名从军了,也快要是军人了。"

"女孩子也从军?!"颖书有些惊异,"玮玮已经去了,就够了。"想了一下说,"你们能做什么呢?不过我当然是欢迎的。"

"需要做什么就做什么。"峨转脸对之薇说,"这是我的表哥严颖书,他在楚雄的一家医院里,他有资格欢迎我们。"之薇笑笑。

颖书说:"三姨父、三姨妈身体好吗?我常想去看望,又怕打搅。"

峨说:"你来怎么算打搅?何况他们喜欢学生。"

颖书说:"我可不是好学生。"又道,"进去坐坐吧。"

峨有些怕看见荷珠,遂说:"我走以前要来的,今天先回家去报告。"又说了几句话,两人沿着湖堤向前走了。

颖书站在石阶上,有些感慨:峨这样的女孩也从军了,也算是一种没有力量的力量吧。

学校和教育部反复磋商以后,决定不再搬迁,和昆明共存亡。这是大家的心愿。学校实在也经不起再搬迁了,已有两个月未发工资。

这晚,碧初在灯下缝东西,弗之走过来说:"缝什么?灯这么暗,不要缝了。"

碧初叹息道:"你没看见峨的手冻成什么样了?想缝一双棉手套,反正家里有旧布,总比买的便宜。"

弗之默然半晌。碧初又缝了一会儿,见他还坐在那里,便说:"总有办法的,只要大家在一起,我什么也不怕——现在,嵋又要走了。"

弗之站起叹道:"这也是她的志气。"在屋里踱了几步,说,"今天在秦校长那里开会,看见教育部一件来文,提出要给参加学校管理工作的教授们发特殊津贴。"

碧初停了针,说:"为什么单给你们发津贴,那大家怎么办?"

弗之道:"就说呢。不患寡而患不均,当时,我提出不可以接受,全都赞成。"

碧初微笑,继续缝纫,小小的银针在手里飞舞着。

弗之又坐下,摸摸厚厚的手套,说:"中文系几位先生说要出售书法,研究所有个人叫晏不来的在张罗。这个,我可以参加,有些人喜欢我的字。"

碧初说:"这是好主意。不过,写字也是很费精神的。"

"这点精神还有。"弗之说。

他们有了一个小计划,稍觉兴奋。弗之走进里屋,坐在桌旁,看着从龟回得来的那方古砚,想了一会儿,打开砚盖,磨起墨来。

碧初走过来问:"现在就写,有纸吗?"找出两张粉连纸,这种纸很不着墨,只能凑合。

弗之并不挑剔,提起笔来,一气呵成,写了一个条幅,是杜甫《前出塞》中的第六首:

挽弓当挽强,用箭当用长。
射人先射马,擒贼先擒王。
杀人亦有限,立国自有疆。

苟能制侵陵,岂在多杀伤。

写完意犹未尽,又写了第八首:

单于寇我垒,百里风尘昏。
雄剑四五动,彼军为我奔。
房其名王归,系颈授辕门。
潜身备行列,一胜何足论。

写完自己看看,尚觉满意。

次日,弗之将条幅交给晏不来。晏不来举着左看右看,说:"孟先生的书法,写老杜诗,太传神了。'苟能制侵陵,岂在多杀伤',总结了历来我们的民族战争,我们是反对侵略,为正义而战,并不愿多伤害生命。"又说,社会上喜欢书法的人不少,但出得起价钱的人不多,"得到孟先生支持,希望情况会好些。"

一日黄昏,碧初上街打酱油,回来时见一个人在大门口张望。这人戴礼帽穿长衫,提着一大篮东西,是个商贩的样子。

他一见碧初,立刻迎上来说:"太太,您不认得我了?"原来是柴发利。他随即接过酱油瓶,跟着走过腊梅林,来到孟家。

碧初让座,说:"听先生说你到了昆明也有好些日子了,怎么才来?"

柴发利不肯坐在桌旁,见墙边有个小凳,便坐下了。说:"上次遇见老爷,一直想早点儿过来看太太。饭馆事情杂,前些时和合伙的人有点儿纠纷,总算解决了。"

柴发利到昆明以后先在一家饭馆做厨师,因为手艺好、人能干,帮着店主管理。不料有人对店主进谗言,说外乡人不可靠,他只好自己出来另开了一个小饭铺,倒是生意兴旺。这时,他拿了五六斤肉,两只鸡,来看望旧主人。

不久,弗之回来了,看见柴发利很高兴,留他晚饭。

柴发利说:"还是我来做,让太太歇一会儿。"

说着便到厨房,见缺油少酱,只墙上挂了一串干辣椒,地上放着一棵芥菜。便把两只鸡都收拾了,炒了一盘鸡丁,一盘回锅肉,一盘芥菜,端上桌来,显得很丰盛。

他说:"鸡都洗好了,现在来不及,明天煮上就行了。"

"怎么这样香?"嵋在门外问,随后走进屋。

柴发利惊喜道:"这是二小姐?都这么高了。"

碧初微笑道:"小娃还更高呢。想想都多少年了。"

嵋向柴发利打了招呼,又对娘说:"来通知了。"递给碧初一张纸,纸上写着:"三日后到曲靖医士训练班报到"。

弗之也接过看了,眼光落在嵋缠着绷带的手上,说:"小心不要感染了。"

柴发利说:"老百姓都知道学生从军的事了,我若也能出力才好。"

碧初道:"做出这么好的饭就是出力了。"

柴发利问:"小少爷呢?"

碧初道:"到玹子那儿去了,练习英语会话。"

柴发利又关心地问了澹台一家的情况,说:"玮少爷从小就是好汉。在北平大街上喊'打倒日本帝国主义',吓得小日本一愣一愣的。"

晚饭后,大家坐着说些闲话。柴发利说:"现在昆明也有旧货流通市场,有些旧东西倒像是古董似的,也不知是真是假,有的价钱很高。"

弗之忽然想到那方古砚,向碧初看了一眼,觉得她不会不同意,转身进房拿出砚台,先对碧初说:"卖了吧?"

碧初点头，一面又说："你还要写字呢。"

"瓦砚也一样写。"弗之说，又转过身对柴发利，"托你办件事，这是我心爱之物，现在也说不得了。你拿去，若有识货的就卖了吧。"

柴发利说："我想老爷这里的东西必然是宝物，让它流落岂不可惜。"

弗之道："累赘的东西已经卖得差不多了。这件东西本是外来的，留着也是累赘。"

柴发利见那砚台光滑温润，上有镌刻，伸手抚摸，连声说好。

弗之说："你拿着。"

柴发利踌躇道："我是不懂，该索价多少呢？"

弗之道："这种东西没有价钱，要有个知音才好。"

柴发利拿了几张旧报纸，将砚台小心地包好，便去了。

三日后，峣戴着母亲缝制的温暖的手套，告别了父母，和之薇一起到曲靖去了。

弗之的字很快卖出了，只是价钱不高。晏不来说，可以再写几张，最好用好一点的纸，便于装裱。这次的纸影响了买者的兴趣。

弗之果然又写了一首稼轩词送去，写的是那首《破阵子》。他们在晏不来的小屋里，看着摊在桌上的一张张字，随意谈话。从书法谈到诗词，谈到辛弃疾，不只词好，且能从百万敌军中，活捉叛徒，豪勇之气，千载下令人折服。

晏不来忽然说："江先生这些时很不高兴。"

弗之忙问："为什么？"

晏不来道："江先生鼓励学生从军，受到有些进步学生的批评，说这是帮助腐败的政府。江先生对这样的批评不以为然。

可是，据说这种批评是有来头的。"

"只能凭良心办事了。"弗之喃喃道。

"我也不以为然。爱国、从军也要受批评！"晏不来愤然道。

他本是热血青年，反对飞机运狗，反对贪污腐败，很有正义感，也在进步一路。自从《青鸟》演出受到进步方面批评后，想法复杂了许多。

"晏老师！"一个学生一面叫，一面走进屋来，看见孟先生，止住了脚步。

晏不来说，这是中文系学生朱伟智，他常常主持学生活动。弗之想想，似乎有些印象。

晏不来的有些消息，都是从朱伟智那里来。他们年纪约差十多岁，意见又常常不同，却是好朋友，是那种常常吵架的好朋友，最近为从军事还大吵一架。

朱伟智看见孟先生，有些拘束。

弗之温和地说："你也喜欢书法吗？来看看这些字。"

朱伟智看见那首《破阵子》，不知是孟先生写的，连声说好，又批评道："书法不用说了，好看。这词，很有豪气。可是结尾表现出封建思想，要不得。"

晏不来问："怎么是封建思想？"

"'了却君王天下事，赢得生前身后名'，还不是封建思想？"朱伟智振振有词。

晏不来瞪大眼睛说："有你这样读书的？我告诉你该怎样读书！"

眼看两位好朋友又要吵架，弗之随便说了几句话，辞出。

稼轩词是写在一张好纸上的，却不像预测的那样，能提高多少售价。写字需要准备工作，如不能有序地进行，也不能常写。

弗之两人的小计划浅尝辄止,没有多少实效。

那砚台到了小饭铺,有人见了喜欢,出了一个好价钱。柴发利又把砚台仔细擦拭一遍才交出去。孟家得到这笔售款,维持了一段时间。

过了几天,孟家又来了一位旧相识,那是吕香阁。

碧初正坐在外间桌旁择豆角,吕香阁一进门,便轻盈地跪倒在地,倒把碧初吓了一跳。

碧初忙站起说:"快起来,弄脏了衣服。"

香阁端正地磕了头,才站起身,面颊上挂着泪水,却是满脸堆笑,开口说:"这么多年了,同在一个城里,我没有来看望祖姑,真是天大的罪过。"

碧初摇手道:"不要说这些。这样的乱世,都能平安就好。"

香阁用手帕在脸上按了按,说:"其实,我哪一天不想着祖姑?前一阵听说姑爷爷身体不好,最近听说连峨姑也参了军。我要再不来看望,就不是人了。"说着把带来的一个圆盒放在桌上,打开盒盖说,"这是冠生园的蛋糕,我那里专卖冠生园的东西。祖姑自己择菜?我来,我来。"自己坐了,抓了一把豆角,一根根掐去两头,一面笑问,"是这样吗?"

严亮祖出征以后,要娶香阁为妾的事不了了之。香阁已经从严家得到一些关系,知道军界颇有些高级将领喜欢书法,又知严军长深重孟先生。孟家虽无现成的用处,亲戚关系是要时时抬出来的。

这时,她择了几个豆角,站起说:"我给祖姑切蛋糕。"见墙边橱上有茶具、水果刀,便拿了,将蛋糕切开,向碧初面前推了推。

碧初笑笑,说:"你的事,我也听说一些。咖啡馆能开上几年,很不容易。"

"不瞒祖姑说,"香阁仍坐下来择豆角,"我开这咖啡馆也靠了祖姑们的荫庇。客人多,不断添项目,现在要扩大门面,这也准备了不少时日了。筹资金啊,跑关系啊,总算有了些眉目。要把新店布置得像样些,很想求一幅姑爷爷的字,挂在店堂里。"

碧初见香阁来,知她必有所求,没想到她求字,踌躇了一下,说:"你知道他身体不好,久不写字了,写字是要费精神的。"

香阁赔笑道:"当然,当然。一幅字的精神,下一幅就不能重复,我知道的。其实就是有旧的,写坏了的,有几个字就好。"说着,恳求地望着碧初。

碧初说:"听说你那里是外国军人活动的场所,他们也喜欢这个?"

"怎么不喜欢?!"香阁道,"店里挂上名人书法是件有气派的事。"

碧初打量她的装束,一件紫红色半长大衣,里面是黑色薄呢旗袍。

碧初岔开话题说:"你父亲有消息吗?"

香阁道:"来了这么多年只接到两三次信。说真的,我也写得不多。"

碧初叹道:"那边的日子不知怎样过。还有婶儿,住的地方是有的,别的可怎么办呢。"

两人说了些过去的事,香阁又拉回话题,吞吞吐吐地说:"不瞒祖姑说,讨几个字,是想付一点儿钱。"

碧初有些不快,冷下来说:"你付多少钱?"

香阁笑了两声,说:"只管开价。"

这时天色渐晚,门外有人叫三姨妈,玹子用婴儿车推着阿难来了,看见香阁,说:"你在这里?"自和碧初说话。

香阁素来对玹子有些发怵,逗了一会儿阿难,说还要来看祖姑,自去了。

碧初说了香阁来意,又说:"前几天也商量过卖字意图,还真的卖了几幅。"

玹子道:"其实字也不是不可以卖,艺术家也卖画。不过三姨父卖字,吕香阁买字,这世界也太奇怪了。"

说着,拿出一张报给碧初看,报上有一个标题,《现代花木兰》,报道女学生从军的消息。文中有一行说:孟樾教授幼女孟灵己是数学系一年级学生,业已从军,现在曲靖接受训练。

碧初说:"多少人都去了,何必单说她。玮玮在译训班怎么样?"

"那里生活还好,"玹子说,"他很快就习惯了。"

阿难在婴儿车里扭动着,向碧初伸出两手,发出"抱——抱——"的声音。碧、玹二人都笑了。碧初抱出阿难来,轻轻摇着。两人热心地讨论阿难的喂养:羊奶,蛋黄,稀粥,菜泥——心里同时想着,阿难最需要的,是一个和平的时代。

晚饭时,弗之回来,碧初说了吕香阁来求字的事。

弗之说:"写不写由你决定。"

碧初说:"照说写幅字没有什么,只不知道她挂在什么地方,想起来有点儿别扭。"

弗之道:"那就不要写了,我近来也没有兴致。"

碧初心想,连一个好砚台都存不住,确实没有兴致。

三

澹台玮在译员训练班的生活很规律,也相当平静。每天的课程有机械知识、武器知识、美国风俗习惯和英语等。他很快对那些武器发生了兴趣,和教官、同学处得很好。

他的同屋是一位南洋华侨,专门回国抗日,大家都叫他阿谭。从一九三九年起,有很多南洋华侨回国参加抗日,其中很大一部分担任司机和车辆维修的工作。他们活跃在滇缅路上,为内地输送大批物资;有很多人壮烈牺牲,或死于敌人的轰炸,或死于山路的险恶。

阿谭原在新加坡一家公司有很好的职位,新加坡沦陷后他辗转来到昆明,投身抗日。他个子很矮,虽然年轻,额头上却有很深的皱纹,他总使玮想到七个小矮人。

玮和阿谭很快成了好朋友。阿谭为玮描绘了一幅热带图画。说那里红豆树很多,小小的果实落得满地,像铺了大片红毯,看来是可以"多采撷"了。华侨都时刻不忘自己是中国人,"相思"是向着祖国缠绕的。他没有去过北平,说打胜仗后一定要去瞻仰。

玮说他要陪阿谭欣赏古都。春来北平城内外花事不断,人家院中大都有丁香、海棠,自己卧房后窗便对着一架藤萝,黑漆大门上的对联是张之洞写的。阿谭不知道张之洞是谁。玮告诉他张之洞是近代史上的重要人物,在政界、学界都有很大影响,并对中国工商业发展有贡献。他们从地理谈到了历史,从张之洞谈到李鸿章,为中国近百年的情况又慨叹又激愤。

阿谭在新加坡自幼受英国教育,英文很好,在译训班中是佼佼者。美国教官很快发现了他,请他帮助改作业。

时间过了两周,玮还没有告诉大士他已从军。每天从早到晚他的工作排得满满的,不得一点空闲,但只要稍有空隙,大士的影子就会挤进来。

一天晚上,玮和阿谭一起回宿舍,走过传达室,一个护兵模样的人迎上来,向玮敬礼,说:"是澹台玮先生吗?"随即恭敬地递上一封信。

玮接过信,一见信封上飞舞的字迹,便知是大士的,那护兵自然是殷府的人了。回到宿舍,玮慢慢地打开信。

澹台玮,你投笔从戎了!我是从孟灵己那里知道的。你很伟大,我很佩服你,真的。我本来要来找你,你是我一天到晚最想看见的人,真的。我真的到译训班来过,军纪很严,进不去。爸爸和我前天做了同样的梦,妈妈的坟被水淹了。爸爸要我明天一早到镇雄去。那是我们的老家,那里交通很困难,知道吗?

我去,当然只是象征意义。不过,我想这对爸爸是安慰。我回来就来找你,我相信你不会离开昆明。

你学会开车要带我出去玩,我要坐在你旁边。

署名是:我是殷大士!

玮看完信,在窗前站了许久。夜色朦胧,点点灯光渐远渐暗。他想,有电灯可是没有电话,要是能给她打电话多好。

打字机嗒嗒地响起来,阿谭开始打字。

玮忽然问:"阿谭,你有女朋友吗?"

阿谭一愣,抬头看着房顶,半晌才说:"有过。"仍低头打字。

是不是有一段伤心事?玮想起一句雪莱的诗:too deeply to

tell（沉痛到说不出），心里有些歉然。

次日，玮又收到一封信，是庄无因写的，信放在传达室，很简短。

澹台玮：

我不知道要说什么，只是忽然很想看见你，随便谈谈，以后见到的机会少了。我知道当正义的事业需要你时，你不会迟疑。你是这样的人。而我，总是在迟疑。

学校外的事千头万绪，而战争中的事更难预料。请记住，一个名叫庄无因的人，永远是你的好朋友。

玮读了信，心中感动，眼前浮现出无因睿智明澈的目光和略带忧郁的神情。玮也想看见庄无因。他写了一封短信。

庄无因：

你会从嵋那里知道我的全部情况，所以我没有另外通知你我从军的事。我要去为胜利尽一份力，不然我会不安的。我知道，你在学业上从没有半点儿迟疑。科学成就是超乎战争的。我们会有机会见面的。

你永远的朋友澹台玮

玮把信从邮局寄出，并对阿谭说起庄无因，才能不凡，是他的好朋友。阿谭微笑地说："有好朋友是人生幸事。"

又约过了一周，一天傍晚，玮下了课，又和外国军官一起，把一门拆开了的火箭炮装回去。这位教官本事很大，能够闭着眼拆装好几种武器，曾做过多次表演。

这时他带领玮一起动手，眼睛也是半开半闭。他对玮说，他在滇西的朋友抱怨那里缺少好翻译，言语不通简直无法工作。他们装完，几乎还想再拆一遍，因发现时间已晚，才停了手。

玮到食堂时,平常坐的一桌已经满了,便端着饭菜到不常坐的一个角落,见有空位便坐下。这里的人都不熟,他点点头,只管自己吃饭。人们议论着学校里从军的情况。

一个同学说:"女同学也从军了。"

又一个同学说:"她们能做什么事?"

"总会有事做的。"有人随便接话。

玮不经心地听着。这时一个声音说:"听说孟灵己也从军了。"

玮有些诧异,他诧异的不是嵋从军,而是这人怎么会比他先知道。

他抬眼看去,见说这话的是数学系四年级的同学,名叫冷若安。冷若安有些数学天分,解过几道数学难题,深得梁明时赏识。他生得不俗,目深鼻直,皮肤白净,倒有些外国派头。可能因为他也在数学系,玮想。

冷若安见玮抬眼看他,便说:"我在梁先生那里听说的。梁先生说这很像孟灵己做的事。"

玮说:"你认得她吗?"

冷若安微笑道:"我知道她,我还知道你们是亲戚。"

一时饭毕,两人一起走出食堂,好像已经相当熟了。

他们走过操场,有同学在那里唱歌,唱的是《松花江上》。

有人叫:"冷若安,你也来唱!"冷若安摆摆手。

玮这时注意到他的声音很好听,便说:"我们去唱几句。"

他们走过去,站在篮球架下唱歌。很快便由冷若安独唱,仍是那首《松花江上》。他唱得十分悲凉,那声音有几分忧郁,又很丰富,似乎包含着许多联想,像一束湿润的绿叶,在清风中摇动。

有的同学用手蒙着眼。一时唱毕,一个同学说:"梁先生说,哈姆雷特的声音大概就是这样的。"

玮听了不解,再想想,似乎有几分道理。

以后玮常和冷若安在一桌吃饭,日渐接近。又是一天傍晚,晚饭后,他们和几个同学一起走出校门,到篆塘边散步。

晚霞映进流动的河水,活泼地摇动着。大家议论战局,议论盟军在欧洲战场和太平洋上的胜利,一面向大观楼那边走去。

他们走了一段,见路边有个茶馆。像所有的昆明茶馆一样,台阶前摆着几个粗的水烟筒、细的旱烟袋。

冷若安说:"茶馆是个有意思的地方,我有好几道数学题就是在茶馆里解的。"

正说着话,茶馆里走出两个人。两人都是五短身材,一个较瘦一个较胖。瘦的便是中文系学生蒋文长,他和冷若安同过宿舍。

"哈!你们都从军了。"蒋文长眨着眼,他的眼睛很细却很亮,露出一道窄窄的光。他向冷若安说:"我的英文太糟糕,去了不起作用。当初肖邦也没有留在波兰打仗,而是去了法国。我反正是拿不着文凭了。"

玮有些诧异,国家在存亡关头,想的不是驱除敌寇,而是文凭。蒋文长的事他也知道,有些才名,拒绝征调,还没有直接听过这样的议论。

冷若安宽容地说:"人各有志。"

蒋文长指指身旁的人说:"这是栾必飞,他才聪明呢。上了一年社会系,再上两年中文系,又上了一年外文系,现在又在历史系,永远到不了四年级,没有什么责任。"

栾必飞因为胖,显得更矮,头小身粗,整个的人像一个松塔。

他有些不悦,吃力地抬头看着这几位译训班同学,一面说:"见笑了。"

蒋文长继续说:"像他这样很好嘛!逍遥、轻松,随便说怪话也没有人注意,我想你们都不认得他。"

大家果然都不认得他,不知说什么好。

冷若安又说:"人各有志。"

玮想,冷若安是个好人。志有不同,但每个人都有对国家对社会的责任。一味逍遥,在一定的时候就是逃避。便说:"可以逍遥的时候,逍遥当然好。现在如果大家都逍遥,只好当亡国奴了。"

栾必飞转动小头向玮看了一眼,说:"不是有你们去打仗吗?"

一个译训班的同学从鼻子里一笑,平和地说:"我们打仗,你们逍遥。"

话不投机,这两人向城里走去了。玮等仍在河边散步。

一个同学说:"允许自由转系本来是好事。最初入学时,可能不清楚自己要学什么。可是也就出了些混混儿。任何规则都有人钻空子。"

又一位同学说:"他们觉得自己很清高。蒋文长有一次在中学演讲,就说自己很清高。"

有人问:"他讲什么?"

那同学说:"总是文学吧,他写的东西不少了。"

冷若安说:"其实,上战场可以使自己的生活更丰富。不过,好像有一派文学是不讲从生活中来的,清高到不食人间烟火。"

玮想,"清高"是个好词,可是它要有个界限。若是取消了社会责任感,就是自私的代名词。

河水在潺潺流着,路边卖烤饵块的小贩用大蒲扇扇着炭火,挑担人刚卸下糯米稀饭的挑子,摆在炭火旁边。他们为人们准备着宵夜。

玮等不说话,都觉得流水、道路,还有路边的茶馆、食摊,都是这样亲切,都是这样可依恋,都是他们要保卫的。

在回译训班的路上,同学们三三两两地拉开了,玮和冷若安走在一起。

两人默默地走了一会儿,冷若安向玮说到自己的身世。他说,他是从石头里跳出来的,因为到现在他也不知道自己的父亲是谁。他从小跟着母亲生活在弥渡的一个小山村里,在那里,他们是外来户。照说,孤儿寡母异地他乡,会受到歧视。奇怪的是,村人对他们都很好,对他的母亲很敬重。他相信,母亲肯定有一段故事,没有来得及告诉他。

"她怎样了?"玮关心地问。

"我十六岁时,她忽然去世。"冷若安说,"大概是心脏病。那时我在昆明上中学,住在据说是姨母的家中。"

玮很感动,因为冷若安这样信任他,告诉他自己的身世。冷若安有很好的天赋,很有教养,一点不孤僻,绝不像一个孤苦伶仃的人。

"也许姨母以后会告诉你。"玮说。

"她什么也不知道,什么也不关心,只是照安排管理我的生活。"冷若安平静地说,"而且,去年她也去世了。"

玮不知道说什么好,停了一下郑重地说:"你有梁先生和数学。"大家都知道冷若安是梁先生的得意门生。

"我是一个幸运的学生。"冷若安说,望着远处。

"你们说什么?"两个同学从后面赶上来。

"说那茶馆。"玮随口说。

"我们在说战争。"同学说。话题转到了几千里外又近在身旁的战争,大家谈论着走进了译训班的大门。

转眼这一期译训班结束了,译员们要分往各军事部门服务。一天下午,开会宣布分配名单。玮分配在炮兵学校,校址就在昆明附近。那是很多人羡慕的职务,待遇好,生活比较正常,最重要的是不上前线。

当天晚上,玮先到宝珠巷报告消息。玹子心知这必是母亲活动的结果。绛初有好几封电报来,没有具体说她的办法,口气是他们对玮玮很放心。

玹子把玮玮看了一会儿,说:"嵋也从军了,到曲靖医士训练班学习了。她和小娃去找过你,门口不让进。"

玮说:"我听说了,是听数学系的同学说的。"

玹子说:"和你们比,真觉得自己老了。"顿了一顿,又说,"学校有几个月没有发工资了,三姨妈那里近来似乎很拮据,我们吃了饭去。"

两人来到腊梅林时,弗之不在家。

碧初听了消息,很高兴,说:"这下子二姐可以放心了。"

玮说:"我已是军人,只要需要,随时会有调动,说不定还是要往滇西那边去的。"

碧初微叹说:"前面的事谁知道呢。对了,嵋从曲靖有信来,还问玮玮哥分在哪里了。"

谈话间,大家都认为嵋很可能被派往滇西伤兵医院。

玮笑着说:"如果我负了伤,就去找嵋。"

碧初说:"你说什么! 谁也不准负伤。"

玹、玮告辞,合子送他们到陡坡。他们经过腊梅林,腊梅还没有开,但仍有淡淡的暗香。

合子说:"玮玮哥,你去炮兵学校最好多训练高射炮,把鬼子飞机统统打下来。"

玮说:"要有制空权,必须要有飞机,战斗机、轰炸机,各种各类,这任务等着你。"

合子有些神秘地说:"我已经到航空系看过好几次模型了,徐还先生叫我去的。"

玮玮送玹子回去,决定由玹子告诉父母自己分配的消息。他自己在翠湖绕了一圈,才回宿舍。

阿谭分配在保山某通讯学校。宣布名单的第三天晚上,分配到滇西的人定于两日后出发,都忙着准备。

玮回到宿舍,却见阿谭躺在床上,用被子蒙着头,因问:"怎么了?"不见回答,便走过来轻轻掀开被角,只见阿谭满面通红,睁不开眼,原来正发高烧。

医生来看,已经烧到四十二度。当时送到附近医院,玮和几个同学便在那里护理。昆明当时有一种急性病,专门欺负异乡人,想是阿谭不服水土,便得了。

后半夜,负责分配的教官来到医院,看阿谭的情况很严重,皱着眉连说:"这怎么好,这怎么好!"

玮道:"已经算平稳了,刚才才吓人呢。"

教官说:"你不知道,保山那边要人很急,没有翻译,那些美国军官成了聋哑人了。"

玮略一定神,说:"我去。不知我的英文够不够格?"

教官没有料到有人会放弃炮兵学校的职位,也略一定神说:"你还不够格?我们商量商量。炮校倒是还没有开课。"

第二天,阿谭清醒些,有人告诉他澹台玮的决定,阿谭很不安。玮来看他时,他很怪自己的身体不争气。

玮说:"你回国,为的打日本。打日本有各种途径,训练好了炮兵打得更远。"

"等我好了,还是我去。"阿谭用力说,他哪知这病一两个月才得痊愈,愈后也需休养。

玮的亲人们不知道他的决定,玮也没有特地再去告诉他们。

他只告诉了一个人,那就是殷大士。

出发前的夜晚,他写了一个短笺:"大士,我分配到保山了,我会写信给你。"信是短得不能再短,可是内容却无比的多。

他仔细地封好信封,走到殷府门前。门内值班的正是那天送信的护兵,接下信说:"小姐明天回来。"

次日清晨,澹台玮上车出发,很多人还以为走的是阿谭。

兵车向前方开,一辆接着一辆,尘土把它们包裹起来,像一条黄色的粗带,缓慢地向前移动。山势起伏,忽高忽低,路崎岖不平,车里的士兵有时会突然跳起来,像坐在弹簧上。

虽是冬天,山也仍是绿的。有的地方露出一块红色的土地,像被人砍了一刀。不知不觉间,车上的人会发现自己正在悬崖上,走过悬崖,忽然又是荒无人烟的开阔的土地。然后又是群山交错,分不出头绪。忽然在什么地方就会有一处房屋,没有人家依傍,称为独家村。

昏暗的太阳正在西沉,在尘沙的遮蔽中,一天都是朦朦胧胧,不肯清醒,现在暮色渐重,更是模糊。士兵们沉默着,只有轰隆的车声向四野奔逃。

澹台玮坐在驾驶舱里。他清晨离开昆明,在这局促的小空间里已经坐了十个小时。起先,他坐得笔直,睁大了眼睛看外界的景物,觉得每一道山、每一条水都在召唤他。他在心里说,我来了。

渐渐地,睡意袭来,也许那就是疲倦,几次他都挣脱了,坐在司机旁边是不能打瞌睡的,那会影响司机。

天几乎全黑了,他看不见车窗外面。车摇晃着向前爬,不断左转右转,转弯处一块很大的白石头让他忽然清醒。他又想着,我来了。

他的思绪很乱,总是向一个人围过去,他却偏要拉开。他睁大了眼睛看窗外,想着嵋不知道什么时候来,她那么瘦削,那么轻盈,走在群山中,不知道是什么样子。

但那不是他真要想的,思绪仍向那最重要的人涌去。

"我已经写信通知她了!"这一句斩钉截铁的话让他平静了许多。

玮不觉打了个盹,迷糊间见大士朝他走来,手里抱着一个球,一脸娇憨的笑,说:"你学会开车,要带我出去玩!"

玮说:"我是去打仗的,你怎么只知道玩?"

"他们不会让你去打仗,你们训练别人去打仗。"大士说。

玮说:"不爱听这样的话,我是要自己上前线的。"

大士忽然以手掩面,哭了。

玮慌了,说:"别哭,我在这儿呢。"

只听大士说:"你在这儿呢!你在这儿呢!"声音和人都越来越远。

"快要到了!"驾驶兵侧过脸来,一只手离开了方向盘,似乎是放松一下,赶快又恢复了原来的姿势。

玮清醒过来,睁大眼睛,远处果然有更浓重的一片黑色,那便是楚雄。快到了,反而觉得路长。车又走了好一会儿,渐渐走近一座大庙,车队停了下来。

玮跳下车,看见纷纷下车的士兵都成了土人,好像刚从地底下钻出来,他自己身上也有一层土。

大庙里点着好几盏汽灯,他们要在这里吃晚饭。庙中大殿权做食堂,一个脸盆装饭,一个脸盆装菜,大家蹲在地下取用。有人不习惯蹲,盛好饭菜就站到一边去。

玮也站起来,想找个窗台。四处看看,没有合适的地方,总站着也很显眼,便又蹲下,后来就席地而坐。

"会习惯的。"另一位翻译官贾澄对他说。贾澄是土木系四年级,年纪稍长。

"当然。"玮含糊应着,很快吞下了饭菜。

"你吃的什么?"老贾笑问。

玮微微一愣,说:"我们吃惯了八宝饭,这饭菜可能还少了一宝,是七宝饭。"意思是杂质还不够多。几个翻译官都笑了。

这时,那位驾驶兵从大殿门外走进来,对玮说:"有一位小姐找你。"

玮想,怎么峄这么快就来了,连忙起身。

"澹台玮!"忽然响起一个清脆的声音,他惊讶地转头看,见大殿门口站着一位亭亭的少女,灯月的光辉都照着她一个人,不是别人,正是殷大士。

玮大吃一惊,向她走过去,踩翻了别人的饭碗也不觉得。

"澹台玮!"大士又叫了一声。

大殿里忽然安静了下来,所有的目光都集中在他们两人身上。

"你!你怎么来了?你真的来了!"

玮想引她到一个什么角落,可是这里没有角落,他只好引她站在殿门边。

"我无法请你坐。你不是刚从镇雄回来么?现在是要到大理去玩?"

"我是来找你。"

玮心里隐隐有一种欣慰,又有一些气恼:"来找我?我已经给你写了信。"

大士直直地看着玮,眉目如画的脸庞上,一抹嫣红,黑白分明的眼睛里有一层泪光:"我来找你,是要你回去。"

"回去?亏你想得出来!"玮忽然发现大士身上很少土,一件银灰薄呢大衣,不失本色。便问,"你怎么来的?"

"坐在车里。"能够挡住尘土的车,必定很高级。

"大士,"玮温柔地低声说,"你知道回去是不可能的。"

大士一把抓住玮的手,四手相握,四目相视,他们一时简直忘记身在何处。

"好小姐!可追上你了!"台阶上冲上一个人,原来是王钿。她上前抓住大士的衣襟,"你跟我回去!"

玮抽出一只手,轻声说:"大士,你回去吧,这是战争,你明白吗?"

"我不明白!我要你也回去。"大士说。

"好小姐,莫说孩子话。"王钿拉着大士向外走。大士把她一推,王钿一个趔趄跌在门槛上。

人群中有人喊"敬礼",师长进来了,后面跟着殿府的一位副官。王钿赶忙站起,和副官交换了一下眼色。

师长走到殿中央,并不看玮和大士,径自大声说:"现在紧急出发!"接着宣布哪一部分立即上车,哪一部分留宿楚雄。

大殿中的人纷纷行动,有人陆续往外走,有人还在关心地看着门旁的年轻人。

师长向外走去,在玮肩上轻拍了一下,一面对大士说:"你是殷大士?你怎么不从军?你没有祖国吗?你没有责任吗?"他向阶下走去,蹲在地下的士兵都站起来。

大士愣在那里,红扑扑的脸庞顿时变得煞白,随即又涨红了,与灯月争辉的眼睛装满了泪水,不觉松开了一直攥着的手。

玮倒忽然抓紧了她的手,低声说:"你回去吧。我会回来的。"

大士泪流满面,也低声说:"我这回看见你了,死也值得。"

玮轻轻俯下脸去,在大士的脸颊上很快地吻了一下。

大殿里活动的声音忽然停止,许多人心头一阵酸热,有人抬手去擦眼睛。

王钿生怕大士再有什么出格的举动,从后面抱住大士的手臂。玮早已松开手,大步向殿外走去,跳下台阶,跑过庙外小桥,直奔自己的驾驶舱。

"澹台玮!"他又听见那清脆的声音,不由得转过头去,见殷大士站在殿外台阶上。她没有追过来,灯月的光辉仍照在她一人身上。

玮把头伸出窗外,大声说:"我会回来的!"

他看见大士扬了扬手臂,又听见她呜咽的声音:"我——等——你——"

"我——等——你——"这声音在黑夜里散开来,终于消失了。

驾驶兵跳上车,他们的车和别的几辆车离开车队,向前赶夜路。

他从反光镜里,看见大士的车向相反方向开动,那辆车在黑夜中显得很亮。

他想再看一看大士,可是他没有看见她。他从此再也没有看见她。

澹台玮军中日记

某月某日

殷大士,你真勇敢。我想没有一个女孩子会像你这么做。可是没有用,这是战争。我除了奔赴前线不能考虑别的事。真的,你为什么不从军?我写日记给你看吧。也许过些时,你会又突然出现在我眼前。

看见你是前天的事。

山路艰险,夜行车很慢,我于昨天下午到达保山城郊一个村庄。我们在这里离开了兵车,换乘吉普车,开到另一个小村。同时到达的还有老贾。小村很破旧,车停在一座较大的房子前,大概原是村里祠堂一类建筑。

一个中国军官和一个美国军官一起跑出来接我们,中国军官姓邓,美国军官姓谢夫,他看见我们非常高兴,立刻倾盆大雨般讲述这小村的情况。我想他一定觉得和人说话很快乐。

老邓说:"我们得赶快去吃饭!不然饭馆要关门。"他领我们走到村边一个小饭铺,一路解释说,"这个通讯学校,也就是训练班吧,刚刚成立,什么都不正规,你们来了能开课就好了。"

小店中白木桌子,油闪闪地发亮,饭菜简单,却有一盘生猪肉。据说吃生肉是保山这边的习惯,我和老贾都不敢吃。邓连副(我们很快知道了他的官级)认为生肉最是美味,蘸了辣椒酱油稀里哗啦地吃着,一面极力劝我们尝一尝。我和老贾都敬谢不敏。走回祠堂时,正值夕阳西下,远天红通通的。这是又一天的日落了。

因为房屋不够,我们必须露宿。从昆明出发时,已领到吊床、水壶和头盔等物。屋外有一座小树林,我们各自选好位置,拉好吊床。这床有帐子,钻进去后,四面塞紧,不怕虫蚁叮咬。树林茂密,能看见的天空不很大,隐约的光不知是星还是月。吊床摇来摇去,我想欣赏林中的夜晚,可是很快就睡着了。

某月某日

今天,我已开始工作,准备通讯班开课。教员是美军通讯上尉谢夫。下午,邓连副要我和他一起去保山城内看房子。保山是一个悲惨的城市,到处是断瓦颓垣。这是那年敌机轰炸留下的结果。若要恢复元气,必须把敌人彻底赶出国门。看的房子原是一个小学,炸毁了一半,经过匆忙的修补,勉强能遮蔽风雨。这就是通讯班的住址,再过几天就能在这里开课。

某月某日

作为一个通讯兵,要有爬杆的本领。今天,谢夫和一个下士表演爬杆,他们身材都很高大,穿上带着弯钩的工作鞋(脚扣),手里拿着工具,简直像一辆小装甲车。他们到了树下,噌!噌!噌!向上攀去,很快到了树顶,真如猿猴一般。谢夫是军事通讯学校毕业的,知识全面,技术熟练。下士是德国裔,照美军规定,德国裔不能到欧洲战场。他爬树较谢夫略差些,也很不错。

某月某日

我们已经露宿好几天了。每天都睡得很晚,来不及想,就睡着了。昨晚睡得早些,躺在吊床上轻轻摇着,不觉想起大士。我已经好几天没有想起她了。我也想起爸爸妈妈,他们可能还不知道我正在树林里,在一张吊床上摇着。姐姐在做什么?峨和合子又在做什么?阿难和那些洋娃娃的关系现在不知怎样。

忽然扑通一声响,我坐起身看,见老贾和吊床帐子一起堆在地上。绳子断了,老贾在帐子里嚷。他挣扎了半天,才出了帐子。我们重新系好吊床,我却很久不能入睡。想是睡得太早的缘故。

某月某日

今天,我从摇晃的吊床跳下地来,老贾一声喊,把我定住了。他喊:"离开吊床!离开吊床!"我定了定神,向他走过去。走到他身边,转过身来,见我的吊床下有一团黑黑的东西。

"蛇!"老贾小声说,好像怕谁听见。我也不喜欢这种阴险的东西,但是我并不怕,仍走回去收拾吊床。老贾忙把自己的吊床收拾好,站在一边等我。这时有两个瘦小黝黑的孩子仿佛从地下冒出来,走到我面前,帮助折叠。"你们不怕蛇吗?"我指一指那团东西。

"这种蛇讲理。"一个大一点的孩子说,"莫碰它,不咬人。"

小的孩子说:"也有不讲理的蛇,和日本鬼子一样。"

"你们的爸爸妈妈呢?"老贾远远地问。孩子不回答。

床折叠好了,没有惊动蛇。它仍盘做一团,一动也不动。

我拾起昨晚扔在树边的两个空罐头,放进一个袋子,两个孩子都看看罐头,又恳求地望着我。

"你们要这个?"他们点头。我很想给他们一个没有打开的罐头,但手边没有。

回到营房,一个当地的炊事兵说,那是保山孤儿院的孤儿,他们的父母都被炸死了。

老贾很希望能不再露宿,他很怕再掉下来,掉在一条蛇上。我也觉得那是很糟糕的事。

某月某日

我们搬进了保山城边那所只剩了一半的小学,开始上课了。一共三个班,谢夫和两个下士,我、贾和后来的王,六个人分成三组任教。学员中有些新兵,大家的领悟力参差不齐,所以有时需要反复讲解。我们三个译员从早到晚忙个不停。除了上课,拆电台,装电线,讲原理,美国人什么都想知道,常来问一些小事。街上的标语,店铺的招牌,他们都有兴趣。

他们见一群傣族妇女在说话,我们也不懂,他们笑我们不懂中国话。中国实在太大,太复杂了。

某月某日

今天又来了一位较高级的美国军官布林顿少校。我们的训练要加紧,不断有新学员来。增加了班次,每班上课的时间缩短。今天兵士们背着walkie-talkie(对讲机),在野外训练,它像个大箱子,很沉。

又来了两位译员,工作稍微松了一些。布林顿要求我多为他做翻译,他对中国文化很感兴趣,是一个有修养的人。

某月某日

美国军官曾用各种罐头招待过中国军官。今天老贾发起,我们也凑钱请一次,由那位炊事兵办理。下午,我在营房门口又遇见那两个不怕蛇的孩子,一个手里提着两只鸡,另外一个提着一大篮新鲜菜蔬。我叫他们不要走,等我一下,跑进房去,拿了一个果酱罐头,一个牛肉罐头,想给他们。在院中遇到一个学员,说上节课没听懂,遂讲了一阵。等我再到大门口,两个孩子已经送完菜走了。

晚上停电,饭桌上点了两盏煤油灯,大家喝了几杯酒,兴致都很好。一个愣头愣脑的美国少尉问,今天这顿饭你们出的钱和实际我们得到的肯定不相等。我们问他什么意思。他说中国人都贪污,这个厨子肯定也贪污。我说:"你的了解很片面。"老贾已有几分酒意,一拍桌子,站起来大声说:"你要道歉!"那人也一拍桌子,像是要打架。布林顿喝了一声,把那少尉说了几句,又说:"我们要留着力气上战场。"

贪污肯定是有的,因为没有严肃的法纪约束。

我们要做的事太多了。

布林顿不是职业军人,入伍前是位颇有名气的律师,他的头脑很清楚,是让法律训练的。他上大学时曾学过两年桥梁专业,后来觉得人和人之间更需要桥梁,那是法律。

我们就要上战场了。

某月某日

我和 B 到师部开会,师部是两间茅草房子。师长看见我说:"是你!"原来他就是那天楚雄庙里的那位师长,姓高,名叫高明全。军中关于他有好些传闻,他能双手打枪,骑野马,智斗敌寇。我见了他有些不好意思,他却很亲切。大家的谈话很有条理,解决问题很顺利,不像有时谈话不能集中在一个问题。午饭后,我到屋后看看,勤务兵老赖对我说:"听说你是哪家的公子,你害怕吗?"我说还不知道。老赖说:"我教你一个法子,你打开一颗子弹,把里面的炸药吃了,就不怕了。"我笑说:"如果抽烟,就要炸死了。幸好我不抽烟。"他又说:"或者你求师长派你去处决一个人,你杀过人就不怕了。"杀人也会成为习惯么?我不要杀人,我要保卫国家,伸张正义,消灭强权,消灭法西斯,我要和平。到了战场上我是不怕的。

某月某日

早饭时,不见布林顿,一个美国兵说他去外面看线路。一会儿,B 回来了,很严肃地对我说:"这里架线的任务很重。植物太多,它们的生命力太强了,长得太大了。"他不会发"澹台"两个音,总是叫我"玮",倒像家人一样。

他常给我看他家人的照片,妻子很秀气,两个女儿胖胖的。他还喜欢夸口,说他的妻子是世界上最贤淑的女人,赛过中国和日本妇女。我想日本女人多的是奴性(也许我不够了解),中国妇女虽然在封建压迫下,却具有真正的伟大。她们貌似柔弱,却极有韧性,这也是水的特点,所以贾宝玉说女人是水做的。我怎么会没有一张大士的照片。其实英文没有一个词可以准确地表达"贤淑"两个字。贤淑是中国妇女最高的美德,大士好像不符合这两个字。难道符合什么道德标准才可爱么?

某月某日

今天收到爸妈的来信。他们非常惊异。信件来往太慢了。他们在收到我的信以前就知道我到了前方。我很抱歉。可是我没有别的办法,我必须如此。

希望爸妈不要过于为我焦虑。他们的生活很丰富,这是万幸。

某月某日

这几天会议很频繁,师部搬到较远的一个村庄里。所谓村庄只是一家房屋,这房屋比较大,房间很多,据说原是土司或头人一类的人物住宅。我们有时也在此留宿。

今天清晨,高师长约布林顿巡视中国营房。在一个山坡上,有一片帐篷,也有自己搭建的简易房屋,一切都井然有序。布林顿很佩服,他说:"听说高师长枪法很好。我原来在工作之余练习射击,在运动会上得过名次的,想见识一下高师长的枪法。"高明全道:"其实我这几年常在练写大字。少校对枪法有兴趣,我们可以打一盘。"遂吩咐勤务兵到外面空地上摆两个靶子。

高师长的书法颇有名气,不只在军中。桌上摊着几张斗方,连起来是"还我河山",笔势遒健有力。看来高级将领很时兴写字。大姨父练刀写字双管齐下,他的字更为粗犷,很有气势,像他的刀法。当然,他们的字都不能和三姨父比。

高师长知道我从未打过枪,就说:"你也试试。"我们到了临时的靶场,两个靶子摆在空地的一头。高明全请布林顿先打,布林顿也不客气,站好了,端详了一阵,举起手枪,停了一会儿,放出一枪,又停了一会儿,放出第二枪,然后移动了一下脚步,放了第三枪。这一枪正中红心,前两枪也都在靶上。高师长笑道:"好枪法。"拿起手枪,似乎很不经意,手一抬,啪!啪!啪!三枪连中红心,周围的人鼓掌叫好。高师长把枪递给我,又告诉我怎样拿枪,怎样扣扳机。我想我是连靶板也打不中的,不料一枪打去,正中红心。大家哄然大笑。

下午,研究工作,为大反攻做准备。

某月某日

布林顿要往师部送一个文件,他本来要一个美国兵送去,想想又说:"还是玮去吧,你认得路。"我跳上一匹马,马在门口转了一个身。布林顿追出来说:"带件武器。"就把他的手枪交给我,他分明是不大放心。马跑得很快,这种云南马最能走山路。它比我更认得路,路很窄,两旁都是榛莽,我随时按一按腰间的手枪。到了师部,高师长很高兴。见我带着手枪,赞许地说:"已经用上枪了。"又说:"这一路倒还平静。"我交了文件,师长问和美国人相处怎么样,他们有什么意见。我说,美国人很友好,为打法西斯而来,目标很明确,尤其是非职业军人更合得来。

这时一个参谋跑进来对师长低声说着什么。师长递给我一张军报,就和参谋一起出去了。报上有一段二十七团在瓦山打击敌人的报道。那里敌人经常从缅甸境内来犯,我方把他们逼在一个河谷内,全歼来犯敌人,我们也损失了八十名士兵。

一次小战斗就损失八十名士兵!开始反攻后不知要有多少牺牲才能得到胜利。

老赖告诉我可以走了。我骑马循原路返回,跑得比去时快。

某月某日

布林顿率领我们到山中架线,几个美国和中国通讯官兵,还有几个民夫带着发电机、大盘的电线、各种工具。山上树丛盘结,无路可走,只得先开路,大家披荆斩棘配合很好,进程很快。

晚上,师部赵参谋打电话给布林顿,要谢夫到江边指导架线。

某月某日

今天和谢夫一起到江边,我第一次见到怒江。它真是一条愤怒的江,江水不断地打转,好像前面有一堵看不见的墙,要奋力推倒才能再向前流。幸亏有这条愤怒的江,把敌人挡在对岸。

江岸上利用坡势挖出浅洞,覆以草棚,便是一个个工事。江防的营长说守江一点不能疏忽,敌人曾有几次夜袭,他们用橡皮艇渡江，只要有一小股敌人上来就是很大的骚扰。两年来，部队多次换防，一分钟不敢懈怠。营长很年轻，目光炯炯，大概能够看到西岸。

我们住在工事里，这个洞中铺着干草，这是很难得的，因为东西大多是湿漉漉的。没有料到，我们赶上了一场战斗。

枪声把我惊醒，我跑出洞外，江面上隐约可见十来只船，正向岸边靠拢。卧倒！旁边的人对我大喝一声，接着一阵密集的枪声，是守江的兵士向来犯的敌人发射的。我伏在地上，下面有一个凹处，看见几个敌人从橡皮艇上跳下，冲上岸来。枪声很脆，士兵从我身边跑过，上岸的敌人倒下了。一个敌人一直跑上坡，我们的人已经冲到江边把他包围了。他中了好几枪，倒下了。剩下的跳上船，很快随着江水流去。

我以为我们已经胜利了，其实哪里这么轻易。远处有火光，正是我们要去的下一个渡口。电话报告，敌人正袭击那里，而且已经进入工事。营长命令留下一个班守卫。我说我也算一个，谢夫大声说："我们！"他指指营长，又指指我，指指他自己，他当然也算一个。营长点点头，带领士兵们向着火光跑去了。如果敌人用声东击西之计再来侵犯这个渡口，只有拼死抵挡了。他们没有来。远处的火光、枪声继续了很久，终于平息了。营长回来让我们立刻离开江岸。

我怎么没有枪？我没有太多的感想，只要有一支枪！

第 二 章

一

在大理和永平之间,离大理较近的山坡上,有一座伤兵医院。这里原是一个仓库,从一九四二年开始改建,经过一年多的修整,现在是一所正式的医院。这就是孟灵己和李之薇要去工作的地方。

她们从曲靖上车,车在路上时常抛锚,修了半天修不好,只好换了一辆车。三天以后才来到永平郊外一座小山下。山坡并不高,车子不能全始全终,开到半坡,又抛了锚,再也发动不起来。同车来的有十多名学生,还有从昆明医院里抽调的人员。大家都下来,提着简单的行李向医院走去。

旷野的夜很亮,没有月亮,星星也不多,但是草木、山峦似乎都发着微光,显出柔和的轮廓。

来接的人建议走小路,说那比公路近得多。小路有石阶,崎岖陡峭,大家一步步向上爬,没有人说话。

一会儿,忽然到了一片平地。先看见一座高山,好像他们正在上面走的山又长高了,在黑暗中很雄伟;再看见低矮的房屋,显得有些畏缩。

他们走进门,有人领他们到旁边一个小院,那是女兵宿舍,峨和之薇很自然地把行李放在一起。领队的人说:"不对,李之薇在这间屋,孟灵己在那间屋。"

两人默默地对望一眼,峨便提着行李走到另一个房间。这时她只有一个愿望,就是睡觉。她来不及思考、感慨,一下子就跌入梦乡。

一阵尖锐的呼喊把峨惊醒了,同房间从昆明同来的两个护士也都坐起来,她们开灯,灯不亮。又一阵喊叫声传过来,她们渐渐明白了,那是伤兵。他们是不是很疼?是不是要什么东西?可是她们不能随便走动,这里有军纪。

不久喊声消失了,峨再也不能入睡,她看着外面的亮光,还是不能思考、不能感慨,也没有一点儿感伤。

这是战争。峨只有这一个念头,用这个念头解释一切。

第二天,经过谈话,峨和之薇都有了工作。之薇到化验室,峨到会计室。峨很奇怪。

谈话的人说,医院需要会计,你不是学数学的吗?

峨无言以对,见到之薇时忧心忡忡地说:"我一定会算错账,怎么办?"

之薇对化验倒觉胜任,她们在曲靖学习过,可是没有学过会计。她也替峨发愁,说:"不光是对错的问题,任何单位的账都是很难弄的。"

"咋个整?"峨自语。

一个护士对峨说:"你们不用到病房,是万幸的事。伤兵很难伺候,像你们这样的小姐对付不了的。这是照顾你们了。"峨一时觉得自己很无用。

"你那表哥是不是在医院?"之薇怯怯地说。

嵋说:"他在楚雄的医院,这里已过了大理了。我不记得那些番号。"之薇不语。

嵋想若是颖书在这里就好了,随即自己又为这种想法觉得惭愧。

下午之薇到化验室,先帮着洗瓶子,晚饭时和嵋坐在一起,告诉她说:"我已经在为抗战工作了。"

嵋摇摇头说:"我在一个房间里坐了半天,连会计室的门都没让进。有一位军医来问了几句话,全不着边际。"

过了两天,之薇开始取血了。嵋也进了会计室,在门边一个小桌旁坐着,桌上有一架算盘。

嵋心想我至少会打算盘,多打几遍好了。可是没有多久,一个人把这算盘拿走了。"借我用用。"他说。嵋只有呆坐着。

"我要喝水!"忽然传来一声清楚的呼喊,这呼喊很有力气。嵋本能地想起身去倒水,随即管住自己不动。那呼喊重复了几次后渐渐低了下去。

嵋忍不住向坐在斜对面的会计说:"我去给伤兵倒水好吗?"

那人惊讶地看着她,说:"你不要管,你管不了的。"

又过了一阵,又传来另一种惨叫,一种挣扎的、声嘶力竭的惨叫。

嵋又忍不住问斜对面的人说:"我能为他们做什么吗?"

那人有些不耐烦,说:"再过几天你就听不见了。我们都听不见。"

晚上,嵋伏在床上给家里写了信,也给峨写了信。这里的山和点苍山是不是连着?因为灯光太暗,她一手拿着硬纸板凑近了灯光,只能写简单的信。她也给庄无因写了几行字,她想象不出无因在这种环境里会怎样,写完她又把信纸撕掉了。这里的邮差两三天来一次,信都交给收发,若是不交就会错过,要等下一班了。

一天上午,医院开大会,院长讲话。一间大房间坐得满满的,前面摆了两张小方桌,几个人围坐着,那是医院的领导集团。

一个宽肩厚背的年轻人拿起新到的人员名单,翻了几页,忽然抬头往听众这边看,他先看见了李之薇。

之薇也看见他,心想:这分明是严颖书。两人不好招呼,对望一下,算是注目礼。

院长简单讲述了医院的历史和现在的规模,他有一个口头语,几句话间便插一句:"可合(对不对)?"照云南乡音是"咯活"。

后来之薇说,她什么都不记得,只记得"咯活、咯活"。让之薇一形容,嵋觉得听见的好像是打嗝儿。两人不去考究院长姓名,有一段时间暗自称他为"嗝儿"院长。

院长讲完概况,介绍坐在小桌前的几位军官。嵋一直低着头,忽然听见严颖书的名字,抬头一看,果然是颖书站起来。

嵋几乎叫出来,连忙停住,心想,他是到这里巡查吗?

院长接着说:"这是医务处主任。"又介绍了两个人,他们倒真是来巡查的。一位点点头,没有发言;一位简要地报告了战争形势。

他说,敌人占据了怒江西岸的腾冲、龙陵等几座城市,切断了外国援华物资的通道,和我们隔岸对峙已经两年。现在欧洲战场形势大好,我们的任务是准备反攻,把敌人赶出国门。

讲完后,院长又做了补充:"近来在保山西南,发现一股鬼子兵,打了一仗。可合?这不过是零星接触,伤员还不多,我们要做艰苦工作的准备。"

正说着,外面忽然又响起了惨叫声。嵋想,最重要的事,就是应该让他们不要惨叫,不然这算什么医院。

好像回答她的想法,院长说道:"这里是伤兵医院。可合?这里住的都是荣誉军人,老实说,荣誉是一个词。你们遇到的现实,照你们学生看来,可能很残酷、惨烈,可能让你们吃不下去饭。这都是小事。饭么,饿了就会吃的。"

这句话嵋很久都记得:"饭么,饿了就会吃的。"不过,也不像说的那样容易。

院长讲话后由严颖书介绍医院的医务情况。嵋不知道颖书是否学过医,听来倒也头头是道。

嵋和之薇以为颖书会来看她们,他却没有出现。从护士们口中知道严主任到医院不过半个多月,为人谦和。过了几天,他才到嵋坐的小桌旁,领嵋到医务处,那里正好没有人。

他让嵋坐下,开口说:"我调到这个医院了。"

"那么说我没有记错,我记得你是在楚雄。"

"是的。这边的医院要发展也需要整顿,把我调来了。你看我成了医疗方面的管理人才了。"颖书有些自得地说,"你不能在会计室,那是个是非之地。我想不出你能做什么。"

"我真的很无用?"嵋有些沮丧。

照颖书的想法,嵋这样的人是属于"锦上添花"一类,现在需要的是"雪中送炭"。不过他已经安排好了,让嵋去管理病案和资料。

嵋说:"如果需要护士,也可以做的。我听见伤兵叫着要喝水,到现在也不知道喝到了没有。我想我可以为他们做些小事情。"

颖书不看她:"这里有这里的办法,你还是和资料打交道的好。我们都商量过了。"

这时一位高而瘦的医生走过来,向颖书说:"手术室的消毒设备太差了。有一个伤员的病案找不到,现在连姓名也不清楚。"

颖书介绍他姓丁名昭,是这里最好的医生,成都华西医学院毕业的,已经在这里工作两年了。

丁医生神色疲惫,整个的人显得很干瘪。峨觉得他至少已经工作二十年了。

他们谈了一会儿,颖书引峨走出病房的院子,看见山脚下有两间平房,并不相连,相隔十来米,一间便是资料室了。里面很乱,过去的档案和新来的材料都堆在一起,峨站在当地,愣了一会儿,试着找下脚的地方。

颖书抱歉地说:"原来有一位管这些材料的,前些时候走了。"

那人其实是到前线接伤员,中流弹身亡。颖书不愿意说"死"字,恐峨害怕。峨倒没有注意,她全心想着怎样给医院建设一个新的、有用的资料室。

颖书又叮嘱峨去领手套、口罩和一些文具,最后说:"三姨妈不知怎样不放心呢。"他没有说,这是他能想到的最安全的工作了。

颖书离开了,峨领了东西,再次回到资料室。小屋在山坡下,背后的山就是刚来那天晚上见到的,白天看来倒也不是崇山峻岭。山坡长满了各种植物,一片叶子花林开得正盛。

峨立刻把山叫作"小苍山",把这简陋的小屋叫作"小苍山山房"。她要写信告诉无因,可是到现在她还没有给无因写信。

她开始整理那些乱糟糟的文件,把它们分门别类,首先是要整理好病案。

那年日寇大举向滇西进攻,我方在怒江对岸拦击,后来撤过江来,有些伤员辗转到了这里。一部分人已经不在人世,一部分已经出院,都留下了材料。这些材料显然是很不全的。有的连名字也没有,只有番号。

峨一面整理,心里一阵阵悲哀。她来不及一张张看,只把它们整齐地摞在屋角。她想,只要有地方放就不能扔掉。有些材料较新,它们的主人大都仍在医院。两年来,两岸常有小规模战事,西岸的游击队也很活跃,不断有伤员送来。

峨看着一个个名字,心想:是他在叫疼吗?是他要水喝吗?这里距病房较远,听不见任何声音,战争似乎也远了。

当晚,峨和之薇坐在床沿上,交换一天的情况。

之薇说:"我在化验室听说,一起来的人都有了事,可是医院的人手还不够。过两天听说要有人往保山一带去,工作就更紧了。"

峨说:"我把那些乱东西理好,就不需要很多时间了,还是可以参加一些护士工作。"

之薇说:"严颖书不会让你做的。"

峨有些不高兴,说:"那就不对。"

之薇说:"丁医生知识很丰富,人也和气。显然比别的人水平高。"

峨说:"我也这样觉得。"

这时有人在外面叫李之薇,出来看时正是丁医生。

丁医生说:"来伤员了,要取血化验。"

两人跟着丁医生到前面,见人们正抬着几个担架进来。两人急忙跑上去要帮忙,却插不上手。

抬担架的都是民夫,他们熟练地把担架抬到病房,又帮助护士将伤员抬上床。之薇不再理嵋,和护士们一起迅速开始工作。

走廊里灯光很暗,严颖书和丁医生在商量什么。

"陈院长到保山去了。"颖书说,"我可以带医疗队去河谷。"

人们穿梭般走来走去,很快集合了一小队人出发了。嵋跟着丁医生到病房检查。

这是嵋第一次来到病房,新来的几个伤员在呻吟,一个在呻吟中迸出几个字:"水——水——"

嵋想找点水,被护士长喝住了。

护士长大声说:"不能喝水,知道吗?!"

停了一会儿,丁医生从病房出来,说:"马上手术!"

一个护士跟着丁医生进了手术室,要做术前的准备工作。

嵋愣在门口,忽然听见丁医生大声说:"你怎么了?"又见手术室的医士扶了那护士出来,慢慢走到护士台前坐下。

医士说:"她头晕,她有这毛病。"

这时夜已深,显然做手术的人手不够了。丁医生走出来,见嵋愣在那里,说:"你上过救护班吗?你来帮着清创。"嵋便随着进了手术室。

那房间设备简陋,房顶挂着两盏汽灯,很亮。要做手术的是那位要喝水的伤员,他已昏迷,他的左上臂受伤,创口腐烂,正在高烧。

这里除了丁医生和那位年轻的医士外,只有嵋。她机械地,可是相当灵巧地照着医生的吩咐做着一切,她把刀、剪、锯等用具依次递上,直到一只手臂离开了它的主人。手术完了,嵋好像从一场大梦中走出。

丁医生拭去额头的汗,有些遗憾地说:"伤口发炎好几天了,不然不至于全部截去。"然后看看嵋,说,"你不错。"又看看医士,说,"小洪,你也不错。"

嵋和洪医士把伤兵推回病房,她想留下守护,洪医士说他会来看的。

医院暂时落入了沉寂。嵋慢慢摸回宿舍,却怎么也不能入睡,也不能思想,她只想扑在母亲怀里哭一场。哭什么,自己也不清楚。

次日清晨,嵋想到病房去看看,因知道不应该乱走,便还是直接来到山房。她看着已经相当整齐的新病案架,想着应该建立一些必要的制度,一边继续整理病案。

颖书等下午才回来,又带回几个伤员。走廊里都摆了床铺。

一天很快过去了。嵋回宿舍时,到病房张望,她寻找那个刚做过手术的伤员。他仍在高烧中,微微睁着眼。嵋知道他什么也没看见。他动了动干裂的嘴唇,却发不出声音。

一个护士走过,说:"你在这点干什么?"

嵋说:"想给他喝点水。"

护士递给嵋一块棉花,让嵋用棉花蘸了水,轻拭伤员的嘴唇。

伤员的眼睛睁大了些,闪过一线亮光,嵋心上一阵安慰。

又过一天,嵋很惦记那伤员,巴不得早一些去病房看望。黄昏时,她在山坡上走了几步,采了几朵野花,这里随时都有不知名的野花。

她用一张旧纸罩着这束花,走到病房门口。那张床已经空了,她以为自己走错了房间,邻床的伤员用力说:"他死了。"

嵋愣了一下,仍把手里的花放在空床边的小几上,默默转身回到宿舍。她应该去安慰别的伤员,可是她一时做不到。

这些伤员的去处是小苍山另一侧的坟场,这片土地是他们用生命保卫下来的。他们就葬在那里,多少中国人葬在那里。

一批伤员要出院了,这是一件快乐的事。医院开了欢送会,"嗝儿"院长给伤员们发纪念品,致词说:"你们都是有好几条命的,受了伤没有死,路上经过转运也没有死,到这点经过治疗也没有死。可合?以后你们还会有好几条命的。"

出院的伤员中,有很小一部分还要回到前线,全院人员向荣誉军人鞠躬致敬,特别又向返回前线的几位军士深深地鞠躬。

嵋问颖书:"荣军怎么安排?"

颖书道:"楚雄有一个荣誉军人院,昆明也有,别处也有的。"

这时,丁医生走过来问嵋:"你能帮助翻译英文资料吗?"

"我试试看。"嵋说。

丁医生递过一份材料。这么好的纸,嵋心想。

一连两天,嵋全神贯注对付这份材料,那是国际救护组织来的一份类似伤兵救援条例的东西。头几页还好,渐渐生字多起来,她译不下去,望着窗外发愣。

"你从哪点来的?"忽然像从地底下冒出来一样,一个干瘦的、黑黄的人就像一片枯叶站在窗前,很郑重地向她发问。

嵋吓得从椅子上站了起来,向后退了两步,问道:"你是谁?"

"我是惠通桥来的。"那人说,又问,"你从哪点来的?"说着到了房门口。

嵋下意识地用椅子把门顶住,那人并不想强行进来,仍是喃喃自语:"我是从惠通桥来的。"走开绕过山脚去了。

惠通桥，峨是知道的。那一年在怒江西岸激战后，我军撤过江来，果断地炸毁了惠通桥，浩荡江水把敌军拦截住了。有些士兵没有来得及过桥，随着桥身落进江水。

"从惠通桥来的"，说这话的一定是那次战役的参加者。那么这奇怪的人大概也是荣誉军人。

峨搬开椅子，走出门，向山脚走去。她穿过一片叶子花林，远远望见那一片坟墓，只觉得一片白光。走近时，见每个坟墓前面都有一小块白石，没有名字，也没有做成碑，只是一块石头，被高原的阳光照得发亮。

坟场的另一端有人声。峨站住了，停了一会儿，见几个人绕过一个个坟堆走过来。是严颖书领着几个老兵，这些人都是留院服务的荣誉军人，有的甩着一只空荡荡的袖子，有的架着拐杖。

颖书看见峨，有些奇怪，走过来问："你在这里做什么？"

峨说，刚才见到一个奇怪的人，他不说话，只说是惠通桥来的。那些老兵互相看看，一个说："就是他了。"

"你知道炸惠通桥的事？那是万不得已的做法。"颖书说，"当时一起随军过江来的还有民夫，他们亲眼看见没有来得及过桥的人被滔滔江水卷走，也许正是他的乡人、兄弟。当时江岸上就响起一阵哭声，这在战争中是很少见的。后来，竟有几个人出现了精神障碍，想来是极大的悲痛和恐惧所致。"颖书说话间，几次用手抚腰，"你见到的人姓战，是怒江西岸潞江县的民夫，他随军撤过江来，在医院治疗过。"

"从惠通桥来的。"峨想了一下说，"他大概永远记得炸桥的那一刹那。"

颖书说："他失去了全部记忆，只记得那恐怖的一刻，所以不停地说。治疗没有能让他完全恢复正常,现在留在这里照料坟场。那时为了阻止敌寇进攻,特地成立了破路工程处,从长官司令部调来专人指挥,征调了数百民夫。他们挖断公路、炸毁桥梁,炸惠通桥就是最大的破坏。也只能这样,才阻挡了敌军。"颖书望着远处,又说,"他就住在山脚那边,你不可以去。"

峨想问,你来这里做什么?但知道不能问。

颖书不等问,自己说道:"我们来看看这边的地,"他指一指稍远处一个斜坡,"看能不能盖几间病房。"

多盖病房意味着要容纳更多的伤兵。峨心上沉甸甸的,低声问:"我可以走了吗?"转身走了几步,又被颖书叫住。

颖书先说:"丁医生问你愿不愿意去手术室?他说你能帮得上忙。"

峨有些诧异,说:"你是问我自己的意见?我怕手术室。"

颖书说:"老实说,我也怕,你还是在资料室做吧,你做得不错。不久,还会有新的医生来。"停了一下,随口问,"李之薇的工作怎样,她习惯了吗?"

峨抬起眼睛说:"她很好,似乎比我更能适应新的环境。"

颖书道:"这样就好。你回去吧,不要出来闲走,我会来看你们。"他走开了,肩宽背厚的身体有些佝偻。

峨回到小苍山山房,又拿起那份英文材料,生字依然在那里。

"应该有一本字典。"她想。她仔细读了好几遍上下文,精神却不能集中,耳边断续响着那一句"我是从惠通桥来的"。

她把英文材料放在一边,去摆弄那些病案。现在这些病案比以前清楚多了,完整多了。她将新入院的伤员病历重新誊写了一遍,抬头见天色已晚,便起身整理桌上什物。

有人敲门。嵋想,怎么没有看见有人从窗外经过。

"是我,"门外的人说,"我是丁医生。"

嵋连忙开门,见丁医生立在门外,递过一本书。

嵋接过一看,是一本医学英汉字典,高兴地说:"我正需要字典。"

丁医生说:"这还是我从成都带来的,凑合用吧,不打搅。"走了几步,回头说:"你也可以下班了。"

嵋站在门前,见丁医生往坟场那边走去,心想他大概也是从那边来,不知去做什么。

这时视线所及,都被小苍山的阴影遮蔽,天上落下和地上升起的同是一种沉重。嵋愣了片刻,迅速地收拾好东西,锁好屋门,快步向宿舍走去。

过了十来天,果然来了两位医生。两人都从昆明的一所医学院来,姓张的一位戴深度近视眼镜,人颇木讷,他不愿做外科,也不适合做外科。永平医院内科一直没有像样的医生,他去倒也合适。另外一位姓哈,叫作哈察明,相貌端正,眼睛很大,似乎很能干,知识比洪医士多。他进了外科,丁医生很高兴,可是不久,就发现哈察明为人有些特别。

一天,丁医生和科里几个人讨论伤员情况,结束后,哈察明留下来,很神秘地对丁昭说:"昨天我看见护士长递给严主任一条花手帕。严主任好喜欢哟。"

丁昭很奇怪,说:"那又怎样?"

"事情都是从小处开始的。"哈察明说。

丁昭道:"我只知道严主任做事公正,护士长工作负责。你说的和工作有什么关系?"

哈察明笑说:"就是要从小事看一个人啊。"

他大概还向别人说过这事,有几个护士知道了,告诉了护士长。这护士长姓铁,三十多岁年纪,像一般护士长一样,头脑清楚,手脚快当,嘴上也来得,医院上下都称铁大姐。

一个傍晚,在食堂里,大家正坐着吃饭,护士长叫哈察明站起来,大声对他说:"我给伤员缝腰带,顺便也给严主任做了一条,因为他腰疼。这犯了什么戒?哪来的花手巾?你造的什么谣!你不是叫哈察明吗?你可没察明白。"大家都笑了。

哈察明并不觉得窘,喃喃道:"反正是给了一样东西。"

一个护士大声说:"我还看见你刚刚拿了一碗米饭呢。"

别的护士也要说话,铁大姐制止了。

以后又有类似的事。哈察明简直是谣言制造者,可是他并不是存心如此,只是他这样看,也这样想。

嵋和之薇说他察而不明,好像哈哈镜照人走了样。恰好他又姓哈,很快给他起了一个外号,叫哈哈镜。

他还特别喜欢规劝别人,而且总是一副忧心忡忡的样子,似乎被规劝者不听他的话就会大祸临头。

一天下午,他到小苍山山房来,给嵋送一份资料,自己坐下,说:"听说你是哪位教授的千金,亲戚都是达官贵人。"嵋只管看那些材料,冷淡地看了他一眼。哈哈镜面有得色地说:"你可不能自高自大啊。我知道你昨天在大门口和人吵架了。"

嵋诧异地问:"我什么时候和人吵架了?"

"你自己想想嘛。"哈哈镜又做神秘状。

嵋想了一下,不禁笑出声来。她昨晚在食堂门前向一条觅食的狗说话,问它可吃饱了。炊事兵很奇怪,问她和狗有什么说的。声音很高,竟被发展为吵架。

遂问:"你还要造多少谣?"

哈哈镜不快地说:"说话要谨慎。吵架内容我都知道,你一定是嫌给的饭菜少了。"

嵋哭笑不得,不再理他。后来嵋和之薇分析,说哈哈镜有时是认识问题,对一件事看法过于偏执;有时是捕风捉影,甚至无中生有,只能说是想象力太丰富了。

他在医院很快成为特殊人物,只是工作尚可。大家知道他的特点,都敬而远之。丁医生认为永远不能让他独立做手术,根据他"洞察一切"的眼光,说不定会将不该切除的器官切除下来。

嵋觉得哈察明像一个人,过了许久才想出来,他像《老残游记》中的王姓清官。王太守自命是清官,把他认为有问题的人都用站笼站死。

嵋跟之薇和丁医生说《老残游记》,可是他们都没有看过。嵋只好自己分析:这样的人一方面很偏执,一方面缺乏同情心,后者是主要的。

嵋想着,有些头痛。前面还不知有多少人和事呢,哪里管得了这么多。

二

一个月过去了,上次的小战斗结束了。医院的工作相对地说不十分紧张。一部分人员得到一天假期。因上午大扫除,直到中午才得休息。

嵋和之薇端着装满饭菜的饭盒从食堂出来,走回宿舍去。现在她们常常把饭拿回宿舍,这本是不允许的,不过很多护士都这样做。

"孟灵己,你的信。"收发兵递过一封信来。

昆明来的,是爹爹的笔迹。爹爹和娘还好吗?小娃呢?还有无因。峨几乎想扔掉饭盒拆看来信,但只能忍着,捧着饭盒和信回到宿舍。取出了信纸,在枕上把它抚平,先看见一个"峨"字,略略一惊,她几乎已经渐渐忘记自己是峨了,她只是孟灵己,一个伤兵医院的杂务人员。

峨儿:

　　我们收到你的信了。我们放心又不放心。你虽然年纪小,却素来有主见,能独立。听大姨妈说,颖书也调到永平医院了。有颖书在那里,又有之薇在一起,凡事总有个照应。玮玮哥在保山教练通讯兵,我们已把你的地址给他,也许你们能见面。你睡得够吗?吃得饱吗?尽可能不要睡得太晚。

　　家里少了你和姐姐,好像空了一大块。学校发薪水了,日子尚可。我们身体都还好,不要惦记。就是爹爹睡得太晚。他只有在晚上有时间写书。

下面是爹爹写的几行字:

　　我在考虑一个历史问题,我想它插不进你的生活。我们读的历史,都是写的历史,和真实是有距离的,能测量出有多远就好了。你们在创造历史,能留下你们创造的真实,又要多少斗争。——爹爹。

下面又是娘的笔迹:

　　我和小娃有时为爹爹抄稿子,小娃的字很好,学期考试全班第一名。玹子常来看我们,有时还抱了阿难。之荃进入学校篮球队,已经赢了好几场比赛。无因在物理学年会上有一篇论文,很受重视,他要去你的地址。我们会常写信的,你也要常写信。信太慢了。小娃说这信好像绕地球一周才到我们家。还没有见到姐姐吗?她很久没有来信了。

大概为了证明自己的字好,小娃也写了两行:

　　小姐姐,那天我随爹爹去领薪水,忘记带图章,爹爹叫我回去取,可是人家要下班了。我在附近小店里,买了一小块肥皂(零卖的),用铅笔刀刻了爹爹的名字,成为一个图章,顺利解决问题。这图章存着,等你回来看。

嵋不觉微笑,又把信翻来覆去地看,觉得太简单了。

之薇不想打搅嵋,只默默地吃饭,觉得今天的盐酸菜蚕豆瓣特别咸,一面吃饭一面喝水。

"你看吧。"嵋递过那张信纸。之薇匆匆看了一遍,因为他们提到之荃,感到一点欣慰,又想自己的家信不知什么时候来。她把信还给嵋,没有说话,端起杯子喝水。

嵋又看信。真的,这里离姐姐其实不远。这些山一定是连着点苍山的,循山路往东走,就会见到姐姐了。可以把她的情况告诉爹爹和娘,我们全家又会在信上团聚了。玮玮哥也不远,他会来看我吗?

"快吃饭。"之薇轻声说,为嵋倒了一杯水。

嵋把信塞在枕下,又掀起枕头看看,坐在枕边,很快便把饭吃完。

女兵院的后面有一道小小的泉水,从山坡上流下。她们常到那里洗东西。

之薇说:"我去洗碗,你再看一遍吧。"

峨也不谦让,忙忙地又取出信来读。

之薇蹲在泉水旁,洗过了碗,见那泉水丰满清澈。忍不住用手捧水喝了两口。抬起头来猛然看见严颖书站在泉水对面。

"李之薇,你好。"颖书说。之薇站起身行了一个军礼。

"你替孟灵己洗碗?"

"孟伯母来信了。"之薇郑重地报告这件大事。

"那也不能让别人洗碗。"

"她也常替我做事的,我们是互相帮助。"

颖书正想说什么,这时又有别人来洗碗,和他说起医院的事,遂对之薇说:"你们两人不要吃晚饭了,早一点到医务处来一下。"

之薇点头,回到宿舍,说了颖书的话。

峨笑道:"莫非是要请我们吃饭?他早该做的。"

傍晚,她们把军装拉平,把军帽戴到她们以为是最适合的角度,那当然和正规的角度有距离。她们到了医务处,见"嗝儿"院长正在那里和颖书争辩,声音很大。

院长说:"这笔账总要有一处出,我看你管不得。"

颖书说:"无论如何,药费不能有假。"

两人懂事地走到走廊另一头。过了一会儿,院长出来了,把门很重地一甩。颖书也出来了,看见她们,便锁好门,走过来。

"我们到大理去,医院有车去拉物资。"

颖书说着,三人走到大门口,那里果然停着一辆军车。他让峨、薇两人坐进驾驶舱,自己爬到后面。那里已经坐了三四个人,其中一位是手术室的洪医士,他在医务处兼着差事。大家友善地招呼。颖书靠着驾驶舱坐了,拍拍车顶。驾驶兵发动马达,车猛地向前一冲,歪歪扭扭向山下驶去。

峨、薇自从来到医院还没下过山,这时,看见山坡上层叠的树木,远处的村庄炊烟袅袅升起,很是高兴。

车子上了公路。这是我们来的路,嵋想。

车行不到一小时,已经到了大理城门外。大理城墙很厚,城门高大,暮鸦点点,看去很是苍凉。

"这里是做过国都的。"嵋说,"能不能下去看看?"

之薇轻声说:"你不要异想天开,我们又不是来游逛的。"

来做什么,她们也不知道。车并不进城,绕过城墙仍到山下,这大概就是点苍山了。车停在一溜平房前,这里是一个简易仓库。颖书向洪医士点点头,两人跳下车,走进屋去和一个穿便服的人说话。不多时两人走出来,颖书招呼嵋、薇下车。洪医士坐进驾驶舱,继续赶路。

嵋、薇很是诧异。颖书仍不说话,领她们走到仓库旁边的木板房,原来是一个小饭馆,为过路车辆提供茶水和简单的饭菜。

嵋忍不住说:"颖书哥,你是不是有公事?"

"公私兼顾。"颖书说,"你们先坐下,要吃什么就说,不过这儿也没有什么可吃的。"想了一下,说,"有豆花米线。"便吩咐要四碗。

他们三人坐在方桌前,四碗米线端了上来。颖书把多余的那碗放在空着的那一面,像是在等什么人。天黑下来了。店家点起电石灯,火焰一跳一跳,发出难闻的气味。

嵋、薇睁大了眼睛看着颖书。

"不要着急,"颖书说,"你们先吃米线。"自己走出去了。

店家问:"可是等人?"

嵋、薇不知怎么回答,愣了片刻,各自埋头吃米线。忽然店门开了,走进一个人,颖书跟在后面。

嵋大叫一声:"姐姐!"

来人不是别人,正是峨。峨、嵋抱在一起。嵋连连地说:"姐姐,姐姐!你还是姐姐。"

峨很快把嵋推开,仍旧一副平静的样子。之薇走过来叫了一声"孟姐姐"。

峨说:"你们都长大了。"说着,把手搭在嵋肩上,马上又拿开。

四人坐定,颖书解释:"我昨天到云南驿,商量接物资,遇见植物工作站的人,便约孟离己下山,今天又有去机场的车,便安排你们两人来这里。我不知道孟离己是否真的能来,所以先不说。"

之薇觉得颖书很了不起,好几次向他微笑。

峨、嵋互相打量。峨穿蓝布工裤,罩一件蓝花蜡染夹外衣,嵋觉得姐姐很好看。

峨说:"我真想不出你穿军装什么样。"

嵋说:"就是这个样。"

说着拉一拉身上草绿色的军装,军装宽大,像一个布筒,罩住嵋苗条的身体。两人都笑起来。

"还有一个节目呢!"颖书说,"回医院的车很晚才能来,你们如果愿意可以去洱海看看。"

嵋高兴得满脸放光,说:"姐姐,你去过吗?"

"我当然去过。"峨说,"其实洱海也没有什么,一个大湖罢了。"

豆花米线好吃,颖书又要了一碗。小店的木墙歪斜,到处是裂缝,嵋觉得很有趣。只有电石灯的气味提醒他们是在战时。

他们离开小店,沿着大理城墙走了很长一段路。峨、嵋亲密地说着家里的情况。嵋先说她得到的第一封家信,还说若是知道今天能见面就带来了,又说起离开昆明前的事。他们搬回腊梅林,爹爹每晚还是著书到深夜,娘的身体似乎好一些,能操持家务。吃饭时,有时说起姐姐现在在做什么,小娃说在看标本。

峨笑了,说:"我好像闻到腊梅的香气——那里不需要有我的房间了。"

"整个的家随时都等你回去。"嵋说,遂又一歪头,调皮地说,"也随时等我。"

两人只顾说话,之薇只好和颖书走在一起,脚步很是合拍。

颖书问:"怎么样,想家吗?"

之薇说:"也想,也不想。"

颖书侧脸看她,意思是不明白这话。

之薇微叹道:"严主任不了解我家的情况。"

颖书猛然想起仿佛曾听荷珠说过,李太太信奉一种什么教,想必行为有些古怪,因说:"我想起来了——你也不知道我家的情况。"

之薇久闻荷珠大名和养毒虫的习惯,说:"也算知道一点。"

"你知道我母亲是养毒虫出身?"

之薇道:"这也不算什么特别的事,养毒虫也需要人做的。"

颖书又侧脸看她。两人因各有一位特殊的母亲,大有同病相怜之感。

洱海的月夜,水天一色,天空里孤零零悬着一轮明月,照得人遍体清凉,心神宁静,像是打了一针镇静剂。峨、嵋停住脚步。

"要是能坐船多好。"嵋转身对颖书说。

"得陇望蜀。"峨说。

"现在上哪点找船去。"颖书皱着眉头,"这是战时,又这么晚了。"

月光很亮,她们看见颖书眉头略皱,面容严肃。峨、薇同时想到今天颖书一直少说话,忧心忡忡的样子。

峨向左右看了看没有人,便小心地问:"颖书哥,是不是有情况?"

"是好情况。"颖书仰头向天,"不过我们的责任重大。"这时,他觉得自己很重要。

大家默然片刻。"要做的事总会来的。现在我往那边去一下。"峨指着近处的一处茅屋。

"我和你去。"峭拉住峨的衣袖,两人向茅屋走去。

"这里有一条船,"峨说,"我来过洱海,一个人,不过是白天。"

茅屋前一股腥味,大盆的小鱼小虾、螺蛳、蛤蜊排在门前。

从屋里走出一个老人,打量着峨、峭说:"像是认识你家两位。"峨说了来意。老人说:"想起了,想起了,上回是你家坐我的船,可是还要坐船?晚上价钱不同哦!"

"那当然。加倍?"

老人笑了,说:"这边来。"

这时颖书、之薇也已走来。这里并没有正式的码头,只是一个小坡,放了几块石头,一只小船泊在树下。

四人上了船。老人解缆,划开去,一面说:"早先,洱海要多热闹有多热闹,白族的节日多嘛。现在日本鬼子就在身边,只能黑黢黢地过日子。我看着这个海和月亮都在打颤。"

峭说:"月亮很亮,鬼子可遮不住。"

老人用力划桨,桨声很有节奏,一面说:"有人来坐船倒是觉得像平常日子。现在坐船的人少了,可是并没有断,总还是有人来。洱海名气大呀!虽然兵荒马乱,过往的人也要来看看。

我们住在海边,它就是亲娘,游人少了,捞点鱼虾也能卖钱。"

峨说:"我记得你家有个儿子去修机场了?"

老人说:"就是去云南驿修机场了,修好机场就留在那边养跑道。去年他娘过世都没有回来。国家事大呀!修机场也为的保住咱们苍山、洱海。你家看,我说的可合?"

四人听了都很感动。峨说:"云南的乡民很了不起,我在这里几年,遇见许多人家都有人当民夫。"

"再往西去更多。"颖书说,"抗战离不开老百姓。"

老人说不能离岸太远。船中人已经觉得和岸上看月大不一样了,好像置身一片空明之中,整个人变轻了,升高了。

嵋小声说:"我觉得自己变成了鱼。"

"鱼是什么感觉?"峨微笑。

"很轻,很轻——"嵋的声音很轻,随即不再出声,她靠着峨睡着了。

峨把她额上的一缕黑发掠上去,嵋长长的睫毛垂着,好像被月光打湿了。峨心里升起一股暖意。嵋长大了,刁钻的嵋长大了,居然可以打仗了。

远处的岛屿似梦似幻。几只水鸟掠过船头,搅乱了月光。老人停了桨,船在水面轻轻摇动。

颖书和之薇坐在一块木板上,感觉到摇动的节拍,那是共同的节拍。他们不说话,有时互相看一眼,心里盛满了莫名其妙的欣喜。

静了片刻,老人喃喃自语:"不知道这仗还要打多久。"

颖书说:"我们就要把日本鬼子打出去了,还你一个干干净净的洱海和月亮。"

嵋忽然睁眼,大声说:"什么时候?"

大家不约而同望着颖书,好像他掌握着什么机密。颖书没有答话。

嵋坐直了身子,说:"我相信不会很久。"

老人向岸边划去,几个人都回头,看那跳动着月光的湖水。上岸后,大家又在岸边留恋地站了一会儿。月色罩住了他们,他们走不出去。

嵋说她刚刚做了一个梦,梦见昆明的月亮在洱海的月亮后面,北平的月亮又在昆明的月亮后面。

"那是什么景象?"峨笑问,很想拍拍嵋那刁钻的小脑袋,手刚举起又放下了。

"形容不出。"嵋说。

嵋一定要去看看姐姐生活的地方。颖书考虑恐难再找机会,便给了一天假,自己和之薇乘从云南驿到医院的车连夜回去了。

嵋随峨在大理城内住了一晚。这是一处普通的民家,峨说她下山时常住在这里。这家的男主人参加修筑滇缅公路,被大石砸死。女主人将空房让旅人居住。植物站的人来来往往,常在此落脚。峨轻声说着,一面整理床铺。

嵋想,姐姐变得多了,变得平常了。她希望姐姐更平常一些。她们没有来得及再多谈话,嵋早又睡着了。

峨却很久不能入睡,她索性拥被而坐。月光从破窗中照进来,地上仿佛有一缕湿痕。她上点苍山时,带着一颗受伤的心。这两年她已经逐渐恢复了平静。她处在千万种植物中,它们都是活生生的,给她安慰,给她帮助。她爱自己的家,也爱自己的国。她并不矫情,只不过各人有各人的命罢了,她没有什么可抱怨的。她看着嵋婴儿一般的睡态,心里祝福她,将来能有一个幸福的感情归宿。

第二天，两人上山去。点苍山上树木遮天，到处是淙淙泉水，石阶歪斜，多生苔藓。峨不时叮嘱小心些。走了许久，嵋觉得已经很高了，两人坐在一段枯木上休息。

嵋抬头看见远处的山峰，上插入云，便说："这山比西山高多了。"

峨说："点苍山有十九峰，我们自己在山里只能看见很少的几座。"

休息了一会儿，又走了很长的路，上了一段很陡的台阶，绕过翠绿的竹林，忽见一座彩色的屏风挡在眼前，原来是高高低低的花树。峨介绍说："这是大树杜鹃。"

这时她们已来到一座古庙门前，这便是昆明植物研究所点苍山工作站。峨又说："点苍山的许多种高山杜鹃，是从这一个高度开始，它们只生长在高处。"走进大门时，嵋不觉想起小学时住过的山寺。峨说："这原是一座尼庵，专奉观音。是听说的，从来没见过。"庙里神像早已荡然无存，房屋也已逐渐改得适于居住和专业工作。

峨住在一个小跨院的一间斗室里。嵋一眼就看见那雕镂精细的耶稣受难像靠在墙上。

"他在这儿是不是会觉得自己是个异己分子？"嵋说。

峨不答，她觉得各种宗教大体上都是相通的，教主们应该都是好朋友，她信靠谁都无所谓。不过，她认为用不着和嵋说这么多。

墙上挂了几张好看的杜鹃花图，是峨自己绘制的，颜色、形态各异。这里离战争似乎很遥远，简直是和人间都有距离。

床上衾褥简单，嵋用手摸了一下，说："太单薄了，不冷吗？"

峨笑着看了她一眼,说:"你倒像是我的姐姐。"

床前小几上摆了全家的照片,那是峨和人间的联系。

转过一个小山崖,他们到了峨的工作室。房屋很简陋,一排排木架上整齐地放着各种植物标本,使人肃然。墙角的小桌上放了许多瓶罐,装满了药液。房间中央有一个较大的工作台,上面摆着标本夹、标本筒和一个有支架的放大镜,还有剪、铲之类,还有纸张和几种笔,想是绘图用的。旁边放着几枝带花朵的枝条。

嵋好奇地打量着这些,怯怯地说:"姐姐,你和这些植物在一起,不觉得寂寞吗?"

峨仿佛一惊,说:"怎么会。这些花朵、叶片、枝条都是有生命的,好像是朋友,越研究对它们越了解。"

嵋说:"这是科学工作,人需要各种的科学工作。可是眼前你和谁说话?"

"我不需要说话。"峨说。

嵋不知道怎样衡量这句话。只想,花草植物当然也是伴侣,我太蠢了。

这时,一位瘦弱的中年人走进门来,说:"孟离己的妹妹来了,真是贵客。"

峨说:"这是我们的站长,姓吴。我们都叫他老吴。"

老吴说:"所谓站长,只不过能在山上待得住就是了。工作站刚建立我就在这里,这些年,陆续有人来,又陆续有人走。和孟离己一起来的有四位,只有她一个人留下来了。这些花草枝条,多一件少一件无伤大雅,可事总得有人做。"

说着,走到工作台前。峨拿起一根带花的枝条,问老吴什么。

峨观赏那些标本,在一个单独的小玻璃柜内,平放着一朵大花,颜色非常艳丽,好像生命仍活泼地留在每一片花瓣里,忍不住问:"这是什么花?"

老吴走过来,指着那花说了一个名字,大概是学名。"这花毒性很大,采制都要特别小心,都是孟离己做的。"

峨也走过来,望着那朵花出神。

老吴又说:"我们希望它能以毒攻毒,变成一种药。可惜现在是战时,送到昆明去也没有做成试验。"

老吴走出房去。峨仍站在那朵大花前,似乎沉入了回忆。

嵋说:"我能帮忙吗?帮着写标签好吗?"

峨瞪了她一眼,塞给她两张上个月的《云南日报》,指着门边的椅子,说:"坐到那边去。"

这便是那一种剧毒花。峨在昆明西山曾见的,有人送它一个绰号"拉帕其尼的女儿"。峨在这里采到这种花,只当是本分的工作,没有再多的联想。这时,经嵋问起,那个人连同那一段荒诞的感情,忽然像潮水般袭来。她努力想挡却挡不住,回身坐在桌前,两手扶头。

嵋看了两行报,便扔了报纸,过来站在峨身边,轻声说:"姐姐,你一定有一件苦事。告诉我吧,我已经长大了,那样你会轻松些。"

峨抬起头,尖尖的下巴微微抖动,看了看嵋那天真快乐的脸儿,忽然呜咽起来。嵋把手帕递给峨,自己也流下泪来,便用手背去擦。

峨呜咽道:"我哪里有什么苦事,都是自己找的,'自作孽不可活',我懂得这句话。"

嵋擦了眼泪说:"在这样的乱世,你能安心研究科学,你是有福之人。"

过了一会儿,峨渐渐平静,冷笑道:"什么有福之人!"停了一下,说,"也许是的。"又指了指门边的椅子,自己把刚才研究的枝条放在纸上,在旁边写着什么。

嵋不敢再说话,用力盯住那张旧报纸。

午饭的地点在正殿平台上,嵋见到了全站工作人员,只有十来个人。有一对研究员夫妻,还有一位老先生,鹤发童颜,身躯胖大,很有学问的样子。这些人以外有几位勤杂人员,其实他们也参加工作,如帮助挖掘植物、压制标本等,还有老吴的家属。

吴太太像操持自己的家务一样操持全站人员的食住,他们有一个十岁左右的男孩,每天到山脚下上小学。

男孩看着穿军装的嵋,问道:"你打过仗吗?"

嵋说:"我是护士,还没有打过仗。"

孩子说:"我长大也要去打日本鬼子。"

嵋说:"我已经长大来打日本鬼子了,如果还需要你长大打日本鬼子,日子可怎么过!"

那位老先生说:"我们的消息不灵通,我直觉地以为,日本的日子不长了。"

"阿弥陀佛。"好几个人念诵佛号,这在他们是一种幽默。

吴太太把一大盘蘑菇烧豆腐摆上桌,说:"这菌子保证没有毒。"

大家吃饭。峨并不大理会旁人,倒是嵋和大家说了不少话。不过三言两语,便知道了老先生对山中植物非常熟悉,而且他本来是山中和尚,嵋立刻在心里想了一个绰号,叫他作"鲁智深"。老吴延请他在植物站工作,很费了一番周折。因他无学历,在昆明的上级不同意,交涉了很久,才得成功。

"鲁智深"说："我们对蘑菇的了解相当深刻。哪些有毒，哪些没毒，不会弄错。前年，日本鬼子打到怒江西岸，我已经准备在点苍山上打游击。有毒的植物可以帮助我们。"

嵋好奇地问："怎么帮助？"

"那是一种想象。"老吴说，"幸亏有怒江隔住了敌人，不需要运用那想象。我们的山山水水也会保护我们。"

"若是把毒素都能变成药物就好了。"嵋说。

那位男研究员说："目标很伟大，过程是非常艰难的，要有很多牺牲。我们现在能做些初步了解就很不容易了。"

老吴说："我们做的主要是植物分类，要在几百万种极其复杂的植物中建立有秩序的系统，这是植物学的基础。"

嵋感觉他们很伟大，好像在指挥千军万马。一阵风过，树上掉下些白色的小花朵，均匀地洒在桌面上。

"鲁智深"用手拂去，一面说："只有大理一带有这种树。"

嵋抬头望那棵树，从树枝间看到树顶上的天空，天空里一座大山，抬头再抬头也看不到山顶。山上大片娇红的颜色向上铺展开去。

"真好看！"嵋叫起来，离开饭桌，跑到对面墙下，想看得完全些。但仍是一片深深浅浅的红云，没有边缘。

"那是高山杜鹃的一种，"老吴说，"孟离己的研究对象。"

"说实在的，"那位男研究员对嵋说，"令姐是一位真正的植物研究工作者。她的专心无与伦比。"

"也许她真的能把毒素变成药物。"老吴说。

峨抬头，拂去桌面上又落下来的小花，很自然地说："高山杜鹃有好几百种，是点苍山的大户。这里的有毒植物并不多，它是一座温柔的山。"峨说着一笑，对嵋指了指座位说，"坐下，好好吃饭。"

一时饭毕,姐妹俩又回到峨的斗室休息。嵋打量着全家人的照片,觉得还少了谁,她在简陋的书架上发现了他。

"仉欣雷!"嵋发现了这张应该有的照片。

峨也看着仉欣雷。她把照片翻过去,轻轻地说:"我对不起他。"

嵋想,大概这就是仉欣雷能在这里有一席之地的原因了。

她们略事休息,便下山了。下山走得很快,嵋觉得两条腿简直换不过来。峨却颇为轻松。

"姐姐,你练了陆地飞腾法吗?"嵋问。

峨放慢了脚步,指着路边一个凹处,说:"那里有一种草,我去看看。你可以休息一会儿。"她先用树枝敲打一阵,确定没有动物,走进草丛,采了几株,不想走出来时,却被一种藤蔓缠住了脚踝。嵋走近去想帮忙,峨把几株草递给嵋,自己拿出小刀把藤蔓割断。两人坐在路边石上,峨先取出随身带的小硬皮本,那也是一个准标本夹,把草株夹好,才去整理衣服。

她拉动裤脚时,嵋忽然叫道:"腿上怎么了?"峨的小腿上,有一条殷红的伤痕,约有半尺长,创口很不整齐。"你受伤了吗?"嵋关心地问,伸手要去抚摸那伤痕。

"一次从山崖上滚下来,幸好只伤了皮肉。"

峨推开了嵋,淡淡地说。因无医药,伤口感染,她病了一大场。峨认为这些都不必说。

嵋含泪颤声问:"你怎么摔的? 当时旁边有人吗?"

"我在山崖边采标本。那是在一片花海之间,没人见过的花海,你能想象吗?"峨微笑,"我看见高处有一丛花,样子很不同,便往上爬,要去采。一脚踏空,摔得很重。后来老吴他们来找了,你看我不是好好的吗?"

"后来你找到那丛花吗?"嵋说。

"大家都去找了,但是没有。那也许是个新亚种。"峨喃喃地说,似乎在自语。"那是什么?"路旁又一种草吸引了峨的注意。她没有去采,只站定,端详了片刻。

两人继续下山。峨不觉又走得很快。嵋勉强跟上。天色已晚,快走可能是必要的。嵋想。

到米线小店时,天已全黑,电石灯的火焰突突地跳着。她们仍要了两碗豆花米线,嵋不时抬眼望着姐姐,峨只看着米线。从云南驿来的卡车带走了嵋,她们不知何时再相见。

三

嵋在小苍山山房中,揉着酸痛的两腿,心想姐姐登山越岭的功夫比自己高明多了。这只是一件小事,就整个印象来说,她似乎变得比较平常了,不过她的平常是就她周围的环境而言,那里的人似乎都不大平常。无论是和尚道士,还是科学工作者,他们处在一个植物世界,可是也在战争的阴影中。只要是中国人,就承担着反击侵略者的一份责任,谁也没有忘记。

一个护士推门进来,她是来取病案的。

"你这小屋倒清静。"她评论道。嵋在排列整齐的病案中敏捷地取出了那一份,不需要找。"可也清静不了几天了。"护士接过病案,"像是要打大仗了,你没听说吗?"

嵋不知怎样回答。护士并不需要回答,转身走了。

一会儿,又有人送来一些医院的材料,是"嗝儿"院长让嵋抄写的。她很快处理过这些事务,继续翻译那份英文资料。

"我是从惠通桥来的。"那个枯叶般的人忽然出现在窗口。

嵋温和地看着他,说:"你的事,我都知道。你们是为国家立了功的。"

那人似乎有些吃惊,大声说:"立了功的?"

嵋站起身,要开门让他进来,想一想又停住了。那人并无意进门,只站在窗前向屋里看,像在寻找什么。

"需要什么帮助吗?"嵋仍温和地问。

那人又一惊,并不答话,仍站着不动,眼光在室内转了一周,盯住了嵋。嵋走到病案架的后面,躲开了他的视线。

"你怎么在这里?"有人说话。

嵋舒了一口气,探出头来,见是丁医生,便开了门。

丁医生递给嵋两个纸夹,说:"又有一份材料,还有一份名词对照表,是我这两年积累的,也许有点用。"

没有等嵋说谢,他转身对那从惠通桥来的人说:"老战,我们回去吧。"

老战认识丁医生,一面喃喃自语:"立了功的?"脚下顺从地跟着丁医生走了。

转过山脚,在叶子花林中有一间土房,是老战的住处。他本来已丧失了几乎是全部的记忆,只记得炸毁惠通桥的那一刻,耳朵里塞满了炸桥的巨响。"立了功"这几个简单的字,忽然穿过那巨响,让他似乎摸索到什么。

他问丁医生,说:"我立了功吗?"

丁医生有些诧异,这两年来,他还没有说过惠通桥以外的话,因说:"当然,你当然是立了功的。"

老战坐在床边,大声叹气,脑中一片空白。他忘记了历史,但历史没有忘记他。一个普通的云南人,一个民夫。

抗日战争爆发，我国原来的交通要道受到很大破坏，和外面联系几乎中断。从云南边境修一条公路直通缅甸，是必要的和急需的。这条公路要通过三座大山，苍山、怒山、高黎贡山，三条大江，漾濞江、澜沧江、怒江。一般估计如有先进设施，得需要七八年才能修成，可是，实际发生的事，往往超过想象。

云南边境潞西县，处在层叠的青山中，是一个美丽的地方，是通往缅甸的必经之路。县境最西边的一个小村，处在山间一片平地上，是一个具体而微的小坝子。景颇族、傣族和汉族集聚而居。靠着几亩高高低低的梯田，傍着几道弯弯曲曲的小河，这就是老战的家。

老战有父母、有妻子，老战是汉族，妻子是傣族。老战认为傣族女人是最漂亮的，妻子认为汉族男人是最勤劳的。他们有一个刚满周岁的儿子。他们日出而作日落而息，战争的硝烟还没有飘到这里。

那是冬天，在这里山还是绿，水还是清。人们一觉醒来生活全变了样，村寨的头人挨户通知，政府征调民夫修路，为了打日本鬼子，必须修一条路。

老战他们不懂两者有什么关系，只知派的活是不能不去的。他和村里十几个年轻人背着干粮被褥，走到怒江西岸的一个小镇，那里已有许多民夫。

一个穿皮夹克的青年对大家说："你们知道修路的重要性吗？我们现在正在进行抗日战争，打仗需要武器。可是大片土地已经被敌人占领，铁路、水路都不通，我们两手空空怎样打仗！修这条路通到缅甸，可以得到国际供应，这条路好像是一条大血管，可以给我们输血。"

一个像是组长或是队长的人走过来,不耐烦地打断说:"莫说了,你省点力气吧。"

后来老战知道,讲话的青年是公路工程师,姓孙。以后他常常给大家讲些道理。有人说:"修路是为了打日本鬼子,早知道了。"老战却很爱听。

他们过了江,在保山附近的一个村子里歇了一晚。次日,开始筑路。一锄一锄,一筐一筐,工地上人群密密麻麻,大家都不说话。他们的路要绕过一座山,这山在群山中算不得高,也已上插入云。最初,他们的工作很乱,效率不高。过了几天,渐渐有了头绪。他们分成许多组,每个组有工作范围,每天的工作差不多都能完成,进度很快。这一切都是孙工程师计划领导的,他仍旧不断地讲道理,说筑路一公里长就等于把敌人打退一百公里。

他们每天顶星星出,踏月亮回。工作的时间很长,住处又远。他们的手段很原始,没有推土机,一人挑,两人抬,像蚂蚁一样,该堆高的地方堆高,该垫平的地方垫平。有一次,炸出来的石头太大,简直像个小房子,应该再炸一次,又没有了炸药,几十个人发一声喊,硬把它推到山下去了,落到涧谷之中。

小孙大呼:"中国万岁!我们是中国人!"

民夫们也跟着喊:"中国万岁!我们是中国人!"

后来就唱出了一首民歌:"我们是中国人,团结起来打日本,大山大石难挡路,我们是中国人!"那时没有宣传队,全是民夫们自己唱出来的,很快便成了号子,响彻了高山深谷。

山腰绕过去了。随着公路向前伸展,住处越来越远,为抄近道,他们把满山榛莽走出几条小路,撕破了衣衫,扎破了皮肤,没有一个人抱怨。

这时西岸筑路也开工了,公路领导决定,西岸的民夫回西岸,离家近有许多方便,最主要是自带干粮比较方便。老战和伙伴们差不多有两个多月没有喝到热汤水了,老战回到家,两手捧着媳妇端过来的热汤碗,吹一下汤面上飘着的油花,觉得自己真有福气。

以后,由头人安排出工,还要照顾种田,大家轮换。有时一去几天,仍是自带被褥。春天来了,他们在青草中露宿,听着远处的鸟叫,那种鸟叫得很难听。老战很想捉一只,看看它什么样,可是没有闲空,有一点时间睡觉还来不及,只好在梦中捉鸟了。

工作越来越紧,村里能抽得出的人全来了,老战六十岁的父亲也出工。他把小孙讲的道理讲给父亲听。

父亲说:"没有枪炮像是孙悟空少了金箍棒,可怎么打仗?有了路,要什么都方便。"

夏天来了,连着下雨,几天不能出工。这天,雨停了,本来老战要去工地,父亲说,那些梯田东一块西一块,有的要放水,有的要堵口,儿子会做得好些。老战想,有一块田简直在山顶上,路滑难行,自己去吧。

老战在工地上和同伴们一起踩着没过脚踝的泥浆,一锄一锄,一筐一筐,一直干到中午。忽然,一声巨响,眼前的山掉了一块下来,砸倒了几个人,大家一阵乱跑。

"塌山了!塌山了!"就在这响声之中又是一阵巨响,天崩地裂。这一工地上的全体民夫都被活埋,第三次的山体滑坡,把他们埋得更紧。紧接着是滂沱大雨,整个的山迷蒙一片,什么也看不清。

大雨过后,村人来送饭。人都不见了,眼前是一座巨大的坟墓。村人们趴在泥里哭。后来,大家把各自的亲人刨出来,在村边做了坟。老战的村边有一排,连成了一条路。

一天,小孙等几个人还有穿军装的,来到村里发放了抚恤金,又在每一座坟前鞠躬。

小孙拉着老战的手说:"路,非修成不可,是不是?"老战点头。

修路的工程夜以继日,他们把塌下的山搬走,把深陷的谷填平。很多妇女也出工,在这一地区,她们本来就是劳动的主力。她们把婴儿背在背上,也挑也抬,用铁钎子敲石头,搬石头垫路基。老战的媳妇当然也在其中。黑压压的工地上,常有亮光一闪一闪,那亮光来自傣族妇女的头饰。

据后来统计,参加修筑滇缅公路的民夫达三百万人次,而那时云南的人口只有一千六百万人。

腾冲绅士刘楚湘有一篇《滇缅公路歌》,描写了滇缅公路所经地势的奇险,更写了民众筑路的万众一心,可歌可泣。诗句云:

> 滇人爱国由天性,护靖劬劳人歌咏。
> 兴亡原是匹夫责,百万民夫齐听令。
> 新妇卸妆荷锄行,乳娘襁儿担畚进。
> 凿山填谷开道路,路平如砥到康庄。
> 抗战后方同前方,举畚如炮锄如枪。
> 工程克期数月完,车驶昆明通木邦。
> 山高万仞兮,萦回下上。
> 谷深千寻兮,盘折来往。
> 石岩巉巉兮,千夫运斤。
> 磴道嶙嶙兮,万夫用划。
> 洪流汤汤兮,锢铁架梁。
> 溪水潺潺兮,甃石埋管。
> 山崩岩塌兮,葬身川原。

奔涛怒浪兮，漂尸河岸。
蛇雨蜃风兮，瘴疠交加。
蝮螫兽啮兮，肢残腕断。
吁嗟乎！
滇人不惜糜身躯，但愿辚辚驶汽车。
抗战源源济军需，誓复河山歼倭奴！

公路一天天伸长，终于修成了，通车了。十轮大卡车从村子下面轰隆轰隆地驶过，老战和媳妇总是指着车队让儿子快看。他们说不出，也想不出"这是为遍体鳞伤的祖国输血"这样的词句，可是心里觉得很痛快。

老战不清楚战事的发展，却眼见军车向缅甸方向开。日本人侵略缅甸，英国请中国协同作战。这时，中国远征军出征了，要御敌于国门之外。一定要挡住敌人，不能让他踩脏了我们的田地，骚扰我们的祖先。村里人这样说。

给前方队伍运送给养是很重要的事。为了躲避敌机的轰炸，有一条增补给养的小道，那是马帮走的路。村里再次征调民夫，运送物资。老战和伙伴们一起到县城。在县政府前有十几匹马，马夫不够，老战他们很快补充进去，各就各位，向缅甸的八莫出发。领头的是原来的马帮首领，俗称马锅头。

他们一步一步跨山过水，昼行夜宿，因很难找到住处，大都把蓑衣或粗毯披在身上露宿，若能有个房檐靠一靠，就很好了。最难对付的还是下雨，他们把蓑衣盖在物资上，自己淋着，湿了又干，干了又湿。

有一天，走到一座山旁，不远有一处树林，马锅头说："这里常有土匪出没，最好现在他们不在家。"他对老战们说，"如果土匪出来了，我和他们搭话，你们就领着马队往前赶。他们认识我。如果碰见和气的,最后走出树林的一匹马,给他们就行了。"

老战问:"如果碰见不和气的呢?"

"那就难说了。"马锅头想了一下,然后招呼马夫们,"大家抽一袋烟吧!"

一袋烟过后,他们慢慢走到树林边,不见有人出来。他们尽量压低声音,走进树林,越走树木越密,几乎看不见天,一棵棵大树看去都很凶悍。

马锅头在最前面,不时传话过来,要小心,不要碰那些树。约走了两个小时,总算走出了林子。马锅头从前面跑回来殿后。

这时林中忽然一声枪响,走出几个人来,相貌平常,都没有骑马。

马锅头也下了马,站在马旁,一副等着发落的样子。一个人问了几句话,知道这是往部队送给养,他们似乎早有消息。

马锅头说:"这里有一匹是给大哥们的。"

那土匪摇摇手,有人从林子里牵出一匹马来,马上驮着两只木箱,说:"这都是子弹。送给部队,打日本鬼子。"

马锅头惊喜不已,站稳了,向那人作揖。

那人将马向前一推,说:"领一匹生马,你还不是家常便饭?快走吧!"转过身都进林子去了,这边的马夫们都目瞪口呆。

那匹马跟在马帮里,很守纪律,一直走到目的地。卸了背上驮物,便不再跟随马帮,想是仍回那树林中去了。

老战他们交了物品,回来又走了十几天。路上有同伴得了疟疾,民间说是中了瘴气,云南话叫作打摆子。病人一阵发冷,一阵发热,发冷时上下牙捉对厮打,发热时浑身火炭一般。治疗的办法是跑,好让瘴气鬼追不上,叫作跑摆子。

他们砍了几根树枝,做了一个架子,放在马上,让病人坐,马跑了一天,也没有把鬼甩掉。第二天,病人从马上栽下来,当时断了气。

别的运输队伍也有类似的情况。当他们走近自己的村子,看见山上青翠的梯田,有几块已经没有了主人。

前线的消息越来越紧,有很多传言,都说是中国打败了,人心惶惶。公路上出现了向后方逃的军车和溃兵。车辆堵在路上,有的车因故障不能开动,后面的人就把它掀翻,推到山下。

老战的村里出现了几个伤兵,他们衣衫褴褛,面有菜色。村里人递给他们煮好的竹筒饭,他们没等吃完,捧着竹筒就去追赶队伍。有一个伤势太重,没有走出村就倒在村头一家门口,人们想把他抬进屋内歇息,发现他已经死去。

那是一个鲜丽的五月的早晨,老战和媳妇正准备下地干活,儿子拽着阿妈的衣服。只听见街上乱哄哄的,开门看时,邻居说:"快跑!日本鬼子打过来了!"

他们赶快把家里仅有的粮食都装在一个袋子里,背着往山里跑。媳妇要去锁门,老战说:"家都保不住了,锁门有什么用!"刚走到村头,那些叫作日本鬼子的东西从后面赶来了。他们的马很快,一下子绕到人群前面。

人们夺路向山上跑,鬼子开了枪,一阵乱射。有人举起锄头,有人拿起木棒,这毕竟不是武器。不多久,死的死,伤的伤,跑的跑,只剩下老战几个人,被鬼子逼在街口。老战惊慌地向四处看,不见自己的媳妇和儿子。

"我们要吃饭,要火。"一个鬼子兵比画着说,"你来做饭。"他摸摸老战的粮食袋,把老战和另外两个村民赶进村边一个农家。"做饭!做饭!"鬼子兵说。

老战和另两个村民互相看了一眼,蹭到灶前做饭。

"看见我媳妇吗?"他低声问那两个村人,他们都摇头。可惜没有毒药,老战想。

饭还不很熟,那些东西便到锅前来盛,一会儿便吃光。一个村人趁他们不注意,溜出后门想逃跑,一个鬼子一枪打中他的脑袋。跑是跑不脱了,怎么才能换他两个!老战思忖。

没等他想出主意,鬼子兵纷纷起身,把老战和邻居背对背捆在屋中柱子上,用几束稻草引了火乱扔。屋里竹器多,一会儿便烧起来。鬼子们出门上马呼啸而去。

老战他们挣扎,脚下的稻草烧着了,火苗扑上来,绳子还没有断。忽然从炉灶后面闪出一个人,脸上涂着黄泥,原来是老战的媳妇,儿子还拽着她的衣服。她用剪刀手忙脚乱地剪绳子,先把老战解开。老战劈手夺过剪刀,三下两下剪下了同伴的绳子,几个人扑打着身上的火,夺门而出。

只见村中好几处火光,火在燃烧中发出奇怪的声音,此外没有一点声息。不久前的人喊马嘶都飘散了,许多活生生的人都成了尸首,活生生的村庄成了废墟。

老战和媳妇一人拉着儿子一只手往山上跑,拼命冲过密集的植物,手脸都刮破了,衣服撕成一条条,植物竟和敌人一样凶狠。

村民们陆续逃到靠近山顶的一个村寨里,像老战一家三口都在的人家,没有几户。他们三个人在一起,没有家也是家了。几堆人在村边,有的放声大哭,有的低声抽泣。

这里的村民端水、端饭,劝说:"莫哭了,莫哭了,哭有哪样用。"都打开家门,让他们休息。

不久,有人来招募民夫去挖路。把路挖断,好阻止敌人。领导挖路的是军队工程处的人,他们和这一带的土司联系,向各村招募民夫。熟悉地理情况的民夫一起商议,确定了挖大路,留小路的方案。他们日伏夜做,用锄用锹,很快把路面破坏得百孔千疮。

老战趴在一棵树上观看自己的成绩,果然,鬼子那东西的马到这里全趴下了。浅坑阻挡不了坦克,挖深点,再挖深点。他们在夜里干活,齐心拼死力挥动着手里简陋的工具。一天,终于看见那钢铁怪物——坦克车,栽进一个坑里爬不出来。

他们要给正规部队赢得时间,可是日本鬼子跑得更快,他们趁着在缅甸的胜势,很快占了腾冲、龙陵等地。中国军队向怒江东岸撤退。

一天夜里,老战和媳妇,还有别的人,正在挖路,有人跑过来说:"撤退,撤退!"

工程处的一个兵也说:"部队撤退了,大家跟着走吧!"

媳妇忙抱起睡在路边的儿子,人群向怒江边赶,赶过江去,可以把敌人甩在西岸。

士兵扛着步枪,拖着机枪、小钢炮,还有军车和一门重炮也夹在后退的队伍里。

有几个伤兵显然没有了力气。一个兵忽然大叫:"还不如死在战场上!"又走了两步,仆地不起。还有几个越走越慢,不见了。沿途不断有难民跟着走。突然后边响起枪声,鬼子追来了。

溃不成军的队伍像得了什么号令,齐齐地转过身,向敌人开火。他们边打边撤,大量的人群来到江边。

江水奔腾,不断地打着回漩,好像因为不甘心流走而愤怒。江上有惠通桥,这是救命的桥。人们推着、拉着、挤着上了桥,老战被裹挟在人群中也上了桥。这时他发现媳妇不在身边,手上也没有拉着儿子。他想停下来找他们,可是只能随着人流向前走,要停也停不住。

"快,快!"有人在喊。敌人就在后边,他们如果也过了桥,东岸就没有平安了。老战到了东岸,人群在岸上散开来,老战向桥上寻找,只见穿着黄色军装的那东西正在过桥,已经过桥的士兵发射了机关枪,有人反身冲上去,扔了几个手榴弹。但是日本鬼子仍然拥上桥,往这边跑。

忽然间,老战看见自己的媳妇了,她抱着儿子在日本兵前面跑,老战清楚地看见日本兵推倒了她,踩着她往前跑,这时轰然一声巨响,一阵硝烟罩住了江面。惠通桥断了。

惠通桥断了,只剩下两条粗大的钢索悬在空中。桥上的日本兵统统掉入江中,桥上的中国军队和老百姓也掉进了江里。江水愤怒地流着,打着漩涡,带走了落下来的一切。两岸忽然静了下来,只听见江声浩荡。

突然爆发出哭声、喊声,撼天震地,撕人心肺。这哭喊声很快向空中飘散了,持续的时间不长,人们还要继续战斗。

老战趴在江边一棵树下,昏迷了两天。自己醒了,一步步挨到保山,又一步步挨到永平。无论别人问他什么,他只会说"我是从惠通桥来的"。

"嗝儿"院长有一次到永平取物资,发现他在路边一个窝棚里,发现了他让他帮着挑担子,他倒还能胜任,就这样留在了医院里。他虽然还有力气,却不能交谈,他已经失去一切记忆,只记得惠通桥,交代他做什么事很费劲。后来,便让他看守坟场。他就像一片枯叶,在这里飘荡。

过了几天,丁医生在食堂看见峨,对她说:"你也许可以和老战谈一谈,这对他有好处。"

嵋说:"严主任说不可以去他的小屋。"

丁医生说:"我和你一起去。我们在山坡上把他找来就可以了。你愿意么?"

嵋说:"当然愿意,我也觉得他需要谈话。"

当天下午,丁医生来约嵋,到老战土屋外面不远处。老战正在打扫坟场,丁医生引了他来,三人坐在一棵大叶子花树下。

老战看见嵋,忽然笑了一下,干枯的脸上好像有一丝湿润,主动向嵋说:"我是立了功的。"

"岂止是立了功的,是立了大功的。"嵋热切地回答,"就是因为有千千万万你这样的人,我们才有这一片叶子花林,才能坐到这儿说话。"

老战迷茫地看着叶子花林,喃喃自语:"我是从惠通桥来的,我是立了功的。"他把目光从远处收回,盯着嵋和丁医生看了一会儿,忽然问丁医生:"你是谁?"

丁医生非常高兴,说:"我是这里的医生,我叫丁昭,我已经认识你很久了,你不知道么?"

老战微微摇头,沉默了半晌,又问:"我是谁?"

丁医生和嵋互相看了一眼,一时不知怎么回答。

嵋说:"我知道你是一个普通的云南人,姓战。我可以告诉你我是谁。我是从很远很远的北方来的,因为日本人打来,我们逃难,逃到昆明。那年我十岁,现在我已经十七岁了。日本鬼子还在我们的国土上,我们许多人来到这里,是要把他们赶出去,让他们知道只有让别人活,自己才能活。"

老战似懂非懂地望望嵋,忽然身体左右摇动,好像受到什么推搡,大声哭起来,呜咽着说:"我的媳妇和儿子呢?"紧接着站起来,要去找什么。走了几步,又停住,回头问:"我的家和梯田呢?"

峨也几乎要哭了,一时说不出话。

丁医生说:"你慢慢想,什么都会想起来的。"

老战身体停止了摇摆,继续哭着,干瘦的脸紧缩在一起,整个的头像是一个握紧的拳头。他不再理他们,慢慢走回坟场。

这是一个好的开头。接连几天,老战都到小苍山山房坐一会儿,说几句话。他能说的话一天比一天多,也有时一句话也不说,只管坐着。峨便也不理他,做自己的事。丁医生常加指点,还向颖书建议,派老战到永平协助购买物品。

日子一天天过去,老战渐渐找回失去了的记忆,行为已接近常人。一天,他特地到小苍山山房来,说了一句话:"那天早上,我打了她一下。"

峨为这句话怔了半天。也许忘记一切更能有内心的平静,也许恢复记忆更让他痛苦。这道理很深奥,她只能不想。

医院的人看出老战的变化,都说丁昭和孟灵己都是心理医生。

峨说:"这全是丁医生指导的,我懂得什么。"

丁医生说:"以前,我可没有想起来。"

颖书笑说:"不用推让了,没人发奖章。"

一天晚上,峨给无因写了信。她已经收到无因的两次来信,几次想写信都没有写成,这时觉得有很多话要对无因说。她最先讲的就是民夫老战的故事。

> 我从来没有想到要治疗老战,不过几次谈话,他竟慢慢地恢复了记忆,有些不可思议。想来人和人之间,有一种相互感通的力量。

她沉思了一会儿,继续写下去。

我现在是在战争的边缘,正在一点点走进去。我们凭信念而来,为了保卫自己的国土,不受敌人的蹂躏,为了消灭法西斯,实现人类的自由平等,为了正义,为了要达到这些光辉的词语,必须走过一个沾满血迹的通道,我并不怕。我不知道玮玮哥是怎么想的,我还没有看见他,我们相距并不远,我很希望,你能和我一起感受这一切。生活太深奥了。

　　峨又沉思,随后写了植物学工作者孟离己的情况,也讲到医务处主任严颖书和护士李之薇,还有医生丁昭。

　　她写了三页纸,直到本来就很暗的电灯光一点点暗下去。

　　"熄灯了,熄灯了。"同房间的护士说,"你还不睡?"

四

　　这一天,峨译完了丁医生交来的材料,把译稿放在自己做的一个报纸夹里,小心地捧着,到病房来。不巧丁医生和另外两位医生都到永平去了,她不放心交给别人,又捧回来,把它放在病案架的一个空格里。

　　一时无事,峨拿着抹布到处擦拭,在病案架后面,看见屋角堆放的旧材料,想看一看再做处理,便拿了一摞,放在桌上一张张翻阅。它们是些旧病案、旧报纸和一些文件。她看见一个大档案袋,见里面有些旧公文,旧账本,粗粗翻了一下,发现一本薄薄的小册子,翻开看时,见第一页上写着:

　　"我不知道谁能看到这些文字,却知道你们读它时,世上已经没有了我。"

　　字很大,很不工整,有的两个字重叠在一起,像是用尽力气写的。再翻一页,见一行行歪斜的字,字迹很难辨认。峨好奇地看下去。

我是一个女兵,一个中国女兵,我就要死了。

我是一个孤儿,不知道父母是谁,在长沙孤儿院里长大。后来上了护士学校,毕业后在一所医院里工作。那是我短暂一生中最安定的日子,我没有家,却有国。医院前面有一条小溪,我上下班常在溪边站站,看溪水向远方流去。我感谢上天,能让我养活我自己,我很满足。

我从没有想到自己会像溪水那样,流得那么远。

抗日战争爆发以后,战火逐渐逼近,部队在我们这个县招募护士,我很舍不得安定的生活,可是我知道安定维持不了多久,日本鬼子随时会打来。我本来就没有家,难道还要失去国吗?我和几位同伴一起参加了部队,在几处野战医院工作过。一直和我在一起的是水姐,她比我大两岁,文化水平比我高,她的父母都是小学教师,她从来就是一个出色的护士。

我们的工作很繁忙,伤员多,医护人员总嫌不够。我们也经过简单的军事训练,以备紧急情况。医院里常有伤员去世,有时医院要转移,就把他们匆匆地埋了。只要时间来得及,我们总要到临终的人床前,问他有什么遗愿。有人要写家信,他用尽力气说了上款,马上就落入了昏迷,不久断了气。有的人已不能清楚地讲话,我总是点点头,表示理解。也有人已完全不能讲话,但是眼光一闪,我知道他感到安慰。现在我自己要死了。

一九四二年,我所在的部队编入远征军。远征军是整个抗战的一个环节。为了保护滇缅公路畅通,为了不让敌人侵入国境,我们去了。

在昆明休整了几天,又有几名护士加入,有一个很小的女孩,又黄又瘦。我想她还不到十四岁,可是她说已经十七岁了。不知她是从哪里逃难来的,父母都被敌机炸死了,只剩她自己流落到昆明。她参加部队的态度很坚决,有人说:"你这样小,走不了那样远。"她说:"不抗日还活着干什么?"医院收留了她,我们叫她小木。我们经过了大山大水,进入了缅甸。在树林旁支起一个个帐篷,便是医院。许多人水土不服,最厉害的是吐泻不止,我们都很紧张。上级三令五申一定要挡住这种非战斗减员,可是有什么办法。

水姐从当地老百姓那里得到了偏方,那是野地里的一种草。这种草和一种毒草很相像。一次,在检查药草时,水姐怀疑其中一束不是正品,扔了又觉可惜。小木说:"我来试试。"立刻拿了一片叶子嚼着,随即叫了一声"好麻!"忙不迭把草吐出,可下半个脸都肿起来了。水姐怜惜地拍拍她,让大家仔细分辨这些草。我们都很庆幸,没有给伤员错服。天不亮我们就起来去采草,这样才不耽误一天的工作。草丛中还有各色野果,我们渐渐得知,其中暗红色和黑色的两种可以充饥。好吃是谈不上的,我们没有想到它们后来帮助了我们活命。采的药草每天都经过水姐认真的检查,这偏方加上我们的治疗总算有效。我们全体护士受到表彰,师部来人说,这个战役打得漂亮。水姐还受到特殊嘉奖,师部的人要她讲几句话。水姐平时就话少,当时只平静地说了一句:"我们为正义而战。"

后来,他出现了。他也是上吐下泻,狼狈不堪,我给他发药,问他姓名,他说姓路。我一天要接触很多伤病员,这一个不知怎么,有点特别。他五官端正,有一双漆黑的眉毛。他渐渐能够走动,一次,我到师部办事,回来见他站在医院门口,他远远看见我,好像叹了一口气,转身走回病房。不知为什么,我觉得安慰。

黑眉毛的路痊愈出院；不久在一次小规模战斗中，左腿中了一弹，又住进医院。这时他是排长。我为他清创换药，换过了药，我仍站在床边。他说："我家门前有一条小河。"我说我没有家，我原来的医院门前也有一条河，我们都笑了。他的伤不重，很快就出院了。

　　不久，部队参加了入缅后的一次重要战役——同古会战。这时，我们的医院在一个破旧的小楼里。楼前后都落了炮弹，伤员不断送进来。我又发现了他，路排长。抬担架的人说他们的冲锋太勇敢了。连长已经战死，一排长接过战旗，继续进攻，又倒下了，接下去的是二排长，就是他。他从昏迷中醒来，见我在床前，口角边漾过一丝笑意，黑眉毛一扬，忽然低声说："等打胜仗了，我要娶你。"我点头再点头，又走到他枕旁，装作整理被褥，在他耳边轻声说："这是第一次有人对我这样说。我同意。"

　　这也是我一生中唯一一次听到这样的话。

　　当时我不知道他听明白没有，两个钟头以后，他的眼睛永远闭上了，黑眉毛在眼睛上面弯着。

　　生活里没有起死回生的偏方。

　　因为英军后撤，我们不得不放弃了同古。我们来不及掩埋那些英勇的士兵，他们永远长眠在自己战死的地方。我把我的一件军装盖在路排长脸上，又在他耳边轻声说了一遍："我同意。"

　　我们现在的任务是回祖国去。一边撤退，一边作战。为了摆脱敌人，我们走进了一座大森林。我和水姐、小木还有几个伤员在一起。一个兵两腿都中弹，我们扶着他拼命向前赶，走进森林没有多远，他忽然说："怎么这么黑？"森林确实很黑。他两腿的伤口都在流血，已经没有绷带可换。他说："我的腿是红的。"后来他实在走不动了，转过身去，喃喃道："我要面对敌人。"随即倒下,死了。

敌人真的就在眼前。这里有些零散的敌人,他们在森林边缘地带活动,有时爬上树,把自己绑在树上打起枪来很敏捷,还能很快地移动位置。我们走过时,他们从大树后面打枪,我们急忙从肩上取下枪来还击。小木本来没有枪,这时,迅速地从一个失去右臂的伤员身上取得了枪,向树林中射击。水姐说这样不行,我们都会死的。小木忽然说:"你们赶快走,我往那边去。"说着,向另一个方向钻进草丛。过了一会儿,一个稚嫩的声音在喊:"打倒日本帝国主义!"同时响起了枪声。敌人向那边打枪。"打倒日本帝国主义!"小木仍在喊。枪声随着喊声渐渐远去。

我们不能等待,只能拼命地继续走。小木没有回来,她永远消失在大森林里。

有一个伤员发高烧,走一段路便要问:"到家了吗?"走到一块大石边,他说:"到家了。"便靠在石上,举起两手向天,大声喊道:"反攻!反攻!"然后就断了气。又有一个伤员躺在路边,我俯下身去看能为他做点什么。他忽然坐起,问道:"反攻开始了吗?我的枪呢?"随即重重地倒下了。我和水姐只能眼睁睁地看着这一切。

我没有力气细写我的经历,我们越走进森林深处,森林越像一个黑洞,使人透不过气。一天,我在草丛里发现了那暗红色和黑色的果实,招呼水姐来看。水姐大叫一声:"你们在这里!"她先自己尝过,然后采了分给伤员,可是它们不能疗伤。伤员一个一个倒下,后来只剩我和水姐两个人,再后来水姐也死了。

那天下着大雨,雨打在树叶上的声音像打雷一样。我们走进一个小窝棚,几片大芭蕉叶搭的,大概是前面有人住过。我们想进去避雨,水姐先弯腰进去,立刻叫了一声:"什么东西!"她踉跄地退出来,迅速地从自己衣服上撕下一条布,扎在右腿膝盖下,阻止毒气散发。"这里不能待。"她说。我们急急向前,没有多久,水姐的腿已肿得碗口粗细。可能是蛇咬的,也可能是一种很大的毒蝎,也可能是别的毒物,这里是它们的世界。我们在几丛交叉的树枝下休息,天已全黑,雨仍在下,电光一闪,照见水姐血肉模糊的脸,那是蚊子叮咬加上自己抓挠所致。我们的脸都是这样,看着真吓人。水姐渐渐呼吸困难,抓住我的手,一字一字地对我说:"你要让人知道,我们都是爱国青年,我们为正义而战。"她喘息了一阵,用力说,"我相信你会回到祖国。"她的手放开了,她和小木去做伴。水姐是二十二岁,小木是十八岁。

我要把水姐的话写下来,我听见"反攻!反攻!"的叫声,声音怎么这样大。

你们听见吗?

当时我没有死,我很奇怪,我怎么没有死。我站起来,又倒下,好像是被雨打倒了。我向前爬,爬了不知多久,迷糊中听见后面有人问:"前面是谁?"我挣扎着报了部队番号。有一小队人走过来,他们扶起我,随即讨论该怎么办。我说:"你们走吧,不要管我。"他们不听,迅速地砍了几根小树,做了一个担架。他们的力量也已经快用尽,再抬一个人几乎是不可能的,但是他们做了,我无法制止他们。只听一个声音说:"你躺好了,你很轻,你这样小。"我昏沉地在担架上,被这些不认识的弟兄们抬着。渐渐地我能走路了,我指出那些能吃的野果,大家很高兴。

我走得很慢,拖住他们的脚步,真是一个累赘。我恍惚中听见他们谈话,一个说:"我们管不了她了。"另一个说:"扔下她?做得出来吗?"我想我简直是一个祸害,我会拖垮这些好弟兄。怎么办呢?

一次,天晚了,我又落在后面,我努力挪动脚步,忽然眼前冒出一堵黑墙,我向后退了两步,看清是一只黑熊挡在面前,它正用绿幽幽的眼光看着我,我本能地想向后逃,可是两脚像钉住了,挪动不了。我就和黑熊对望着,我想如果它吃了我,对大家都是解脱。这样一想心里很觉坦然,你盯着我看,我也盯着你看。它很容易将我扑倒,可是它没有动。"你在哪儿,你在哪儿?"前面一片喊声,有几个人转回来找我。"熊!黑熊!"他们大叫。熊略微迟疑了一下,转身向草丛里去了。他们说:"你站得这样直,你不怕吗?"我说:"不怕。"一个人觉得死更有意义的时候,是不会怕的。

以后又经历了多少艰险,我来不及写了。有人要甩掉我,但总有人救助我。我感谢救助我的弟兄,也不责怪要甩掉我的同伴。实在是太艰难了。

我们终于走上了一个山坡,在不远的平地上有许多五颜六色的帐篷,那是部队接应的地方,那些颜色直冲进我的血液里,让我头晕眼花。我们大声叫起来,我们到了。我立刻扑倒在地,躺了很久。我尽可能报告了牺牲伤员的名字,也报告了水姐和小木已一去不复返。

我又想起最早的那条小溪。

文字到这儿忽然断了。嵋勉强忍住泪水,不让自己哭出声来。

"孟灵己,"是丁医生的声音,"你找我吗?"

嵋开门,默然把手中的小册子递给丁医生。又从架上取下译稿放在桌上。丁医生很快看完那几页文字,低头寻思了一会儿,自语道:"我想是她。"

峨询问地望着他。丁医生说:"这人我知道。她是我到这里最初接触的病员,你能想象当时的情况吗?敌军刚被截在怒江西岸,保山大轰炸后,瘟疫蔓延,永平、下关一带十室九空。我们到这里建立了一个医疗站,不知是哪个部队送来了伤病员,其中有她。"

丁医生停住了,他不想说这间小屋曾经做过她的病房,也是她去世的地方。

"她的病很重,说话很不清楚,每天还要拼命写字。我们劝她不要写了,她断断续续地说:'这不是我一个人的事。'后来不知是哪位好心人把它们搁在这些材料里。"丁医生抬头望着窗外,"她是一个女兵,我竟不知道她的名字。"

她们,她们是中国女兵,为正义而战的女兵。这就是她们的名字。

峨用一张白纸将那本小册子仔细包好,抱在胸前。她仿佛觉得小册子里有一颗心脏在跳动。

"我们就要反攻了。"丁医生拿起桌上的文稿,温和地说。

反攻!听见吗?

峨把手中的纸包举得高高的。

反攻!听见吗?

第 三 章

一

　　一九四四年春,继缅北反攻之后,中国军民盼望着的滇西大反攻开始了。这是盟国反法西斯作战计划中的一环,是我国抗日战争史上的重要一页。中国远征军载负着收复河山的使命再一次出征。这是民夫老战的愿望,是水姐、小木和那不知名女兵的愿望,这是多少中华儿女,活着的和已死去的,共同的愿望。

　　常说"六腊不兴兵",尤其在云南这样的土地上。大自然能让人随时感到它的呼吸,季节变化很显著,雨季严冬行兵不利。经过缜密的研究,也为了配合国际形势,我远征军出人意外地决定五月中旬开始反攻,给敌人一个出其不意。

　　经过多方讨论和细致准备,部队向怒江东岸各大小城镇集结。兵车、辎重车沿路首尾相接。车不够便用骡马运输,当时专门有驮载连的编制。有的部队规定某段乘车,某段步行;有的部队是从四川全程徒步赶来。据有关史料记载,各部队限于四月二十八日准备完毕,待命出击。

　　保山城内外到处是军人,他们荷枪实弹,一队队走过,使得断壁颓垣、布满伤痛的保山显得既悲且壮。在队伍经过的街道两旁,不知什么时候,摆了一排排桌子,桌上摆着大盆小碗,装着生、熟猪肉,新鲜菜蔬和各种粑粑、馍馍之类,人们拿着东西,往士兵们手里塞。保山的小锅米线是有名的,一个个小锅吊在火上,一锅一锅地煮着米线,香气四溢。老婆婆、小媳妇端着锅跟着队伍跑,想让士兵吃上一口。

许多经过通讯学校训练的通讯兵到各部队服役,大大加强了部队的活力。通讯学校逐渐结束。大家都走上新的岗位。

布林顿、谢夫和澹台玮都到高明全师美军联络组工作。美军联络组以布林顿为组长,另有一名少校军医,负责美国军人的医疗。有上尉谢夫、司务长荣格等,还有四名士兵。翻译官除澹台玮外,新来一位重庆中央大学的学生薛蚡,他刚打过几场摆子,看上去病恹恹的。

这一天,美方司务长荣格要去采购,请玮帮忙做翻译。玮向布林顿说了,坐上荣格开的吉普车经过歪斜的街道,到半截城墙边,那里是个菜市场。绿的芥菜,红的辣椒,长的韭菜,扁的、圆的蚕豆、豌豆,若是单看菜摊还是一片平和景象。荣格向玮指着说着,买了芥菜、蚕豆等物,还要买西红柿。那时西红柿还不普及,走了几个摊子才找到。几堆菜蔬和西红柿后站着一个中年妇人,一个瘦得只剩骨架的少年,吃力地抱着一大筐西红柿,往菜摊上摆,一面向那妇人报告什么。

"西红柿多少钱一斤?"玮用云南话问。

妇人回答了,又介绍说:"西红柿可是少见的东西,你家去哪点买得到哟。"一面把一个又大又红的西红柿递到荣格手里。

少年抬起头,看见了眼前的澹台玮,怔了一怔,似乎有些惊喜,仍旧搬弄筐里的东西。

等他们买好了,妇人喝叫:"快帮着搬上车,可听见了!"

少年麻利地把称好的东西搬到车上,走过玮身边,低声说:"澹台少爷,你真的到保山来了。"

玮打量着这黝黑的年轻人,干瘦的身体还没有长成,已经有些弯了。

"你是苦留?"玮也感到惊喜。其实他只在蹉跎巷见过这少年一面,在这里看见,倒好像是熟人了。

"小姐他们很好。"苦留急着报告,"我——"他往左右看看,"我来了才几天,跟着亲戚混口吃的。"

他们来不及多谈,玮告诉了自己的住址。苦留认识荣格,原来他已经到小学送过两次菜。

当晚,苦留来找玮。玮问他吃过晚饭没有,他嗫嚅着没有回答。

玮找荣格要了一份饭。苦留看见这份有肉有菜的食物,眼睛发亮,好像还没有看见他吃,食物已经没有了。他吃完了饭不只眼睛连脸也亮了一些。玮注意到他其实生得眉清目秀,绝不亚于任何"少爷"。

苦留先说他是一个月以前离开昆明的,离开前见到澹台小姐。她和阿难、青环还有那只羊都很好,青环听小姐说亲戚们都惦记你。讲到他自己的情况时又停住了。

玮有些好奇,问道:"你怎么来的?坐什么车?"

苦留看了玮一眼,仿佛下了决心,说出自己的遭遇。

上个月,苦留在昆明近郊帮人挑东西。这家人从乡下搬进城,雇了四五个挑夫。苦留挑了一担被褥送到城里,又转回去想再挑一担。别的挑夫说,路太远,劝他明天打伙去。他说,今天去了,明天可以早一点进城。

自己扛着扁担出城,一直走过了盘龙江。太阳已经西斜,他抄近,走一条小路,迎面过来一队兵,把他团团围住。为首的说:"打日本鬼子人人都要去。"不由分说把他带到队伍里,算是当了兵。抓的人不止他一个,怕他们跑了,把人都用草绳拴成一串。

就这样,在昆明训练了半个月,便开往永平待命。一路上,受了不少打骂,他和另外两个人逃了出来。他没有别处可去,保山是他的家,只能回到这里。可是家也没有了,亲人也没有了。近来才找到帮着卖菜的事。

说着他呜咽起来:"我不是不想当兵,难道好山好水就让日本人占着?可是着人抓起走,囚犯似的,只有逃了。"

玮心里很乱,这就是抓壮丁,因为兵源不够,需要补充,便用这种野蛮的办法。他不知说什么好。

苦留怯怯地看着玮,说:"那天在蹉跎巷,我看你家要去投军,就想我为哪样不去?真的到了队伍里,我看那不叫当兵。"

玮说:"当兵是为了保卫国家,哪能随便抓捕,随便打骂。不过,当兵自然是很苦的。"

苦留说:"只要有饭吃,哪样算得苦。"

玮说:"这样吧,你先再想一想,打日本需要人力,每个人都要尽力。尽力也有多种办法。"怎样的办法,他也想不出。

苦留说:"我到你家这点当差可好?"

玮说:"现在马上要打仗了。我问一问,看你能不能来当一名勤务兵。"

当下又说了些这一带的情况,苦留自回去了。

苦留走后,贾澄来了。通讯学校结束以后,贾澄分配在炮兵营,已经搬到炮兵营驻地,有时还过来谈谈。玮看见他很高兴,对他说了抓壮丁的事。

贾澄说:"我知道,我的驻地附近有一个地方关了些拉来的壮丁。因为时间紧,对他们训练不够。我想这是不公平的。不过,这是战争,战争的目的就是胜利。手段不妥些,我看也没有办法。"

玮道:"你想高师长知道吗?"

老贾说:"我想他知道,军长也知道,都是睁只眼合只眼。"

如果我们的国家强大就好了,玮想,有现代化的、高效率的、没有任何腐败的政府和军队就好了。可是我们积累的问题太多了,积贫积弱,还要对付入侵的强敌。

玮举拳在桌上轻轻一击,大声说:"无论如何要先把日本鬼子打出去!"

"都怪日本鬼子。"老贾说,"现在要做好眼前的事。"

他拿出一本炮兵翻译词典,是炮兵营发的,又拿出一个本子,向玮请教一些英语问题。他们在黯淡的灯光下,为上战场做准备。

玮送走了老贾,又想到苦留。

"我要尽力帮他。"玮带着这个念头入睡。

局势的发展使得谁也不能帮谁。第二天,苦留又被部队抓了当民夫。挑东西本来是他的职业,他随着部队行动,来不及告诉澹台玮。

抗日战争中反攻的第一个战役从怒江开始。传说怒江就是诸葛亮五月渡泸深入不毛的那条江,就是"椒花落时瘴烟起""未过十人二三死"的那条江。它源出西藏拉萨北部,经西康及滇西的贡山、福贡、泸水、保山等县境,蜿蜒流入缅境萨尔温江,再流入南海的玛打万湾。千万年来,它负载着原始的生命力量,不停地奔流,江面宽一百多米,两岸都是悬崖峭壁,滩多水急,除了多少年来经人积累经验开发的渡口外,绝难通过。

五月十一日拂晓,大雾满江,只听见江流汹涌的声音,连波涛也看不清楚。突然间,一个渡口的工事内响起了电话铃声,传来了军部的命令:"立刻渡江!"

"立刻渡江!""立刻渡江!"

这命令传到一个渡口又一个渡口,士兵们像开闸的洪水,泻下了堤岸,涌上了早已准备好的木船、橡皮艇、竹筏和绑扎成一排排的汽油桶,向对岸划去。刹那间,在晨曦和雾气里,江面上泛起一片草绿色。

我大军分十二个渡口渡江。晨光渐亮,雾气渐淡,草绿色越来越浓,延伸着直到江流断处。这样的时期,这样的强渡,敌人是万万想不到的。第一批士兵登岸了,迅速地向前跑去。空船立刻返回东岸,又有士兵迅速地登上船只,继续向西岸进发。

敌人开枪了!我军飞机开始向西岸敌营轰炸。江岸上的几门大炮也向对岸射去,炮弹声,机枪声,轰隆隆撼天动地。江中的士兵有些倒下了,染红了一片江水。有的船旋进了旋涡,没有能转出来。这也挡不住一批又一批的士兵登上西岸。草绿色带着血迹向岸上、山上蔓延开来。

苦留在这一次渡江的最后的船上。他和几匹马站在一起,马背上驮着粮食。划船的民夫喝命他蹲下,他还是陪着马匹站着,他很怕它们受惊。好在这些马匹深明大义,它们随着苦留完成了任务。

这次渡江持续了一昼夜。到次日拂晓,部队大部分已过江。在他们面前的是直插入云的高黎贡山。高黎贡山海拔三千九百一十六米,北与西藏察隅县接壤,东起怒江峡谷,西至担当力卡山山脊与缅甸相邻,绵延数百里,山势险恶,气候多变。两年来,敌人在山上修筑了许多坚固的工事,居高临下,易守难攻。

我军渡江后的第一个目标是山坡上的一处工事,这里叫作灰坡。从山坡下可以看见日本人在工事外瞭望,他们怎么也不能相信中国人已经渡江。

苦留率领马匹随部队过江后,和民夫们一起到指定的宿营地卸下了粮食。山坡地不平,骡马一匹挨着一匹,前蹄后蹄很难摆平,也很容易踏空,需要马夫帮助。比一般路程要多费几倍时间,但总算全部运到。

苦留和几个同伴很快被派去搬运炮弹。连长看见他力气不大却很灵巧,说以后可以当自己的勤务兵。就是这一连担任了主攻的任务,他们从树丛隐蔽处向工事开炮,打炮以后,向山上冲锋,又是一片血染的草绿色蔓延开来。

在第二轮冲锋的时候,连长中弹,倒在地下,枪扔在一旁。苦留本不该到火线上,可是他跟着大家跑上山坡,他看见倒下的连长,立刻拾起地上的枪,向前冲去。

战争胜负的一个决定条件从来就是士气。从"九一八"日军占领我东三省算起,已经十三年了。中国人心中的屈辱仇恨和愤怒,凝成了强大的力量。反攻就从这里开始。脚底下的土,头顶上的天,都在帮助中国人。我们只有胜利,我们必须胜利!

苦留没有想这么多,也许他从来不会想这么多。他迅速地拿起枪,和伙伴一起冲上前去。他们靠近了工事,许多人倒下了,苦留也摔倒了。头顶上子弹呼呼地飞过,他趴在地上,定了定神,发现自己竟一点没有受伤。

天色渐暗,很快就全黑了。第三次冲锋开始了。一阵炮击以后,士兵们再次冲锋,他们又靠近了工事,连续使用火焰喷射器,那是美军的新式武器。工事一边腾地升起一片火光,工事里一阵惊慌的喊声,工事外一阵冲锋的喊声,苦留们冲进了敌人的工事。几个日本兵正要转到一堵断墙后面,都被飞过来的子弹打死,有一个中弹后大喊了一声,倒在同伴身上。拿火焰喷射器的士兵冲过去在他身上踢了一脚。

这次战斗结束后,苦留正式编入这个连,新任连长批准他用阵亡连长的枪。他是班中最小的兵,但一切行动都不落后。

我方负责攻击贡山南部的某军,以三个师的兵力,分从高黎贡山各隘口向上攀登。山越来越高,路越走越险,这样的山势徒手攀登都很困难,何况背着武器干粮。天不时下雨,一会儿大雨滂沱,一会儿又出了太阳,没等衣服干透,又下起雨来。在苦留的记忆里,从进山起就没见过几个晴天。

高黎贡山活了。已经荒芜的马帮古道上,竖着险峻大石的山崖边,各种高矮不同的树丛中都活跃着来自祖国各地的身影。他们负载着无限的勇气、毅力、忠诚和爱心,要把敌人清除出去,这是天经地义。他们用了三天时间扫荡了几个小工事,到了大绝地。

大绝地是一个山口,敌人在两侧山峰上都设有工事,这山口是绝对过不去的。这里不能用炮,枪和手榴弹又达不到,部队在这里受阻。团长已到了这里,在一个小草棚里和参谋们研究对策。

苦留坐在一棵折断的树干上,向山下望去,送给养的骡马循着崎岖的山道走上山来,忽然一匹马在转弯处踏空了。苦留眼看着它好像飘一样地坠入谷底,接着下一匹马也在这里踏空了,跌了下去。苦留看得心惊胆战。

旁边一个兵是北方人,姓王,说:"驮的大概是馒头,可惜那粮食。"

苦留想，听说这位老王一口气吃十二个馒头，他当然希望运来馒头，而苦留自己希望驮的是米饭。

忽然听见背后有响动，他警觉地跳下树干，拿起靠在身边的枪。树枝晃动着，树丛中露出一张小脸，随即露出了上半身。这是一个衣衫褴褛的孩子，约有十一二岁。

"你是谁？"苦留松了一口气，和气地问。

"兵哥，"孩子从树丛中走出来，他看出苦留还不算大人，"兵哥，你们要打工事么？"

苦留疑惑地看着孩子，孩子脚上穿着一双八成新的草鞋，前面空出一大块。

孩子顺着苦留的眼光小声说："我解下来穿了，他用不着了。"又执拗地问，"你们要打工事？"

苦留也再问："你是谁？"脸上的神气是：这和你有什么相干。

孩子说："山里的路我熟得很，西边工事背后有一条小路，日本鬼子能知道才叫怪。"

苦留不觉大喜，拉着孩子说："走，去见连长。"

连长又领他们去见团长，孩子说："前两天，上来一队鬼子兵，都进了东边工事，我趴在树上看见。"

团长说："你的意思要快打西边工事？"孩子忙不迭地点头。

团长把自己的一份干粮给孩子吃，问他的姓名，住在哪里。

孩子说叫福留，姓高，原来住在山坡上，早就没有家了。他捧着干粮，放在鼻子前闻了一闻，两行热泪从肮脏的小脸上流下来。

亲人被杀，家园被毁，这是千千万万中国人的命运。

苦留低声说："我也姓高，叫苦留，我也没有家了，是炸的。"

团长定定地看着眼前的少年和孩子,忽然说:"我的小名也有个留字,叫欢留,不过,我不姓高。"转脸和等在一旁的参谋说话。

连长领他们走出草棚,温和地说:"团长姓陶,好人啊。我是东北人,十三年前就没有家了。我们都是孤儿。"他吸了一口气又说,"我们都是兄弟。"

福留一家住在山上,靠打柴为生。日本人修工事,拉了福留的父母做苦工,修完工事,他们把从远处抓来的苦工放回了,让家在近处的靠墙站成一排,一阵机关枪,都打死了。可是,人有子孙,子孙还有子孙。

团长当时商定了攻策,决定佯攻东山,实打西山,占了西山就好打东山了。

当天晚上,一队人举着军旗,点着火把,向东山小路行进。敌人从工事里开火,队伍隐藏起来,一会儿又出现。

这时另一队人声息俱无,悄悄地向西山进发。福留在前面带路,他们走进两山的夹缝,摸索着前进。约走了一小时,出了夹缝,爬上一个陡坡,忽然发现已经到了西山工事的背后。

"这边的墙是乱石头。"福留轻声说。

排长把福留往身后拉,说:"福留小兄弟,你回去吧。"自己跑到墙边,踩着碎石头,翻身跃过墙头。

苦留们跟着一个个跳进去。几个手榴弹扔过去,敌人乱成一片。在正面等候的一部分人也冲了上来,各种枪刀全都用上了。

到第二天拂晓,我军占领了西山工事,把青天白日满地红的国旗升到工事的旗杆顶上。

好像随着太阳的出现,两架飞机到了大绝地上空。大家都很高兴，飞机来了，有办法了。它们低空盘旋，察看目标，炸弹有节奏地落下，随着巨响，满山弥漫着硝烟。苦留仰望飞机，千万别碰在山上，他想。

飞机轰炸了东山工事，毁去了部分建筑。步兵们从山口和小路两面靠近工事，有十几个兵从炸毁的缺口冲进去，可是敌人的火力还是很猛，他们都牺牲了。日军也死伤了大部，剩下的仍旧不停地射击，我们的许多战士倒在坚固的工事墙前。团长在西山工事里举着望远镜命令再上一个营。

新的兵力从工事缺口冲入，猛虎一样扑向残敌，展开了激烈的白刃战，敌人全被消灭。

苦留和几个同伴在工事里找到一些粮食，大家埋锅做饭。苦留想找高福留来，让他吃饭。团长从西山过来，也问高福留在哪里。几个兵说没看见他，大概看见打仗吓跑了。

"哪个说我害怕？"那肮脏的小脸从断墙后面露出来，身子一跃跳过断墙。

"打仗的时候你躲远点。"团长温和地嘱咐。

"吃饭的时候靠近点。"苦留加了一句。

他们经过短暂的休整，继续向前进发，一面攀登一面绕山而行，目标是打垮敌人在冷水沟的工事，夺取6559高地。这一工事临沟而建，路很窄，工事用钢骨水泥造成，前面有很长一段铁丝网。6559高地之前还有两个小高地，也有少量日兵把守。

他们迫近小高地了，敌人在土壕后开枪，敌兵虽少，却是居高临下，占了优势。我军一面战斗一面上坡，一个班从草丛里钻过去，迫近土壕，扔了几次集束手榴弹，经过拼杀，夺取了这一小高地。这里几乎没有路，树木遮天蔽日，满地杂草和灌木丛，不知是什么植物的刺时常伤人。

团里派来了工兵,向山上修路。他们从大树的间隙中穿行,奋力清除障碍物。快到下一个高地时,敌人发现这边的动静,又开始打枪。连长命令集中火力射击,以掩护工兵的行动。

要登上这一高地须经一个陡坡。敌兵在土壕内伏射,很难上去。

"隐蔽!"上面传来命令。大家顾不得泥泞荆棘,趴在树丛里等候。

沉重的马蹄声越来越近,"炮来了!"士兵们高兴地低声传话。两匹马驮着小钢炮,循着新开的小路走过来。一切都在一瞬间,炮响了,土壕炸塌了。弟兄们冲上去又是一阵厮杀,日本兵横七竖八地倒下,只剩一个鬼子逃向他们的主要工事。

我军占领两个小高地后,在树丛中挖了战壕,准备攻打冷水沟工事。这时下起雨来。山中雾气弥漫,寒彻骨髓,一连下了五天。

苦留们俱穿单衣,没有雨具,只能冒雨露营,地下厚厚的树叶一踩一窝水,连站也无法站。他们砍下树枝,搭起简易的窝棚,又在地下铺上一层树枝,大家挤着取暖。

好几个人冻得簌簌地抖,一个老兵抖得尤其厉害,好像冷风中的一片枯叶。班长特别找了两块石头,垫上一个背包让他坐了。他的脸色越来越难看,坐了一会儿,仆地躺倒了。班长说:"快起来,要冻坏的。"

老兵不应,苦留去拉他,已经断了气。

士兵因过于劳累,饥寒交迫,体力衰竭而亡的情况时有发生。有的人干粮袋中只剩几把炒米,更多的人只背着一个空口袋。那曾一次吃十二个馒头的老王,也簌簌地发抖。

班长划了一根火柴,让大家传着烤烤手。手是烤不热的,大家看见一点不是枪炮的火光,也觉得些温暖。

连长得到命令,一营要来接防。他向士兵们说,必须坚守到午夜十二点。

就在上半夜,敌人忽然冲出工事,直扑到战壕里。这时枪已经用不上,刺刀在夜里一闪一闪。喊杀声、刀枪碰撞声,穿透了黑夜密林,山谷都在回应。

一个日本兵举着刀向苦留劈来。苦留向前一扑,拖住鬼子双腿。鬼子向前扑倒,刀砍在一块石头上。苦留从旁举起刺刀刺去,刺中了敌人的腿,但因力小刺伤不深。鬼子跳起,又举刀狠狠砍来。

这回是苦留滑倒了,头撞在石头上昏了过去,眼看刀就要落下,想吃馒头的老王,从背后扎了鬼子一刺刀,鬼子倒下了。老王大吼一声,举起刺刀左右开弓,刺中了五六个敌人,老王自己也倒下了。

月亮在阴沉的愁云后面露出一点轮廓,山峦树木黑沉沉的。厮杀的场景汇入了历史。

接防的士兵赶到了,马上清理战场,搬动尸体,搬到苦留时,苦留醒了。

"还活着?"两个兵互相问。苦留不但活着,更一点没有受伤。他瞪着眼前的人,很快分辨出是自己人。

"你能站起来么?"一个兵问他。他站起来,只见尸横遍野,积水变得黏稠,迷茫的黑夜似乎也泛着红色。他的连长和同伴都不见了。

他问:"我们连的人都哪点去了?"

那士兵神色紧张,说:"你就没看见?"

营长恰在旁边,拍拍他的肩,说:"他们不在了,可是我们的阵地在。敌人全被消灭。现在这里由我这一营接防,你可以去收容站。"

"去收容站?"苦留下意识地摸摸自己的头、腿,没少什么,他想,"我不去收容站。"他对营长说:"我还可以打仗。"

营长不再理他,迅速地清点队伍。

长官日记:

5月24日

> 叶师长辰迥前战电:陶团围攻冷水沟,已占领北风坡高地,虽连日淫雨,我士兵无雨衣,于雨水中作战已五日,士兵冻毙十余人。又炮兵因路滑不能前进,且以雨天,步兵亦无法协助,俟天晴即继行。

雨停了又下。团长披着雨衣,从新开的路上骑马转过山崖,向北风坡高地走来,一直到阵地前下马,进入战壕。

营长报告接防情况,并说还剩一个小战士,便叫苦留来见。

团长见了说:"是你!福留在哪里?"苦留说不知道。

营长又报告说,苦留不肯去收容站。

团长拍着苦留的肩,说:"真正的中国男儿!"把刚解下的雨衣披在苦留身上。

经过一番讨论,决定申请飞机协助。轰炸可以这样进行:先打炮,飞机向炸起的硝烟投弹。这样也许会炸到山,但最终总会炸到工事,同时组织突击队趁空中攻势猛冲。

团长说他要亲自带队,又命令趁夜在山沟浅处添加石块土坯,以便通过。

团长回团部后,用无线电和师部联系,得到批准。师部知道敌人正在增援,已派另一团截击。

攻击行动必须迅速,团长立即交代由副团长暂代团务,自己仍到北风坡来,和一营营长组织好兵力,分成数个小组。

次日,果然有几架美国飞机飞来。团长命令开炮,炮弹到处,硝烟腾起。飞机连续投了十数枚炸弹,将左右山峦炸去了几块,也命中工事,炸开了沟边的铁丝网。团长率领几组士兵在炸弹声中已经到了沟边,轰炸稍停,迅速越沟而过,一直冲入工事。

又是一场撼天动地的战斗。有几个增援的日军突破截击已冲进来,日本守兵在忙乱中,一阵机枪过去把他们都打死了。这几个人以后,敌方再没有援兵出现。这时一个士兵中弹跌倒了,又一个士兵跌倒了。有人向机枪扔了手榴弹。

团长趁势跳过去,一连砍杀了十几个日本鬼子,自己也身中数弹,血从他身上好几个部位涌出来,浑身上下通红一片。他喊了一声:"中国万岁!"

陶欢留没有倒下,他正靠着一堵断墙,许久还睁着眼睛。

天又在下雨,高黎贡山上的中国远征军继续向上攀登。他们的下一个目标是北斋公房的敌堡。苦留随着队伍走,停歇吃干粮时又想起福留。新伙伴都不知道这个孩子,他只自己想着。

"嘿!吃饭的时候靠近点!"是福留!他好像从地底下钻出来似的,笑嘻嘻地说。

苦留大喜,拉福留坐在身旁,一面把干粮袋递给他。福留没有接,却从怀里掏出两个面饼,得意地递了一个给苦留:"你看,你看,我请你的客。"

苦留说:"你连粑粑都有了,好大的本事。"

面饼的来历不必问,是敌人的遗物,它们和袋中炒米都经雨水泡过,糟软又带有霉味,两人分吃着,好像吃的是一桌宴席。

营长走过来,他听说过福留的事,同意福留跟着行军。

他们逐渐靠近北斋公房。北斋公房山顶上的堡垒是一座全部钢骨水泥的建筑,上盖四层钢板,呈六角形,每面都有数个射击窗口。我军发动了几次攻势都不能接近。

福留悄悄对苦留说,前几天他都在北斋公房游荡。堡外不远处有地道口,他看见鬼子兵钻出来。苦留忙告诉营长。

营长说:"他们能出来,我们就能进去。"遂派两个侦察兵随同福留去看。那地道口通向一个山沟,在堡垒的火力网以内,外面看去无人把守,里面必定有严密的防范。

经过飞机炸,大炮轰,步兵攻击,敌人仍在顽抗。原来的副团长现任团长,他召集参谋开会,并和友团共同周密筹划,确定了步兵三面出击,空中飞机炸,地下放火烧,称为地道攻势。

因为钻地道必须熟悉地形,团长批准福留参加。他拍拍福留的头,温和地说:"去吧。"

一队人向敌堡走去,沿着悬崖边很快消失了。

苦留参加了地面攻击。那是在下午,又一轮飞机轰炸以后,敌人的射击忽然减弱了,堡内火光熊熊,随着夜色降临,火光越来越强烈,照得四周如同白昼。

士兵们冲进堡内,营长、连长都在其中,一连串的射击把要冲出来的日兵打倒在地。碉堡四周响起冲锋的呐喊声,震动山谷。士兵不断地冲进来,把剩下的敌人逼在墙角,双方刀枪并举,尸体倒成一片。营长腿上负伤,倒下又爬起来。有几个日兵逃出碉堡,慌不择路,坠崖而死。

苦留停下来喘息,忽然看见福留躺在墙边血泊中,已被砍作几段,面目勉强可以辨认,似乎带着微笑。

团长上来巡视战场,发出一声叹息。大家在山绝顶处,挖了一个长沟,让烈士们并排躺在那里,好像在守望。这里有福留,他的身体被细心地拼凑完整。营长拖着受伤的腿,把自己的军帽盖在福留的脸上。

活着的人迅速排列整齐,随着团长举手向留下的伙伴敬礼。

二

我大军渡江后,陆续有部队过江,高明全师也在积极准备。通讯连要尽快铺设一条过江通讯线路,已经架过两次,都因水流太急,无法到达对岸。他们总结了经验,调整了人力,安排了美国上尉谢夫带领两个美国士兵参加,这就需要一个翻译。澹台玮便参加了这一行动。

怒江的水汹涌奔腾,因为太急,不停地打着回漩。水面上像有一个个洞,把漂浮的东西都旋进去。中国远征军强渡怒江的伟大场面,已长留天地间。江水载负了许多人马船只,现在仍不知疲倦,继续急速地奔流。这次架线在海婆山下一个较隐蔽的渡口,两年来两岸对峙,有几个渡口民间还有来往,这是其中之一。

天刚破晓,澹台玮一行人赶到渡口,邓连副和两个通讯兵、一个经验丰富的老船工老万已在等候。老万世代居住江边,深谙怒江水性。前几天大军渡江,他来往掌船百余次。

玮向谢夫等介绍老万的情况,谢夫竖起大拇指说:"顶好!"

谢夫指挥人打下木桩,安放底座,两个人抬着绕满电缆的轮盘上了船。谢夫问玮:"你会游泳吗?"

"当然会。"玮答,"不过这条江最好不要游。"

"它太凶了。"谢夫感叹地望着脚下的江水。

老万和几个人用力逆水划着。江风很大,小船摇摇晃晃。谢夫喊了一声"放线!"电缆一段段沉入江底。因为有电线下坠,船行很艰难,勉强划了一段,遇到一个漩涡,电缆拧来拧去,船身倾斜,大家都捏一把汗。管轮盘的小兵把握不住,不知怎么顺势一推,轮盘竟掉入江中,溅起一丈多的水花,把大家浇个透湿。

谢夫大叫一声,掏出手枪,对准那个兵的脑袋。

玮急忙推开枪口,对谢夫说:"他不是故意的。"

这时船也顺着一个漩涡在转,老万喝命大家都蹲下,自己掌着舵,船慢慢转了出来。

没有了电缆,只好仍回渡口,取了备用的一盘。这个渡口不能用了,老万领他们到另一个渡口。大家复又上船,换了一个人把持轮盘,仍旧放线。

这里风似乎小一些,没有遇到漩涡,放线较顺利。因为电线的重量,船越来越倾斜,老万大声让两人坐到另一边去。快到东岸时,忽然远处一阵枪响。

"继续放!"谢夫说,做着手势,一面看着邓连副。

"不要紧的。"邓连副说,"这大概是游击队的什么门道。"

枪声伴随着他们到了对岸,没有影响架线。他们上了岸,枪声越来越远。后来知道这是游击队在搜索散逃的敌兵。

在岸上,还有一段路需要架线。从江岸上来,地势崎岖,又要隐蔽,很费了时间。玮传达着谢夫的意见和大家的问题,在江坡上上下奔走。

"我军渡江了!"邓连副忽然指着远处叫了一声。只见江面上蓦地涌出一片草绿色,这草绿色在江面上起伏,向西岸移来。这时天已傍晚,夕阳惨淡的光辉笼罩着这一切,和大雾晨曦中又是不同。

玮站在草丛中望着江面,觉得热血在全身奔流,他拾起一块小石头,向江中抛去,石头掉在山崖上。他觉得这从没有见过的山水,雄壮而亲切,都是他澹台玮的亲人。

谢夫叫他,他立刻走过去,传达了我军的意见。前面的路线有许多处需要修改。按计划,他们应返回东岸,但把守灰坡的我军要求谢夫留下,修整线路。于是玮和布林顿联系后,便和谢夫等人留下了。邓连副等人连夜返回东岸。

玮在灰坡停了两天。天好像是坏了的水龙头,关不住了,不停地下雨。帐篷不够用,士兵们搭了草棚宿营,外面下大雨,里面下小雨。这里的美军人员搭有帐篷,雨布较厚,玮和谢夫等人住里面,衣服还有干的时候。

第三天稍晴,美军联络官说要空投物资了。一架美国运输机从东岸飞来,向灰坡宿营地连续投了一百多袋各种物资。

"最好飞机都是投放物资,而不是扔炸弹。"玮想,"只是对于扔炸弹的人只能用炸弹对付。"

一个一个的降落伞在空中飘动,好像许多五彩缤纷的气球,慢慢飘落。物资中有食物、药品,还有大量的雨具。把它们送到高黎贡山上,又是一件艰难的工作。

这一天高明全师奉命渡江,开往腾冲郊外参加战斗,江面上又一次布满了船只、木筏、橡皮艇。

高明全站在船头,身后跟着那匹白马。这时怒江已完全为我控制,没有枪林弹雨,但在险恶的山水中,仍然显得雄壮。部队上岸后没有停留。布林顿和邓连副找到玮和谢夫,招呼他们随同部队前进。

玮等坐了一小段吉普车,很快爬上高黎贡山。路又窄又陡,随时可能翻车,不久便只有羊肠小道。玮等下车夹在士兵中一步一步向前走,一步步丈量着前面部队用生命夺回来的祖国的土地。

　　玮和一营营长、谢夫还有两个美国士兵走在一起。一个是那德国裔的下士,另一个名叫吉姆,原来是大学生。他总是很快乐,不时哼几句歌,都是世界名曲,因为雨声很大,人们不太注意。雨声和脚步声交织在一起,好像一股绳索把人绑住,那轻微的歌声像是润滑油。

　　忽然一声巨响,大家都本能地俯下身,因为没有足够的地方卧倒。

　　"有地雷!"有几个人喊,营长向前跑去。

　　"走左边小路!"前面传来命令。

　　左边其实没有路,大家在乱石草莽中手脚并用。玮等人在部队中间,等他们走到时已形成一条路了。

　　因为雨水浸泡,地面潮湿,地雷的威力不大,炸伤了两个士兵,队伍中添了两副担架。晚上他们就地露宿,听见远处山顶上的枪炮声,如同从云端传来。

　　玮靠着一块石头,黑夜中树木岩石好像怪兽。

　　谢夫向山崖鞠躬,他对玮说:"中国的山水令人敬畏。"

　　玮以为自己不可能睡着,但他很快就睡着了。睡梦中有声音在向他靠近,他猛然醒了,那是值班的士兵要大家继续上路。

　　薛蚡和另两个美国兵走在一起,走着走着,忽然向前一冲摔倒了。旁边的人把他拉起,扶坐路边。

　　玮从前面快步赶过来看,薛蚡低声说:"我只是太累了。"

　　玮道:"我替你背背包。"薛蚡不肯,勉强站起,继续向前走。

　　这时天还没有大亮,他们深一脚浅一脚走得很快,队伍必须在次日凌晨六时前到达目的地。他们经过几处两周前的战场,在冷水沟一带稍事休息。几个士兵在附近树丛中,发现一个奄奄一息的伤兵,他侧身俯卧在地,一任雨水浇灌,像是要爬,爬不动了。卫生兵把他抬上担架,用仅有的一块雨布盖好。伤兵努力睁大眼睛,露出欣喜的神色。

"这边还有一个!"一个士兵在树丛深处叫道。

这人靠着一棵矮树,披着一条麻袋。卫生兵也把他放上担架,并把他的麻袋拉拉好。他的头发胡须黏成一团,一直不睁眼。

"死了吗?"一个卫生兵问。

"没有。"另一个卫生兵说,"他比他还沉些。"指指睁眼的伤员,"可是没有雨布了。"

玮不假思索,走过去脱下雨衣,盖在这个伤员身上。谢夫和吉姆说了几句话,两人都把自己雨衣下摆剪下,在两片雨布上穿了几个孔,用绷带绑住,交给卫生兵。

谢夫对玮说:"我们的发明只能处于静止状态,不能活动。你还是穿上自己的雨衣。"

营长走过来看,发现盖着特制雨具的伤员有些特别,他说不清楚是什么地方特别,忽然问:"你是中国人吗?"那伤兵似乎没有听见,并不答话。营长又大声问:"你是中国人吗?你能睁眼吗?你说一句话。"

伤兵慢慢地睁开了双眼,从乱糟糟的毛发中露出一条缝,目光中含有恐惧,还有一丝期待。大家都已看出,这是一个日本兵。

营长迅速地走近担架,掀开"雨布"和麻袋,在日兵身上搜索。"没有武器。"他放心地摆摆手。怎么办呢,不会有人愿意抬日本人,人人自己都快走不动了。

他厌恶地向日兵看了一眼,这凶残的化身、罪恶的集合!他退后一步,掏出手枪。

玮正要制止,枪刚举起,营长自己放下了,喃喃道:"这人现在没有武器。"

营长这样明白,玮略感安慰,说:"让他去吧。"

营长想了一下,说:"反正他也活不了多久,就是带上他也一样。"

雨哗哗地下,玮和谢夫把这日兵身上的麻袋和"雨布"仍旧盖好,抬在一棵树下,这是他们唯一能做的事。

他们又加入行进的队伍,已经不在原来的位置。营长很快赶上前去。不久从前面传话,寻找澹台玮。玮和谢夫等加快速度回到一营,布林顿等都在那里。

枪炮声仍在继续,还有呐喊声、厮杀声。这一切从山顶云雾中传来,好像不在这一世界。营长说那是在攻打北斋公房,如果攻打不下,他们就不能通过那里,也就不能按时到达。

又是一个夜晚,他们在公路旁边露宿,公路已经不成为路,路面上有沟有坑,积水中掺杂着血肉,散发着难闻的气息。

远处山顶忽然升起火光,"火攻!火攻!"士兵们大叫起来,兴奋地加快了脚步。转过几个山坳以后,火光更清楚了,白亮亮的。这时雨变小了,像是配合火攻,雨丝衬着火光,远望去如云霞一般。休息的命令从前面传过来,许多人一停下来就睡着了。

玮坐在一块石头上靠着一棵树,觉得自己有很多感想,可是也很快睡着了。

玮忽然醒了,不是因为有声音,而是因为没有声音。枪炮声停止了,雨不知什么时候也停了,四周一片寂静。没有了声音,他好像没有了依靠,他不解地望着周围。

"北斋公房攻下了!"有人在喊。士兵们纷纷站起来,传着这胜利的消息。

哒！哒！哒！一阵枪响,枪声很近,有敌人！玮本能地四处张望。

"准备战斗!"营长低声说,一阵子弹上膛的声音。这时敌人在暗处,若是袭击,我们会不会吃亏,玮想。几阵枪响过后,没有了动静。后来知道那是在追捕从北斋公房逃出的敌人。逃出的鬼子不多,全被歼灭。

北斋公房的敌堡仍然高大,伫立在高黎贡山顶,在黑夜中像一个怪物。硝烟还未散尽,火还没有完全熄灭,有几处的火头还有一人多高。士兵们在打扫战场,走过的队伍把水和干粮递给他们。

"澹台少爷!"一个年轻的声音低声叫,玮惊讶地四处望。沉沉的黑夜中,实实在在站在他面前的是苦留。

"是你? 你参加了队伍!"玮高兴地大声说,两人紧紧拥抱在一起。

"澹台少爷——"

"不要叫我少爷。"玮打断苦留的话,"你是英雄,你们都是英雄,祖国的土地就靠你们一寸一寸夺回来。"

"不只靠我们。"苦留站着,简单地讲述了福留的故事,"你说他是不是山灵化身,来帮我们?"

玮沉思道:"也许是的,山灵就是我们的老百姓。"

苦留说:"我们死了很多人——我原来的团长、营长、排长和许多弟兄们。真奇怪我怎么没有死。"

玮的心很沉重,苦笑道:"因为你的名字叫苦留,苦苦地留下了。"

苦留叹息道:"福就留不下。"他又想起陶团长,"欢也留不下。"

玮把一盒饼干塞给苦留,他们没有很多时间说话。苦留离开了,走进碉堡,去整理胜利的果实。

玮站在山顶,天空悬着一轮明月,照见起伏的山峦树木。队伍络绎走上山来,宛如一条向上流动的河流,越过山顶投向战斗。

神秘的高黎贡山,千万年来,你有过这样血洗的经历吗?高悬的明月,千万年来,你照过这样悲壮的场面吗?玮在心里大声喊。

山顶的晴空难得而短暂,阴云很快从四面八方聚拢来,遮住了月光,接着飘起了雪花,一片一片如铜板般大,在空中飞舞,脚下山峦树木隐藏在一片云雾中。

玮忽然想起不知是谁的文句:那是孤独的雪,是雨的精魂。雨死了便有雪,那么人死了呢。生命委弃在大地上,化成泥土,滋润着野草的生长。野草又要遭践踏,走向死亡与朽腐。但哪怕是一株野草,只要生存过,纵然结局是死亡和朽腐,也不是不幸。

雪继续下,盖住了能盖住的一切。玮望着脚下经过血洗的、悲壮的土地,泥土化入了血肉和生命,人的精魂呢,他们应该化入了历史,悠悠然在历史的长河中流淌,没有止境。

队伍仍旧不断向山上走来,越过山头。玮转过身去,快步跟上队伍,走向他们要去打胜仗的地方。

三

高明全师在指定时间凌晨六点以前,到达腾冲郊外的目的地。这里仍是山峦起伏,不过较高黎贡山低矮多了。上万人的队伍很快隐没在山中。师部设在一个小山坡上,和美军联络组隔一个预备营。

美军联络组共用四个草棚,顶上覆盖树枝和草,枝叶垂下来好像门帘。布林顿和军医、翻译官、尉官,还有士兵分住。薛蚡因体力不济,后来在收容站休息,直到次日才到达。当时,他们很快在草棚外装好手摇发电机,向美军总部发报。

一切安顿好了,师部通知下午开会。

天很晴朗,好像云雾都被远山挡住了。玮随布林顿到师部去,走过一个小山谷,山峦凝翠,小路蜿蜒,遍地开满了不知名的野花,红黄白紫,各自仰着笑脸,对着灿烂的阳光。

两人不自觉地停住脚步,对望了一下。

布林顿自语道:"好!好!"

"这是一处还没有经过战争践踏的地方,这样的地方已经不多了,我们要保护它。"玮想。

各处营房都很隐蔽,只有远处有几个帐篷很显眼。

师部除了帐篷以外还有两间简易房屋,比草棚牢固,屋门外拴着那匹白马。来的美国人还有炮兵军事顾问舒尔等,舒尔是职业军人,深通炮术。老贾也来了,和玮相见,彼此都很高兴。桌椅不够,弄了些树干土坯当座位,倒也别致。一面墙用白布遮着。

高师长开始讲话,揭开白布,那里挂了三幅地图:腾冲地理图、腾冲街市图和来凤山工事图。

高师长说,腾冲的地理环境非常重要,从古以来就是我国和外国交往的交通要道,是我国的边陲重镇,为历来兵家必争之地,也是现在的滇缅公路分支终端、中印公路北段的中间站。现有明代所筑的石头城,城墙高约七米,厚四米,全为岩石砌成。环城皆有山,更为天然屏障。东、西、北分别有飞凤山、宝凤山、高良山。城南有来凤山为南关外的唯一制高点,山壁陡峭,形似钢盔,由西北向东南伸展,正好抱住城墙的南门。日寇据此已经两年,修筑了大量工事。在山上的象鼻子、文笔坡、文笔塔、营盘坡等处构筑了坚固堡垒,并于四周设置了数道铁丝网,凡可接近之处,均埋有地雷。来凤山是腾冲城最险要、最难攻的敌人防地。

高师长一面说,一面指着来凤山工事图。攻打来凤山是高师的任务,攻克后从南门攻城,其他三面各有一师的兵力准备攻城。舒尔凑上前去,仔细观察图上的标记。炮兵一定是先于步兵行动的。

高师长继续说:"日本人认为他们已经把腾冲吞下了,消化了。据可靠消息,说他们要把腾冲龙陵一带和缅北一起,建立一个腾越省。把中国的大好河山变作他们的一个省,真是做梦!"

布林顿说:"一场恶战是免不了的。"

高师长说:"不知道要有多少场恶战。"

布林顿说:"野战医院的准备工作是否都已安排到位?"

高师长说:"按照军部安排,每个师要有一个野战医院。我们已经有卫生所,还要建立正式的野战医院。"

布林顿说:"这里河沟很多,多搭便桥利于行军。"

高师长说:"现在工兵正忙于修建机场,几天后可以抽出人来。高黎贡山下龙川江上有一座桥,是通往保山的要道,已经炸坏了,如果能修好,行动会方便很多。"

布林顿说,他可以先去看看。

最后讨论了美军空投物资计划。高师长派了一位赵参谋陪同布林顿去看空投物资地点。

这时,副官来报,游击队来人了。一位一身粗布衣裤、农民模样的年轻人走进师部办公室。

一九四二年日军从缅甸入侵,守城官吏不战而逃,敌人以二百九十二人的兵力占领了腾冲。

我军某团自东岸赶到,为时已晚,奉命在腾冲、龙陵一带打游击战,制止敌人扩展,破坏腾冲与另外几个城市的联系。几年间,许多农民参加进来,成为一支军民混合的游击队。他们策划了许多次埋伏,袭击敌人辎重部队,每次都歼敌甚众,且得物资。他们神出鬼没,行踪不定,老百姓称他们为"飞军",并说有了"飞军",人心不死。

年轻人举手敬礼,显出了军人风度。高师长向大家介绍,这人是游击队的头号人物彭田立,能双手打枪,百发百中,而且多计谋、善用兵。他们一直和东岸保持联系,时常给敌人出其不意的打击,让敌人知道中国人是杀不死的。

后来玮等渐渐得知,彭田立原来不是军人,自动参加抗战,也不知他是从哪里来的。因为智勇双全,深得团长的器重,后来团长急病身亡,他就成为游击队的领导。

当时彭田立一眼看见澹台玮,心想这是哪里来的公子哥儿。高师长介绍了两位美国军官,又介绍了两位翻译官。彭田立大声说欢迎欢迎。

玮怀着敬意与彭田立握手,不觉注意到这位英雄人物生就一双顾盼生光的眼睛,那简直是女孩儿的眼睛。彭田立也打量着玮,并不说话。

高师长和彭田立站在腾冲地理图前,谈着各方面的情况。高师长传达了军长对"飞军"的指示,并说军长过山来后还要面谈。

玮和布林顿由赵参谋陪同去看空投场。赵参谋是通讯参谋,和玮等联系较多。

他们走了很长的路,还经过几户人家,房屋东倒西歪,篱笆院墙应该是爬满木香花的,也东倒西歪,不成为墙。看来是主人已无力整治自己的家园。

一位头发花白的妇人挑着一担水,正要进门,看见玮等,友善地问:"可要喝水?"

玮道谢后,找话道:"老人家年纪大了,还自己挑水。"

老妇人忽然很生气,狠狠地瞪着玮,大声说:"自己不挑,哪个挑?当家人死了,两个儿子当兵了,媳妇带着孙子跑了。我们这个村名叫上绮罗,像绸缎一样的,是个大村呀!你看看,现在还剩什么!"

玮想安慰几句,说:"老人家放心,我们正是来打日本鬼子的。"

他把这话翻译给布林顿。布林顿指指玮和自己:"我是从几万里以外来打日本侵略者的。"说着拿出一大块巧克力糖递过去。

老妇人不要,说:"我们等着。"挑着水桶进了篱笆门,把门仔细关好。

所谓空投场是一片较平坦的山地,可能遭过炮火,土色黑黄不一。工兵们正在用大小不等的白石块围出一大片场地。在这憔悴的土地上,这里那里竟然仍点缀着五颜六色的野花。和早上玮等经过的小山谷不同,这里的野花似乎更为粗犷,更富有生命力,挺身对着六月下午的骄阳。

玮看着这执拗的土地,花朵伴着焦土,鲜艳伴着破坏,忽然想起一个人来。刹那间思念、渴望混杂成一种痛苦的感情,挤在心头。

赵参谋说:"高师长一到驻地,先命令察看空投场,粮草为用兵之本。"

布林顿点头,说这片空投场很合用。

赵参谋又说:"它离士兵的营房有一段距离。"

布林顿说:"免得顺手牵羊。"两人都笑了。

玮觉得自己被劈成两半,一半沉浸在那些野花里,一半应付着眼前的翻译,对哪一方面都不能全神贯注。他愣了一会儿,强迫自己驱逐了那美丽的执拗的神情,把自己拴在中英文彼此过渡的桥梁上。

当时天色尚早,玮等决定直接去看那座待修的桥。他们走到江边,原来的桥已经从当中炸断,只剩两边桥头。废石、水泥堆在水中,河水通过,发出哗哗的声音,河岸上也堆着石块。从保山运送给养的骡马都绕道浅滩,涉水而过。

谢夫说:"我们先得知道江水有多深。"布林顿点头。

道路的一边有一个陡坡,形成一段峡谷,谷底有些烂木头,有一根很长,大概是原来桥上的。

布林顿看了谢夫一眼说:"我们可以用这木头测量江水。"

谢夫说:"谁能去拿这木头,我是不去的。"

布林顿说:"我去。"

谢夫说:"我劝你也不要去。"

玮走到路边向下看,坡陡谷深,遍生灌木杂草,多为有刺的植物,无法攀登。回身看见路这边靠山处有几丛竹子,便对布林顿说:"我们砍一根竹子,就不需要那木头了。"布林顿很高兴。

三人砍下一根最高的竹子,拉到江边。玮等走下江岸,把竹竿浸在水里,再取出刻上记号,又沿着河岸测了几处,选了一处先搭便桥的桥址。

从远处山边出现一道黑线,向这边移动,那是我们的辎重队伍。他们向下游绕去,好从浅滩处过河。忽然响起了枪声,他们遭到袭击。辎重队伍散了开来,接着是一阵枪战。那里有我们的队伍,玮高兴地想。

"回营房。"布林顿说。他们拖着竹竿快步走回去。随时随地都可能发生各种情况,他们必须在自己的位置上。

一小队士兵迎面跑步而来,原来是师部派来接应布林顿的。带头的是一位排长,他对玮说:"你们这样出来很危险。"

枪声还在响,他们转过一个山坡,又看见那几座显眼的帐篷。布林顿说:"看见吗?那出规的帐篷。"

玮说:"我真想问一问,那几个帐篷为什么搭在那里。"

布林顿说:"这里一定有计策。凡是高明人做出规的事都是计策。"

士兵们送玮等到住处才撤去。

连着几天,师部所在地没有变动。又一个夜晚。在山里,黑夜的降临是一磴一磴的,好像下台阶,最后一阶幅度最大,天突然就黑了。

玮躺在竹棚里,又想起殷大士。该放假了吧,也许正在大考。她不会把大考当回事的,没有事应该多想想我。她要是哭起来可怎么办呢,我不能递给她一条手帕。玮想着,思绪随着薛蚡的鼾声起伏。在战场上想着这些,真不像个军人。玮嘲笑自己,命令自己睡去。

一阵枪响,惊醒了竹棚里的人。布林顿最先坐起,到棚外看,玮和薛蚡也出来,见各营房都很安静,枪声正是从那几座成问题的帐篷处传来。

黑夜里,一个士兵骑马跑过来传营长的话说,刚才敌人偷袭,现已将他们包围,怕有散逃的,要加强警惕。玮向布林顿翻译了。

枪声又响了一阵,渐渐平息了,布林顿要大家都回棚里去。

玮在黑暗里站了一会儿,四周再没有一点声音,静得出奇,黑暗笼罩着大地,好像把一切都吸了进去。

薛蚡拉着树枝张望说:"澹台玮,你在欣赏风景么?"

玮回到自己的床位,仍睁大眼睛向门外看,眼皮不由自主地垂下来,很快睡着了。

次日,布林顿要去看附近的河流位置,和玮走到较高处,见那几个帐篷已经没有了,几个士兵在清理场地。正好高师长站在不远的一个山坡下,身旁有勤务兵牵着那匹白马,看见他们便走过来。

布林顿说:"莫非昨晚是师长的妙计?"

高师长微笑道:"你猜着了。那几个帐篷是故意安排的,是彭田立的计策。"

原来昨晚,游击队彭田立带着一小队人偷袭敌营,又引诱敌人追击,直到布置好的阵地,来犯的敌人全部被歼。

玮说:"真是足智多谋!"

布林顿说:"打仗有时要靠计策。美国独立战争时,华盛顿就很会用计策。"

高师长说:"最有名的就是福谷那一战。他是个军事天才。"

布林顿惊讶道:"师长对华盛顿熟悉?"

高师长微笑道:"我到福谷参观过。"说着点点头,向另一边走去。

玮说:"我觉得华盛顿最伟大的地方,就是他拒绝当国王,而且规定总统任期最长两届八年。"

布林顿说:"所以才有美利坚合众国。"

他们走过几条河流,看见已架起的几座便桥。龙川江上他们测定的那一座,已经修好。正有车辆通过,司机向他们打招呼,"哈啰!"彼此伸出大拇指。

忽然不远处有爆炸声,是敌人的炮弹。战场虽然已经向腾冲城推进,敌人在来凤山上仍然不时射击,影响着这一带的安全。布林顿和玮只好回到营地。

部队占据了一个山坡,一段道路,又占据一个山坡,一段道路。向前再向前,一个一个地打掉敌人的据点,用鲜血和生命,夺回我们自己的土地。打了两周,交战的地点接近来凤山,师部已经没有粮了。

没有粮食,需要运输,需要桥梁。龙川江上那座桥投入使用不久,很快被敌人炮弹击毁。一天,赵参谋拿来一张地图,标明附近的河流和桥。布林顿已经做过几天调查,对附近河流很了解,说他可以再去选两座适合的桥址。

这天,玮等又到龙川江上,经过观察商量,又选了一座桥址。这次他们带了工具,工作进行顺利。

正在测量水位时,江边走来一队骡马,驮着粮食。马夫们身材瘦小,和所赶的云南马倒很相称,走到断桥边,停下来歇息,才看出他们个个面目黧黑憔悴。一匹马向河边走去,它要喝水。

赶马人斥道:"刚喝过,又要喝!"有几个人搭话,声音都很尖细。

玮等惊异地发现,这一队赶马人都是女子。其中一个在桥头边的断石上坐下,脱了那只百孔千疮的鞋,她脚上缠着白布,上面有大块大块的暗红色。

她抚摸了一下,抬头看见玮,招呼道:"你家也来了。"

玮看出她就是在保山卖西红柿的妇人,关切地问:"你的脚怎么了?"

"走得肿了破了,流血了,大家都这样。"她不在意地说,一面穿上鞋。

谢夫问玮:"她们都是女人?"

玮解释道:"这里的男人都上前线或者当民夫了,送给养便由女人来承担,她们是辎重运输的辅助力量。"

布林顿忽然大喊了一声:"好!"

赶马人对美国人已经见惯,好几个人一起回答:"你好!"

骡马队伍歇了片刻,向营地走去。随着马蹄嘚嘚,她们一步一步向前留下血的脚印。

玮等正在江岸上忙碌,又是一队骡马走来。赶马人大部分是女子,还有几位老翁。这队骡马过后,走来一个长长的队伍,走得很慢。他们是人力运输的队伍,人力还是妇女和老人。大部分人用扁担挑,一部分妇女用肩背,看来都有百十斤重。

谢夫问玮"glory"中文怎样发音,自己练习了两遍,就挥舞着手中的测量杆大声喊:"光荣!"布林顿让他等一下,两人又一起大喊:"光荣!"

正在行进的人们不解他们的意思,一个老翁走过来问玮:"他们要哪样?"

玮说:"他们不要哪样,只是对你们表示敬佩。"

老人叹气道:"有哪样好敬佩。"转身大声向伙伴们说着什么,回到自己的队伍。

布林顿说:"造好了桥,他们可以省点力气。"

这时天已傍晚,天色阴暗,看不见云霞光辉。玮等工作告一段落,默默地往回走。

江岸上又走来几个妇女。她们被背负的重物压弯了腰,走得很慢。玮想,这是掉队的。

她们也在桥头歇息,大口喘气。有一个包蓝布蜡染头巾的妇人还大声呻吟。谢夫想试一试她们背的粮食有多重,请玮向她们解释,一面伸手去举那包重物。

呻吟的妇女大惊,反手护住自己背的东西。玮又解释了一遍,她不听,只管摆手,断续地说:"我实在背不动了,好在快到了。你们不能动这粮食,死也要送到。"

玮等商议,赶到前面去告诉她们的伙伴。他们正往前赶,就见一个老翁牵着两匹马走过来,正是来找掉队的民妇。

玮等跟着老翁走向江岸,帮助解下民妇身上的重物,放在马上。戴蓝花头巾的妇女满面冷汗,站不起来,大家扶她上了马。另两个妇女低声说:"她的运气好啊,有的人都累死在路上。"一面奋力背起重物,随着马向前走。她们摇摇摆摆,好像随时会跌倒。

老翁对两人说:"你们可以拉着马尾巴。"

她们不响,只是奋力向前走。她们没有跌倒,一直走向夜色笼罩的群山,那里有大军宿营地。

长官日记:

6月18日

明光之敌已向固东撤退。明光以南白石岩一带桥梁全部破坏。

瓦甸之敌四百余,附炮四门,正激战中。

桥头之敌似向龙陵方向转移。

据确报,已续撤腾冲者约三千。函、元两日,腾敌向龙陵方向增援者约一千人,似有转用反攻龙陵企图。

给养不及时,师部缺粮。骡马加上人力,多有累毙。加强空投,土司集粮。

祖国土地上的每一棵草、每一粒沙都动员起来了,哪怕滚着,爬着,都在酝酿准备,要去打赢那无论多么惨烈的战争。为了祖国,也为了自己。

看那小草　听那小草

　　一片青草,绿油油的,这里那里,颜色深浅不一。每株草都是纤细的,柔软的,形成一片,便是那样丰厚润泽,似乎显示着它们所生长的土地的力量。

　　唉唉,那是什么?

　　草地延伸开去,好几处露出败草、枯草,甚至光秃的土地,这是被砍伤了,被践踏、蹂躏过的土地。红色的土地,如同一道道纵横的血痕,红得触目惊心。

　　微风过处,草地形成一阵波浪,小草们向血痕移动,弯着腰,像要去亲吻它。

　　唉唉,我们的母亲大地——它们在叹息。

　　这是澹台玮看见和听到的。他正坐在一个山坡上,一片青草间,感到很奇怪。那和谐的、轻柔的声音在继续。

　　我是怒江边上的一株草,很小,甚至没有专属于自己的名字。

　　我是龙川江上的一株草,我也没有专属于自己的名字。

　　我是上绮罗村的一株草,谁又有自己的名字呢。

　　唉唉,它们叹息。我们不需要名字。它们继续向血痕移动,弯着腰,像要去亲吻它。

一个衣衫褴褛、十分肮脏的孩子,从草中走来,步履很轻,好像在草上漂浮。

"我是高黎贡山上的一棵草。"他说。

"你？你是——"玮睁大眼睛,仔细端详着肮脏的孩子,"你是福留。"

"是的,我是福留。我在高黎贡山顶上看见你了。"

"看见我了？"玮问。

"是的,看见你了。"孩子在草地上飘动。

"你累了么？坐一坐吧。"

"我已经不累了。我睡在高黎贡山顶上。那里可以通到喜马拉雅山,可以看到全世界。"

"这是小学课本告诉你的么？"玮说。

"我没有上过学,可是我现在什么都知道。"他在玮身边坐下了,坐在草尖上。

"我什么都知道。"福留在草尖上,轻轻摇着,"我看见大山大水,小花小草,我还看见很多人,各种颜色的。"

"人的肤色有不同,种族不同,国籍不同,可是心应该都是一样的,都是掌管鲜血供应的,好让人生长,让人发展。"玮沉思地说。

福留说:"有些人的心给妖魔吃了,变成吸血鬼。"

"世界不属于妖魔,人们不会允许！世界是属于人的。"玮说,"告诉我你的事。"

福留说:"我爬过很深的山涧,几次掉进涧里又爬出来;又钻过几个山洞,其中一个特别长,几乎钻不出来。可是我没有死,我经过枪弹的包围,踩着地雷,可它没有炸,又爬过山涧,钻过山洞,找到了那洞口。"

"听着,福留,你做了很了不起的事。"玮说,"人们会记住你。"

"许多人做了许多了不起的事。谁会——记住他们?"福留说。

福留身后渐渐升起许多人形。轮廓清晰却又飘浮不定,那是中国抗日军人。他们往上升,往上升,到了天上,从云端朝下望。这是一个序幕。

"牺牲的人太多了。"玮深深地叹息,"每一寸土地都是血肉铸成的。"

小草们向那些血痕移动,渐渐将它们覆盖。

草间又有军人出现,他们后面是一个长长的队伍,队形变化,忽明忽暗。这是抵抗外侮的队伍,是奔涌在历史长河中的正气。

小草分开又合拢,长长的队伍截断又连续,抗日军人从各个方向走来。

也许是牺牲在灰坡的连长,牺牲在大绝地的营长,牺牲在冷水沟的团长,还有牺牲在北斋公房和别的敌堡前的大量士兵。他们停住了,慢慢向上升、向上升,和云端变化着的轮廓一起,消失在白云间。

福留笑笑说:"让人记住有什么意思。后人会忘掉过去的人,忘掉我,也忘掉你。"

玮觉得和自己说话的是一位有着银色长髯的哲人,不过眼前还是这褴褛又肮脏的孩子。

"总是多亏了你。"玮说。

"妖魔的堡垒迟早要毁灭,无论那堡垒怎样坚固。我只是一个偶然因素。"

偶然是必然的综合,玮想,一面说:"是的,没有一个你,也一定要打赢的。因为还有许多个,许多个。"玮想寻找那些战士,放眼望去,已不见一个人影,只见地上发亮的绿草和天上悠悠的白云。

玮叹息道:"无论如何,你是有用的。每一个每一个都是有用的。"

"我想是的。"福留用肮脏的小手托着头。

"可是你死了。"玮忽然惊悚。

"我不过是高黎贡山上的一棵草。"

"那么,我是昆明的一棵草——北平的一棵草。"

玮惊异地看见,大片的青草掩盖了一部分鲜红的血痕,青草还在移动,弯着腰,像要去亲吻母亲大地。

福留也在注视着那片草地。一阵风过,传来轻柔的声音:我是怒江边的一棵草,我是龙川江边的一棵草,我是上绮罗村的一棵草。

"我是高黎贡山的一棵草。"福留说,站起身向草地走去,走到血痕旁边,转过身来,对玮招招手,大声说:"我等你。"

"我等你!"玮又惊悚,这世界上另有一个人大声宣称在等他,在灯月的交辉下,那清澈的声音在兵车间回绕,好像一个誓言:我等你——

福留又笑笑,身形渐淡,消失在绿色的草地上。

忽然下雨了,大雨滂沱,好像雨水不只从天空落下,还从四面八方涌出来,形成许多洪流,无声地奔腾,急速地冲走了一切,连同玮自己。

第 四 章

一

永平医院沸腾起来。一方面把现有的伤员大部分送往楚雄医院,只留下不适合再转送的伤员,由张医生照管;一方面准备物资,调配人力。在准备过程中,一个隐藏了许久的问题突然显露了。

严颖书奉调到永平医院不久,就发现账目有问题,尤其是药品。丁医生几次诉苦,说消炎药不够,麻醉药不够,一般的阿司匹林一类的小药也不够。那时,滇缅公路不通,药品缺乏,是常有的现象。但是丁医生和护士长都说,曾见进了药的,用时却没有。颖书几次向"嗝儿"院长建议清查药品,都被压下了。为了医院里许多问题,他们多次激烈地争吵过,有些似乎解决了,药品问题却仍埋在深处。

"嗝儿"院长姓陈,名大富,保山人,读过医士学校。这两年把永平医院从仓库中建立起来,在医院中颇有威信。许多蹊跷事就是在威信的阴影下发生的。

建立野战医院必备药品,清查药品势在必行。这天一早,严颖书到大理交涉车辆,傍晚才回来。回到医院,看见很多人进进出出,神色惊慌,拿着水桶,说是失火了。他问哪里失火。有人指给他,那是小苍山山房一带。他快步跑去,见资料室旁边的一间堆杂物的小屋正冒着黑烟和不多的火苗。陈大富站在那里指挥人救火,几乎全院的人都出动了。峨和之薇还有几个护士,一个个满脸通红,汗涔涔地也拿着水桶泼水,除了往火堆上浇,还泼在小苍山山房的墙壁上,免得火势蔓延。

陈大富见到颖书,拍着手说:"扑灭了!扑灭了!好在里头没有什么东西。"丁医生心事重重地站在那里,望着那间不复存在的小屋,里面究竟有什么东西,他很怀疑。

严颖书走近火场,觉得一阵热浪扑面而来,皱着眉问:"火是什么时候起的?"又往四处看,说,"这里又不做饭。"

陈大富干笑了两声,说:"大概是两三点钟,有人报告,我跑了来,看见火头蹿得有一人多高,好在救得及时。"

大家又浇了十来桶水,最后的火苗熄灭了。

颖书用目光邀丁医生回到自己房间,两人坐下,半天没有说话。照计划次日要清点药品、对货单,丁医生叹了一口气,说:"明天的事大概做不成了。"

颖书疑惑地望着他,说:"你说这火有点儿蹊跷?"丁医生又叹气。

有人敲门,陈大富进来了,一进来就大声说:"越是事情多,越有多的事。可合?好好的着起火来!"

"得查一查起因。"颖书说。

"已经知道了。"陈大富说。严、丁两人都望着他,看他怎样说下去。陈大富镇定地说:"起因么,哪个也想不到,一个民夫在屋后烧叫花鸡。你们就没有闻见鸡肉香?"

"民夫?是谁?"严颖书问。

丁医生喃喃自语："岂有此理！"

陈大富说："鸡也吃了，人也走了。好在一间小破屋，损失也不大。"

"怎么知道是烧鸡引起的火？"严颖书问。

"有人看见。"

"谁看见？"

陈大富不快地翻眼看着颖书："你是在审贼？火已经灭了，要派罪名也大不到哪里去。"

三人都不说话。陈大富掏出烟来抽，停了一会儿，问："车子联系好了？"

严颖书说了车辆的情况，确定两日后出发。还有一件重要的事：安排去留名单。严去陈留已经是默契，其他人员的去留，尚需商量。

陈大富说："我这里已经拟了一个名单。"

丁医生见他们讨论行政问题，便走出来，不觉仍走到着火的地方。救火的人已散去，废墟仍冒着黑烟。丁医生仔细分辨，闻不到烧鸡的气味。已经过了几个小时，即便有过也都消散了。且看明天，他想。

次日一早，丁医生处理过日常工作，便到存放药品的房间。房门已经打开，几箱药品在木架上。陈、严等人站在那里，神色严峻，气氛紧张。丁医生想，药品清查不成了，不过，还有些药就好。

昨晚的争辩似乎就没有停顿，仍在继续。

"清单在哪里？"颖书盯着会计室的人员，他兼任保管。这保管也姓陈，是本地人。

他期期艾艾地说："这是最新的进货单。"随即递过一张纸。

颖书看见上面只有简单的几种药品，便大声说："你应该拿出总的清单，至少这半年的吧。"

保管员望着陈大富，仍是期期艾艾地说："旧账都放在那小屋里。"

严颖书大声说："你是说烧了？"

保管员又望着陈大富。

陈大富也大声说："就是烧了。谁想到那点会起火！"

严颖书胸中升起一股怒气，他尽量控制着自己。

丁医生走上前说："先清点现有的药品吧，有多少是多少。"

陈大富似乎松了一口气。几个人动手清点，近期药品大致不差，除留一小部分外，大部分准备装车。

这时，护士长铁大姐提出蚊帐问题。去年夏天运来大批蚊帐，当时没有用那么多，应该还在仓库里。

陈大富好像突然想起什么似的，一拍脑袋，"哎呀，还有这事！"

颖书想，是不是也放在小屋烧了，这话当然不能出口。

"野战医院没有蚊帐怎么行，要是在帐篷里住，更得准备。"铁大姐说。

"那当然，那当然。"陈大富说，"我们查，我们查。"

严颖书说："这也不是小东西，放在哪里，我们去看看。"

"到底进了几顶？"陈大富问保管员。保管员嗫嚅着答不出。

"东西总在吧？"颖书说，"物质不会自己消灭，先去看看。"

"不用看了，这些蚊帐放到别处去了。"陈大富看保管员神色有些张皇，果断地说，"我们会查找。"

颖书觉得胸口那团怒气正在扩大，"这都是什么规矩！"——他把到嘴边的话咽了回去。

"这边仓库放不下，"陈大富解释道，"大概放到永平城里，反正不耽误用。"

颖书知道不能再深究，勉强压住怒气。任务紧急，必须做好眼前的事。说好陈大富必须积极查找这批蚊帐，及时送往前线。

这时，一个架着单拐的女孩走进屋来。她约有十一二岁，木拐在地上发出咚咚的声音。说不出她哪里像陈大富，可是一看就是陈大富的女儿。

"你来干什么！"陈大富呵斥道，声音很硬，眼睛里却闪着怜爱的光。

"我妈喊我来看一下。"女孩低着头说。

"看哪样？"陈大富不耐烦地说。

"看你是不是走了。她怕你甩下我们走了。"

"快回去！"陈大富又一声呵斥。

女孩看见父亲并没有走，自己放心地走了。她虽然架着拐，却走得很快，木拐在地上发出咚咚的声音。

"那年保山大轰炸，把她的半条腿炸飞了。你大概不知道吧？"陈大富对严颖书苦笑，"我原有三个娃儿，炸死了两个，只剩了个瘸腿的。"

严颖书仿佛听说陈院长家人口很多，有三四个孩子。他这时不愿多问，同情地说："所以要打日本鬼子。"

女孩的出现很自然地结束了药品和蚊帐问题。陈、严二人到办公室讨论去留名单。

对昨晚陈大富提出的名单，颖书提了好几处不同意见，最主要的是让孟灵己和另外一个较有经验的护士留下。因为护士长要去前方，最好留下几个能干的人，现在留的人手显然不够，而且他也不希望峨上战场。昨晚陈大富不同意把孟灵已留下,他认为这是颖书要安排一个钉子。这时却说,经过一晚的考虑,他同意颖书的意见。

一切准备就绪,全院开了一次会,宣布人员分工,有去有留。峨和之薇兴奋地听着。在去的名单里有李之薇的名字,之薇轻轻捏了一下峨的手。在很少数的留的名单里有孟灵己的名字,峨、薇对看了一眼。

旁边一个护士对峨说:"你当然是不适合上前线的。"她是真的这样想,听起来却不大自然。

散会后,峨去找颖书。严颖书正站在一大堆箱子中间安排搬运。

他领峨走到一边,温和地说:"我知道你的来意,可我真觉得你不适合上前线。你们女孩子参军做做后勤还差不多,让你们去经历战争的残酷场面,那就更残酷了。而且留下也是需要。"

峨说:"这么多护士都去,之薇也去,为什么我不能去。若说需要,另留一个人好了。"

颖书说:"要是可能,我把你们都留下。你算是代表吧。"

这时,陈大富走过来,他是负责留守的。

峨说:"我想留守需要的人很少,而前方人手一定会不够。而且我们不是真的上战场,对前线来说还是属于后方。"

陈大富似乎精神一振,说:"你愿意去腾冲?"

峨点头。陈大富趁机对颖书说:"让她去吧,我这里摆得开。"

颖书不好说什么,只好不说话,仍去参加搬运。

陈大富对峨说:"你去吧,自己当心。"

峫、薇为能仍在一起而高兴。晚上，她们一起到小苍山山房，把所有文件又清理一遍，其实那早已是井井有条。

峫把门锁好，在门外站了一会儿，两人看着那小小的废墟，峫说："我想起那本小说 Rebecca，也拍成电影了，叫《蝴蝶梦》，你看过吗？还想起《简·爱》里的桑恩费尔德，都是一片大火，什么都没有了。"

之薇微笑道："这可是风马牛不相及。我想这火烧在日本兵营里就好了。"

两人把钥匙送给陈大富。陈大富正站在办公桌前和几个人说话，这几个人中有要走的，也有留下的。大家互相嘱托，亲切话别。

陈大富打量着孟灵己，说："看来你是有勇气的。"又看看李之薇，"你们赶上了时候，赶上了反攻。"他忽然一拍桌子，大声说，"反攻！听见没有！就是去收复失地啊！"大家都有些兴奋。

一个要走的人说："我家的老母亲，院长多费心了！"

一个留下的人说："那是大家的事情，你尽管放心！"

次日清晨，严颖书率领行政人员，带着应用物资分乘几辆大卡车，丁医生率领几乎是全部医务人员乘最后两辆卡车，在晨曦中出发了。医院立刻显得空荡荡的，留守人员站在大门口送行，向远去的车队挥手。陈大富脸上不自觉地露出一丝笑意。

"爹，"架拐的女孩不知什么时候出现了，她拉拉爹的衣袖小心地说，"我妈喊你回家一趟。"

陈大富已经好几天没有回家了，其实他的家就在医院旁边。

"院里事情多，没看见刚出发么！家里有事么？"陈大富仍看着远去的车队。

"没有什么事，不过喊你回家吃碗热汤米线。"女孩抬头望着父亲,眼睛活泼地转动,像一只灵巧的小松鼠,尽管她的腿不听使唤。

"吃米线是什么大事!"陈大富心里一阵暖热,登时想起自己确有几天没有好好吃东西了。

女孩又拉了拉父亲的衣襟,这是叮嘱。"我先回去。"她走了几步,又转过头说。

陈大富回到办公室,把小陈找来,两人密谈了一阵,又到各处察看了一番,便回家去了。

医院旁边有两排简陋的房屋,是医院自建的家属宿舍。陈大富家占了两间,一间他和妻子住,一间孩子们住。门前豆棚瓜架,倒有些乡村闲景。他一走进家门,孩子们一齐大声喊爹,有的跑过来,有的在原处做着什么。

除了那架拐的女孩桑叶,这些孩子都是保山大劫难后,陈大富收养的孤儿。最小的一个当时不过几个月,正在已死去的母亲身旁哭,陈大富把她从血泊中抱起来,她忽然不哭了,盯着他看。陈大富站在尸首堆旁、碎石瓦砾之中立下决心,一定要把这孩子养大,叫日本人看看。这孩子的名字就叫抗日,现在已经两岁多了,被母亲背在背上,小脑袋歪在一边睡着了。一个五岁大的男孩是从垃圾堆边捡来的,这孩子知道自己的名字叫救国,姓什么却说不清。另外两个男孩都是八九岁,他们是兄弟,姓万,一个叫保中,一个叫保华。在震耳欲聋的飞机声中,连串的炸弹从空中落下,人群在街上乱跑,他们随着父母要跑出城去,在混乱中失散了。保中不知怎么掉在了河里,保华趴在岸边喊救命。当时陈大富正走过河边,捞起水中的孩子,想交还他们的父母,可是再也找不到了。两个孩子的父母和许多中国保山的平民老百姓一样,化成了泥土,化成了灰烟。以后陈大富想把孩子送到救济机关,可那时孤儿院还没有成立,只好留在家中。他们自己的孩子死了两个,捡回四个,又是一个热热闹闹的家。

两个男孩跑过来搬凳子擦桌子。桑叶坐在地下一个小凳上,守着一个大簸箩,正在剥玉米粒。她剥得很快,两个玉米一蹭一蹭,金黄的玉米粒雨点似的落下来。

妻子五翠默默地看了丈夫一眼,端过一碗米线,低声说:"有肉末。"米线碗上冒着热气,油汪汪的,漂着几片碧绿的青菜。

陈大富说了一声"好",坐下稀里呼噜吃起来,把肉末和青菜嚼得很响。

五翠坐在桌子对面,默默地看着他。"他们上战场了,我们也要等着接收伤员。"他似乎是自言自语。他们家从来都是他一个人说话。五翠的话极少,可能因为需要她做的事太多了。

这时她走到炉灶旁,拿起煮米线的小铜锅,把里面的东西全添在陈大富的碗中。又从蒸锅里取出米饭做了两个饭团,塞了些酸菜和辣椒,发给两个大些的男孩,他们要上学去。自己又到屋外喂猪去了。

太阳已经升得很高。两个男孩举着饭团,出门去上学,一路走一路吃。他们从来都是这样,从不闹胃病。他们在平地上跑,有小沟小河就跳过去,还不时你打我一下,我打你一下。

陈大富困极了,他要休息一下,告诉桑叶他要睡两个钟头。墙边条几上摆着一只双铃闹钟,这是他们家的一件贵重物品。

陈大富以为自己一躺下就能睡着,他需要休息,可是他却睡不着。许多他不愿回想的事缠着他,使他不能进入梦乡。

他原在保山市一家小医院工作,在城里有两间小房。桑叶是他们最大的孩子,另外两个都是男孩。在刹那间,只剩了他和妻子和桑叶,别的什么都没有了。没有工作,没有家,有的是嗷嗷待哺的一堆捡来的孤儿。他和五翠对他们很好,尤其是对抗日。怎么能活过来,他现在都很难想象。孤儿院成立以后,他们又想送走保中、保华。两个孩子跪下来哭着说,现在的爹妈就是亲人,不愿意去孤儿院。爹已经救过他们,两人的命都是爹给的,以后活命还是要靠爹妈。他们很快就能干活,会报答爹妈的。五翠先说:"留下吧,哪里也莫去。"陈大富说不出话,好像是点了点头。五翠抱起抗日,指着几个男孩说大哥、二哥、三哥。桑叶那时还没有拐杖,坐在床上叫:"我是姐姐。"说着呜呜地哭了。五翠也哭了,陈大富的眼泪也流了下来。这是上天送来的孩子,代替他们死去的儿子。

他不由得想起那一天,那悲惨的一天。陈大富正在医院里,忽然响起一阵刺耳的汽笛声。保山人不熟悉这种声音,响了一会儿,人们才悟过来,这是警报!大家都往郊外跑。陈大富路过自己的家,带上妻儿,跑出城去。这时,敌机已到了保山上空,到处响起炸弹声、哭喊声,火光四起。他们想躲到路边的矮墙下,两个儿子跑过去了,陈大富和妻女莫名其妙地被一股气浪推到路的另一边,掉在一个浅沟里。炸弹声震得人发昏,弹片在头顶呼啸而过。一块碎片打中了桑叶的腿。飞机过去后,他们大声叫着儿子,没有回音,只看见一个个炸弹坑。他们扑到坑边用手刨土,手指破了,满手鲜血,鲜红的血和泥土中的儿子混在一起。

"我们活着。"陈大富当时想,"能把中国人全炸死么!"他抱起抗日,捡起救国,又救了万姓两兄弟。

劫难后的日子是艰辛的。劫后余生的人们一起抬尸首,清理街道,造简易房屋,他们要活下去!陈大富工作的小医院已经不见踪影,残留的人都进了部队医院。他人很能干,不久,被派到永平医院,很快被任命为院长。

那是怎么开始的?可能是看见别人私拿药品而不能说就开始了。他翻个身,想赶去那些记忆,可是它们偏偏出现了。在保山小医院时,他看见医院的主任拿了几盒注射用水,给来找的亲戚。他和一个同事说起,同事说什么值钱的东西!就当没看见好了。他知道这事不便说,他现在更不愿想,他只想睡觉。可是小陈接着闯进了思绪,小陈是陈大富的老同事,他到永平医院以后,把小陈邀来,成了心腹。大大小小的单位,大大小小的领导都有心腹,是一个普遍的现象。医院初建时,他的全家都在医院食堂吃饭,后来人越来越多,立了规矩,吃饭要付饭费。孩子们常常半饥半饱。有一天小陈拿了半瓶酒,两人在仓库门口慢慢喝。陈大富说,很想给孩子们打一次牙祭。小陈说不难不难,只要拿一盒金鸡纳霜,卖个黑市价,就足够打半个月的牙祭。陈大富当时没有说话,只瞪着小陈。小陈忙说:"不过随便说说,人还能等着饿死么?"那以后,究竟是怎么开始的?他太累了,觉得脑子里乱哄哄的,理不出头绪。他迷迷糊糊,渐渐睡去。

路面坑坑洼洼,到处是弹坑,车行很慢,永平医院车队下午才到怒江边。这时惠通桥原址已修建了简陋的便桥。为了减轻车载,所有的人都下车步行。奔腾的怒江水从桥下汹涌而过,有人低声说:"这就是惠通桥。"他们知道早到一步,就可能救活一条性命,行动都很迅速。参差不齐的脚步声伴着隆隆的车声和水声,移过江去。

峏本来属于行政人员,不知怎么却和李之薇一起站在最后一辆卡车上。她们没有到过这里,却深有亲切之感——老战就是在炸惠通桥的一刹那精神失常的,现在她们要去收复失地了。

车过桥后,地势渐高,又行一阵,已入山中。她们好几次下车,还帮助推车。天黑了,前面传过话来,准备露宿。大家都蹲坐在车上,尽量缩小身体,挤着过了一夜。

次日天一亮,继续前行,经过一处,那是前些时的战场。

"救命!救命!"忽听见有人在喊。

丁医生说:"我们搜索一下,有伤员就带上。"

他们在一座破庙前看到一个伤员正向他们爬过来,连忙过去把他抬上担架。

伤员喘着气,用手指着破庙,说:"还有——"

大家往破庙里去,果然又见两个伤员。一个满身脓血,是腹部受伤,一个靠墙坐着,是腿部受伤。他们都被抬上卡车,这样就有五六个人没有站处。

"我们走路。"嵋和之薇都跳下车来。

洪医士是本地人,他从车上取下一袋干粮说:"我认得路,我来带路。"另外两个抬担架的男护士也没有上车。

时间不能耽误,也没有什么可讨论的,卡车开走了。

洪医士说:"我们走过去大概要两天的时间。"

他们顺着山路走,越行越窄。渐渐地,之薇和嵋都有些走不动了。洪医士让大家在一个大石头旁休息片刻,吃些干粮,继续向前走。忽然豆大的雨点打下来,土路立刻一片泥泞。经过一个村子已经空无一人,他们就在缺了半个房顶的屋子里和衣过了一夜。

第二天雨仍在下,他们一早继续前行,披着雨布,衣服还是湿淋淋的。快到中午,雨越下越大,很快从山上冲下一小股急流。嵋俯身绑鞋带,落下大家有十来米远。

李之薇回头招呼:"孟灵己,快点走!"却看不见孟灵己在哪里。急雨如同大幕遮盖了山、树和人,那股急流正在迅速扩张。

之薇张皇地大声喊道:"孟灵己!你在哪儿?"大家都大声叫起来。

洪医士说:"快跑!这水会把我们都冲走!"

李之薇一面跑,一面哭,一面叫:"孟灵己!你在哪里?"雨水和泪水在脸上糊成一片。

二

峭醒来时觉得天空很大,雨已经停了,急流正在缩小。她躺在一处河滩上,觉得浑身疼痛,一时不明白发生了什么事。她轻轻转头,侧过脸来,意外地看见一双盈盈的眼睛注视着自己,一头银饰,显示出这是一位傣族少女。

她说话了,是很生硬的汉话:"你是谁?"

峭说不清自己是谁,只说:"我从很远的地方来,现在在部队医院里工作。"

傣族少女拉一拉峭的衣袖,像要看清她的身份,想了想,指指自己,说:"阿露。"又指指峭。

峭用力说:"孟灵己。"

阿露点点头,说:"去家里。"一面扶峭起身。

峭忍着疼痛,勉强起身,随着阿露,一瘸一拐地顺河滩走了一段。转过一个大峭壁,在山坡上有三间茅屋,那就是阿露的家。

峭上台阶全靠阿露搀扶,腿一弯动,就是钻心的疼痛。上两阶歇一会儿,让疼痛在全身蔓延开来,再一动又是锥心的痛。

上了山崖,进得屋内,阿露让峭靠在椅上,在一块木板上铺了些干草,再铺上一条花床单,又拿出一件普通的衬衫和一条傣裤,让嵋更换。

嵋背上、臂上、腿上都有碰伤,衣服上血迹斑斑。因为左腿剧痛,她以为左腿折了。看这里的情形是不会有医生的,她也不多想,默默地照阿露的安排做了,躺在草榻上休息。

阿露似乎很满意,自到外间烧火,不多时拿了一小碗姜汤和一竹筒米饭,放在床前桌上。嵋已看出阿露生得十分娇美,像一般傣族少女一样,肌肤白皙,身段匀称,眼睛水汪汪的。房间虽然简陋,却很整洁。在炮火中怎么竟能躺在这样一个柔软的榻上?

嵋打量着这些,说:"我莫非遇见了仙女?"

"仙女?"阿露不懂。

嵋说:"就是好人。"

阿露说:"我当然是好人,你也是好人。"两人不禁对望微笑。

嵋喝了姜汤,又谨慎地吃了一小半米饭,果然阿露小心地吃了另一半,她并没多余的粮食。

山里的夜色来得早,茅屋窗户又小,窗外巨大的树木仿佛直压过来,屋内很暗。

阿露说:"你先睡吧,我去看看阿爸。"

嵋奇怪怎么一直没有听见有人声,想来一定是另一间房里住着老人。

嵋累极了,困极了,只是疼痛困扰着她。她想是不是该把左腿锯掉,可是别处也在疼,一会儿轻些,一会儿重些。要睡着的时候猛然一惊,又醒了,不能好好睡去。

她迷糊中听见树叶窸窣,虫声悲戚。忽然不知哪里传来嘤嘤的哭声,不觉毛骨悚然。听了一会儿,猜想是阿露在哭。她想去安慰,又不知阿露是否需要帮助,愿不愿意人家打搅,事实上她也不能移动。踌躇了好一阵,哭声停了。又过了一会儿,阿露推门进来,坐在床前,仍在拭泪。

峭怯怯地问:"阿露,你阿爸生病了吗?有什么我能帮忙?"

阿露忽然大声说了一句傣语,峭从语气上猜想,她说的是:"你睡你的。"

峭睡着了,这次睡得比较长,她醒来时觉得已经睡了好几天。想了一会儿,才想清这几天发生的事。屋内没有别人,阿露不在。她挣扎着坐起身,发现左腿已经肿得像个棒槌,皮肤紧绷绷的发亮。

她愣了一下,挣扎着下了床,看准床边一根木棒,靠着床沿蹭过去,取在手中。她左脚一碰地就是一阵疼痛,不能用力,只好拄着那根木棒,一点点蹭出房门。

中间的屋子有炉灶、桌椅,还有一个细竹编的柜子。那大概是阿露放粮食的地方,峭想。对面的房门关着,"阿露的阿爸住在这里。"屋内没有一点声息,峭觉得自己不能给人任何帮助,不好去打搅,又有些好奇,想结识阿露的阿爸。正要伸手去推房门,阿露进来了,她背着一个箩筐,对峭严厉地摇摇手,又指指竹椅。峭顺从地坐好。

阿露从箩筐里取出一些树枝木柴,放在灶下,从竹柜里取出土豆切成块,又从一个坛中取出盐酸菜,和土豆一起熬煮。那些枝柴很湿,点起来火苗不旺,满屋子白烟,两人都咳起来。

峭看见箩筐里还有许多草叶,湿漉漉的,试着想帮忙,把它们晾开。

阿露拿过一束叶子说:"洗过的,这是药。"看来她什么都想到了。

土豆还没有烧熟,火灭了。阿露又点一次火,煮了一会儿,火又灭了,半生不熟的土豆就是她们的饭了,她给嵋盛了一碗。

嵋端起碗看着对面房门,轻声问:"给阿爸?"

阿露一愣,摇摇头,神情凄然。

那碗土豆很淡,盐酸菜太少了。嵋不知道,这一点酸菜已经算是奢侈品。她也顾不得咸淡生熟,将土豆吞下。

饭后,阿露开始煮药,一种内服,一种外敷。她把内服的药放在一个瓦杯中,对嵋说:"喝。"又把外敷的药放在一个破碗里,说,"搽。"

嵋不敢喝这种草药,望着药碗发呆,阿露又指指药碗说:"喝。"嵋却不过,一口喝下。

这时天色明亮,像是正午,阿露又指指嵋说:"睡。"又指指自己说,"洗。"便拿了些东西出门去了,想是去溪边浣洗。

嵋在竹椅上坐了片刻,忽然下了决心,走到对面屋门前,慢慢推开门,见屋角躺着一个人,穿着傣族服饰,一动不动。

"阿爸。"嵋轻轻唤了一声,没有反应。她在门口站了一会儿,猛然醒悟,那人已经死了。

嵋觉得头发像要根根竖起,背上发凉。她要关门却拉不动,好容易关上门蹭回桌边,又好容易蹭回屋里,坐在床上。

那么,嵋想,阿露的同伴只是她死去了的父亲。不知已经几天了,什么原因,现在要死太容易了,原因太多了。我如果不被阿露救起,也已死了。可怜的阿露,还有亲人吗?现在该怎么办?第一件事,是我必须能走动。嵋胡乱地想着。

一会儿,阿露进屋,想起什么,又出去,端来那只破碗,递给嵋,脸上的表情是你为什么不搽药?

峭接过碗,放在桌上,说:"阿露,我看见了。"

阿露又一愣,把碗向峭推了推,坐在床边哭起来。

"阿露,"峭说,"你还有别的亲人吗?"阿露摇头。峭说:"可我们必须把他埋了。我会好起来,可以帮你。"阿露不理。

峭不知说什么好,说什么都没有用,现在她只是个累赘,她能做的只有陪着阿露哭。阿露没有亲人,而自己的亲人又在哪里?自己那亲爱的家,怎么离得那么远?

两人哭了一会儿,阿露站起身,用衣袖擦干泪,说:"你不懂。"一面拿草叶蘸药,教峭擦腿,再把药渣敷上。峭把军装撕下一条,权作绷带,把腿包好,仍旧休息。

过了两天,峭的疼痛减轻,腿肿已消了很多,看来这些草药很有效。是不是可以请阿露到丁医生手下工作?峭这样想。阿露开始在屋后挖土,为阿爸准备一个墓穴,因为还要出去找燃料,采草药,她挖得很慢。

峭为自己不能帮忙很不安,阿露安慰说:"你来我高兴。"

在这独家村的寂静里,人确实需要一个伴,哪怕是个累赘。

峭已经能够思索了,她想了很多。想到生死、战争、亲人,战争中发生的许多奇怪的事。生死的界限是那么容易跨过,纵然不在战场上,谁也逃不出战争的阴影。

她想知道腾冲到底有多远,阿露说很远。峭想既然阿露知道这个地名,就不会太远。

她开始考虑怎么样去找部队。她拄着木棒练习行走,在屋前平地上绕了几个圈,膝盖还不能打弯。她走了一会儿,坐在一块石头上休息。

山坡上走上来两个人。阿露听见有人声,从屋后赶过来,原来是他们最近的邻村的熟人。他们好奇地看峭,问阿露这是谁。

阿露说这是上天送来的她的朋友。

那两人走到屋后,很快掘出一个深坑,又采了一些柔软的树枝,编出一个大筐。那就是阿爸的棺木了。他们把筐拿到屋里,三人一起念诵什么,那是一个简单的仪式。然后把阿爸抬进筐内,把筐抬出屋来,转到屋后。峨想跟过去,阿露叫她不要动。

峨知道老人要入土了,便扶着木棒,尽量站直,算是参加老人的葬礼。

不久,三人从屋后转出,已是办完一件大事。来人中有一人汉话比较流利,他向峨走过来。

阿露介绍说:"这是土根叔,他管这几个村子的事情。"

土根叔对她们两人说:"不远的地方还有日本人。这里是许多山中间的一个山窝,很难找到,不过也要小心。"

峨只听清"土根"两个字,别的意思也猜得不差。

她问:"这里离腾冲远么?"

土根说:"远倒不远,就是山路难走,那边正在打仗,我们村去了不少民夫。"他顿了一顿,向屋后望了一眼,又说,"你先养伤吧。我们知道你是部队上的,是来打日本鬼子的。"

峨说自己的医院原来在永平,要到腾冲郊外建立野战医院,路上被水冲到了这里,又告诉了部队的番号。

土根说:"知道了,遇见部队上的人就告诉他们。"两人走下山去。

阿露跪在路旁相送,然后又走到屋后。峨拄着木棒跟过去,见一个小土堆,散出新土潮湿的气味,这就是阿爸的坟墓了。

一天,阿露去照顾她的耕地,那是山坡上小块的梯田。峨坐在屋外,天很晴朗,远山近山层层叠叠。

那里不知住着什么样的人,峨想。

空中有飞机的声音,这声音忽然变得尖锐和急促,紧接着一声天崩地裂的巨响,一道火光,在对面的山上冲天而起。

嵋惊得站起来,大声叫:"阿露,阿露!"

一会儿,只见阿露慌张地跑来,也大声叫着:"孟!孟!"

两人望着对山的火光,又惊又怕,不知该怎么办。嵋分析说,这是飞机失事了。好在树木都很潮湿,火势没有蔓延,到傍晚又下了雨,火光熄了。嵋和阿露披着雨衣站在山崖上,看见远处没有了火光,两人都放心地舒了一口气。

嵋对阿露说,这大概是运送物资的美国飞机。这一带天气太坏了,山太多了。阿露说:"他们很勇敢。"

次日,嵋和阿露一起去田里,见不远处树木中有一堆彩色的东西。嵋马上想到这是降落伞,那么就应该有人,活着的人。她把这意思和阿露说了,两人朝着降落伞走去。降落伞一半挂在树枝上,一半摊在地下。她们小心地拉开伞衣,果然,一个人躺在那里,是一个年轻的外国人,穿着飞行员服装。

"你活着么?"嵋紧张地问,并不指望回答。

那人睁开了眼睛,同时努力抬起右手,示意解下他的降落伞。降落伞着了雨,很沉重。她们努力卸下这个大东西,碰到他的肩部,他就大声呻吟。他的左肩受了伤,半边血染的衣服经过雨淋,成了黑红色。

"你能坐起来吗?"嵋问。

那人惊异地听到嵋的英语,脸上显出欣慰的神色,断断续续地说:"我是美国飞行员本杰明·潘恩,受伤了,跳伞了,你看见了。"他努力说出这些字,停了一会儿,又用力说,"我还有同伴——"就晕了过去。

她们无法把他抬到屋里,就在旁边迅速地搭了一个小窝棚,把他移过去。搬动时,看见他的背后衣服上赫然写着几个大字:"来华助战洋人,军民一体佑护。"

"来华助战洋人,军民一体佑护。"嵋默念这几个字,一下子非常感动,他们是为了共同的目标落到这山窝里。

"他在发烧。"阿露看着那飞行员喃喃地说,"他真漂亮。"

嵋看不出。他的脸上、身上粘着颜色不同的泥土,闭着的眼睛睫毛很长。

嵋告诉阿露飞行员背后的字是什么意思,阿露睁大眼睛听着,说:"明白。"

嵋在昆明街上常见背着这句话的美国军人,没想到自己竟真的接触到。她这几天只觉得自己是伤员,这时忽然记起自己是医院工作人员,还做过手术室里的护士,应该对外伤有经验。她恍惚觉得一个离开了的嵋又回来了,只是没有药品,没有器械。

她想了一下,问阿露:"有盐么?我们弄一点盐水给他洗伤口。"

"用盐?洗伤口?"阿露有些吃惊,怯怯地反问。

这里盐极难得,是珍贵物品,大家连吃都舍不得。阿露经过最初的惊异,不再迟疑,跑回家去,冲了一碗盐水来。她们从降落伞上剪下布条,为伤员包扎。

嵋动作很有次序,阿露诧异地问:"你会?"

"我学过的。"嵋答。

这时伤员又睁开眼睛,断断续续地说话。嵋听出来,他说的是,他从美国宾夕法尼亚州来,他问自己在哪里,说想要给家人打电话。讲了几句,又没有了声音。

太远了,嵋想。

"药——"那伤员用力说,原来他的上衣两个口袋里都装了药包。她们打开看了,峭一面想着用过的字典,认出有一包口服的消炎药,还有一盒盘尼西林,带有注射器和注射用水,不觉大喜,对阿露说:"他有救了。"

洗干净了的年轻的飞行员,确实很漂亮。在一堆杂草中间,在生命的边缘上,虽然脸色白得像蜡,仍显出他那英俊的轮廓。

阿露注视着他,喃喃地说着什么,峭觉得她好像在背诵一首诗。

小窝棚成了临时病房,峭和阿露轮流守护着本杰明。峭给他打盘尼西林,阿露给他服用消炎药,加上草药汁,用小木勺一勺一勺地喂。

本杰明有时清醒,好几次问起:"我的同伴?"峭想应该去找。阿露到高处,四处瞭望,没有看见降落伞的踪迹,她们无法做更进一步的搜索。

过了两天,本杰明清醒的时间长了一些,他再次自我介绍,说:"本杰明,你们可以叫我本。"他看清楚了阿露,仿佛有些吃惊,脱口而出:"多么美!"

峭把这话告诉阿露,又把阿露最初的评论告诉本杰明,本、露二人相视而笑。

傍晚又下起雨来,必须把本移到屋中,唯一的办法是阿露来背。阿露说她背得动。本说,这让他很不安,再过一天他就可以自己走。可是雨越下越大。峭和阿露扶着本,本站不住,只好让阿露背到屋里。

本惊叹道:"阿露这样苗条,却是个大力士。"

阿露说,她们在田间挑东西重得多呢。

大雨倾盆,雨声如雷,像要把小小的茅屋冲走。屋角漏雨,流下细细的水流,阿露用一个破盆接着。

暴雨过后,天上出现一道彩虹,长而宽的绚丽的颜色,在灰暗的天空中显得既宏伟又温柔。

"虹的桥是美丽的,虹的桥是相思的。"嵋想起俄国盲诗人爱罗先珂的这两句诗,不觉想起了无因。他在干什么?他能想象我这奇怪的经历么?如果他遇到这些,会怎样想?嵋恨不得现在就问他。

阿露要嵋告诉本,草药汁是他们的老药方,什么病都治,尤其是外伤,嵋已经试验过了。

本说:"我相信你能治好我。"

阿露说:"这药治好了很多人,如果不能治好你,这药方是废物。"

嵋为他们做翻译,但他们的话好像并不是通过翻译传给对方。

本说,他原是一个机械学校的教师,是飞机俱乐部的成员。"那就是业余开飞机。"他解释道。他又说,美国和中国是同盟国,要一起作战,消灭法西斯。他喜欢中国,觉得中国是一个神秘的地方。

阿露告诉他,她从来没有见过飞机,只在空中看见一个个黑点。她生长在这一片土地上,母亲早已去世,父亲最近也去世了。他去当民夫,中了日本人的枪弹,回来后发烧,就死了。

她忽然恐惧地看着本,莫非他也要死?嵋听着这些,传着这些。本和阿露一点也不觉得语言的隔阂,也不觉得他们之间有一个翻译。

本的情况似乎稳定,不过嵋知道应该把他送医院。可是哪里有医院?阿露从来没有去过医院,她得到邻村去问,最近的村子在三十里以外。阿露说,也许这几天土根叔会来。

阿露在她的田地附近,有几个捕小兽的陷阱,嵋到这里以后,还从没有过收获。

这天,阿露去巡视,很高兴地拎着一只湿淋淋的兔子回来。她对嵋说了一串傣语,又走进屋对本说了一大段话,本也回答了一大段话。嵋只断续听见:"我亲爱的姑娘,你藏在深山里,等我从天上掉下来,真是奇妙。等我们打败了法西斯,战争结束了以后,你到美国去上学好么?我家附近的小树林里就有许多兔子。"他们不懂彼此的语言,可是他们谈得很开心。

阿露做了一小锅兔肉,作料仍是几片盐酸菜。她只给嵋和自己各一小块,其余的都给本。本喝了汤也吃了肉,说他一辈子没有吃过这样美味的东西。嵋觉得很安慰,阿露笑了。"这样美。"本自语。

本也说起他的飞行经历,他在昆明的蓝天上打下过日本飞机。在驼峰航线上飞行,每一次都是面对死亡。他在云雾中、山谷间穿行,随时会撞得粉身碎骨。飞机升得太高时,机身外会形成一个冰壳。他几次遇到日本飞机拦截,都躲开了。

这一次,两架日本飞机围着他打。"运输机上没有武器。"本说,"不然我打得比他们好。"

盘尼西林已经用完了,口服消炎药很难控制炎症,送本去医院迫在眉睫。可是每天不断地下雨,根本无法出门。

嵋和阿露每天讨论本的伤势和医院,本也参加。他说这个茅草屋是最好的医院,他得到了最好的护理。

可是他的体温又升高,这是阿露的手测量出来的。她们必须采取措施。

嵋和阿露商量,建议阿露去找土根叔讨办法。阿露说最好做一个担架来抬本。

这天清早,阿露去邻村了。嵋一人照顾本,觉得一天很长,本也觉得很长。他问了几次阿露什么时候回来。嵋觉得自己很无能,若是她出去办事,阿露留下来,他们两人会更高兴。

"那路很难走吗?"本问。

嵋不知道,她只能说想来还好,那是阿露走惯的。

本睡了一会儿,自己惊醒,又问:"阿露在哪里?我怕她不会再回来了。"

嵋只好安慰他,想些闲话来说。她说:"你的名字的发音在中国话里就是笨,就是傻瓜的意思,可是你一点也不傻。"

本笑了,问:"孟是什么意思?"又自己回答,"是月亮,是不是?"

嵋说孟是一个姓,中国有一位大学问家孟子,是儒家的亚圣;姓孟的人很多,若讲谐音,是睡着了做梦。

"阿露是什么意思?"

"我想是露水,是露珠,早上在花草叶子上看得见的,很好看的。不过,也许是路,或者鹿,这在中文都是同音字。我会去问她。"嵋说。本的眼睛闪亮。

黄昏时,阿露回来了,说土根叔他们愿意把本送到保山医院,次日来接。就在这天夜里,又下雨了。雨势很猛,连着下了两天。那条溪水变得很宽,水面涨上来离崖边只有一米多。她们的路断了,没有办法,只有等待。

嵋问阿露她的名字是什么意思。阿露想了一下,说没有什么意思只是一种声音,阿爸叫着方便罢了。

"一种声音?"本说,随即哼起一个曲调,连续发出露露的声音,那曲调很好听,很活泼调皮,嵋想那是一首美国民歌。

"是我作的,你们不信么?"本微笑。

她们当然信,阿露尤其信。如果不是生活太困难,他们可以说得上是快活。

最糟糕的是他们的粮食快完了。阿露精打细用,把自己和岷的用量减到最低。她用竹筒煮米粥给本,自己和岷吃煮土豆,而且树叶越加越多。

她对岷说:"我习惯了,只是对不起你。"

岷摇摇头,眼中浮起泪水。心想是我对不起你,拖累了你。

还是不断下雨,阿露说这样不行,她必须泅水去找粮食。岷问:"你会游水么?"

"当然会。"

可是岷有些怀疑。生长在大山中,怎么会游水?不过阿露是百能百巧的。她们觉得再没有支援,体力很难维持了。阿露决定要游过那一片洪水,去找粮食。

她和岷走到河滩上,岷不放心地问:"阿露,你真会游水么?"她还是不大相信山里人会熟悉水性。

阿露不答,冷静地望着那一片水,慢慢向河里走去。岷一把拉住她,说:"不要冒险!"

这时,河对岸的路上出现一个人,背着箩筐,向她们招手,并且大声喊着什么。阿露喜形于色,也挥动着手臂。那人是土根叔,显然是送东西来的。

要是能打旗语就好了,岷忽然想起中学时的童子军课,挥动两面小旗,就能和远处的人互通消息。

阿露和土根叔挥舞手臂踢动双腿,也收到旗语效果。他们交流的结果是阿露不要泅水,土根叔把东西送过来。

岷问怎么送过来,阿露说她也不知道。溪水仍在流着,并不很急,可是没有回落的意思。阿露说,土根叔要办的事总能办到。

她们回到屋里等,阿露对本说他们有希望了。她讲到土根,讲到粮食,讲到土根送粮食。

本认真地听着,似懂非懂,说:"只要有你,一切都会好。"

他们足足等了一天,又是傍晚,屋外有叭叭叭叭的脚步声。土根背着箩筐进门来了,他累坏了,浑身淋得透湿。

阿露帮他卸下箩筐,一面说:"这样重。"

土根坐下来,休息了好一阵,听阿露讲了情况。他对本说:"你们都是勇敢的飞行员,来和我们一起打日本鬼子。我们是一家人,我们要尽力把你送医院。"嵋传达了。

本很虚弱,点点头,用力伸出右手。他想和土根握手,表示感谢。

土根关心地问嵋,他要什么。嵋解释了这礼节。土根走过去握住本的手,把它放进被子里。

土根和嵋和阿露商量送医院的问题。土根说:"我来的路太难走了,带一个病人是无法走的。你们尽量多维持几天,等水势小些我们尽快送他去医院。"他又对嵋说,"你的医院在找你。他们要求各村互相通知,一定要找到你。现在道路不通,你在这里算个医生吧。"

嵋知道部队已有联系,很高兴,说:"我不着急走。在这里,还能帮点忙。若说做医生,我可比不上阿露,阿露已经把我治好了。"

土根沉重地说:"坚持两天吧。"说着,一歪身在竹椅上睡着了,他太累了。

次日清早,土根叔便走了。他向山上走去,不久隐没在丛林之中。

只有等待。本的兴致还是很好,但明显地一天比一天虚弱。盐已经没有了,只有用草药汁洗伤口。嵋很抱歉地想,这种草药汁是不是会越洗越坏。

一天晚上,本说要唱歌,阿露先唱了一首民歌。本低声断断续续地唱起来,唱的是《我可爱的家》,他一开头,嵋就跟上去。

本只唱了一句,就听嵋唱,眼睛却看着阿露。唱到最后,他又加入:

Home, sweet sweet home,
There's no place like home,
There's no place like home.
家,可爱的家,
世界上任何地方都比不上我的家。

本低声说:"我们打法西斯为了你的家,我的家,他的家。"他的嘴角牵动,想要露出笑容,"这里也是我的家,是不是?"他知道自己再也不能回到远方的小树林旁的自己的家了。

第二天,本陷入昏迷状态,一天也没有吃东西。他好像已经没有一点力气。

阿露喂水,在他耳边轻轻地呼唤,他睁开眼睛,目光是茫然的。后来看见了阿露,好像明白一些。

本用眼光寻找什么,阿露把他的东西一件件拿给他看。他盯住他的上衣,衣上有肩章;又盯住上衣口袋上的一个标志,那上面写着他的名字,他所属的航空队。他要把那肩章和标志都拆下来,阿露照做了。

本又用眼光寻找嵋,嵋依照他的目光,取出口袋里的军人证。

本用力说:"交给——"

嵋听不清他要交给谁,便轻声问:"交给你的部队吧?"

本闭上眼睛又睁开,是点头的意思。

嵋小心地把那几样东西包好,又对本说,我会找到你的家,告诉他们你唱的歌。本又闭一下眼睛。

本的眼睛再睁开,仅仅来得及看了阿露一眼,又闭上了,永远地闭上了。

嵋和阿露把本放在阿爸躺过的地方,为他停灵。他实在不该死,他那么年轻,那么善良。

三天后,她们把本葬在屋后,用两个异国少女的泪送别他。本躺在阿爸旁边,青草在那里生长,还有许多不知名的野花。

许多年以后,美国军方来寻找在二战中牺牲的美国军人骸骨,在这里找到了本杰明·潘恩。

天晴了,水落了,嵋走出山谷,恍如隔世。回头看那小茅屋,只见山崖峭壁。小茅屋真的存在过么?她怀疑,却觉得本和阿露仍在说话。

阿露:小时候我走在山里。大山小草都是我的伴,几乎看不见人。现在居然有一个外国人,隔着山隔着海,从天上飞来。我不懂他的话,可我觉得我们离得很近。

本:阿露,我从来没有想到,我会落在你家里。你的茅屋给了我最后的荫庇。我比我的伙伴幸运得多,因为遇见了你。

阿露:本,你是好人。

本:你也是好人,你们都是好人。

本的声音清亮,阿露发出轻轻的笑声,两人的声音和在一起,飘远了,飘远了。

峨走着,眼泪不断地流下来,她用手帕频频擦拭。她不能哭,前面等着她哭的事情多着呢。

三

高黎贡山麓打郎镇,曾经相当繁荣,房屋依山而建,绿树环绕,颇具特色,是历来马帮歇脚的地方。我军攻打高黎贡山时,某师曾在这里设立师指挥所,随着阵地前移,这里设立了收容站,接纳伤员和掉队的士兵。以后,战场移往腾冲郊外,这里成了一个简易的招待所,也是过往军车的驿站。

招待所大门外墙上写着大字标语:"抗战是我们中华民族求生存、争人格的唯一出路。"

两排房屋,经过战乱,大都破损,勉强避风雨而已。每排房屋中部都有一个敞间,前面无墙,是公共场所。现在贴了各种通知和宣传品。院中有几棵叶子花树,正在开花。紫色的花朵给破败的景象平添了几分活泼。

孟灵己依照土根叔的安排,在这里等候开往前方的军车。她站在树下,聚精会神地望着大路。上午已经两次有军车开过,他们都拒绝了峨的请求,说是车太满了。下午有一次,司机同意了,坐在副驾驶位上的人反对。峨只好眼睁睁看着车子开走。

又有两辆车到了,它们一直驶往后院。峨想去联系,却觉得没有希望,站在树下思索,心里复述着要搭车的理由,想要说得动人些。一阵风过,头发上、衣服上落了好几片紫色的花瓣,也不觉得。

"孟灵己?"一个声音,陌生的,似乎又是熟悉的,"孟灵己!"

声音大了一些。

"谁在叫我?这里有人认识我么?嵋回头看,眼前是一个青年人,穿着美军服装,态度文雅,容貌有些像外国人。嵋很容易地分辨出,他是从军的学生。

"对不起,"那人说,"我想我没有认错人。"

"我是孟灵己,你没有认错。不过——"

"我应该介绍自己。"那人微笑道,"我的名字叫冷若安,我们是同学。"

哦,冷若安。嵋立即想起,这是梁先生最得意的学生。遂道:"你是冷若安?我知道的,不过人和名字对不起来。"

"你在这里等车吗?"冷若安问。

"就是,你有车吗?"嵋急切地问,"你往哪里去?"

"当然是腾冲。"冷若安答,"我从昆明来,是去运药品的,和斯宾格少尉一起。他开车,路好走的地方我也开一段。我们在这里打尖。"

"昆明?"嵋睁大眼睛,这是多么亲切的地方,又是多么遥远了。

"不过这次回去,什么也没看见,只看见药。"冷若安停了一下,又说,"你来,你来看这里。"

他引嵋上了台阶,走进敞间,墙壁上贴了许多通知一类的纸张。在墙角不显眼处有一张纸,上写:寻找孟灵己。又有几行小字:我院人员孟灵己于行军中散失,有知其下落者,速报腾冲上绮罗野战医院。

"我昨天就到了,怎么没看见?"嵋说。

"我刚到,一眼就看见了。"他们都笑了。

"揭掉吧。"嵋伸手揭去那张纸,"孟灵己已经出现了。"她把纸放在衣袋里。

"不知为什么,我觉得你就在这里,你果然在这里。"冷若安望着那贴过寻人启事的墙。

"我应该赶快回到自己的工作岗位。你的车能带人吗?"嵋问。

"我想没问题,我们去找斯宾格少尉。"冷若安引嵋向屋后走去,"我们的车上有两位女士。她们到这里办事,不去腾冲。"停了一下又说,"有一位还说是你家的亲戚。"

"亲戚?"嵋想,"莫非是玹子到了?"

屋后空地上放了几张桌椅,一位美国军官和两位女士在那里喝茶。军官看见嵋,不等介绍便请她坐。嵋还来不及回答,目光先落在那两位女士身上。

在军装单调的颜色中,女士们的衣着可谓绚丽。一个穿着宝蓝色有淡色花朵的外衣,一个穿着深绿色印黄色方格的外衣,都穿着深色工裤,想是为了旅行方便。穿蓝色外衣的不是别人,正是吕香阁。

吕香阁机灵地站起,迎上来说:"是小姑姑么?长这么大了,又穿了军装,简直认不得了。"

嵋微笑道:"你怎么来了?来打仗么?"

吕香阁也微笑道:"我是办俗事的人,办的都是上不得台盘的事。"一面对穿深绿外衣的女子说,"这是孟家二小姐,认识吧?"

那女子站起说:"孟教授是人人都知道的。我叫和美娟。孟二小姐请这里坐。"

冷若安拉过两把椅子,和嵋一起坐下了,先和斯宾格确定了嵋能搭车,大家随意谈话。

谈话中，嵋知道和美娟是哀牢山中一位女土司。中学课本中有关于土司制度的叙述，现在眼前竟坐着女土司，嵋颇为好奇。

仔细打量，觉得和、吕两人都有一种媚态，却又不同。吕较柔和，也可以说是狡猾，和则较冷，略带肃杀之气，想是当土司当的。若是两只狐狸，前者是银色的，后者是红色的。嵋立刻又抱歉地想，怎么把人想成狐狸。

吕香阁说："小姑姑从军影响很大，常听见来喝咖啡的学生们说起。"

嵋道："有什么好说的。你从昆明来？"

香阁道："是啊。我去看过祖姑，他们身体都好。真没想到会遇见你。说来不好意思，我到昆明也五六年了，不敢去见上人呢，怕嫌我做的事不光彩。"

嵋道："工作当然是很忙的。"

吕香阁面有得色，"真忙呀，忙得四脚朝天。你还不知道么？我的咖啡馆扩大了。"

冷若安看见嵋的黑发上有一片花瓣，宛如一件饰物。嵋略摇头，花瓣落下了。若安觉得惋惜。

嵋转脸道："这位吕小姐在昆明开了一个绿袖咖啡馆，你去过吗？"

若安道："对不起，我只去茶馆。想来斯宾格少尉一定去过。"他又用英语说了他们的谈话。

斯宾格道："当然了。不然我怎么认识吕小姐，而且成了好朋友。"

这时又走来一个美国军官，他从腾冲那边来。大家问他战况。他说大大小小已经打了几十仗，向前推进十分困难。大家用英语谈了一阵。和美娟不会英语,吕香阁随时为她翻译。

不久,谈话自然地分成两组,三位男士说英文,三位女士说中文。

香阁说,咖啡馆加了舞厅,经营很顺手。嵋很想家,想念昆明,觉得吕香阁说的琐事都很有趣。

和美娟说:"孟小姐,我见过你的。那是你小时候,在龙尾村,不止一次。"

嵋说:"是吗?我没有印象。"她不知道,当年青环描述的,用蜈蚣咬人并迫使她跳江的,便是眼前这漂亮女子。她想问问土司的职责,却不知怎样说起。

和美娟常和钱明经在一起,对学校的人物很熟悉。她说,孟先生住的腊梅林,萧先生种的菜地,她都去参观过。

谈话又会合了。吕香阁说她的咖啡馆是一个文化沙龙,她不无遗憾地对冷若安说:"冷先生不曾来过,倒是有很多同学都来。庄无因也来。"她对嵋说。嵋有些诧异,脸微微红了。

"他们有时全家来,有时庄无因一个人来。"吕香阁又说,有些不怀好意。

嵋很快镇定下来,坦然地问:"你看见无采吗?她也长大多了吧?"

"无采倒不曾见。"吕香阁想了想,又说,"对了,好像和庄太太一起来过。她长得很高。"

"我们该走了。"冷若安对斯宾格说,"山路很难走,不知要用多少时间。"

吕香阁说:"我们两人不走,住处已经安排好了。"说着安逸地拿起茶杯,对斯宾格一笑。

余人都站起身,准备上车。忽然阴云四合,天色很快暗下来,又下雨了,雨点有蚕豆般大。

斯宾格说:"今天怕走不成了。"大家复又坐下,又等了一阵,雨越下越大,便决定留宿一晚,次日出发。

嵋说:"既然这样,我先回房去。"斯宾格热情地留她一起晚餐,嵋辞谢了。

冷若安陪嵋向住处走去,说:"我倒认识你真正的亲戚,你的表哥澹台玮。"

"是吗?"嵋高兴地问,"玮玮哥在哪里?"

"我们在译训班是同学,他现在大概在腾冲。"

"那么,明天就能看见他了。"嵋说。

他们走到嵋的住处,那是这一排房屋尽头的一间,一个大通铺,只有嵋一人。墙的一角漏雨,雨水如注。

"我有办法。"嵋说。迅速地把垫在被褥下的油布抽出,做成一道墙。

冷若安说:"只堵不行,必须疏导。"他把墙角的砖拿掉几块,果然水向下流去,铺面上的积水少了。

"多谢,多谢。"嵋说。

"你在这里都吃些什么?"若安问。

"大门旁边有一家小店,卖米线、饵块什么的。"嵋指着大门的方向。窗外的雨连成一片,遮住了一切,显然无法出门。

冷若安点头不语,从背包里拿出两张报纸递给嵋,说:"你留着看。"自去找管事人员,安排住处。

回到敞间,见斯宾格等人摆出了食品,有面包、黄油、果酱、压缩饼干,一小罐肝酱。

吕香阁说:"如果有原料,我可以做汤。"

"你做的汤一定好喝。以后你到美国来,我们去旅行,可以野炊。"斯宾格说。

冷若安拿起自己的一份,吕香阁看了说:"是送给孟二小姐吧?我这里还有东西。"遂把两个苹果放在若安面前。

冷若安没有理会,向斯宾格说了一声,仍只拿了自己的一份。

嵋见冷若安拿了食物来,很惊奇,说:"我并不需要吃东西。"

冷若安道:"人怎么能不吃东西。"

嵋说:"我吃了,你还有吗?"

冷若安道:"我当然有,你放心吃吧。"

嵋说:"我总在分别人的口粮。先分阿露的,又分你的。"

冷若安道:"阿露是谁?你的经历好像很有传奇色彩。"

嵋只说阿露是一位傣族姑娘,便不再说话,她不想说她的经历。冷若安也不再问,放下东西,说了自己住处,转身要走。

嵋举着手中的报纸,说:"我看过报上的消息了。"

那是两张《云南日报》,报上刊载了昆明教授们在一次集会上的演讲。孟樾的一段很长。他说,盟国反攻顺利,敌人马上可以崩溃,但崩溃前必做最后挣扎,我们必须做战至最后的准备。太远的问题不必谈,目前急需解决的是军队的给养问题,还有医疗问题。给养必须跟上,才能增加远征军的战斗力。医疗也是保证战斗力的必要条件,反攻力量一点一滴均须珍护。

冷若安道:"我读到时,完全没有想到会遇见你。"

爹爹和我在一起,嵋想。眼望着那些食物,觉得颜色十分好看,而且香气扑鼻,忽然感到饥饿难当。

"你吃饭吧。"冷若安说。

"你呢?"嵋问。

"我有饭吃。"冷若安说着走开了。

嵋坐在通铺上自用晚餐。饭后,又翻来覆去看报纸,上面的事都很亲切。放下报纸后,从衣袋里掏出那张寻人启事,又看了一遍。一面想,把自己弄丢了,让人寻找,这就很古怪。她把这张纸仔细抚平,仍旧叠好,放在背包里。

她注视着从墙角流下的雨水,想到杜甫《茅屋为秋风所破歌》里面的诗句:"雨脚如麻未断绝。"她和小娃一起读这首诗时,注解里说有一种本子是"两脚如麻"。当时他们讨论应该是雨还是两,爹爹说,让他们自己体会。

现在她体会到了,应该是雨不会是两。看那雨水,在墙角肆无忌惮地不断流下来,什么时候能断绝?

她想把这些念头告诉小娃,又想不知什么时候能够全家人在一起痛快地说一说自己的经历。还有,还有无因。

她拿了一张纸,写了几行字,想托吕香阁带回家,写着又自己暗笑,吕香阁岂是带信的人。便搁笔不写,把纸条也塞在背包里。

至少明天可以见到玮玮哥了,嵋想。还有冷若安一起走,不觉感到平安。

冷若安走到自己住处,见房顶正中也在漏雨,想了想,仍回到敞间。斯宾格已又摆出一份食物。冷若安坐下,见雨水在檐前形成一道帘幕,简直看不清外面景物。雨丝飘了进来,靠台阶处湿了一片,里面并无影响,说:"这里倒不漏。"

斯宾格说:"房间里漏吗?不要紧,可以用雨布。"又问两位小姐要不要雨布。

和美娟说:"我先去看看。"起身去了一趟,回来说,"我们的房间不漏。"她们显然得到了照顾。

大家吃过东西,仍坐着说话。冷若安先告辞,他回房支起了雨布,好像半个小帐篷,坐在里面静听雨声。他眼前不觉出现那寻人启事。

"孟灵己是我寻到的。"他想,感到十分安慰,却又有几分莫名其妙的惆怅。

不久斯宾格进房来了。冷若安原以为他会很晚回来。

斯宾格似乎看出他的想法,说:"我想多和小姐们待一会儿,不过太累了,明天还要开车。"

冷若安让斯宾格睡在离雨布较远处,自己靠近雨布睡了。

大雨在半夜时分停止。次日清早,大家在敞间告别。吕香阁说她会告诉祖姑,看见峋了,峋很好,只是瘦了些。

峋微笑道:"最后一句可以删掉。"

斯宾格拥抱了两位女士。他并不知道她们此行目的,她们要搭车,他就带她们一程。

冷若安让峋坐副驾驶座,自己和另一位军士在后面药箱堆里摆出了座位。车子开动了,在坑洼不平的路面上颠簸着,转过山坳不见了。吕、和两人放下挥动的手臂,长吁了一口气,仍回敞间闲坐。她们在等候什么人。

约在中午时分,一个中年人,穿一身黑色短衣裤,走进敞间。看见她们,高兴地说:"和小姐,这里可容易找?"这是瓦里大土司家的管事。

瓦里大土司曾派过一位管事去龙尾村邀请孟先生到土司府讲学,孟弗之没有应邀,是白礼文去了。

现在大土司已经去世,儿子瓷里袭位。瓷里有经营才能,做着各种生意,其中也有烟土一项,已经有几年了。这管事也不同于老管事的温厚有礼,招呼过和美娟,眼睛四处张望,显得机警精明。

当下和美娟问:"只你一个人来?"

管事见敞间里人来人往,便说:"请二位小姐到屋后说话。"

他们到了屋后一个僻静处,管事说:"这批货不得手,十天半月来不了。两位等不了那么多时间,瓷里土司说就先请回吧。"

和美娟微愠道:"说好了要和瓷里土司谈,怎么不露面?"

管事赔笑道:"瓷里土司说,过几天到平江寨去。"

和美娟道:"货没有,又来做什么?"

管事静了片刻,说:"有一箱玉器在车上。"

和、吕二人大喜,走出来看,见一辆旧吉普车停在路旁。

管事说:"就用这辆车送二位到平江寨吧。"说着,递过一叠纸,是玉器清单,"东西太多摆不开,到了再看吧,小人告辞了。"

他又机警地前后看看,向屋后走去。

和美娟对吕香阁说:"怎么样?到我那里看看。他们安排这车子到平江寨,就不会多走一步。"

吕香阁只知和美娟是平江寨女土司,这时要到平江寨去,觉得新鲜,便说:"有机会看看你管辖的地方,真是三生有幸了。"

美娟笑笑,道:"你可不要期望太高。"

车子向保山方向开动。到大理停了一晚,沿途有许多军车奔赴前线。有人对这辆车投以诧异的目光,却也不来多管闲事。这平江寨在哀牢山中,从大理出发,行近楚雄时,走上一条小路,小路通向大山深处,连续拐弯,渐行渐高,路面更是泥泞难行。直到下午,车子转过一个山脚,望见远处一片树木。

和美娟指道:"前面便是平江寨。还有十几里地呢。"

道路太陡,已经不能行车。和美娟要吕香阁在一块大石旁等候,她去叫人抬东西。

吕香阁说:"这样荒无人烟的地方,让我一个人等着。"

和美娟安慰道:"越是荒无人烟,才安全呢。"打发车子开走,自己卷起工裤裤脚,往前去了。

吕香阁坐在大石旁箱盖上苦等,前后左右四处瞭望,生怕有什么东西钻出来。路虽难走,山峦树木却颇秀美。她无心观看,只觉得等了很久很久。好不容易看见和美娟坐在竹椅上,几个人簇拥着走近了。

和美娟笑说:"你看,我这么快就赶回来了。"

她另带了一张竹椅,让吕香阁坐。竹椅承受了重量,发出吱呀的响声,吕香阁生怕跌进山沟,紧紧抓住扶手。几个村民把她们和那箱玉器抬进了平江寨。

从汉朝起,中央政府施行用本地人管理本地人的政策,设立了土官。到了元朝发展为颇完善的土司制度,按管辖领地的大小,设立了不同等级的土司,他们受到中央政府的封赠,管辖自己一片领地。瓦里家受封为宣抚司,从四品,是云南有数的大土司之一。平江寨管辖约一百来户,称为蛮夷长官司,是土司最低的官级。

经过明末清初的改土归流,土司制度逐渐消亡。民国初年,云南这种边远地区,还有土司存在,权力已大减。大概是最后一代了。

平江寨所属人家,分为几个村庄,房屋都很简陋,只蛮夷长官司署稍具规模,经过多年的修葺改建,已不是原来的模样。和美娟的住处倒还整齐,檐边壁上都照白族建筑习惯,有镂空花纹和彩绘鸟兽。敞厅正中供了一尊白玉观音像,像不大,但十分秀美。和美娟笃信观音,有问题便向观音菩萨请示。

她们到后,有些村人来见女土司,吕香阁自在房中休息。

一时和美娟来招呼她吃饭,说:"这是延迟的午饭,提早的晚饭。"

吕香阁最关心的不是饭,而是那箱玉器。厅中桌上已经摆好饭菜,很是简单。

饭间,和美娟说:"我们这里很穷,很闭塞。这几年受外来风气影响,各方面才有些改进。以前汽车还开不了这么近。"

吕香阁心想,这里的生活水平果然不如城市里的普通人家。

饭毕,和美娟引吕香阁到旁边一个房间。这大概是她的密室,房间不大,除桌椅外,没有多余的摆设。她们带来的箱子摆在一张矮桌上。

和美娟关好了门,打开箱子,将箱中物品一件件取出,有云南的翡翠,有缅甸的黑玉,质量都一般。两人平分,你一件,我一件,没有争执。快到箱底了,一块拳头大的玉石引起了她们的争论。这块玉作乳白色,光泽极好,顶上有一圈嫩黄色璎珞式样花纹,纹路清晰,是半成品,并未做成什么物件。

和美娟说:"这块玉不必做了。配一个硬木底座,就能卖个好价钱。"

吕香阁道:"这件好东西,怎么混在这里?"

和美娟说:"我想这是瓷里土司给我的。"

"怎么知道是给你的?我们对半出钱的呀!"吕香阁问。

和美娟笑道:"你做玉器才多久,也都是从我转手的。这点就莫争了。"

吕香阁知道争不过,只拿着那块玉,慢慢抚摸。

美娟伸手取过那块玉,放在自己一边,再去看箱底,轻声叫道:"有了,有了。"原来箱底有几个布包,正是烟土。

香阁也惊喜道:"有货,为什么骗我们?"

和美娟略一思索道:"我明白了,你猜猜。"

香阁绕着箱子走了一圈,说:"想来是怕遇见检查,我们会慌张。全不知道,就会镇定。"

美娟盯着她看:"原来你真这样精明。"两人分好烟土,不再提那块玉。

夜间,吕香阁因没有得到好玉,心中别扭,不能入睡,坐着发愣。听见隔壁有声音,好像是什么东西爬来爬去。她猛然记起曾听荷珠说,和美娟也养毒虫。这可能是毒虫在爬。

她举着煤油灯,仔细查看床铺,床上很干净。偶一回头,见靠墙处有一根弯曲的长棍,向墙角移动,钻入洞中不见了。正是一条蛇!她紧紧抓着煤油灯,定了一会儿神,下意识地向门走去。刚要开门,又缩回手,门外还不知是怎样的情况。总之是不能睡觉了,她坐在床沿,闭目休息,想有情况就夺门而出,不知不觉却也睡着了。一会儿又惊醒,拉过一把椅子,用椅脚塞住墙洞,才和衣而卧。

早上起得晚了,香阁走到敞间,见和美娟坐在那里,观音像前已经上了香。有人来向她禀报,说前几天县里来征调民夫,又派出了十个人,今天出发。若是土司今天回来,没人抬竹椅了。上个月已派了二十个人了。

早饭时,吕香阁说:"我们的事办得差不多了,我今天就回昆明去。"

和美娟笑道:"你怎么走?"

吕香阁道:"你能不能派人送我到楚雄?"

和美娟道:"哪里派得出人,刚刚说过征民夫,你没听见?"

吕香阁想说房里有蛇,话到嘴边却没有说,在山里一条蛇算得什么大事。

停了一下,和美娟说:"那批货还没有明确交代,明天瓷里土司要来我这里,你何不等见了他再走?"

香阁听说瓷里要来,便赶她也不会走了。

晚上,两人饮了几杯糯米酒,像大多青年女子在一起谈话那样,话题不觉转到两人的终身大事。

美娟很坦率:"对我最合适的人,就是瓷里土司。他家业丰厚,你别看他是土司,还想出国留学呢。只是我不喜欢他。"

香阁道:"土司嫁土司,真是门当户对,你为什么不喜欢他?"

美娟道:"你知道,我有什么大事都是观音菩萨指点,指点得我的路越走越宽。当初我到昆明上高中,也是经过卜卦。瓷里的事我在观音菩萨前算过命,没有结果,算不出来。照说,跟着他能过上好日子。不过——"

香阁忽然想到钱明经,便笑说:"你喜欢谁,我知道。"

美娟略显喜悦,又马上变成一种冷漠的神情,"钱明经?可是他不愿意娶我。也许哪天,我会——"

香阁开玩笑地说:"杀了他?用毒虫?"看见美娟的神情又变成严肃,连忙说,"开玩笑,开玩笑。"

美娟的神情缓和一些,站起来,说:"这话可不是说着玩的。"

香阁又试探道:"你和瓷里土司一起出国不是很好吗?"

美娟叹息道:"瓷里也有他的想法。他对我不错,可一切都是未知数。"说着,转过话题问道,"你呢?你现在认识的外国人不少。"

"没有一个可以谈终身的。"吕香阁回答。两人互相同情又警惕地对望了一眼。

过了一日,不见瓷里土司来。吕香阁想参观和美娟的玉器,和美娟说:"过几天再说,我也没有什么好东西。"香阁便在自己屋里摆弄那些玉器,换了一个箱子,仍把烟土装在下面。

又过了一日,早饭时,和美娟换了一身鲜艳的白族服装,白上衣,红坎肩,衣裤都有很宽的花边,显得十分窈窕。头上的装饰,宛如戴了一顶漂亮的帽子,衣襟上戴着玉坠,手上戴着玉镯。香阁知瓷里土司要来,便也要换一件衣服。她带的衣服不多,左看右看,挑了一件蜜色为底、上有红蓝绿黄颜色的碎花旗袍穿了。

和美娟上下打量,说:"你已经猜着了。"果然早饭后,瓷里土司骑马来到。

三人在厅上相见,香阁先吓一跳。原来土司相貌奇丑,五官好像都排错了位置。他中等身材,穿着长袍,马褂上绣着花朵,看去不知是哪个时代的人。

他与和美娟先谈了一阵田地的事,目光不时飘向香阁,每次都遇到一个灿烂的笑容。

后来谈到这批货,美娟道:"有东西不告诉我们,是怕我们露馅。"

瓷里道:"没有心理负担,好对付检查。"美娟请瓷里到小房间查看货物,把香阁关在门外。

一时两人出来,瓷里说:"这批货卖给你们,我很吃亏。玉器普通,土是上等的。"因问:"吕小姐到昆明多久了?"

香阁道:"我跟着祖姑,就是孟樾先生的夫人,到昆明已经五六年了。"

瓷里很高兴,说:"原来你是孟先生的亲戚。先土司很崇拜孟先生,把孟先生的书让人抄了,挂在墙上。"

香阁道:"听说瓦里大土司最敬重读书人。村民都明白事理,比别处强多了。"美娟看了她一眼,轻轻咳了一声。

谈话间,香阁知道瓷里除了烟土外还有盐、茶等生意,赞叹道:"土司真是能干人。"

瓷里笑道:"你还不知道,我们这里的大小土司,辅助军队打日本,出钱出力,眉头也不皱一下的。"

吕香阁又要称赞,美娟抢着说:"抗日的道理人人都懂。便是我这小寨,也是尽所能地出钱出力啊!"

瓷里道:"也不尽然,腾冲山里的马福土司常在抱怨,事情太多,仗还打不完。"

香阁抢着说:"哪能都像瓷里大土司这样明白!"说着嫣然一笑。美娟又看她一眼。

中午,美娟设了一席小宴。有一个薄荷牛肉,是用田埂上的野生薄荷和牛肉一起炖煮的。美娟说,知道瓷里喜欢这道菜,特地做的。

香阁说:"什么时候土司到昆明来,我做西式肉汤招待。"

瓷里笑道:"那好啊。过些时候还有货,你们再跑一趟,顺便到我那里看看。还可以看见孟先生的文章。"

瓷里盘桓了一天后离开。美娟心里酸酸的,对香阁说:"我有一个发现,瓷里土司很注意你。"

吕香阁略显得色,马上把向上的嘴角改成一个赔笑,连说:"哪有这事,哪有这事。"

又过了一天,美娟安排了一匹马,着一个老汉送吕香阁到楚雄。吕香阁到了楚雄,很快搭上军车,顺利地回到昆明,回到翠湖边上的绿袖咖啡馆。

四

六月的骄阳正在增加威力的时候,中国军队正在祖国的边陲攻克一个又一个敌人工事,一寸一寸地夺回自己的土地,可以说每一寸土地都是鲜血浸泡过的。

一天又一天,每一天都有多少年轻的生命在这里牺牲。若是灵魂都能从天空下望,他们应该已经形成一个硕大的网,庇护着自己的同伴,向胜利走去。

一天又一天,部队逐渐靠近了腾冲城。

永平医院在上绮罗村附近成立野战医院,已经近一个月了。这个野战医院属高明全师,现在运行正常。每天都有伤兵送来,一部分经过处理后运往保山,一部分留在本院治疗,也有一部分就在这里死去。

严颖书急促地走过细树干搭成的走廊。在医院入口的护士台前,听见有人对话。

"你叫什么名字?"

"我叫澹台玮。"

"你是姓澹吗?"护士不认识这个字,好奇地问。

"我复姓澹台。"这是回答。

严颖书愣了一下,向护士台走去。一个穿美军服装没有军衔标志的年轻人靠在护士台前,分明是澹台玮。

"嘿,嘿!"颖书拍了玮一下,"我们又见面了。"

玮正看着一个表格,抬头见是颖书,高兴地说:"我到医院来,就想有可能见到你和嵋。嵋呢?她也在这里吗?"

颖书迟疑地说:"她还没有来。"他不知道怎样说嵋的失踪。

"先说说你吧,你怎么了?"他问玮。

"小问题。不过是蚊子咬了,不知怎么竟成了一个洞。"

玮指指卷起裤脚的右腿,小腿下部贴着一块纱布。联络组的军医回昆明休假,这纱布是他自己贴的。他们走进一个房间,那里算是一个治疗室。洪医士打开纱布,伤口发炎了。洪医士小心地操作着,用镊子夹着棉花清洗。棉花球居然掉进洞里,又夹了几下才夹出来。

"疼吗?"洪医士问。

颖书替玮说:"当然疼,这么深的伤口。这里的蚊子有毒,弄不好腿都要锯掉。你收拾好了,到行政办公室来找我。"

玮点点头,看着伤口。伤口里滴进双氧水,冒起很多泡沫,洪医士一遍一遍用棉球拭去,最后塞上棉花,用绷带包扎起来。

玮想,真是莫测高深,简直像负了伤。道过谢,正要出门,不远处病房里传出一声惨叫:"还我的腿!还我的腿!"另外一个声音:"人家命都没有了,你少一条腿算什么。"洪医士匆匆向病房走去。

玮绕过走廊,看见木板隔出一个空间,钉着一块小木牌,上写"行政办公室",正有人走出来。

他走进去,颖书刚从桌边站起,说:"我正要再去找你,坐一会儿吧。"

玮坐下了,说:"你的工作很复杂。"

颖书苦笑道:"天天面对伤残病痛,还有各种各样的关系。你知道我本不是敏感的人,现在连感都没有了。"

玮想,那么嵋呢,她那样敏感,那样富于同情心。不过,他相信她会对付一切事。

彼此谈了些情况。远处炮声隆隆,颖书道:"今天伤员不多,明天还不知怎样。"

玮问:"前天空投了一批物资,都搬回来了吗?"

颖书道:"全院人都出动了,总算没淋着雨。"

"峘怎么还没来?"玮忍不住问。

颖书含糊其词:"我原想留她在永平,那边也需要人。"

"那么她不来了?"

"她要来的。不过我们需要等待。"

玮有些不安,问:"她出了什么事?"

又有人来找颖书。颖书对玮说:"你先不要走,今天有送药品的车从昆明来,可以听听昆明的事。"

颖书走出门,因为又可以拖延回答,心里庆幸。他几次想说峘失踪了,但说不出来。回头就告诉他,颖书想。

玮在医院走了一圈,打算看看就回住处。在手术室外遇见洪医士和丁医生,两人拿着一个药盒正在看说明书。

"孟灵己在就好了。"丁医生说。玮不由得走过去,洪医士先说:"这儿有一位翻译官。"

玮要了纸笔,马上将说明书译出,只是有些专用名词他不知道中文,抱歉地说:"几个专用名词一定有现成的译法,我只能说说大意。"

丁医生看了他的译文,高兴地说:"有帮助。专名词我认得两个,可是还有几个不认得。过几天,还有美国军医来。不过,他们不能告诉中文。"又叹息道,"孟灵己在就好了。"

玮便问:"孟灵己出了什么事?"

丁医生觉得这个人和孟灵己没有关系,便不回答。这时,外面一阵乱,好几个人大声说:"昆明来车了。"

大家走到门外,见两辆卡车停在坡下。已经有人在抬东西,两个人抬着一个纸箱,走过玮面前,其中一人竟是冷若安。

玮叫道:"冷若安!你从昆明来吗?"

"我运药品。你怎么在医院里?你负伤了吗?"冷若安吃力地大声问。

玮摇摇手,一瘸一拐走下坡去,要参加搬运。人们给他一些小物件。上坡时,又遇冷若安下来。

冷若安问:"没看见她吗?"

"你说谁?"

"孟灵己呀,她跟我一起来的。"

"怎么,她回昆明了吗?"玮诧异道。这时,似乎在配合他们的谈论,好几个声音在叫孟灵己。

嵋出现了,戴着草帽,背着背包。玮第一次看见穿着军装的嵋。军装很肥大,嵋在里面摇摇晃晃。嵋走到他面前举手行了一个军礼,虽然憔悴,好看的笑容依旧。

"孟灵己!孟灵己!"还有人在叫。玮很奇怪。

嵋看见玮的腿上缠着绷带,担心地问:"你怎么了?受伤了吗?"

玮说:"不过是蚊子咬了,倒是你怎么了?"

嵋的眼泪扑簌簌落下。这时李之薇跑过来,一把抱住了嵋,拉着向一边走。

嵋回头说:"以后再说,现在先去搬东西。"一面抹着眼泪,和李之薇一起跑走了。

冷若安对玮说:"她失踪过了,是我把她找回来的。"见玮关心的样子,补充道,"她是被山水冲到一个地方,详细情况也没有多说。"

玮又搬了一阵,没有见嵋,她已被护士们拉到屋内。

天色又一磴一磴暗下来,已是回营时间。见冷若安还在卡车旁搬最后几个箱子,玮说:"到哪里去找你?"

冷若安说:"我在保山,属美国军医部门,我是运输兵,又是游击队。"说着顺手从卡车上拿下一根木棍递给玮,"正好你用。我知道你在师部美军联络组,我来找你。"

两人都知道,在战争中地址隔几天就要变动,哪有机会拜访,不过说说也很安慰。玮把木棍向上举了举,表示感谢,拄着木棍回营去。

过了几天,人们大都知道孟灵已落难独家村的事。护士们要她讲一讲,总没有机会。正好玮来换药,傍晚,和嵋、之薇同在屋外树下吃晚饭。

玮说:"我还不知道你到底经历了什么事?"

嵋说:"当然要告诉你,还要交给你一件东西。"

说着,放下饭碗,跑进房去,拿来一个小盒,放在一旁,开始讲被阿露救起的经过。几个护士走过,都聚拢来,她们都喜欢听故事。

嵋讲到那奇特的独家村,阿露陪伴着死去的阿爸,她的草药,本从天上掉下来。讲着讲着眼泪直淌,后来索性呜呜地哭起来,讲不下去。她记起在幼稚园时,曾复述一个孩子被后母虐待的故事,讲了几句,就大哭起来。现在千千万万的人都在受虐待,受法西斯帝国主义侵略者的虐待,必须把他们赶出去。

玮拍拍她,大声说:"不哭,不哭。"之薇和几个护士也都泪流满面。

嵋打开小盒,内有肩章、布标,还有一个美国军人证,上面写着:Benjamin David Paine。这个 Benjamin David Paine 已经化入中国的泥土,不复存在了,可是中国大地坚实地存在着。

嵋把这些交给玮,说:"本希望交给他的航空队。"又递过一张纸,上写着本跳伞后的情况,那是嵋的报告。玮默默地接过,仔细地放入挎包。

之薇低声问:"那么,阿露呢?"

嵋拭着眼泪,说:"很可能参加了辎重运输队,继续她阿爸的工作。"没有人再说话。

颖书走过,说:"你们都在这里,正好我拿着这张报纸。"说着打开手里的《云南日报》,"教授们对前方这样关心,提出的问题这样准确,令人鼓舞。"大家传看着报纸。颖书又说:"现在的医疗条件勉强对付外伤,对付各种病还差得远。"

玮道:"一次,我和谢夫到连队帮助通讯工作,看见生疥疮的士兵,还有人在打摆子。我给师长写了一个报告。他当然是知道的。"

颖书叹道:"就是。工作艰巨得很啊!我们的医院还比较正规,有的师还只是个卫生所。"

他把报纸从一个护士手中取回,交还给嵋。那是嵋从打郎镇带来的,已有很多人传阅。

嵋在永平时没有直接参加护士工作。现在不同了,她打针、取血、参加手术,俨然一个熟练的医务人员。

一天,有三个美国记者来战地访问。他们和高师长、布林顿谈过话,又到炮兵阵地参观,最后来到医院。了解了一般情况后,便问:"有一个叫孟灵已的护士在哪里?"

嵋正在打针,处理好了,走去见记者。三人中有一位女记者,看见嵋觉得很亲切,问了独家村的位置,阿露和本的情况,并且说:"谢谢你带回本的遗物。"

嵋说:"我们要感谢本,他把性命留在这里。"

记者们要给嵋照相,嵋拒绝了。女记者诧异地问:"你不想上《纽约时报》吗?"

嵋说:"我只希望快些打胜仗,盟军得到最后的胜利。"

医院新来了一些人员,其中有两位美国军医,还有一位英国人,在药房工作。这个英国人的姓照全部音译是艾姆斯里,不知谁发明的,简称他为老艾。颖书说他不是医务人员,是一个和平主义者,也在曲靖医士学校待过几个月。

因为语言关系,老艾很少和人说话,显得落落寡合,神情忧郁。不知为什么,嵋看见他,有时会想到无因。无因当然比他漂亮得多。

嵋只听见过一次老艾说话,那是在药房领药时,药方上药量不对,他指出来,要护士去换。那不是一位正规的护士,嫌麻烦,吵了几句。

他说:"你必须去找医生,医生会改的,我们都对生命负责。"

护士不懂他的话,拿着药方走了。嵋在旁边听见,对他颇生敬意。

又一天傍晚,嵋在溪边洗东西,这是她少有的闲暇时光。她洗好几件衣物,坐在草地上,抱着双膝,看着远山近树、高高的天空和长长的流水,心上一片宁静。

对岸有人沿溪走来,是老艾。嵋以为他会很快走过去,不料他停下来说:"Hello,我打搅你吗?"嵋微笑摇头。老艾的下一个动作更是嵋想不到的,他一纵身,跳过了溪水,站在嵋身旁,说:"我可以和你说话吗?"

"请说。"嵋站起,提起装着湿衣服的竹篮。

老艾说:"这里的人不了解我,觉得我有些怪,是不是?"

"语言不通,自然不了解,这并不可怪。"嵋说。

"我是一个基督徒,我反对一切战争,人们说我们是和平主义者。因为反对战争,我拒绝服兵役。我们的国家很开明,安排了这种救护别人的工作。"

"你从英国来吗?"

"我在昆明附近一个医士学校待过两个月,我从那里来。"

嵋想,大概就是曲靖了,便说:"那里很好,你怎么到前线来?"

"我愿意救人,自己报名来的。不过我不能杀人。"

"如果别人打你,你怎么办?"嵋问,"你不反抗吗?"

"战争太残酷了。"老艾答非所问,"上帝教我们爱一切人,在上帝的光辉里,把战争消灭在没有发生以前。"

"如果已经发生了呢?已经有人在侵略,在抢劫,在杀戮。"

"如果人人都像我们,就不会有战争。"

"那是空想。"嵋温和地说,向医院走去。

老艾取过嵋手里的竹篮,这是礼貌,他不能不替一个女孩拿东西。嵋想自己拿,却也不能揪着竹篮不放。他们走过一片乱草地,虽是盛夏,草却显得衰败。

老艾说:"如果没有战争,这里会成为一片美丽的青草地。"

嵋说:"有人管理,没有人践踏,当然会好。战争的作用正相反,它只讲破坏和消灭。"老艾期待地看着她,他愿意听任何否定战争的话。嵋接着说:"我们没有要战争,我们是不得已。只有把侵略者赶出去,才能消灭战争。"

老艾沉思地说:"这很遗憾。"

嵋忽然想起了墨子"兼爱""非攻"的学说,是不是有些相像?她只是在历史课上学过一点,又听爹爹讲过一些故事。

她鼓励自己向老艾说了下面一番话:"中国有一位伟大的思想家墨翟,后人称他为墨子。他主张爱一切人,反对战争。当时楚国要打宋国,墨子劝楚王不要打,楚王不听。墨子说,你们来攻打,我会帮助他们防守,把你们打回去。于是,他和楚国军方做了一次模拟战争。墨子胜了,楚王没有敢攻打宋国。你看,要'非攻'必须能守。必须有军事力量对付军事力量。要消灭战争,必须消灭制造战争的法西斯,至少在很长一个阶段都是这样。"

老艾睁大眼睛看着峭,说:"你很有思想。"

峭微笑道:"这不是我的思想,这是墨子的思想,我讲得也不透彻。"

他们很快走到医院门口,老艾交回竹篮,说:"我能常和你谈话吗?"

峭点点头说:"对付侵略,只有上前线。你看,你不是已经在这里了吗?"说着顽皮地一笑,进屋去了。

之薇看见峭和老艾一起走过来,问这个怪人说些什么。

峭说:"他是和平主义者,可没有说清楚和平主义者怎样对付战争。"

之薇笑道:"什么事一成了主义就麻烦。其实很简单,你打我,我就打你;你侵占我的国土,我就把你打出去。"

"天经地义。"峭沉思地说,"不过战争确实太残酷,我们是不得已。当然最好不要有战争,人和人之间要友爱,理解。那不知需要多长的时间。"

之薇忽然说:"你忘记今天是什么日子?"

峭看着之薇,说:"我知道了,是我们两人的生日。我们怎样庆祝?我们彼此祝福,好吗?"又一歪头说,"我还比你大六小时呢。"

之薇笑道:"真会瞎说!别忘了,我比你大一岁。"

嵋、薇同辰,薇比嵋大一岁。两人拉着手,在原地转了一个圈,好像刚上大学时那样,可是她们的脚步再也不能那样轻快了。

嵋发现之薇手上戴着一个草藤编的镯子,大概是大理小摊上的东西,之薇把手藏在身后,脸微微红了。

嵋已猜到几分,说:"我知道是谁给你的。"

之薇微笑道:"你当然知道。"

嵋问:"他对你说了什么?"

"说什么?什么也没说。"

"其实也不用说,我已经看出来了。"

嵋看出来,在这一段时间里之薇和颖书的关系已经有了微妙的变化,是怎样的变化确实很难说。

这大概也是之薇的感觉,她说:"我真的说不清,不过我很明白,严颖书是天下一等一的好人。"

"那就是了。"嵋说,"严颖书当然也认为李之薇是天下一等一的好人了。这真值得庆祝,你应该得到双倍的祝福。"

嵋衷心为朋友高兴,可是自己心里又有些空,似乎有什么缥缈的东西没有落下来。

"我也要为你祝福——"之薇由衷地说。

"为我完整地从独家村回来。"嵋说。

有人敲门,是颖书。他进门便问:"怎么这样高兴?"

之薇说:"不告诉你。"

颖书说:"那我告诉你们,明天的工作不会轻松。"意思是要有较大的战斗。

峨知道他当然不是为通知这件事而来,便要托故走开,被之薇拉住。

"峨,你真奇怪,我就不能和你说说话么?"颖书说,略有些不自然。

"怎么不能,不过我以为你更想和李之薇说话。"峨一本正经地回答。

颖书和之薇对望了一眼,之薇嘴角上漾着笑意。

颖书对峨说:"我恰恰要告诉你,今天在一个会上,听说滇南那边打得很好,敌人近来发起多次猛攻,都被击退。"

峨说:"有大姨父在那边,当然会打胜仗,我有这个信心。"

之薇说:"我也有这样的信心。"

颖书笑了,说:"不知具体的情况怎样。"

过了一会儿,颖书转了话题,说:"师部报上要表扬我们医院,也要表扬个人。有人提孟灵己。"

峨连忙摇手道:"千万千万别提我,我只是顺其自然,什么也没做。如果你要表扬,倒是可以表扬那位和平主义者。"

"表扬和平主义?你是说老艾吗?"颖书疑惑地问。

"就是。不是表扬和平主义,而是那个者,那个个人。"峨说,"他认真地对待生命,尽力去帮助别人。"

"我反对。"之薇说,"一般人哪里会分得清主义和者,还是表扬丁医生吧。"

"丁医生是模范,"峨说,"这是没有问题的。你的主意不错。"

"已经收集过意见。"颖书说,"大概集中在丁医生和你。"他看着峨。

峨又慌忙摇手:"我不行,我不当。如果不选老艾,丁医生最合适。"

三人讨论了一阵,意见一致。那其实是医院绝大多数人的意见。又说些别的事,颖书走开,在竹廊上正遇见丁医生。

自到腾冲以来,丁昭更瘦了,脸上皱纹纵横,背也微驼。他和许多人一样,透支了自己的青春。

"几句表扬算什么,"颖书心想,"哪里能见得出这些人的心。"

丁医生站住,说:"明天的伤员不会少,病房肯定不够,我们商量把住房腾出来,我们可以住帐篷。"他说的"我们"是指几位医生。

颖书略一思忖,说:"你帮着解决问题了,我正计划再盖几间竹房。"

"严院长,你在这里。"师部一个通讯员匆匆走过来。

"找我吗?"颖书问。

"有你一封信,"通讯员递上了信,"晚上才到的。"

颖书接过,不觉心头暖热。信封上栗子大的字,写着"高明全师长烦转严颖书收",是严亮祖写的。

颖书到腾冲后,还没有接到过父亲的信。这时双手捧着,到办公室坐下,定了定神,将信拆开。

颖书我儿:

昨天,我这里打了一场硬仗,消灭了敌人一个小纵队,约五十人左右。这股敌人数目不多,却是重要阻碍。我到前沿去了,我军牺牲很多,哪一次胜利不是鲜血换来!所谓"一将功成万骨枯",这句话嚼来嚼去,越嚼越苦。

我在这里驻防已经快两年了,我们守卫在边境上,打退了无数次敌人进攻,没有让那些强盗踏进国境一步。

我知道，你们那里很艰苦，也偶然听说你的工作很出色。我们父子同在疆场，这是我们的光荣。

　　颖书我儿，我很惦记你，甚至有些婆婆妈妈，只希望你一切都好。我想不出应该告诫你什么，对慧儿也是一样。可见，对你们不够关心。我很惭愧。

　　现在有些说法，也许会有内战，我是绝不打内战的。我好像对战争已经厌倦了，觉得很累。因为很累，便要给你写信。有人说我大概身体有些问题，无稽之谈！你不必惦念。信请高师长转交，比较稳妥。慧儿有信来，家中一切如常。

　　　　　　　　　　　　　　　　父字

颖书看过一遍，又看一遍。父亲的关心使他心里更加暖热，最后的话，使他担心。在战争的艰苦劳累中，父亲应该是最后一个觉得累的，他怎么会觉得累，觉得厌倦？

颖书不能知道信上没有写的事。亮祖此次亲到前沿，为流弹所伤。他当时仍是手持指挥刀，凛然站在那里，直至战斗结束。伤并不重，失血却多。他认为，这都不值一提。

颖书把信放在一个重要的文件夹内，睡下了。迷糊中好像父亲在舞一把军刀，一招一式都非常认真，就像在安宁宅边那样。父亲放下了刀，对他笑笑，转身向远处走去，不见了。颖书沉入更深的睡眠，准备迎接明天繁忙的工作。他知道，那是最重要的。

次日，医生们果然搬进帐篷，腾出的房间可以放五张病床。不久，师部报上刊登了介绍表扬上绮罗野战医院的文章，并有专文介绍了丁昭医生。丁昭医德好、医术好，是医院里普遍的意见。颖书在征求意见中很佩服之薇的见识。在介绍丁昭的文章中，特别提到他对日本俘虏的态度。医院中有俘虏伤员，丁昭带头治疗他们,帮助他们,那确实是需要胸怀的。一个俘虏伤员被抬进医院,转送到昆明俘虏营时已能行走。临行时,他跪别丁昭,成为许久的话题。

不过也有人不以丁昭为然,那就是哈察明。哈察明用他明察秋毫的眼光发现着别人见不到的事。在一次很长的手术后,夜已深了,丁医生走出手术室,觉得头晕心慌。他没有吃晚饭,他太饿了,必须吃点东西。一个护士到厨房要了两个馒头,丁医生是四川人,本来不喜欢馒头,那晚竟站在走廊里,大口地吃了下去。

"丁医生,你吃馒头?"哈察明值夜班,走过来好奇地问。

丁昭看他一眼,继续吃。吃完一个,见哈察明还站在那里,便问:"你要吗?"把第二个馒头掰了一半,递给哈察明。

哈察明没有接,他正在想深夜吃馒头和道德品行有什么关系。丁昭已看出他的心思,不再理他,吃着馒头走开了。

哈察明很快有了一种说法:丁昭城府很深,表面积极,枵腹从公,背后加餐。哈察明为自己知道这四字成语而得意。他没有说丁昭要用半个馒头拉拢他,总算留有余地。于是,医院里又出现了小小的馒头流言。许多人觉得可笑,也有人觉得"城府很深"对丁医生很合适。

各样的小插曲点缀着医院的紧张生活,好像在白色的底子上涂抹着各样的颜色,绘出不同的图画来。

第 五 章

一

随着胜利,高明全师师部逐渐移近腾冲城,已经过了上绮罗村,在一个山洼的小村里驻扎。前几天,敌人曾来搜刮粮食,村里军民大都逃走了。断墙残壁,十室九空。

赵参谋分配谢夫、玮等住在一个较完整的院落,和预备营在一起。玮走进去,见门窗都开着,桌上扔着几只破碗,地上有一只倒翻的水桶,想是逃走仓促所致。

房间不多,预备营不够分配,谢夫说正好他们愿意住在外面。屋后有一片空地,可以搭帐篷,他们愿意住帐篷。他们很快在屋后空地上搭起帐篷,挖好营沟,谢夫采了几朵野花插在帐篷门上。吉姆又去摇手摇发电机,准备发报。

这时,士兵已在村前建筑工事。他们挖了壕沟,堆起沙包,这是军部的命令,每占领一处,都要构筑工事。这里是师部所在地,执行格外严格。士兵们到达驻地,渴望休息,却不得不继续劳动。

"想在这儿娶媳妇么?"一个兵说。

"你娶媳妇,我去喝酒。"另一个兵把一铲土扬得高高的。

营长走过来检查,让他们把堆在村边的破门板、烂树干等物都搬来,堆在壕前。

"你看,"一个兵朝另一个兵挤挤眼,说,"真的张罗家私了。"两个人都笑起来。

下一个任务是攻下不远处的05高地。傍晚,高师长在住处召开作战会议,布林顿和玮、舒尔和贾澄都参加了。会上,师长先介绍了05高地的地理位置和敌军情况。大家在电石灯下研究05高地地图,都觉得高地两侧小路很重要,决定连夜在两侧布置重炮,配合步兵攻击。会议简单明了,费时不多,大家散去。

夜已深了,炮车行进的沉重的声音在黑夜里传得很远。玮在睡袋里辗转反侧,不能入睡。他想着明天要发生的战斗,担心炮的移动会招致敌人的防备,想到冲锋,想到国旗和军旗,他要看到它们在高地上飘扬。思路不从一处来,互相缠绕着。

"澹台玮,你没有睡着吗?"薛蚡问。他们用一个帐篷。

"你也没有睡着?"玮以问作答。

"睡吧,不然明天怎么打仗。"薛蚡说。

一会儿,玮在朦胧中听见有人说"回家了,回家了",然后又是一句"我们回家了"。那是邻近的谢夫在大声说梦话。

谢夫性格内向,做事多,说话少。玮初到通讯班那天,他向玮倾盆大雨似的说了一大堆话,是因为好容易见到一个能听懂自己语言的人,以后这几个月所有的话加起来还没有那次多。他有时说梦话,不外两个内容:一个是回家,一个是呼唤什么人的名字。谢夫已离婚,家中只有老母,他呼唤什么人不好推测。

玮翻了一个身,四周一时很静,他对自己说,快睡,果然睡着了。

次日,玮和布林顿一早到师部,师长已经往高地去了。他们开着吉普车,赶到离05高地十余里的临时指挥所,冲锋已经开始。

冲锋号雄壮而悲凉。他们各自举着望远镜,镜头里的士兵们,争先恐后向山上冲锋,他们几乎是挤在一起。

"散开!散开!"师长跺着脚大叫。敌人开炮了,冲锋的士兵纷纷倒下。突然,我军从高地两边开炮,炮弹一个个炸开,很快压住了敌人的炮火。现在正是吹冲锋号的时间,师长瞪圆了眼。可是没有号声了,号手已经牺牲。

不多时,号声响了,断断续续,不很熟练。士兵们踏着伙伴的尸体,又向前冲,两边小路也有人冲上来。敌人又开炮了,因为伤亡太大,我军停止了攻击。这次进攻,没有能够收复这一高地。

高师长连夜召开会议。布林顿和舒尔也提了些意见,都认为步兵和炮兵没有配合好。

忽然间一阵枪响,值勤副官跑步来报告:"敌人偷袭!"赵参谋等几个人都站了起来。

高师长不动,停了两秒钟,平静地说:"听枪声还有一段距离,预备营上,固守工事。"

经过不很激烈的战斗,我方全歼来犯的敌兵,预备营也有牺牲。玮和谢夫隔着矮墙,看见有担架抬进院中,随军医士做了临时处理,几个人在商量要连夜送往野战医院。

玮隔着墙大声问:"我开吉普车送去好吗?"

营长愣了一下,摇了摇手,向墙边走来,对玮说:"路不好走,行车不便,而且开车目标太大。"四个士兵抬起两个担架向黑夜走去了。

这次战斗没有能收复05高地。虽然胜败兵家常事,高师长仍要求各级指挥官检查原因,并且自己做了检查。他命赵参谋,用师部的发报机向军长汇报。回电对他慰勉有加,使他稍稍宽慰,但另一个消息使他大为震惊。另一师王师长已率军攻入龙陵城内,因敌人增援,不得不又退至城外,筑壕防守。最高方面甚为震怒,认为王师长贻误战机,根据军法令其自尽。

高明全和王师长是黄埔四期的同学,平日私交很好。抗战以来戎马倥偬,经历了多少危难艰辛,喋血奋战,怎么落得一个自尽!战争太复杂了,很难弄清谁究竟负多少责任。龙陵得而复失是事实,惩治一员将领以儆全军,可能是必要的。

一滴眼泪在高明全眼里打转,没有落下来。

经过细心准备,炮击,步兵迂回前进。两日战斗后,05高地终于打下了,部队又向前推进。玮和布林顿随高师长到高地附近处视察,他们正在几棵树下眺望四周,某团长派人来报,师部可以在前面一个村庄驻扎,师长决定立刻转移。布林顿要玮去通知还在山洼的联络组人员。

"骑我的马去吧。"师长温和地拍拍玮的肩。

玮敬礼,接过马缰,迅速地向前夜的驻地跑去。他跑过05高地山脚,眼前的景象使他勒住了马缰。从山坡直到路的另一边,躺着许多尸体。他们有的缺臂少腿,身下一片棕黑的泥土,似乎血尚未干;有的侧身,有的平躺,像是在沉睡。玮遮住眼睛,喘了一大口气,下了马,小心地牵着马走过这一段路,他和马都没有踩着死者。以后的路没有人烟,他有点紧张。

"没有人不是更好吗?也没有敌人。"他自嘲地想,不时向四面望。终于看见联络组的帐篷了,立刻觉得温暖而亲切,夹紧马腹向前奔跑。谢夫、吉姆等听见马蹄声,从帐篷里钻出来。

"人,人,我又看见活着的人了!"玮想着,马已到了帐篷门前。玮跳下马来,不禁大叫一声,和谢夫拥抱。

"立刻转移!"他说。

师部这次转移后的驻扎地点,更近腾冲城,村名侍郎坝。可以看见远处石头城墙,像一座巨大的堡垒。这个村子比较大,遭受蹂躏的景象令人触目惊心,被敌人砍杀的尸首曝露街头,屋内还有垂死的人。"日本鬼子是人吗!"兵士们愤愤地说。

赵参谋派他们住在村东头一家,院墙已经倒塌一半。玮和谢夫走进指给他们的西厢房,看见一个老人躺在床上,身上搭着一床破被,老人脸庞干瘦,眼睛的表情却很丰富,惊恐地望着他。

"我们是中国军队。"玮说,"来打日本鬼子的。"

老人闭上眼睛,像是要休息一下,又睁眼,断断续续地发出声音,却不知他说些什么。看样子他行动不便,不然一定也走了。

玮安慰道:"我们在这里,日本人不敢来。"老人又闭一下眼睛,意思是同意。玮从背包里拿出一罐炼乳,打开了,递给老人说:"有水么?你喝一点,会有力气。"

老人看看炼乳,又看看玮,并不伸手去接,玮便把炼乳放在桌上。老人露出感激的神色。

这时谢夫对老人说:"你好。"老人又有些惊恐。

玮介绍道:"他是美国盟军,我们的朋友,也来打日本鬼子。"

谢夫指给玮看,这房间西墙有一个很大的窗,用稀疏的木条拦着,可以看见外面一大片平地,也许是打场用的。

"这里可以练兵。"谢夫说。

他们在外间打开了睡袋。这是两个月来,玮等第一次住在室内。

晚上,赵参谋来送一个文件,看见里屋的老人,因说:"他大概是这里极少数幸存的人了。那边发现有两个人被绑着,已经奄奄一息。勉强说出是鬼子逼要粮食,又打又扎。已经救下来了。"

老人喉咙里又发出断续的声音,眼睛里充满了泪水。桌上的炼乳罐已经空了。

"等着吧,"赵参谋对老人说,"等着看我们打下腾冲城。"

经过多次扫荡,我军已形成包围圈。但是,腾冲城墙高大,工事复杂。日兵龟缩在城内,极难攻下。

因为龙陵战斗不利,总司令已经换人。新到任的总司令来前线视察,为了表示欢迎和军威,高师长所在的这一军举行一次小规模检阅,并誓师攻打腾冲城。

这天天气晴朗,清早便有人在场地走动。玮从老人门前经过,老人喉咙里发出声音,像是在打招呼。玮走到床前,老人费力地举起右手,指指窗外。

玮解释道:"今天开誓师大会,要打腾冲城了。"老人安慰地闭上眼睛。

场地一头已经搭起了主席台。一列列士兵从场地排向村外的山坡上,这都是驻扎在近处的队伍。他们在高低不平的地上站着,尽量保持整齐的队形。赵参谋请布林顿坐在主席台上。玮和谢夫等人站在一棵树下,站了半天,师长军长总司令等还没有到。

布林顿从台上走下来,问玮:"到底是几点钟开始?"

玮看看表:"说是九点钟。"表已经指到九点半,太阳已经很高,许多士兵站处没有树荫,阳光越来越灼热,好容易得到原地坐下的命令。又过了一阵,马蹄声响,越来越近,只见数骑马从村边路上跑来。

"立——正!"一声口令,全场呼啦一声站起,再没有多余的声音。马上人各自下马,走向主席台。大会由统帅高师的翟军长主持。

军长宣布,为阵亡将士默哀。大家一齐摘下军帽,低头肃立,号手吹了两遍哀悼乐句。

翟军长大声说:"阵亡的弟兄们,你们听了,我们正在战斗!为你们报仇!"又低头肃立。

默哀毕,总司令讲话。总司令在东征、北伐中都是骁将,相貌却不起眼,身材矮胖,头很大,站在麦克风前用力抬着头。一个副官走过去,把麦克风降低,总司令不满地看了他一眼,似乎怪他多事。

他扫视全场,从近及远,又从远及近,说道:"稍息!"略停顿后讲道,"抗日战争已经到了最后的阶段,是我们胜利的阶段,也是世界反法西斯战争中的重要阶段。日寇占领我滇西领土已经两年了,蹂躏我家园、虐杀我国人。他要把腾冲、龙陵一带变成他们的一个省,我们允许吗?他掐断了滇缅公路,也就是掐断了我们和国际上的联系,断绝了物资供应,要我们枯竭而死!我们允许吗?五月渡江以来,我们经历各种艰险,才能站在这片土地上。我感谢大家!全国人民感谢大家!"

他举手行了一个军礼。士兵们刷的一声立正,表示回答。

"稍息!"他又说,"下面的战斗更为艰巨。大家看,腾冲是石头城。它是石头城,我们是铁的队伍,一定会收复它,把它还给中国老百姓。"

另一个军长也讲了话。师长们又推举高师长讲几句。

高师长说:"我告诉大家一件事。我们现在是军人的誓师大会,可是在场地不远的地方,有一个老人,还有两个被敌人砍伤的村民,他们是腾冲人,他们正注视着我们去夺回腾冲。为了祖国、为了民族、为了同胞、为了子孙,我们一定把腾冲夺回来!打通滇缅路,给我们遍体鳞伤的祖国输血,让他活泼起来,强大起来!"

鼓声响了。高师长骑上白马,抽出刺刀,向天一举,喊道:"流尽最后一滴血,收复腾冲城!"

千百个声音一起响起来:"流尽最后一滴血,收复腾冲城!"

高师长策马向场地一端举刀喊道:"收复失地!"

又是一阵雄壮的喊声:"收复失地!"

高师长又策马驰向场地另一头,举刀喊道:"还我河山!"

"还我河山!"响亮的、雄壮的声音回答。

高师长在场地上两次来回驰马,又在场中举刀大喊:"流尽最后一滴血,收复腾冲城!"

士兵们都振臂高呼,山鸣谷应。声音刚落,那匹白马像是知道要上战场,仰首奋蹄,三次长嘶。高师长跳下马来,亲吻马面,全体士兵都非常激动。

翟军长再次振臂高呼:"收复失地!还我河山!"士兵们又三次呼应。

玮把那些讲话翻译给谢夫他们听,几个美国人要玮教给他们"收复失地!还我河山!"的发音,跟着低声念诵。

玮很激动,不知怎么,他忽然想起了公公,想起他的"剑吼西风"的图章。剑拔出来了,要得到的只有胜利。

誓师会后,队伍散去。村中一座旧棚,可能是村民们系马、堆柴用的,现在空无一物,这时已摆好桌椅准备宴会。

玮等走进去时,棚内已有很多人,营长以上的军官都来了。几个师的美军联络组聚在一起,低声谈话。

布林顿对谢夫说:"怎么不见舒尔?"

忽然响起掌声,总司令和军长、师长们走进来,在主要一桌入座。近处的几张饭桌有椅子,再往下就没有椅子了,大家围桌而站。

赵参谋和副官们前后忙着,引几个联络组长坐了,走过玮身边,低声说:"连椅子都是从保山运来的。"

玮道:"反正我们不坐。"

赵参谋道:"舒尔呢?有他的位子。"

这时,只见舒尔和炮兵团长、翻译官老贾一起进来,身边还有一个年轻士兵,不是别人,正是苦留,几个人穿过人丛走过来。

玮和苦留对望着,"我们又见面了。"玮说,"你长大多了。"

"我到炮兵团了,还不是正式炮兵。"苦留说。

舒尔介绍道:"苦留学习很快,可以成为一个好炮手。"

原来在一次战斗中,苦留临时帮助装炮弹,这是他在初渡怒江后做过的。舒尔和连长发现他心灵手巧,把他调进了炮兵营,后来又调入了炮兵团。

一道道菜端上桌来,有好几种罐头食品。有几道热菜,是从保山运来的。还有一盘生猪肉,许多人不敢问津。

总司令举杯敬酒,大声说:"任何事成功都要靠骨干,军队能打仗,要靠军官,兵是带出来的。打腾冲要靠诸位!"他举一举杯,将酒一口喝干。

大家热烈鼓掌,端起酒杯,有人杯中无酒,有人连杯子也没有,但都情绪高涨。

"靠我们。"低语声像波浪一样回荡。

总司令环视大家,说:"杯子不够,用茶杯嘛!瓶子也行。"大家笑了。总司令坐下,看着那盘猪肉,打趣地说:"孔夫子不吃生猪肉,我们进步了。"

高明全说:"陆游有两句诗,'遗民忍死望恢复,几度今宵垂泪痕。'这村子的民众大都逃走了,只剩下走不动的病弱老人和被鬼子砍伤的村民。他们在盼着、等着我们来收复失地,真是忍死盼恢复啊。"

翟军长说:"宋朝人没有做到的事,我们要做到。我练字,经常就写'还我河山'。"

另一位军长笑道:"我们这里儒将不少。"

一时,有人拿了笔墨、纸砚摆在另一张桌上,请大家即席赋诗。

总司令摆手:"这个我来不得。翟军长、高师长都是行家,要大显奇才方好。"

翟军长站起身向全场说:"总司令有话,要大家大显奇才,大家都不要过谦。谁有了,就上来写。"

大家纷纷议论,就有几位团长营长走到放笔墨的桌旁,一个接一个写下诗句。

总司令走过来看,连声称赞:"我们的将士能文能武啊!"

他自己也拿起笔来,写了岳飞《满江红》的下半阕:"靖康耻,犹未雪;臣子恨,何时灭?驾长车,踏破贺兰山缺。壮志饥餐胡虏肉,笑谈渴饮匈奴血。待从头收拾旧山河,朝天阙。"一气呵成,笔气豪迈奔放。写完又看了一遍,感觉心头沉重,这个战役又要牺牲多少生命,流干多少鲜血!无论如何,可不能蹈同侪的覆辙。他这样想着,没有注意大家的鼓掌。

高师长看见玮在旁边,便向翟军长介绍:"这是澹台勉先生的公子。"

翟军长并不知澹台勉是谁,倒是总司令听见了,注意地看着玮说:"这才是好子弟。澹台先生在美国,听说快回来了?"

玮答道:"是,前天收到家信,他们月底可以回到重庆。"

总司令点头,又和布林顿等谈了几句,各桌上的东西已经吃光。总司令再要举杯,酒也没有了。大家举着空杯一阵大笑。

苦留回到营地,班长笑问:"你吃了什么好东西?"

苦留笑道:"东西不够,连酒都没喝着,只吃了一点罐头肉。"

"这里倒给你留了一份。"班长说。果然地上摆着苦留的水壶,里面装了半壶酒,还有一小块熟肉,并有几张纸币,那是军饷。

苦留把酒肉分给别的兵,说:"我吃过了。"

不久,连长来巡查,说:"这些东西并不是人人都有,今天只发了全军的一半,明天再发。"

打腾冲的第一步骤是轰炸,飞机瞄准要依靠炮轰的硝烟。炮轰以前为准确打到目标,又先用飞机考察。舒尔受命弄清腾冲城内敌人工事,以便攻击。

一天下午,从保山飞来一位美国空军上尉,专门和舒尔研究轰炸计划。他们专门到腾冲上空试飞两次。第一次随行的炮手呕吐不止,第二次换了一个人,晕得更厉害。

舒尔问苦留愿不愿意去,苦留很高兴。上尉拍拍苦留的肩,说:"好,好。"

次日一早,天空很灰暗,飘着雨丝,舒尔等三人驾一辆吉普车驶向机场。机场是腾冲老百姓协助部队肩挑手抬日夜赶修的,已经起落过数百架次。苦留敏捷地爬上舷梯,飞机除驾驶员外正好坐三个人。

飞机起飞了,苦留觉得身子忽地腾空起来,很快被带到空中,上绮罗、侍郎坝等村庄都在脚下。他来不及多想,飞机已经到了腾冲上空,在这里盘旋,搜寻目标。舒尔和上尉用各种仪器记下目标方位。

厚重的云雾像一大块毯子,遮蔽着腾冲城。为了看清目标,飞机有时飞得很低。一阵阵高射机关枪的子弹向他们射来,飞机忽地升高,然后又低空盘旋,几乎擦过一座楼顶,赶快又升高,就这样盘旋上下。苦留头晕目眩,屡次要呕吐,他都强忍住了。

"你怎样?"舒尔从观测仪器上抬起头来,询问地看着苦留。

苦留摇头又摆手,连说:"没事,没事。"

这样的考察进行了多次,苦留已经习惯各样的旋转姿势,后来他参加了一些测试工作。上尉说他是一个好中国兵。

腾冲附近的几条河流上,架起又拆去,拆去又架起多座桥梁。龙川江上,几座便桥又经检查修固,大军辎重日夜通过,卡车、驮马、人担络绎不绝,一片繁忙景象。百姓把桥让给军队用,自己划竹筏过河,看到桥上人马,站在竹筏上大声喝彩。

经过多方准备配合,七月下旬的某一天,睡袋里的玮,被炮声惊醒,他和谢夫到山坡上看,腾冲城里,一阵阵硝烟升起。不多时,万里无云的晴空里传来滚滚雷声,随着雷声渐近,天空出现了大批飞机,黑压压的直向腾冲上空压来。据记载,这次出战的飞机有八十八架。机群俯冲、投弹、拉起,发出巨大的轰鸣声。

玮想起重庆的大轰炸,想起昆明的跑警报,想起一次一次临在头上的死亡的阴影。那时多么可怜,现在轮到屠杀者被轰炸了。"要死多少人?"他忽然这样想,快意中又有些不忍。

城墙被炸出几个缺口,步兵向缺口冲去,但还没有靠近城墙便被敌人的火力网挡住。有的人已经冲进缺口,后面的队伍没有接上,都牺牲在城墙上。又经过炮击,轰炸,步兵在缺口处冲锋,一部分在别处爬城,以分散敌人兵力。

几天奋战后,我军两个营攻入城内,占据了一处房屋,开始了一间房一间房、一条街一条街的浴血争夺战。

二

巷战进行十几天了,为了加强各营在曲折的街巷间配合,军部一再严格要求各据点间要有有线联络,攻占一地便要装置电话。通讯连全部分往各阵地,工作很是紧张。

一个清晨,玮正在擦他的手枪,那是高师长送给他的,一支半旧的盒子炮。他出入带着,还没有用过,他有时很想打一枪,有时又想最好不需要用。

"澹台玮!"赵参谋在门外叫,随即走进来说,前线南城一带电话有故障,架线也数次失败。长官要求速派通讯军官帮助解决,谢夫必须前往指导。玮翻译后,布林顿和谢夫都点头。

本来布林顿要玮帮助处理文件,派薛蚡随谢夫担任翻译。谢夫则希望澹台玮同去。

薛蚡脸色青黄,坐着喝水,他这几天身体都不舒服,但还是努力工作。

"我去。"澹台玮说。

赵参谋说:"师长有话,完成任务后立刻返回。"

荣格拿来两人的午餐。布林顿说:"晚饭也带上吧,战场上的事很难说,也许会耽误归程。"

玮迅速把枪装好,和谢夫一起拿了工具,发动吉普车向腾冲出发。

薛蚡站在路旁,叫了一声:"澹台玮!"玮回头询问地望着他。他摇摇手,自己也不知道为什么这样叫一声。

路上有几辆向前方运输给养的辎重车,吃力地行驶。他们超过了这些车,只顾向前开去。不久,辎重车看不见了,他们走上一条路,道路崎岖不平,四望都是荒废的田野,还有几道沟渠。

谢夫说:"这条路走不了大车,不知道这些卡车怎样走。我们也许该跟着他们走。"

玮道:"现在的路肯定要近些。"

离城渐近,听见阵阵枪炮声,他们同时想起那晚江边的战斗。那是一次小战斗,他们现在要去的是一个复杂的大战场,他们要去治好我方麻痹的神经,这是无论如何也要做到的事。

路转了两个弯,到了一处地方,路旁两棵树上刮去了树皮,写着几个大字:前面有地雷。旁边有一行小字:向右有小路,远二十里。他们不能再开车,就跳下车,取下所有工具,往地雷区走去。

那里是一个小广场。走近时,眼前先觉白花花一片,地上有不少白圈,是用白石灰画出来的,也有用碎石围成的。好几处写着字,写的是:有地雷勿践踏。有些字已经看不清楚了。

玮和谢夫商量,走远二十里的小路太费时,而这里工兵已经做出了标志,可以穿行。

玮说谢夫不认得标志,自己在前面走。他们小心翼翼地在地雷间绕来绕去,一方面想快点走出危险,一方面又不得不仔细地慢慢地抬脚、落脚。好容易走了出去,上了一个小坡,回头一看,白花花一片十分刺眼。

玮以为过了坡就安全了,不料前面又是几个白圈。他急忙收回向前迈出的腿,又一把拉住谢夫,两人相视吁了一口气,站了几秒钟,才慢慢绕过去,总算平安。再往前走,枪声已很稠密。到城墙缺口处,有人接应。

那人知道他们走过地雷区时,惊道:"另有一条路怎么不走?"

玮道:"那路太远,我们怕误事。"

"胆子不小。"那人喃喃道。

他们爬上城墙,挑线用的叉竿起了支撑作用。进了缺口,他们弯着腰在低矮的房檐下跑,子弹在头顶上呼啸。穿过两条街,到了通讯连,邓连副在那里。原来的连长调往别处,邓已升为连长。

他看见谢夫和玮,高兴得大呼小叫:"来了!来了!可来了!"一把将谢夫拉到交换机前。玮连忙跟上去,听他介绍情况。邓连长说已经换了主线,不解决问题,大概是交换机的机件出了毛病,可是检查不出来。

谢夫一面听着玮翻译,一面操作。他敏捷地拆开交换机,很快说:"呵呵,在这里。"从带来的百宝囊中取出一个零件,换上了。邓连长和两个通讯兵挤着看,若有所悟。谢夫装好机器,又换了一次线,将各处接头仔细接好,果然可以通话。大家都喜形于色。

巷战在多处进行,枪炮声此起彼伏。电话把各据点连接在一起,攻守配合,如果没有电话,便是孤军作战了。邓连长简单讲述了拉线情况,说还有一个重要问题,二营和三营之间多次拉线未能成功。这两个营和敌人距离很近,是最前线,它们又各自连着几个据点,如不接通,部队便呈分裂状态。谢夫和玮决定去看看能否解决。邓连长派一个小兵领他们前去,并向小兵耳边交代了几项要传达到前线的命令。这少年是通讯兵,年纪在苦留和福留之间。他在复杂的阵地上传递信息,极为灵活。

他引着玮和谢夫走过歪斜残破的房屋,有时从这个院子翻墙到另外一家院子。

"卧倒!"小兵喊了一声,他们立刻仆倒在地。一发炮弹在附近爆炸了,尘土飞扬,他们跳起来,再跑。

又是一个福留,玮想。玮初进城时,很觉不安,也许那就是害怕,现在已很镇定,全神应付眼前的事,要去完成自己的责任,来不及有其他感觉。谢夫不时关照他:"小心!小心!"

约隔十几条街,有两处火光。枪声很清晰,很脆。

小兵指着说:"着火了,不要紧的,烧不过来。"又穿过几家房屋,到了目的地,这里是三营的一个连。连长跑过来,指着放在地上的木轮,木轮满缠电缆等待使用。

玮和谢夫明白了情况。这个据点和需要连线的营中间隔着一条宽街,大概是腾冲最宽的街了,他们要让这两个营间通电话,必须拉线过去。而枪弹在飞,炮弹在炸,人可以在间歇中冲过去,若拖着木轮放线,是无法穿过的。通讯兵觉得没有办法,到别处查看地形去了。

连长介绍说,因为情况不明,昨天已经造成误伤。

这时枪声暂停。小兵向连长说了些什么,举手向玮和谢夫行了个军礼,向街上跑去。只见他像射出的箭一样,直落到街对面的院中。

玮灵机一动,对谢夫说:"我有一个办法。"他停了一下,考虑着这个办法的可行性,接着说,"把电线用枪榴弹射过去。"

谢夫微笑道:"只有你这样的脑袋能想出这样的办法。"

他们决定试一试。向连长说了这个想法,连长将信将疑。

他们把木轮上的电线卸下,在地上盘好,以减少阻力,取下枪榴弹的引信管,绑上电线,趁火力间歇时,向街对面发射。

一道黑色的弧线从枪口喷出,玮站在墙边跳起来看发射的结果。

"快蹲下!"连长急忙喊道。

玮连忙弯身下来。敌人一阵机枪,我方也是一阵机枪,这阵机枪过去,他们清楚地看见电缆挂在街对面民宅里的一棵树上。

玮提出再发射一次,连长说:"只有这一盘电线。"

"我去取下来。"谢夫拿着脚扣和叉竿,一弯腰就冲了出去,高大的身躯动作十分灵活。他跑过去了,快到了,忽然摔了一跤。他迅速地爬起来,捡起叉竿,跳过一截破墙,打量了一下那棵树,举起叉竿,发现它只剩了半截,可是电线在树梢上,离得还远。

谢夫立刻扔掉叉竿,蹬上脚扣,噌噌噌爬上树。在他伸手去取线时,忽然枪声大作。谢夫叫了一声,好像呻吟,从空中重重地跌了下来。一个脚上的鞋刺划破了另一条腿。那条电线还高高地挂在树上。

玮没有一点犹豫,一个箭步蹿了出去,冲过街道,跳过矮墙,来到树下。他没有脚扣,也从来没有做过这样职业性的爬树,他留心地观察,觉得可以用树保护自己。他爬上去了,到了树干分叉处,因线挂在树顶,他只能转身踩着颤巍巍的树枝,不再受到树干的遮蔽。他取到了线。

"真沉啊!"他想。他一手紧紧地抓着电缆,一手拉着树枝,两腿用力,退下树来。忽然又是一阵枪声,敌人打枪了,我方的火力压过去。

"啊!"玮叫了一声,右手用力一推,把电缆抛在地下,那是他全身的力气。他的左手无力地拉着树杈,一个兵跑过来接住他。玮受伤了。

"拉电缆,拉电缆!接头拧紧,拧紧!"他用尽平生之力,向搀扶他的兵大声说。士兵把他微弱的声音嚷出来。几个人拉起了电缆,跑了一段路,和这里的电话线接上了。

营部设在民房的敞间里,玮和谢夫都被抬进来。玮靠在竹椅上,看着躺在地上一动不动的谢夫。一颗子弹正中他的颈部,他的头歪在一边,已经停止了呼吸。

玮不解地望着眼前的中年军官,那是到这营巡查的团长。

团长说:"他死了,你受伤了。"玮觉得背后湿漉漉的,伸手去摸,一阵剧痛,使他昏沉。

"快找担架!快找担架!"模糊中听见人喊。一个卫生兵跑过来,解开玮的衣服,为他包扎。

电话铃响了。

营长拿起电话说了几句,跑过来在玮耳边大声说:"电话通了。"担架兵抬起了玮,营长又追了几步,几乎是在喊,"电话通了!"

玮听不见。

担架出了城,换了两个民夫抬着,奔往上绮罗医院。他们走的是小路,枪炮声越来越远,渐渐听不见了。他们上坡下坡如履平地,还赶上了前面的两个担架。这时天已薄暮,走到一个荒村,有几个人在村口等着,立刻上前换班,原来的民夫仍回城去。新接手的民夫抬起担架,继续向前。走不多久,就看出民夫们的力气相差很大,两个担架走得快,抬玮的这一个走得慢,玮的血浸透了包扎的纱布,又浸透了担架,一点一点滴在路上。

"快赶,快赶。"两个民夫相互鼓劲。忽然飘起了几点雨,一个民夫脱下自己的上衣,盖在玮身上。这民夫里面穿一件扎花上衣,显得很苗条。

荒野茫茫,只有一个担架在弯曲的小路上,孤零零的。

"快赶,快赶。"一个民夫又说。

远处传来马蹄声,蹄声渐近,十余骑挟裹着风雨奔了过来,为首的人是彭田立。他仍然农民装束,骑在马上,很是英武。他到担架旁边,勒住马缰,低头看担架上的人。

"是那公子哥儿?"他心头一震,转脸问民夫:"他是谁?"民夫摇头。

他是谁? 他是千千万万中国士兵中的一个。

不知什么缘故,彭田立很想为这位"公子哥儿"做点什么,他环顾旷野,四周是逼近来的黑夜。他没有什么可效力,也没有什么可赠予。

"今天晚上我会打一个漂亮仗。"彭田立向躺在担架上的玮大声说。他知道不会有回答,还是伫立一会儿,然后扬鞭策马而去。骑兵们跟着他转眼消失在茫茫黑夜里。

两个民夫低声说:"这是飞军。"他们也加快了脚步。

雨停了,夜已深。天空乌云散去,露出几颗星,星光黯淡,黑夜沉重。到医院时,已是半夜。

"又来一个。"负责接收伤员的护士低声说,"这是你的衣服吗?"她把盖在玮身上的短衣递给民夫,眼睛只看着担架上的伤员。如果她看民夫一眼,一定会为她姣好的容颜惊异。民夫交代清楚,要出门去,另有人问他们吃过饭没有,他们摇头。

这时,峘走过来,和一个民夫打了个照面,都不觉停住脚步,两人对望了一阵,都叫起来。

"你是孟!"

"你是阿露!"

原来阿露和近村的一些傣族妇女做了民夫,女扮男装,比较方便。阿露和峒都很高兴,拉着手说话。

"阿露,"峒拍拍阿露的手说,"我很想念你,我给你写了信的。"

"我也想念你,我们那里是收不到信的。"

"我一直觉得你该到医院工作,你愿意吗?我们去找丁医生。"峒说着,拉着阿露就向里面走。

"现在担架人手不够,我以后来找你们。"阿露的汉话较以前流利了。

"担架?对了,你是抬担架来的。"

李之薇快步走过来,说:"孟灵己,你快来!你知道今天送来的伤员是谁?"

峒转脸向着之薇,带着笑容:"是谁?"

"澹台玮。"

长官日记:

8月18日

某团亡长官二,士兵二十六,伤四十余。美通讯官谢夫亡,翻译官澹台玮重伤。我军向前推进一百余公尺。

彭田立率部伏击敌增援部队,歼敌数十人。

三

峒几乎是跑进登记处,伤员都在那里登记,也在那里进行最先的救护。

屋里人很多,乱哄哄的。角落里,澹台玮正在接受美国军医检查。严颖书在旁边。

嵋进来了,悄悄站着,见玮紧闭双目,已经昏沉,不觉频频拭泪。

丁医生走过来,见嵋也在,便说:"这里没事。"意思是要嵋出去。嵋不解地望着他。

严颖书对丁医生说:"让她在这里吧。"马上又解释道,"他是她的表哥。"

丁医生只知严颖书是孟灵己的表哥,现在怎么又出来一位表哥。

美国军医检查完了,说:"马上要做手术,而且要输血,他失血太多了,怕手术做不完。"

"用我的血。"严颖书首先说。

"用我的血,我是O型血。"嵋轻轻地说。她一直含泪静静地站在一边,看着军医的动作。经过配血,嵋的血可以用。他们的血从同一外祖父母那里来,应该是合适的。

抽过血后,嵋觉得头有些发晕,心里空空的,有一种似饿非饿的感觉。

"你自己去找一杯糖水喝。"丁医生对嵋说。

嵋回屋去,见桌上摆着一杯水,之薇正等在那里。

之薇递过杯子,低声说:"快喝。"

嵋感谢地看了之薇一眼,接过杯子一口气喝了半杯。水很甜。可是嵋的心里很苦,又苦又痛又慌乱,她不知如何是好。她和玮虽是表亲,却自幼和同胞兄妹一般。嵋想,玮玮哥会不会死?要是死了二姨妈怎么活,还有殷大士呢。

"再喝。"之薇说,又递给她一块压缩饼干。

嵋休息了一阵,说要到手术室去看,让之薇先睡。之薇不肯,和嵋一起到手术室来。

两间手术室都是空投的新式设备,灯光明亮。美国军医在给玮做手术,丁医生在给另一位战士做手术。时间已经很晚,总是忙乱的医院里暂时一片寂静,刀剪碰撞的声音清晰可闻。

护士长铁大姐走过,看见嵋和之薇站在手术室门前,温和地说:"你们怎么不睡?明天怎么工作。"她们没有回答。

"我们坐到外面台阶上去吧。"之薇建议。

她们穿过略略歪斜的走廊,来到外面。走廊是为避湖雨而建,在这里是奢侈品了,有一段已经塌陷。夜色朦胧,昏暗里一幢幢黑影,是树木?是房屋?分不清楚。嵋坐下来,用双手蒙住眼睛。

不知过了多久,之薇走进去看。正好手术室门开了,澹台玮躺在平车上被推出来。之薇忙跑到门口,低声说:"出来了,出来了。"

嵋跑进来,两人随着平车走向病房。树枝拼接的走廊高低不平,车过时发出砰砰的声音。

嵋不自觉地说:"慢一点好吗?"又伸手要去抬那车。推车的护士不满地推得更快了。

颖书把自己的办公室腾出来,给玮布置了一个单间。玮到了这里,美国军医拿一个橡皮圈垫在玮的背后,把他的伤口架空,并对颖书和嵋说,伤员背部中了三弹,一颗子弹穿胸而过,另两颗已经取出。手术该做的都做了,只是创伤面积太大,右肺全坏了,如果不发炎,还有希望。说毕转身走了,他还有一个手术。

一切安排妥当,玮还没有醒来。

颖书看看嵋,又看看之薇,说:"你们可以去睡了。他的麻药还没有过去,我会在这里。"

峨和之薇向住处走去,有人从后面赶上,叫住了李之薇,这是哈察明。

他很神秘地说:"我刚刚参加了这台手术。你知道吗,澹台玮的子弹打在背上。"

峨和之薇一起站住了,之薇问道:"你这是什么意思?"

哈察明诧异地说:"你不懂吗?子弹打在背上,证明他曾经逃跑。"

"卑鄙。"峨愤愤地说,恨不得一拳把这人打倒。她尽力压住怒气,又说了一声:"卑鄙!"拉着李之薇进了房间,砰的一声关上房门。

峨做了一个梦,梦见玮死了,许多人在哭。远处有一堆蛆虫,蠢蠢然爬过来。它们喊:"你们不要哭!澹台玮不值得哭,他吃糖吃多了才死的。"一个人形走过来,拿着放大镜说:"不值得为澹台玮哭。他在某天打了个喷嚏,他是故意引起上级的注意。"峨觉得胸口堵了一大团东西,简直出不过气来,霎时间蛆虫等等都不见了。自己站在一片空地上,四周都是坟墓。一个声音说,澹台玮在那边。峨哭着跑过去,跑着哭着,哭着跑着。她哭醒了,坐起身,在床上愣了一阵,轻轻下床,溜出房间,走向病房,她要去看玮玮哥是否还在人间。

颖书还在那里,见峨来了,皱着眉,低声说:"已经有了知觉,但还不清醒。"让峨立刻回去。

"玮玮哥还活着?"峨颤声说。

玮呻吟了一声,像是回答。

"回去吧。"颖书说,"会好的。"

峨在床边站了一会儿,抬眼看见颖书疲倦的神色。

她想说:"谢谢你,颖书哥。"可是她说不出来。

颖书不需要谢,他指指门,似乎有些不耐烦。嵋点头,顺从地走了。

玮醒来了,他不知道自己在哪里,只觉得非常非常累,经过几次努力才睁开眼睛。还没有看见什么,又昏沉过去。这样挣扎了好几次,他终于醒了。天已大亮,房间很小,他很容易就看到窗外的树。

很好看,他想。接着背上一阵疼痛,直钻到身体各个部位。我负伤了,他明白过来。太疼了,太累了,他忍不住发出轻微的呻吟。

"澹台玮,你好些了吗?"颖书数着他的脉搏,俯在他耳边说。

"是。"玮停了一会儿,又说,"不知道。"

颖书微笑:"你做过手术了,你好了。"

"谢谢你。"玮说。

颖书觉得他很明白,脉搏已平稳,便想先去料理公事,一会儿再来。他在门口遇见了哈察明。

哈察明眯着他那好看的两眼,好像在探索什么问题,对颖书说:"严院长,你为什么给澹台玮特别布置一个单间?他的级别不够,不合规则。"

颖书说:"我检讨。"一面向外走去。

哈察明一路跟着,说:"我知道你们是亲戚。"

颖书站住,回头说:"我告诉你,我们不是亲戚,我们的亲戚是冒牌的。不过,就是亲戚,又怎么样?"

"那你就更不对了。"哈察明脸上愁云密布。

颖书大声说:"告诉你,我敬重澹台玮,这就是道理。"不再理他,继续向前走。一直走到连夜搭起的一个小棚,那是他的办公室了,哈察明还在跟着。

颖书走到办公桌前,坐下了,用手搓着脸颊。他倒了一杯水,还没有喝,哈察明立在桌前又说:"你敬重他?昨晚的手术,我是少校军医的副手,你知道吗?"

颖书厌烦地望着哈察明:"你到底想说什么?"哈察明清了清嗓子,郑重地说:"澹台玮的伤口在背部,证明他在逃跑中负伤。"

严颖书猛地站起身,一拍桌子,震翻了水杯。又立刻镇定下来,问道:"你有证据吗?请注意这是污蔑。"

哈察明说:"战场上、医院里有这样的不成文法,我只知道这一点。所以你给澹台玮特别待遇是不对的。"

颖书颇为平静地说:"就算把我撤职,我也要这样做。我的良心让我这样做。"

哈察明摇摇头,大有叹息对方不可理喻的样子。

颖书说:"请回到你的岗位上去,我要处理公事了。"

电话响了,打电话的人是高师长,他从未直接打电话到医院来过。

师长说:"我知道澹台玮负伤了,谢夫牺牲了。我告诉你一个战报:两个营之间因为有了电话,避免了误伤。而且密切配合,打击了敌人,向前推进了一百多公尺,攻克了一个重要据点。这是进城以后最大的胜利。请你告诉澹台玮,让他好好养伤。"

颖书说:"不知澹台玮是怎样负伤的?"

师长道:"团长有报告。澹台玮很勇敢,是在枪弹中冒死爬到树上架线时中弹的。"

架线不一定面对敌人,颖书想,爬到树上,很可能背对敌人。

哈察明的猜测真是小人啊。

高师长见这边没有声音,又说:"谢夫也很勇敢,很负责。他牺牲的消息,我已经通知布林顿了。"

玮并不知道这些辩论,他也不在乎这些辩论,他做了他该做的事,如此而已。他又在昏沉中进进出出,近中午时睁开眼睛,见嵋站在床前,很觉安慰,想要笑一笑,但没有做到,只低声说:"不要告诉爸爸妈妈,还有姐姐。"

"我不会告诉他们,等你好了,你自己说。"嵋说,接着调皮地加了一句,"还有殷大士呢。"

殷大士?殷大士如果知道我负伤了,会不顾一切地来看我,玮想。说出来的只有三个字:"她会吗?"

嵋不知玮在想什么,不好搭话。看见枕边被头有呕吐的痕迹,便问:"你是不是吐过了?"那是用麻药后的反应。

玮自己不太清楚,想一想说:"大概是吧。"

嵋带了一罐炼乳,调好了,一勺一勺喂他。玮吃了小半碗,不愿再吃。嵋劝着又吃了两勺。

玮说:"我真是幸运。负了伤正好住在这医院,有你。"

嵋说:"还有颖书,还有李之薇。"

这时,丁医生进来了,把一个纸包放在床边凳子上,对嵋说:"这里是两包藕粉,可以吃,可不要问从哪里来的。"又拉起玮的手,感觉脉搏平稳。

嵋说:"你看还有丁医生,你的下一顿饭是藕粉。"

丁医生走了,颖书进来,告诉玮高师长在电话里说的情况。玮没有反应。

傍晚,师长来医院视察,去了几个病房慰问伤员,又专到玮的床前,拉着玮的手,嘱他好好养伤。

玮费力地说:"谢谢。"

师长转身走出病房,说了一句:"战争,真是岂有此理!"

颖书报告了哈察明的想法,师长说:"把这位医生请来。"

他们来到走廊外面,大家都不知师长要做什么。哈察明来了,颇为得意地敬礼。

师长指着门前的一棵树,说:"你会爬树吗?"哈察明不解。师长说:"请你做这个动作。"

哈察明走到树前,向上爬。爬了两尺多高就滑下来了。

师长说:"你爬不上去?站在树杈上是无法考虑面对敌人还是背对敌人的。澹台玮的目的只有一个,就是接好电线,这是他的责任,他已经做到了。"哈察明垂头立着。师长又说:"想想当时的情况,你自己会怎样对待,再去批评别人!"

哈察明嘟囔道:"可是一般的看法——"

师长忽然大吼一声:"去你王八蛋的一般看法!"

哈察明吓得缩小了身子,赵参谋过来推他:"你走吧。"

次日黄昏,布林顿来看玮,玮马上问起谢夫。

"谢夫怎样?"他似乎记得谢夫已经死了,那是不是他的错觉?他昏了,糊涂了。他希望知道谢夫活着,还在拉着电线。

布林顿迟疑了一下,在胸前画了一个十字,叹息道:"谢夫很安静,我们已经把他运回来了,准备送他回国。"

玮懂了,美国军人殉国后,都不就地安葬,而是运送回国。"回家吧,谢夫。"玮想。

布林顿又说:"为了纪念他,中国方面打算给谢夫做一个虚墓。"

玮眼前出现了医院旁边山坡上的一片墓地,他去过那墓地。小路弯曲,绿荫掩映,青草覆地,很好的地方,可以安息。"只是离家太远了。"一滴眼泪顺着玮的眼角流下来。

薛蚡来看望,送来一封信。正好嵋在那里,代收了。

嵋一看信封上的字,就高兴地叫起来:"玹子姐的!"把信放到玮的眼前。

玮吃力地看着,信封上除地址外,有他自己和姐姐的名字,只看这字迹已觉无比亲切。

薛蚡说:"美国人都很想念你,你不在,我真成了香饽饽了。"

玮轻声说:"很累吧,谢谢。"

"你还谢谢我,是我该感谢你。"薛蚡说。一面咳嗽着,又和嵋说了几句话便走了。

嵋赶快拆信。玮说:"念吧。"

玮玮,我的好弟弟:

你现在在忙什么?总是忙的,我知道。昨天收到爸妈电报,如果旅途顺利,约一周后他们可抵重庆。

这个暑假,我没有做事,也没有接受大学下个学期的聘书。我做好充分准备,去和爸爸妈妈团聚,带着阿难。美国军官们执行休假很认真。你能休假吗?

昆明最近有一件大事。教育界要捐献一架飞机,各界人士都很热心,组织了一次义卖,我参加了。这次义卖规模很大,摆了许多摊子,我负责一个糖果摊,很快卖光,收钱的人数钱都来不及。三姨父的书法极受欢迎,他是熬夜写的,有两幅售出的价钱很高。郑惠枌和几位画家卖画,也很兴旺。那天,我的糖果摊子收入最多。

嵋眼前掠过玹子姣好的脸庞,想着她在糖果摊前的动作和言词,一定都非常漂亮。

　　前几天,何曼拿来一封卫葑的信,很简短,简直好像没有写。不过,总知道这人还在世上。

读到卫葑这一段,玮、峨对看了一眼。这真是一个奇怪的问题,谁也不懂。

　　报载腾冲战事激烈,非常非常惦记你。还报道了大姨父坚守滇南国门。抗战大业千头万绪,全靠一个一个人在那里拼!

峨还从未见玹子说这样的大道理。可不是一个一个人在拼!靠的就是一个一个人在拼。她往下看,下面是一段英文,意思如下:

　　义卖场上有一位少女飞来飞去,穿一条鹅黄色裙子,鲜亮耀眼,哪里冷落了,她就去站一站。她跑到我摊上来,在我耳边轻轻唤了一声"姐姐",随手抓了几块糖果,放下一叠钱,飞走了。Guess! Who is she?

峨一面读着,一面代玮拭去面颊上的泪水。

　　向你致敬,向颖书和峨致敬。希望在重庆见面。

这是信的结尾。

峨把信放在玮手中,说:"玮玮哥,我很想知道玹子姐参加义卖穿的什么衣服。"

一丝笑意浮上玮的嘴角,笑峨,也笑玹子。

"绿色的,我想,有花边的。不过,我不知道花边在什么地方。"峨得意地一歪头,让玮把信拿了一会儿,才代他收起。

又一天下午,来了几个伤员,有担架抬来的,也有自己走来的。走来的伤员大多是上肢受伤。他们坐在大门进口处,神色委顿,等候安排。有一个兵右臂吊着三角巾,另一个左臂缠着纱布。这些包扎都很简单,干透的血迹显得很脏。

一个护士过来登记,记下他们的名字和番号。

"高苦留,炮兵营。"那个挂三角巾的士兵说。

"高苦留。"护士下意识地重复着。

伤员们一个个走进医务室,又一个个走出来,换了清洁的包扎。苦留是轻伤,炮弹片打中右上肘,但没有伤及骨头,需要做一个缝合手术。他头晕,没有力气,手臂火辣辣地疼,一步一拖地向派定的病房走去。经过一个木板隔出的小房间,偶然抬头看见房门上写着伤员名字,字很小,好像是澹台玮。苦留一惊,凑近去看,果然是澹台玮。

苦留觉得头更晕,扶住房门,定了定神,将门推开,见病床上孤单单地躺着一个人。

"澹台少爷,是你么?"苦留低声说。

"这称呼好奇怪。"玮在昏沉中思忖。

"我是苦留。"

玮听见声音,眼前是一个模糊的人形。他终于认出了眼前的人。

"苦留?你也受伤了?"

"我是轻伤,很快会好的。"他已经看出玮不是轻伤。

玮脸上有几分笑意,目光在问苦留怎么受的伤。

"我在步兵连时,死的机会很多,可是我没有死,也没有受伤。在炮兵营伤亡的机会少多了,可是一个炮弹落在不远处,把我们都炸伤了。你不要说话,我知道你不能说话。"

这时外面有人叫:"高苦留在哪里?"苦留忙走出去,一个护士马上训话:"伤员不准串门。这是医院,知道吗!轮到你做手术,找不到人,就该不管你,给别人做。"

苦留垂头听着,跟着护士进了手术室。

一周过去了,腾冲战事很紧张。伤员很多,医院工作十分繁忙。苦留的伤势一天天好起来,玮的伤势似乎稳定。不过美国军医和丁医生并不乐观,说他没有脱离危险期,身体太虚弱了,若能到昆明调养最好,可是现在也不能上路。

手术后的第八天,玮忽然发烧。医生们说:"人体内的变化有时真是莫名其妙。"用药后,温度渐退,隔了一天又升高。他本来应该慢慢恢复的,可是没有,他似乎落在一个谷底,爬不上来。

玮在昏沉中,很容易回到北平。他已经好几次回到北平,回到他少年时居住的地方。什刹海上的冰雪、后窗外的藤萝,还有书桌上的大地图,为祖国破碎河山做出标志的大地图。他一步步从地图上走过来了。

大家都在客厅里。父亲和他一起蹲在地上玩小火车,母亲在旁不断地提醒责备,这是母亲的习惯。爸爸和他都不在意。他们迁到重庆,他在北碚上高中,在篮球场上,一个同学摔伤了,老师派他送这同学回家。老师说澹台玮可靠。他用小车推着同学和篮球,推到哪里已不记得了。

篮球变成排球,在一个女孩手里。是谁?是殷大士。她不是一个人,她和姐姐站在一起。一个是野气的美人,一个是傲气的美人。那么峨呢,峨不是美人,峨是女兵。

别的人、物渐渐淡去,只有殷大士站在那座古庙前。灯月的光辉都集中在她身上,她的声音清亮而哀伤:"我——

等——你——"

玮耳边响起了另一声"我等你",那是福留的声音。

福留向他跑来,跑到近处又被什么力量向后推去,他又跑来,大声喊着:"我等你——"他的声音还是个孩子。

"是了。"玮忽然明白,自己要死了。

峨一天工作下来已经很累,她向玮的病房走去,脚步、心情都很沉重。玮的病情反复,高热、退烧、再发烧,几次折腾后,总的情况是日渐虚弱。峨觉得简直无法帮助他。

峨走进病房,悄然站在床边。

玮慢慢睁开眼睛,"是峨么?"

"是我,玮玮哥。"峨俯身向他,扮出一个笑脸。

玮低声说:"我没有力气了。"又断续地说,"我很想念爸爸妈妈,还有姐姐,很想念。你要告诉他们。你还要告诉萧先生,我不能接着他走了,希望——"他停顿了,仍看着峨。

峨强忍着哽咽,揣测道:"希望他有好学生?"

玮安慰地闭上眼睛,休息了一会儿,闭着眼用力说:"告诉她不要哭。"

这是诀别。玮在向她诀别,因为她代表着许多人。这以后,玮再没有很清楚地说话。

峨和颖书商量,要给玹子打电报。两人拟了电稿,颖书拿到师部发了。

又是一个傍晚,峨走到房门口,一个身着美军服装的年轻人站在那里,定睛看时,是冷若安。

峨请他进房,他说:"我已经看过澹台玮了,他一直闭着眼没有睁一下。"

走廊上人来人往,别的病房虽然离得较远,还是传来伤员嘶哑的呼喊。

冷若安说:"你看,这样吵闹,他是不是听不见?"

"你看他怎样?"嵋问。

"医生怎么说?"冷若安道。

"医生说莫名其妙。"嵋说。

"孟灵己,"冷若安忽然说,"我明天又要去昆明,如果你要带信,会比较快。"

嵋的眼泪直流下来,说已经打了电报,不过她仍决定带信回家,父母也该知道。她要冷若安等一等,自己跑回房间,写了一封信,叙述玮的情况。

再到病房时,房门关着,隐约听见歌声。她推门进去,见冷若安站在玮床头,轻声唱歌,唱的是《嘉陵江上》。玮的眼睛睁得很大,用心在听。

"把我打胜仗的刀枪,放在我生长的地方。"

玮听完这最后一句,感谢地又是放心地看着冷若安,又对嵋眨眨眼,才闭上眼睛。

"他要我唱歌。"冷若安说。

"他要听这一首吗?"嵋低声问。

"他说不出歌名,我随意唱的。我喜欢这首歌。"冷若安说,"澹台玮也在重庆住过。"

嵋交过信,他们默默地站在玮的床边,希望他再睁开眼睛。

冷若安俯身问:"澹台玮,你还要听歌吗?"玮不答。他们又默默地站了一会儿。

嵋泪眼盈盈,抬头对冷若安说:"我想锁住房门,我觉得他正在离开。"

冷若安叹道:"怎么锁得住呢。"

自嵋到上绮罗后,冷若安来过两次,都值嵋有事,或值夜班,或临时做手术翻译,没有谈话。这时见面两人也没有说几句话,却觉得彼此是老朋友了。

他们走出医院,冷若安说:"你放心,我一到昆明就去送信。"走了几步,回头说,"你自己不要再丢了。"

"再丢了就麻烦你再找回来。"嵋这样想,但没有说。自己也奇怪怎么会有这样一个回答。

次日,嵋到病室看望,见颖书、丁医生都在那里。

玮慢慢睁开眼睛,睁开一半就停止了,眼光注视着半掩的窗。

丁医生无助地低下了头,他无法挽住病人的弥留。颖书紧张地看着玮的眼睛。

"玮玮哥!"嵋恐惧地低声唤道,"你不要走——"

玮确实正在离去,可是他舍不得离去。他用尽了力气睁开眼睛看这世界,窗外一小块蓝天,窗前一棵普通的树,都是那么美好。他记得天空本来是很大的,高远而辽阔,田野本来是宽广的,无边无垠。他多么想再看一看大片的天空、田野、河流、树木,还有在这中间生活的每一个人,每一个生命,告诉他们,活着是多么好。他本来应该接续父母活下去,应该接过萧先生的工作,应该拉着殷大士的手。可是他还没有起步,却转了一个方向,向那一片小草走去了,要复归于那一片小草中间了。

玮从他干涩的嘴唇中吐出不连贯的声音,人们分辨出这四个字:祈祷和平。

这不连贯的声音散向四面八方,又从四面八方回拢来,汇集成一个宏大的、庄严的声音,把人们淹没了。

祈祷和平　　祈祷和平

澹台玮的眼睛闭上了,永远,永远不能再睁开。

病室内外,整个的医院,整个的村庄,从村庄延伸开去的大片土地,一片寂静。

我们的玮玮死了。

我们的玮玮他死了!嵋心里有一个巨大的声音在喊。这声音像战鼓,咚咚地敲着,从四面八方传过来。

"接伤员!接伤员!"喊声从医院前面传过来,脚步声、器物碰撞声,伤员的呼痛声、呻吟声交织在一起。又一个繁忙的夜晚。

嵋擦拭着不断流下的泪水,向自己的岗位走去。

梦 之 涟 漪

我的爱儿!你可听见妈妈在叫你。前天,我们刚回到重庆,玹子打长途电话来,告诉了你负伤的消息。我们今天已经飞到昆明了。爸爸和我一起来,正在找去腾冲那边的车。爸爸说他还从来没有这样想你。我们很快就会来,我的爱儿,你千万要等着我们!

我们远在万里之外,知道你从军了。你是好孩子。我不担心,因为我已经安排好了,你会留在昆明,若去前方也是短期的。先从姐姐那里,知道你去了保山。我很怪爸爸,怪他没有把事情办好。后来收到你从保山来信,才知道原委。爸爸说,我为我的儿子骄傲。我又能说什么呢?

爸爸老了,头发花白了许多,你再见他时一定奇怪,他怎么老得这么快。爸爸说,他不怕老,也不怕死,因为他有儿子,那是我们的延续。

妈妈也老了,可是大家都不这样说。我自己知道,我也不怕,心里很踏实。现在你受伤了,似乎很重。我的心整天在翻腾,一会儿想着你发烧了,一会儿想着你没有药吃。万一——我不敢想了。我的爱儿,你千万要等着我们!

萧先生、三姨父和三姨妈来看我们。萧先生说,以后他要把全部知识传给你,还有那一块花生地、两箱唱片,你的创造会比他高许多。我和爸爸都相信萧先生的期望。是了,战争快结束了。我们将得到最终的胜利。可是将来的日子也不会平安,会怎样呢?谁知道。不管怎样,只要一家人在一起就是福分。以前我常向往荣华富贵,经过这么多年的别离,我只求一件事——团聚,一家人的团聚。我们要一起回北平,我们四个人,还多了一个阿难。他算是谁呀?真可笑。

爸爸联系了一辆吉普车。我们坐上了车,正要动身,姐姐的一个熟人赶来,说是联系好了到保山的飞机。我在心里感谢上苍,这样就快多了。不料又有一个人赶来,说重庆有要事,要爸爸立刻去接电话。爸爸站在车边说:"估计我不能去了,你们赶上飞机就走吧。告诉玮玮,爸爸想他。"姐姐的熟人催着我们马上开车到机场。飞机正要起飞,我们赶上了。

飞机一个多小时便到保山,换乘吉普车。车真慢,大山、大树都挡着路,好几次我都觉得要到了,可是还没有到。我想着你的伤,心痛得厉害。你从小就是勇敢的孩子。记得香粟斜街家中的藤萝院吗?那里是孩子们玩耍的好地方,你们喜欢沿着藤萝枝干爬上爬下。爸爸的朋友一家来玩,一个孩子爬得太高,自己吓坏了,不敢下来,你爬上去拉着他的手,慢慢溜下来,其实你比他还小一岁。高中老师说,功课好的孩子大都自我保护意识很强,如果不说那是自私的话。澹台玮却不一样,他总是乐意帮助别人,总是很镇定地战胜困难,坚决完成自己担负的责任。

我的儿,你一定会战胜——战胜一切,包括重伤。我来了,会和你在一起,我们的力量就更大了。是不是,我的爱儿?你千万千万等着我啊!

绛初和玹子到上绮罗医院,先找到颖书。颖书大吃一惊,请她们坐在门廊里,托一个过路的护士去找嵋。

绛初问:"他在哪里?"

颖书说:"他还好,还好。"

嵋很快跑来了。绛初马上站起来,拉着嵋的手就往过道走。

"二姨妈。"嵋嗫嚅着,求救地看着玹子。

"病房在哪边?"绛初问,并不停步。玹子已经感到情况不对,拉住母亲。

"怎样了?"绛初缓缓转过身来。

没有人说话。

是写在天上?是传在空中?人们的心得到了这消息:澹台玮已经死去。

我们的玮玮死去了。

我们的玮玮他死了。

无声无形的信息,沉重地撞击着亲人的心,把心撞得粉碎。

世上很多期望是落空的,很多等待也是一样。绛初和玹子看见的是一座简陋的坟墓——一个木牌和一抔黄土。澹台玮还不满二十岁,下个月就要过二十岁生日了。她们整天坐在墓边,玹子抱着母亲,低声说还有我呢,还有我呢。她们坐了一天,又坐了一天。嵋对玹子说她们必须走了,上绮罗医院要转移,移到下绮罗去,那里更近战场。

第三天,她们又来。她们没有忘记看望谢夫,他和玮是在完成同一责任时牺牲的。人们为了纪念他,为他在这里设了一个虚墓,虚墓里放了他的帽子和一截电线。她们向这异国人恭敬地鞠躬,祝愿他安息。

最后,她们向玮告别,站在路旁树荫下,久久地看着玮的坟墓。

一位黑衣少女,从山坡下缓缓走来。她好像认得路,一直走到墓前,那是殷大士。大士定定地看着墓碑,又似乎什么也没有看见。她从手提包里拿出一封信,把信抱在胸前,站了好一会儿。然后半跪在墓前,取出火柴点燃了信,在手里拿着,让它慢慢燃烧。纸变成灰,缓缓地飘,慢慢地落。最后,她用手把纸灰拢在一起,用几块碎石压住。它们不久就会随风飘走,被雨打湿,化入泥土。

无人知道信上写了什么,也无人能代大士编出她心上的话。

玹子想招呼她,又怕打扰她。这时大士转过身来,看见绛初母女,先是一愣,随即快步走到绛初面前,跪了下去,抱住绛初的双膝。

"我的孩子——"绛初好容易哽咽地说出这几个字,伸手抚摸大士的头。

大士站起身,抬起满是泪痕的脸,低声道:"他叫我不要哭。"双手掩面向山下走去。到山脚处,一个女子迎过来,搂住她,那是王钿。两人转入灌木丛中不见了。

苦留出院了。他在重返前线以前,和他的伙伴们来到玮的墓前。太阳还在山后,天已大亮,四下静悄悄的。他们向这无言的小墓鞠躬,举手敬了军礼,又向谢夫敬礼。最后,把手放在帽檐上,向山坡的众多英灵敬礼。

"澹台玮,你好好睡吧,我要上前线了。"他没有多的话,他想不出更多的话,也不需要更多的话。

随着阵地转移,上绮罗医院迁往腾冲近郊,遗下了这里的一切。遗下了潺潺的小溪,那里讨论过和平主义。遗下了茂密的大树,那里传看过本的肩章。遗下了用竹竿和木板搭起的病室,玮和多少为正义而献身的军人在这里死去。房屋拆走了,几块剩下的木板,在风中发出奇怪的响声。也遗下了这一片坟墓,它们处在群山环抱之中,俯视着纵横的河流、高低的田野。这些坟墓的主人,保卫过这片土地,如今又滋养着这片土地,成为土地的一部分。

小草在这里生长,绿油油的,蔓延开去。

第 六 章

一

上绮罗野战医院迁到下绮罗以后,下绮罗村旁又是一片竹房和帐篷,掩映在绿树丛中。

腾冲城内巷战仍十分严酷,伤兵络绎不绝。医院人员紧张地工作,嵋也在其中。她用忙碌压制着悲痛,那是一服药剂。她除了双手的操作:打针、发药、参加手术,还在颖书办公室里帮助处理一些文书上的事。她不能回忆过去,也不想将来。她很少说话,觉得自己好像凝固了。有时候之薇问她什么话,她也不回答。之薇便说:"孟灵己,你傻了么?"

我不傻。嵋在心里回答,我只是不明白,不明白战争,不明白生和死,生和死交织成一张密网,把人罩得透不过气来。没有人能逃脱这张网。

一天,和平主义者艾姆斯里在路上遇见嵋,他已经许久没和人说话了,想和嵋讨论世界战局。他分析了盟军战场,说胜利大有希望。

嵋望着他有几分兴奋的神情,在心里说:"可是有些人已经死了。"

老艾不知道嵋的心情,发议论说:"胜利在望,我知道胜利是许多生命换来的。"他见嵋有些木讷,抱歉地一笑,走开了。

嵋推着药车在竹廊上走。高原上的夏天并不炎热,各种小生命很是活跃。一条蛇从地上滑过,留下一个碧绿的影子。打针时,一只壁虎掉在伤员的床上,它太小了,抓不住竹梁。

嵋以前看见这些也会大惊小怪,现在只平淡地想,生命,这都是生命,生命都是了不起的,可谁又逃得脱死亡呢。

"孟灵己!"护士长铁大姐站在走廊尽头的一间病房门前,大声招呼,"来了新伤员,你快来打针!"

病房门口站着两个农民模样的人,听见铁大姐的话,想进病房去,被制止了。"你们就在这里等着。"铁大姐说。

嵋把药车一直推到走廊尽头,走进病房——照规定她不能离开药车。室内一边是竹扎的宽铺,两三人一张,相隔很近,看去如通铺一般。

铁大姐指着最里面的一张竹榻,那可以说是病床了,对嵋说:"给他静脉注射。我扎了两针都没找到血管,你来!"

嵋看了一眼伤员,伤员双眼紧闭、呼吸微弱。嵋站好姿势,默念:"睁开眼睛!"拿过针头,一针下去,有回血,慢慢推动针管。

铁大姐在旁低声说:"今天我的手不知怎么不听使唤。你知道他是谁?"

嵋微摇头。液体一点一点流进伤员的血管,伤员慢慢睁开了眼睛。

铁大姐长舒了一口气。伤员的眼睛很好看,水汪汪的,睫毛很长,在光亮的后面似乎蕴含着一种温柔,倒像是一双女孩儿的眼睛。铁大姐心中漾起一阵母亲似的感情。可怜的年轻人,她想。

药水推完了,嵋拔出针来,用棉花将针眼按住。她看着这双眼睛,不觉问道:"他是谁?"

"他是游击队的彭田立队长。刚刚丁医生看过了,说他需要一位内科医生。"铁大姐又舒了一口气。

这时哈察明走过来说:"铁护士长,有人把药车随便放在走廊里!"铁、孟二人都不理他。

嵋对铁大姐说:"我的药还没有发完。"便走开了。

哈察明说:"护士离开药车是不负责任,若是有人投毒怎么办?朝会上我要提出!"

"你可以提出!"铁大姐对他一挥手,眼睛仍看着彭田立。

其实彭田立并不需要内科医生。他太累了,长时间的休克状态是一种休息,这简单的药液已使他慢慢醒来。

"我在哪里?"他说话了,声音极轻。

"你在医院。"铁大姐回答。

"我的队伍在哪里?"彭田立问。

铁大姐不知道他的队伍在哪里,只说:"彭队长,你需要休息,先不要想队伍。"

哈察明听见,走到床头仔细看,说:"啊哈,你是彭田立队长!我是哈察明,哈尔滨的哈,观察的察,明白的明,外科医生。"

彭田立不懂他为什么要介绍自己,看了他一眼,又闭上眼睛。

这时丁医生和一位保山来的内科医生一起来了,看见哈察明,说:"噢,你在这里。"

铁大姐说:"哈医生正在这儿查呢!"

"哪儿的话!哪儿的话!"哈察明嘟囔着走了。

丁医生和保山的医生给彭田立做了检查,又商量了一下,都认为他应该休息。

"给你的'药'是休息和饮食。打了这一针,舒服一点吗?你好好睡觉。"丁医生说。

彭田立听后,微微一笑,很快入睡了。他从马上跌下时,大家都以为他已经猝死,不料竟好好活着。两位医生轻声讨论,认为他一定会好好活下去。

"丁医生,我的左腿疼得厉害。"宽铺上最靠外的一位伤员怯怯地说。他看去只有十六七岁,已锯去了一条腿。

丁医生走到他面前,同情地说:"我知道,我知道。"他知道小战士已经没有左腿了。

医生走出病房,站在那里的两个人迎了上来,是彭田立的伙伴。一位年纪大些,是章叔,一位年纪小些,是小董。他们有礼貌地举手行了军礼,"彭队长怎样?"

"他只是太累了,需要休息,很快会好的。现在你们可以去看他。"丁医生回答,走进另一间病房。

两个伙伴轻手轻脚走到床前,看着沉睡中仍紧皱着眉头的队长,忽然觉得自己也很累。他们商量了一下,想要轮流在这里照看。

铁大姐走过来说:"你们也去休息吧,这里有我们呢。"两人又站了一会儿才离开。

次日,彭田立可以坐起来了。师部赵参谋来看他,他精神一振,要去见高师长,商量一件事。

赵参谋说:"你无论如何要休息到明天!"

"那会误事的!"彭田立紧皱双眉,"我下午去师部。"

"你要问丁医生。"赵参谋说。

下午,彭田立的病床空了,他出现在师部办公室。

游击队在腾冲西南遇见几个日本兵,经过一场小战斗,抓获了一个俘虏。从俘虏躲闪的回答中,彭田立推测出,日军将有增援。他数夜未眠,驰马向师部来,在下绮罗附近坠马。师部也获得了敌人将有增援的情报,军部命令,他们必须在腾冲城外截住这支增援的敌军,不然还不知要增加多少次战斗,损耗多少兵力。

高、彭两人一见面,立刻讨论对策。高师部队兵力损耗很大,"飞军"又有一部分调到龙陵去了,不够承担这个任务。

"联合土司。"他们两人一齐说。

抗日战争开始以来,无论修建滇缅公路或是直接参加战斗,各路土司都是积极热心、出钱出力,彭田立对他们很熟悉。在几年的抗战中,有些土司村寨的元气也已经大伤,如高黎贡山中的段氏、瑞丽附近的多氏等。腾冲西北山里的白族土司马福还保存着一定的力量。一来因为马福的芳竹寨处地隐蔽;二来因为此处土司在清朝末年因事被废,虽仍有土司之实,在官府中已无土司之名;三来也因为马福本人性情古怪,他特别相信一种卦书,不很合群。知道敌军增援计划后,彭田立已经派章叔去他那里了解过情况,知道若要动员他参加截击,还需要大力劝说。

这时彭田立对高师长说:"马福前些时卜卦,说是九月不能动刀兵,不然村寨会有大祸。"

"什么卦书知道吗?"高师长问。

"不知道,那很秘密。"彭田立答,"不过我知道,通过卜卦,他们便依靠一种黄历,那上面写着九月不能动刀兵。"

高师长沉思道:"这样的想法是很难改变的。"

彭田立说:"我已派人去找这种黄历。其实,这里的人平常不大用历书的。"

高师长想了一下,问:"马福有什么他特别信任的朋友吗?"

彭田立大声说:"对了,我也这样问过章叔。他说是在马福那里遇见一位瓷里大土司,是哀牢山的。几个小管家说,马福很听他的话。瓷里大土司念过几年书,据说他的父亲瓦里土司最尊敬读书人,尤其尊敬一位姓孟的教授。师长知道这个人吗?"

"是孟樾吗?"高师长猜测。

"不知道是不是。我觉得教授们都像天上的星和深水里的鱼一样,跟我们完全是两回事。"彭田立说。

"其实也是一样的。"高师长微笑道,"孟樾的女儿孟灵己便是野战医院的护士,大学生,志愿从军的。"

彭田立想起担架上的"公子哥儿",遂问:"那翻译官澹台玮伤得很重?"

"他已经死了。"高师长叹息道。

彭田立心头一震,眼前显出茫茫黑夜中孤零零的担架,担架急急地赶路,赶向死亡吗?

两人沉默片刻,高师长说:"我这里派后备营参加行动,也只有动用这部分人了。还得靠你劝说马福——可以让孟灵己走一趟,也许能派上用场。"

"我们晚上七点钟出发。"彭田立轻击桌面,站起身来。

高师长也站起,"我立刻向军长报告。松山已经收复了,我们不能落后。"

颖书接到师部电话后,立刻通知嵋,有一个新任务,让她和彭队长、赵参谋一起到马福土司那里,讲一讲战争形势,劝说土司参加一次行动。

嵋说她不会讲战争形势,颖书说:"那是他们两人的事,你只要在场就行了。"

"什么时候出发?"嵋问。

"现在,立刻。"颖书说。

薄暮时分,太阳从山后发出余光,像是舍不得离开大地。嵋到医院门口准备出发时,已有一个小队伍在那里。彭田立紧皱双眉站在马前,旁边有章叔,赵参谋站在稍远处。

嵋颇感意外的是,在一匹黑马前站着一个人,那是冷若安。嵋觉得有些像做梦,一天要结束了,而他们要去开始一件重大的事。

冷若安向她走来,说:"我现在接替了澹台玮的工作。"他似乎很不情愿说这句话。

"是吗?"嵋机械地回应,脑子里是一片空白。

冷若安接着说:"赵参谋通知我也去,我估计是为了和你做伴,这事和美军联络组没有什么关系。"

他们各自上了马,向山中走去。彭田立要章叔照顾嵋,不要掉下马来。嵋和冷若安都不是第一次骑马,但骑术不精。彭田立说,照这样的速度,明天早晨可以到。要是照他平常的速度,半夜就能到了。

路越走越险,夜色浓重,只听见马蹄声急促而杂乱,好几次惊醒了草丛中宿鸟,鸟儿扑扇着翅膀,大声凄厉地啼叫着飞走了。

月亮慢慢升起,从树之间洒下光痕。队伍约走了两个小时,从斜刺小路跑出两骑马,把嵋吓了一跳。

彭田立招呼大家停下。两骑马,前面一人是小董,他勒马到彭田立身旁,递过一个封套。

"找到了。"彭田立大喜。正好路旁有一座废亭，便招呼大家下马，聚在一处听他讲话。他说："今天的任务是去动员马福土司参加一次行动。马福为人多疑，许多事都不相信，只相信一种卦书。从卜卦而相信这种历书，认为九月不能动刀兵。"他举一举手中的封套，说，"这书我们已经找到了，大家可以传看。要在很短的时间里让他相信我们，谈何容易。我们是以诚相见的，我们的目标只有一个：打败日本鬼子！这也是马福他们的愿望，我相信话总能说得通。这次去，赵参谋代表师部，冷翻译官代表美军联络组，我代表游击队。"

冷若安忙道："我不能代表，没有委托。"彭田立只向他点头微笑，又问赵参谋有什么话，赵答无话。

嵋连忙举手道："我有话，我代表谁？"

彭田立一愣，想了想说："马福有一个朋友瓷里大土司，你认识吗？"

"不认识。"

"你作为孟樾教授的女儿，你代表你自己吧。"彭田立并不看嵋，又问冷若安有何意见。

若安也不再提自己的代表问题，只说："孟灵己可以代表孟教授讲几句大道理。"

"临场发挥好了。"彭田立说。他从封套中取出历书，借着月光翻阅了一下，指着书对赵参谋说："这是马福相信的历书。"说着，传给大家看。

这时，月亮已升得很高，月光很亮，景物都似浸在水中。

这是一本历书，有年月日和吉凶，但不是一般的黄历，纸很粗糙，装订简单。

嵋接过书，在月光下，见封面上印着一种图形，好像是"甲申年"几个字,她喃喃道:"这是历书吗?是阴历。"

"历书都是阴历。"彭田立说。

"那么,阴历九月,应该是阳历的十月。"冷若安顺着这个思路说。

峘不觉笑道:"阳历九月,阴历才八月。这样的话,马福的顾虑是不必要的。"

"九月有祸,其实是十月。我们十月并不出兵啊!"赵参谋高兴地说。

大家都有些兴奋,好像找到一把开锁的钥匙。

彭田立嘱峘,再好好研究一下,到时务必将这一点讲清。"话由你说出,更见分量。"他点点头,翻身上马。

众人策马向前。若不是"飞军"这几年在这里出没,熟悉地形,外人是很难找到路的。小路左拐右拐,峘的身子左歪右歪,几次要跌下马来,她都及时控制住了。万不能再添麻烦,她想。小心地跟着前面的马匹走着。

章叔时前时后,有时教她拉紧缰绳,有时在她的马身上轻拍一掌。冷若安在她后面,不时提醒,当心树干、石块。真正的马后炮,峘心想。

马福的村庄在一个山坳里,名芳竹寨。离村不远时,从路旁跳出两个村民,问:"你们是什么人?从哪点来,要到哪点去?"

彭田立说明要见土司,一个村民看着彭田立,说:"哦,你是游击队的,我认得你!"

"那最好了。"彭田立说着,要策马向前。

"且慢!"那村民说,"我们要去禀报。"

"那得多少时间?"彭田立不耐烦地说,"我们又不是日本鬼子!"

这时另有一人走过来,是村寨里一个有头脸的管家,因他脸上微麻,得一名字麻贵。他打量着这一小队人马。

"我是游击队的彭田立。"彭田立大声说。

"彭队长,"麻贵微露笑容,"你来过的,有两年了。下马吧,咱们慢慢走。"他一手去接缰绳,一面示意村民去通报。

这是村寨的一般规矩,来人不在马上,就减少了战斗力。彭田立下了马,把缰绳扔给麻贵。众人也纷纷下马,又走了一段路,才到芳竹寨。

这是个不小的村庄,在晨曦中显出了轮廓,比平江寨整齐多了。村边一座敞厅是接待客人的,敞厅外是一片空地,周围有柳树环绕,大概是习武的所在。麻贵请大家进厅落座。

峨好奇地环顾四周,见壁上挂着几幅甲胄在身的武将肖像,想是古代英雄。墙边摆着弓箭、大刀、长枪等物,她觉得像是进了哪家山寨的聚义厅。

冷若安恰坐在峨身旁,低声说:"我猜你正在想,莫非这是哪里的聚义厅?"

"《水浒传》里的。"峨答得很轻松,心里却有些紧张。

她要遇见的准是这种历书吗?阳历、阴历,人家也许早知道了,不知道还需要什么巧辩。她用草帽遮着,伏在几上研究那本书。人都以为她太疲倦了。

有人送上茶来。他们等了一顿饭时刻,还不见马福出来。

彭田立起身在厅中来回踱步,忽然停下来大声说:"马福土司,来客人了!"

又过了片刻,才见两人从厅后步出。前面那人白上衣、蓝长裤,白衣上绣有看不清的图案;后一人相貌奇特,有几分滑稽,身着土黄色西服。这就是两位土司了。

两人到了厅上，前面一人先开口说："彭队长，你长久没有来了！"指着同出来的人道，"这是瓷里大土司。想来都听说过吧，就是瓦里大土司的儿子。"

彭田立也介绍他的队伍，介绍到峨时有些踌躇，先说峨是野战医院的护士，才说她是孟樾教授之女。不想这后一个头衔对瓷里很起作用，他的小眼睛睁得大大的，打量着峨。峨大方地站得笔直，不予理会。

赵参谋说："高明全师长要我向两位土司致意，本来师长要亲自来，实在分不开身。彭队长是大家都认识的，现在的事就由他负责，有重要的事情相商。"

彭田立说："我们的时间不多，必须尽快决定。想来马福土司已经知道我们的来意了。前几天获得情报，这是两个兄弟的性命换来的：敌人要从畹町派出精锐兵力增援腾冲，腾冲之战已经到了最后关头，敌人的增援好像一股活水，必须截住。可是各方部队的任务都很重，必须有新的力量参加，才能万无一失。"

马福干笑一声："你们的章叔前天来过了，情况我都明白。"他用眼睛寻找章叔。章叔坐在下首，欠身表示同意。马福继续说："这次行动意义重大，你是要我参加？"

彭田立说："收复腾冲的最后胜利全看你马福土司的了。"

"全看我马福？"马福又干笑道，"太看重我了！老实说，抗日的道理我自然清楚，我也出过力的。"

赵参谋忙说："这一点国民政府是知道的。若是成功地截住增援，马福土司更是声名大振了。"

马福看了瓷里一眼，请大家喝茶。一面说："老实说吧，九月不能动兵，是历书上说的。"

瓷里说："要是在哀牢山，我一定出力！可惜离得太远了。

有历书做了规定,事情很难办。"瓷里并不相信卦书历书之类,可是他很尊重马福。

彭田立说:"既是有历书,何不请出来看看?"

瓷里对马福说:"我看可以吧?"

马福示意麻贵到后面取出一本旧书,装帧较彭田立的一本略好。翻到一页,确有"九月不得动刀兵"的字样,底下一行小字:"若违必有大祸。"封面上也有一个图形。

赵参谋说:"再看看,能不能禳解。"

彭田立站在厅中,说:"一般禳解的办法是将灾祸转嫁他人。"他在厅中走了两步,大声说,"我彭田立对天发誓,如果芳竹寨因为九月动兵有了灾祸,由我彭田立一人承担!"

当下大家都很感动。马福对瓷里小声说:"他这几句话就能禳解吗?"

瓷里不能回答,便说:"照孟樾教授指出的道理,人人都要尽自己的职责。抗日的事如不参加,恐怕不妥——"他停下来,没有说下去。

说到孟樾,大家不觉都看着峨。

峨坦然地朗声说:"我跟着父亲学过几天《周易》,马福土司的卦书想是其中一派,必定很好。历书也是应该相信的,我要提醒的是,这些书用的都是农历,书上说的九月是农历九月。"说着,拿过马福的历书,指着封面上的图形,"这里明写着甲申年。"

大家精神一振。马福接过书仔细看了,"哦"了一声,说:"是啊。"

峨接着说:"我们学生从军以来,都知道滇西土司积极抗战,对国家贡献很大,对任何抗日活动都不落人后的。"

马福说:"是啊,学生也从军。"又说,"请喝茶,请喝茶。"拉着瓷里走到厅后去了。

厅上众人端起茶杯又放下,都望着厅后。不一会儿,两人走出来,瓷里在前,笑容可掬,转身等马福宣布决定。

马福先说,既然历书上的九月是阳历十月,就不影响行动。却又提出一个条件:"这样吧,早听说彭队长双手打枪,百发百中,听得多了,可没有亲眼见过,我久想领教。咱们比试一下,若是真的,我不违天意,一定加入这次行动。"

对于马福决定事情的方法,大家都觉得有点稀奇,彭田立却微笑道:"这样倒简单了。"

此时天已大亮,厅外空地边的柳树,距厅上约五十米左右,柳枝下垂,如绿丝绦一般。

有人把枪送到马福手中,马福举枪道:"我打左起第三棵树最外面的柳枝。"一枪打去,果然指定的柳枝坠地,众人喝彩。又说,"我打右起第二棵树最外面的柳枝。"又是一声枪响,柳枝坠地。

马福把枪扔给随从,向彭田立一伸手,说:"彭队长请。"

彭田立从容地从腰间抽出双枪,站稳脚步,他那双女孩儿样的眼睛满含笑意,不经意地举起双手。只听"砰"的一声,马福打中的两条柳枝的上半截同时坠地。不等喝彩声落,又是"砰"的一声,一棵柳树近树干的地方落下两截柳枝来,原来两枪打中的是同一枝条。这枝条前面的几枝却纹丝未动。

"莫非子弹会拐弯?"大家惊叹。峨想,彭田立若是披上斗篷,就是侠盗罗宾汉。

在大家的赞叹声中,瓷里走到峨面前,友好地再次介绍自己。几句话后,说道:"前几天在哀牢山平江寨里,见到一位小姐,名叫吕香阁,说是你家亲戚。是真的吗?"

嵋道:"也算是吧。"

瓷里又问:"是什么亲戚?"

嵋微笑道:"是那种找不出具体关系的亲戚。她是家母一边的族人。"

这时只听彭田立大声说:"马福土司,你做出决定了吗?"

瓷里忙走到马福身边,马福大声说:"打日本鬼子,我岂有不参加之理?"大家鼓掌。

彭田立说:"我早知道马福土司深明大义,抗日不会落在后边。"紧接着说,"我们休息两小时。有饭吃吗?"马福命人摆上饭来。

这时一位中年妇人从厅后走出,马福低声向她交代什么话,又向大家介绍,这是他的妻子。马妻邀嵋到另一小桌前进餐。

说话间,彭田立、章叔、小董已是两三碗米饭下肚,一盘生肉连同辣椒作料都已盘光碗净,还剩两盘炒菜。

彭田立指着炒菜对冷若安说:"这是给你留的。"

冷若安道:"我是弥渡山村里的人,什么都能吃的。"

"一做了学生就都变样了。"彭田立说。

饭后,有人领大家往客房休息。嵋随马福妻走过两条街道,进了一座宅院。这是原来的土司署,院中墙壁有很复杂的雕饰,是白族建筑的风格。嵋又累又困,来不及欣赏。

她们走进一间房中,房中有床铺、桌椅。马福妻让嵋坐在床上,想再问一两句历书的事。

嵋觉眼前景物和听到的声音都很模糊,只想睡觉。因问道:"我躺下好吗?"

马福妻说:"你躺着你躺着。我晓得你很累了,只问一句话,你说历书指农历,你说得准吗?"

嵋道:"周公占卦时用的是农历,当然是农历。书皮上也写着。"

马妻疑惑地说:"也许阳历也管呢?"

嵋安慰道:"不会的。若真有什么事,还有彭队长担着呢!"一面说着,已经睡去。

在一个小神龛里放着马福信奉的卦书,旁边摆着从它下达的历书。马妻又向神龛礼拜一番,自去张罗出征的事务。

两小时后,马福的队伍已经集合。彭田立在队前讲话:"从滇西一带几个重要城市陷落,我就在这里打游击。大家的父母就是我的父母,大家的兄弟就是我的兄弟,我们一起打过许多仗。"

人群中有人喊:"哪个不晓得你田哥!"

彭田立接着说:"明天这一仗关系重大,只能赢不能输。打赢了,都是各位的功劳,子孙后代都记得的。"

众人整队出发,有人背枪,有人持刀,还有人拿着棍棒。马福亲自率领这支队伍,另有一支队伍从村子另一端出发,前往指定地点。

彭田立和赵参谋等仍循原路返回。路两旁的树木近处低远处高,一层层的绿,直铺上山去。这里那里不时有清澈的小溪流下。景色雄壮而有些神秘,似乎有所隐藏。

嵋对冷若安道:"听说腾冲附近有火山口,不知在哪里。我真想去看看。"

冷若安微笑道:"打胜仗再来吧。"

走到那座废亭,彭田立又招呼大家下马,对赵参谋说:"请赵参谋禀报高师长,我就去执行任务了。"又向冷若安和嵋点点头,翻身上马,向另一条路上驰去,两个伙伴紧随在后。

只听三人长啸一声,不远处树丛中冒出许多人来,一时只觉得四面八方都是人。他们有的骑马,有的走路;有两匹马上驮着机枪,是他们从敌人那里缴获的。人马都向彭田立去的方向拥去,霎时之间就不见了。赵参谋、冷若安和峮都看得呆了。

峮忽然觉得,眼前的一切是一种继续,他们是死去的人的精魂。在山边,在林间,在这片土地上,有多少死者的精魂!精魂簇拥着、呐喊着,成为巨大的、不可阻挡的力量。彭田立继续着他们,冷若安也在继续着他们。

离师部渐近,路渐宽了,冷若安与峮并辔而行。

峮忽然说:"我觉得马福迷信历书是一种托词。虽然他们不是年年看历书,怎么会连阴历阳历都分不清?再说,还有瓷里土司呢。马福的妻子倒是真不明白。"

冷若安说:"我看像是真的,也许是疏忽。"又说,"你临场发挥很好,话不多,有说服力。"他停了一下,"我总想,目睹这一切的应该是澹台玮。"

峮沉默片刻,说:"我觉得玮玮哥并没有死。"

冷若安说:"我也觉得。"他用马鞭遥指上绮罗方向,说,"就在那边。"

出发的队伍在腾冲西南郭家镇附近集合。现在的问题是,除大路外,还有一条小路可到腾冲。他们必须守好两条路。马福以为,敌人不认得小路,守好大路即可。彭田立和预备营朱营长都认为,虽然分散了兵力,但小路也必须把守,游击队熟悉地形,可以分兵负责。马福同意了,并且提出,马上把大路挖断。

又一天的太阳落山了,大路出现了三条壕沟。马福的人带来了成卷的竹签,竹签是插在草席上的,向上的一头非常锋利,草席展放在壕沟里便成为针毡。

彭田立带领了游击队中的一小部分精兵,离开大路,很快进入丛林,循着蜿蜒的小道急速向前。

有一段路全被榛莽遮掩,小董略有些怀疑,对章叔说:"这样的路,敌人能摸得着吗?"

章叔说:"田哥不会错。"

夜色越来越浓重,在丛林中几乎是伸手不见五指。人马惊扰了秋初第一拨上场的秋虫,它们奋力发出不大的声音,混合在纷杂的脚步声中。走了一阵,彭田立传令:放慢脚步。又转了许多弯,他们来到一个山峡。

"就是这里了。山峡两边各布置一道散兵线。"彭田立皱着眉头对章叔说。

队伍立刻散了开来,伏在山峡两边,一行人靠近小路,一行人藏在丛林中,有人在山顶守望。一时间这里好像全无一人,只有秋虫唧唧。

彭田立在近山顶处靠着一棵树休息,从这里可以看见无边的夜空。他从干粮袋里抓出一把炒米嚼着,像每次战斗前一样,他总是平静而安详。

"来了来了!"山顶的瞭望兵传下话来。彭田立纵身跳起,疾步奔上山顶,俯身贴近地面,听见传来马蹄的声音,越来越近。

"准备战斗!"彭田立传令。敌人越来越近了,昏暗中可以看见他们正向山峡走来。

小董举起了枪,彭田立低声说:"再等一下。"前面的敌人已经进入峡谷,忽然,彭田立吹出一声口哨,小董紧接着有节奏地连放了三枪——这是他们的号令。

一场厮杀开始了。敌人以为走小路是妙计,不会遇到抵抗,而他们恰恰是自投罗网。一阵枪响过后,已消灭了大半敌人。有些敌人爬上山峡,来夺机枪;也有些人退向丛林,隐在大树后不断射击。日军向大树附近聚集,迅速地形成一个小阵地。枪弹连续发射,我们的几个战士倒下了。藏在丛林更深处的游击队员们包抄过来,敌人拿出军刀,我方的战士也亮出各种刀棍,刀光在黑暗中一闪一闪。

这是一场血腥的搏斗,却没有呼叫呐喊,只有刀棍相碰和沉重的喘息声,还有受伤的人忍不住发出的惨叫。

彭田立从这棵树蹿到那棵树,两手交替开枪,虽然在黑暗中敌我难辨,仍是一枪打中一个敌人。

敌人的小阵地被攻下了,枪声暂歇。忽然山峡另一侧又响起枪声。"搜索敌人!"彭田立下令。

接下来是零星的战斗,有的敌人爬到树上,从上向下开枪。几个士兵从不同方向射击,把敌人打下树来。

天亮了,景物可辨,小路上、丛林中,到处是日军尸体,也有我军战士的尸体混杂其中。

彭田立要招呼小董集合队伍,见小董跪在一块大石旁边低声抽泣。彭田立几步跳到石旁,看见章叔躺在那里,一粒子弹打中他的后背,是窜入林中的敌人放的冷枪。

"章叔!章叔死了——"小董呜咽道。

彭田立低头看死去的章叔,紧接着仰天发出一声嚎叫,撕心裂肺,震得山林嗡嗡作响。他蹲下来,细心拭去章叔脸上的血污,又站起身大声道:"集合队伍!"

他们赶回郭家镇附近时,那里的战斗已经接近尾声。敌人的军车在壕沟前受阻,成束的手榴弹抛向他们,炸了开来。日兵跳下军车,有的跌进壕沟,落在针毡上,再爬起已经成为一个血人。有的向田野里散开,又迅速地集结在两辆军车之间。又是一批手榴弹抛向他们,炸翻了车头和车尾。马福的村民很勇敢,他们大多会一点武功,大声呼叫着和敌人肉搏。

一个日兵手持军刀正和拿着长枪的麻贵搏斗,日兵举刀砍去,麻贵闪开,长枪却被砍断。日兵举刀又砍,麻贵躲闪不及,只听见一声枪响,日兵倒地。

麻贵摸摸自己的头,转身望去,见彭田立皱着眉头站在那里,举枪的双手尚未放下,原来两枪同发,一弹打飞了举起的军刀,一弹正中日兵头颅。

"只有你田哥!"麻贵自语,飞快地捡起军刀,迈过日兵尸首,又投入战斗。

朱营长和高师长通电话,报告截击成功,特别报告了马福土司这支兵力的成绩和游击队小路截击,彭田立的足智多谋。

高师长点头说:"谢谢他们! 三天之内,可下腾冲!"

两天后,腾冲城内日军最后的据点发生大火,火光冲天,映红了半个腾冲城。我军一面救火一面攻入据点,只见在熊熊的火光下、一大片血泊中,整齐地排列着几行日军尸体。这是侵占腾冲的日军最后的兵力,约二十余人,全部剖腹自尽,一面插在旁边的太阳旗在火光中兀自摇动。团长和几位营长默然互望,团长大步向前,拔起沾满血污的太阳旗,扔进火里。

长官日记:

9月11日

我军成功截击敌人增援,全歼敌人,缴获大量弹药。预备营一排长受伤,亡兵七;游击队亡五。巷战各路接近最后据点,亡兵四十二。

接近胜利!

一九四四年九月十四日，我军经两月余巷战后，肃清全部残敌，克复云南腾冲。

继续前进！

二

下绮罗医院奉命调整，一部分人随军前往也已血战多日的龙陵，参加那里的野战医院，一部分人回永平。已确定严颖书赴龙陵继续管理医院。

颖书问之薇是否也愿意去，之薇低声说："我愿意和你在一起。"

嵋的名字列在回永平的名单中，她没有异议。

她想到上绮罗去向玮告别，但是没有交通工具，也没有时间。她只能在医院旁边的高坡上，遥望云山远处的墓地。几个清晨她都来到高坡，只见一层层绿树，一道道山峦，然后是早晨明净的天空，覆盖着现在和过去的岁月。

一个拂晓，嵋和伙伴们登上卡车，回到了永平医院。

自大部分人员调至腾冲建立野战医院，永平医院人少多了，业务也少多了。野战医院需要转院的伤员，大多送往保山或楚雄，或直接送往昆明。经上级研究，要把永平医院建成一个荣军院，留住荣誉军人。

上级派了一个小组先来清理这里的事务，为首的是一位上尉，姓洪，很是精明能干。他们来了不久就发现，这里有一个严重的贪污案件，当事人便是院长陈大富。

嵋等回到永平以后，铁大姐得到父亲去世的消息，急忙回家去了。她的家在永平和大理之间，山路难行，不能通车。她去了几天，嵋和前线回来的几个护士正好休息。医院里很冷清，各种工作都是勉强运行,医生、护士都懒洋洋的,照顾着几个伤员。这些伤员大概是要长久住在这里了。

从去芳竹寨以后,嵋的凝固状态已经慢慢化开,这么多人都在接着玮玮哥活下去,她也自然地是其中一个。她用这空闲时间给父母写了一封信。

爹爹、娘:

腾冲收复了。写这五个字时,我觉得手中的笔有千斤重。多少人超乎能力范围的日夜辛劳,多少人的血肉换来这五个字!其中包括玮玮哥。二姨妈和玹子姐回去,想你们已经知道详情。

你们一定写信来了,可我收不到。信素来遗失率较高,何况这一阵我换了几个地方。

为了动员芳竹寨土司参加一次战斗,上级派几个人到芳竹寨去了一趟,其中有我,只因为我是爹爹的女儿。土司有一位好朋友叫瓷里,瓷里的父亲是瓦里土司,前几年瓦里曾经想请爹爹到他寨子里讲学、休养,那时我们住在猪圈上,你们还记得吗?瓷里还引爹爹的话,说做人要尽伦尽职。爹爹一定会说这是中国文化的力量。他们说历书上说"九月不得动刀兵",我们去游说,解释说,历书源于《周易》,《周易》用的是阴历,这里说的九月实际是十月,所以无妨。他们都信。其实,历书上明写着甲申年。

当然,真正促使他们参加截击日寇这一仗的,是爱国正义,别的都是小插曲。

我已从前方平安地回到永平医院,生活正常,爹爹和娘放心。我还没有和姐姐联系。小娃有什么新兴趣?我非常想念你们。什么时候我们能再围着火盆聚在一起?只要能全家在一起，没有火盆也没有关系。

嵋写完了信，再读一遍，自己暗笑，太简单了。她好像有许多感想，埋在心底，理不出来。

她又拿了一张纸，写下"无因"两个字。她想对他说许多话，可是又觉得他不会懂。无因也有不懂的事？很奇怪。她在信中对无因说，"我遇见了人和事，常会想：无因哥会怎样想、会怎样对待。可是竟想不出来，你觉得奇怪吗？"

嵋把两封信交给收发兵，已经不是以前的那一个了。"正好有你一封信，不用向前方转了。"收发兵说。

信封上是无因挺拔的字体，嵋赶快回到住室，迫不及待地拆开，用心读着，仿佛听见了他的声音。

嵋：

不知道你这时在哪里，还在野战医院吗？腾冲收复了，我们的澹台玮不见了，留下的是永远的伤痛。我曾有一信给你，写了我的悼念，你收到吗？时间好像掀过一页，逝去的永远不能回来。

你也许已回到永平了？

嵋没有收到前一封信。她遗憾地想，信是看不到了，悼念是永恒的。

秋天到了，在江西抗击敌人的滇军需要棉衣，他们的军装必定是单薄的。昆明开展了捐献活动，整个学校的家属都参加了，半个昆明城像个裁缝店。母亲和孟伯母都是从早到晚工作。母亲踩缝纫机，孟伯母用手，她缝得真快。记得你也会缝，给江先生缝长衫。如果你在昆明，大概也会坐在那里缝。

嵋微笑了,在心里说,那么你做什么呢？无因回答——在信里说:

> 为了筹款,又举行了秋季义卖,我和几个同学一起,拼凑了一间小机器房,有几个机器玩具,无采在那里张罗。不料收入很多,只是远不及上次义卖中澹台玹卖糖果。你如果来操持,可能更多。二十万件棉衣即将送到前线,特此报告。想来你会高兴的。

嵋当然高兴,却又觉得这信不大像无因写的,而又正是无因写的。如果他对大环境毫不关心,就不是无因了。

> 你知道,我很少做梦。这几天,做了两个重要的梦,先梦见弗兰克林,他拉着风筝在大雷雨中奔跑,电闪雷鸣,一点也不怕。如果没有他,电怎么能供我们驱使! 我想起他总是肃然起敬。他拉着风筝向我走来,后面是闪闪的电光。我想和他谈一谈电的问题,招呼他,嘿! 弗兰克林先生! 他回答,嘿! 庄无因先生! 忽然一声霹雳,他不见了。
>
> 再一个梦的主角是谁？你不用想便知道,是你。

这样的思念给人力量,嵋久久地坐在床边,把信读了一遍又一遍。

因为工作不多,嵋想看一看小苍山山房,钥匙在陈大富手里。想起"嗝儿"院长,嵋竟觉得有些亲切。她走到原来陈大富的办公室,门是锁着的。

留守的张医生走过,打招呼道:"孟灵己,你回来了？"

"咱们的院长搬到哪儿办公了？"嵋问道。

"咱们的院长？"张医生微叹道,"他搬到资料室去了。"资料室也就是小苍山山房。看到嵋诧异的神色,张医生又说:"他在那里接受隔离审查。你们新回来的人不知道,老陈的案子闹大了。"

老陈的事,峨从颖书那里知道一点,颖书还曾带过一句:"这样的事是要送上军事法庭的。"峨觉得这样的事离自己很远,她要认真对待的是伤员,没有多想过军事法庭。

"这几天空闲点,你还不好好休息?"张医生说,"荣军院快要建立了,要来大批人呢,那可就没得闲空了。"

峨在病房前走了一转。她第一次参加手术的手术室,还是那么简陋,比野战医院还要差。这些已经引不起峨的感慨,她定了定神,向小苍山山房走去。两间小屋只剩了一间,孤零零地在青山脚下,后面一片叶子花林仍在开花,它们好像一年四季都在开花。小屋的门是锁着的,窗户却大开。

峨一眼就看见陈大富坐在窗前,两手扶头,靠在桌上。

"陈院长,你好么?"峨走到窗外,轻声说。

陈大富放下手来,吃惊地望着峨:"哎哈!孟灵己,你们回来了,可合?我现在是犯人,你快点走开!"陈大富神气无精打采,声音仍很洪亮。

峨不知道应该说什么,怯怯地说:"你需要什么东西么?"

"饿不死的。"陈大富眼光有些凄然,"你快走开,不要再来了!"

这时听见"笃笃"的响声,是木棍敲在地上的声音。小屋旁边的那一大片坟墓延伸得很远,小白石片仍旧在阳光下闪亮,比上绮罗墓地的木牌要持久一些吧。

从一排排坟墓间转出一个女孩,她一只手臂架着拐杖,一只手提着一个竹篮,看见峨在这里,有点吃惊。

峨连忙说:"我不碍事,我就要走了。"

女孩一面防备地看着嵋,一面走到窗前,她是来送饭的。

"爹,你饿了么?"她从篮子里取出锅来,却看着嵋,不肯打开锅盖。

嵋认得这是陈大富的女儿桑叶,也知道陈大富抚养孤儿的故事。他们过得怎样?嵋同情地想。

她不愿打搅,便向院门走去,一面走一面听见陈大富闷声问:"你妈怎样了?"

"妈好些了。"桑叶的回答很勉强,"抗日也病了。"

嵋略一迟疑,又加快脚步,走进院中去了。

这里桑叶揭开了锅盖,是一锅米饭,上面摆着几个咸辣椒。

"爹你快吃。"桑叶守在窗前,仍警惕地四望。

"不用怕!送饭是经过批准的。"陈大富把一大坨饭连着辣椒塞进嘴里,想了想,问:"小陈在哪里?"

"不知道。"桑叶说,"他们不会让我知道。"停了一会儿,桑叶怯怯地、迟疑地说:"爹,妈让我问,你到底拿了多少东西?全都说清了没有?"

"我知道的都说清了,可合?可是还有我不知道的。"

"那是小陈知道?"女孩接着问。

"合了合了。"陈大富说,疼爱地望着女儿,"要是小陈说清就好了。"

桑叶提着放了空锅的篮子回家去,经过医院大门旁边的杂物间,她不知道小陈正隔离在这里。

小陈刚吃过食堂送来的饭,此时懒懒地躺在木板床上,算计着和专案人员的对话。他已多次宣布,自己已经全部交代清楚,可是总又出来一点新材料。他所谓的交代清楚,是把老陈不知道的全算在老陈账上。他很心安理得,要不是院长许可,能做案吗?

老陈不清楚而小陈清楚的一个主要情节,是一批蚊帐的下落。丁医生他们出发时要带蚊帐,却找不到,当时时间紧迫,不能查找。后来,小陈向老陈报告,蚊帐找到了,本来就是存放在县城仓库里,有什么可大惊小怪的,一共有二百四十顶蚊帐。老陈立刻将它们送到前方,并未查考蚊帐数目,那全是小陈经手的。反正交接手续已经随着小屋化为灰烬,这事也就结束了。

这次专案组来,贪污药品已经基本查清,只这蚊帐问题还没有弄清楚。当时帮助接收物资的人反映,蚊帐绝不止三百顶。专案人员希望两陈坦白,几次说,拒绝交代要罪加一等。老陈说,他见过这批蚊帐,但没有亲手清点。小陈则说,把蚊帐拿出去存放是陈院长批准的,只有三百顶,说不止这个数有什么证据?——小陈心中算计着,他要坚守这一道防线。

隔离室的门开了,洪上尉进来,看看桌上的空锅碗,温和地问:"饭够吃吗?"

小陈从床上跳起来,又鞠躬又敬礼,连说:"够,够,很好。"然后恭敬地站在一旁。

"你想好了吗?"洪上尉说,"你只要说清楚一点,你最后看见这批蚊帐是什么时间、什么地点。"

小陈郑重地说:"这些蚊帐从昆明运来,我还记得到医院时已经是半夜了,当时陈院长说:这回真看重我们永平医院啊。"小陈咳嗽了两声,"——这么多蚊帐可放在哪点啊?后来留了十包六十顶在医院用,别的放到县城里仓库去了。"

"是你送去的吗?你收了多少顶?送了多少顶?"洪上尉问。

"是陈院长派我送去的,除了留医院的六十顶,还有两百四十顶,都交给管仓库的老王了。"

据说管仓库的老王已死,到底数目多少,死无对证。洪上尉盯着小陈看。

小陈有些不安,说:"两百四十顶蚊帐后来都送到前方了,这不是很清楚了么?"

很清楚?说得倒轻易。洪上尉心中不悦,吩咐道:"你把刚才说的话写下来。"这材料其实已写过多次,并未出现矛盾。

为了弄清蚊帐数目,洪上尉已经多次和昆明某军需部门联系。电话很不方便,行文需要时间,只有等待。

桑叶回到家中,五翠抱着抗日坐在廊下,簌簌地抖着,抗日呜呜地哭,声音很低,她已经没有多大力气。她们正发疟疾。

五翠看见桑叶回来,强打精神问:"你爹怎样?"

"爹很好,他想得开,大口大口地吃饭。"

桑叶把空锅给母亲看,五翠唇边漾过一丝笑意。

"救国呢?"桑叶问,已经看见救国缩在自己床上,蜷成一团。

五翠说:"救国乖呀,刚刚还跟我说他没事的,躺一躺就好了。"

"妈,你冷得很吗?怎么不上床睡,盖上被子?"

"我想抱着抗日跑出去躲一躲,可是走不动。"

"真有疟疾鬼,哪个躲得掉啊!"桑叶说,"你还是上床躺着。"说着搀扶母亲走到床边。她们先把抗日放好,五翠哆哆嗦嗦地躺下。桑叶走过去看救国,见他满脸通红,摸一摸额角烫手,知他冷战已过,正在发烧。

救国勉强睁开眼睛说:"姐,我没事的。"

拐杖敲在地上笃笃地响,桑叶走来走去做家务,给猪添了食水。"妈,吃点稀饭可好?"五翠闭着眼点头。

桑叶煮粥时发现水缸里水已不多,勉强煮好稀饭。五翠和抗日已经不再发抖,脸都烧得通红。桑叶摸摸母亲、摸摸妹妹,这样烫。

"妈,去医院看看吧!"

五翠呻吟道:"我们这样的人,莫去讨嫌。"

"那生病怎么办?"

"有金鸡纳霜就好了。"五翠说。

这一带的老百姓,都知道金鸡纳霜是神药,退摆子最灵。五翠不知道,老陈曾将医院的几百瓶金鸡纳霜以高价倒卖,维持着这个小家。

"我去找张医生要一点。"桑叶心想,她认得医院里很多人,觉得这位张医生比较和气。病人不能吃饭,桑叶自己也无心吃饭,把柴火熄了,给母亲和弟、妹掖好被子,转身要出门去。

"家里有人吗?"院中有人问,接着是一个清脆的女孩的声音,"陈大嫂在家么?"院中站着两个人,一个是张医生,还有一个便是刚刚在父亲那里见过的护士——桑叶猜她是护士。

张医生说:"这是孟灵己,咱们医院的护士,刚从前线回来的。我听她说,你妈病了?"

真是好人,桑叶心中默念,请他们进屋。张医生看了病人,吩咐嵋打退烧针,自己拿出一瓶药来,交代吃药。

"是金鸡纳霜吗?"桑叶忍不住问。

张医生说:"我猜着就是打摆子,这一阵蚊子太凶了。"

桑叶伸手去接药瓶,又缩回来,说:"我们没有钱。"

嵋觉得眼泪直涌上来,她想说我替你付,又知道一点同情难以对付这苦难的世界。

张医生摆摆手,意思是不碍事的,把药瓶递给桑叶。

"给病人多喝开水。"张医生又叮嘱。

桑叶去烧水,水缸已经空了,忙说:"我兄弟忙着上学忘了挑水,他回来会挑的,请张医生放心。"

嵋已经打完针,正在收拾药箱。拐杖"笃笃"地在屋里响,桑叶在嵋的药箱旁放了一点礼物:一片树叶上摆着两只咸辣椒。

"带回去好下饭。"桑叶的小脸上两块灰,想是摸柴火的手带上的,眼光中充满了好感,还有一丝羡慕。

嵋怜惜地望着这张小脸,喃喃道:"我喜欢吃辣椒。"

一个十一二岁的男孩进了院门,见屋中有人就停住脚步,不敢进来。

桑叶招手说:"你来看,妈和救国、抗日都在发烧。"

男孩忙走到床前,见三人都昏沉地睡着,对桑叶说:"早上我上学去,他们都在发冷。"

"这是保华。"桑叶仰着小脸,神气完全像是一个大人,向张医生和嵋解释道,"家里实在供不起两个人上学,保中到大理城里做工去了。"

保华不待吩咐,自拿了水桶去挑水。

"吃了药会好的。"张医生安慰道。

嵋很想安慰桑叶,可不知道说什么好。她打量着这破烂的家、床上的病人、空了的水缸和只有一条腿的女孩,庆幸自己在药箱里放了一块新毛巾。她取出毛巾放在桌上,默默地拿起那两只咸辣椒。

铁大姐探家回来,知道医院里正在调查贪污案件,对张医生说:"我这次回家,在山沟里看见几顶蚊帐和医院里的很像。你说这是怎么回事?"张医生说他不管这些事。

一天,洪上尉召集张医生、哈医生、铁大姐和孟灵己等几个医院的旧人开会,希望大家把能回忆到的相关的事都说出来。

铁大姐说:"我见过这批蚊帐,那天我值夜班。记得院子里汽灯照得很亮,两辆卡车开上山来,陈院长和小陈都在。当时搬下一些药品,听说还有很多蚊帐。过了两天,发到病房六十顶,其余的不知存放到什么地方去了。后来又送到前方两百四十顶。"

洪上尉说:"这些都很明白,只不知道是不是只有这三百顶。"

铁大姐略有迟疑,又说:"我探家时发现一个情况。我们家离永平很远,很偏僻。这次我回去,看见一个亲戚家里挂着蚊帐,和那一批物资一模一样。后来又在两家看见,说是从一个小贩手里买的。"

洪上尉心中一动,问:"那小贩能找到吗?"

铁大姐道:"这种小贩来无影去无踪,货从哪里来,都是绝不肯说的。"

哈察明说:"有了线索你就该顺藤摸瓜。"

铁大姐说:"不是说了吗,这种小贩没有线索。就等你哈医生去查个明白呢!"

洪上尉心中已做出推论,三百顶以外的蚊帐是被卖掉了,究竟数目多少,卖的人是老陈还是小陈,还不能断定。

过了几天,昆明的回信来了,说送来的蚊帐是六百顶。洪上尉领着小陈到资料室,让他们互相启发。

老陈说,那天晚上他只顾招呼那些药品去了,蚊帐本来也要搬下车的,因小陈说无处存放,就直接送到县城仓库去了,那里有小陈的熟人。

"蚊帐送到县里仓库,是陈院长批准的,到那里清点,就是两百四十顶!"小陈一副义正词严的模样,说得很干脆。

洪上尉对小陈点头,好像认可他说的话,冷不防问道:"乡村里发现了那批蚊帐,是你卖出去的吗?"

小陈脸色略变,随即稳住自己,说道:"我说过了,五十包三百顶蚊帐,六十顶留在医院,两百四十顶送到前方。"他说得很清楚,但声音没有以前大了。

老陈诧异道:"乡村里发现了蚊帐?"

洪上尉仍看着小陈说:"就是,想必是有人倒卖了蚊帐。"

老陈说:"这批蚊帐我可没有插手!"

小陈说:"一切事不都是你陈院长批准的吗?"

老陈说:"我决定六十顶留医院,两百四十顶送前方,可合?咋个乡村里又有?"

小陈说:"天下蚊帐多得是,乡村里就不许有蚊帐?"

洪上尉说:"那要看是什么蚊帐!你们两个都再好好想想。"说完带着小陈走出来。

洪上尉感觉为难的是,昆明有发货单,却并没有收货单。因为运货车辆回昆明途中遇到敌机轰炸,一些账目、单据都已散失,能够查出发货单已经很好了。没有收货单,问题出在运输途中也是可能的。如果有人能证实收货的数目,当事人不承认也可以确认。

大家都没有想到,最后结束蚊帐案件的人是老战。

老战恢复记忆以后,不再说惠通桥,仍然参加一些体力劳动,很少说话。松山、腾冲的收复,大家都振奋万分,而在老战,不只是高兴、振奋,他身体里的一些细胞似乎又活过来了,一些功能也恢复了。他见人打过招呼就说:"噢,腾冲收复了,我在那点挖过路。"他挖路是为了阻挡敌人进攻,现在敌人跑了,不跑就统统打死他们。

他仍住在坟场旁边,有时跟着医院负责后勤的人去永平和大理买东西,帮助搬运。他不断回忆起以前的事,总想说给人听。听一个失去过记忆的人找回记忆,起先还有人觉得新鲜,后来就都不耐烦了,很少人愿听他讲话。最近他被派到永平去了一趟,回来后小病一场。张医生要他留在自己小屋里,不要随便出来。差不多过了半个月,才渐渐好了。后勤的人想,可以给他一个正经差事,便安排他做清洁工。

这天,老战在过道扫地,峫从那里走过,老战直起身看了半天,忽然大叫:"孟!孟——"他想不出该怎样称呼,"你回来了!"

峫回头看,见是老战,也很高兴,说:"老战,你身体好么?我前些时还问起你呢。"

老战说:"我的记性好得很,好些事都慢慢想起来了——这几天发烧,小毛病。你上前线了?我们打赢了,腾冲收复了。日本鬼子要强占别人的家,天理说不过去。"老战说着,看看峫,知道大家都有事,懂事地说:"现在你忙,什么时候我去找你家?我想起许多事。"

晚饭后,峫坐在食堂敞间里,听老战讲话。他从惠通桥讲起,讲到炸桥以前的遭遇,日本兵烧杀,逃难,又讲到炸桥以后见到的人和事,好像把日历一张张翻回去。峫耐心地听着,她知道谈话对老战是一种治疗,她必须耐心。

"我从永平搬来些家具。""我从大理回来。""我又去了一趟保山。"老战絮叨地说着,这都是他被老陈收留以后的事。

峫心上忽然一亮,说:"老战,你说的事情都非常有意义,今天晚了,明天我们再谈好么?"

次日,嵋约了铁大姐,邀老战到治疗室谈话,那里没有别人。老战见多了铁大姐,更是高兴。他的思路很清楚,表达也很明白。

他说,有一次到永平去,看见一个娃儿,他追着看,人家吆喝他说,你搬东西只管搬,看什么?

"为什么看?那是因为,那个娃娃像我自己的娃娃啊。"老战说着,叹一口气。

铁大姐温和地问:"你搬了许多东西,搬过蚊帐没有?"

"可不是搬过!"

"从哪点搬到哪点?"铁大姐接着问。

"哎呀,那是昆明运来的货。"老战看着铁大姐的神情,觉得自己很重要,"当时我已经睡了,陈会计叫我出来搬东西。"

"搬的什么?"铁大姐问。

"有一箱一箱的药,还有就是蚊帐啊!"老战忽然想起来,对铁大姐说,"你家也在那点,可合?汽灯亮得很呢。"

嵋微笑点头说,老战记性真好,说得越详细越好,鼓励他继续说下去。

"只搬了十包下来,就说莫搬了,叫我跟车到永平一个空房,才统统搬下来,大概有八九十包。六顶一包,陈会计和管仓库的老王说话,我听见的,都记得。"老战有几分得意。

"你认得老王吗?"铁大姐追问一句。

"我认得老王的侄儿,我们一块搬过东西。可是陈会计不知道,他以为我是傻子。"

铁大姐和嵋互相望了一眼,老王现在是关键人物了。

"听说老王已经死了?"铁大姐有几分惋惜地问。

"哪个说！他在乡下女儿家住着呢，就是起不了床了。"

铁大姐问："你能找到他吗？"

"我问问他的侄儿。有时替食堂去买菜，可以遇见他。"老战想了一下说。原来孤独的老战也有交往。

铁大姐和峨向洪上尉汇报了所得情况。洪上尉很兴奋，只要找到老王，事情就水落石出了。洪上尉要找老战谈话，铁大姐说最好还是由她们去谈。在她们的鼓励下，老战找出了老王的住址。

老王住在永平乡下，卧病在床。洪上尉带了老战驱车前往探访。老王见了洪上尉有些紧张，见了老战也不认得。谈了一会儿，渐渐想起许多事来。

他说，永平的那间空房并不是正式仓库，存放过军队物资，他一直在那里照看。小陈是熟人，提出要存东西，他记得存了九十包蚊帐，共五百四十顶。

"这个数不会错。"老王说，"六顶一包，哪有这样装东西的！应该十顶十顶的装啊。"蚊帐的装法给老王印象很深。以后这些蚊帐都陆续由小陈取走，去向老王就不知道了。

其实，如果蚊帐的事查不清楚，也不妨碍查办这个案件，两陈贪污的药品和一些轻便的医疗器械，足够把他们送上军事法庭了。

查清蚊帐问题，倒是看清一点，在整个作案过程中，小陈狡猾、主动，老陈则有些无奈。老陈的作案动机也很明显，他要养活一家人，包括那些捡来的孤儿。小陈的动机则不明确，要钱是显然的了。不过要钱做什么？他没有负担，在战时，在永平，有钱也无法挥霍。洪上尉替他想，大概是要存起来，做长远打算。

洪上尉的专案组即将押解两个贪污犯赴保山军事法庭受

审,他们有可能被判处死刑。

在两陈被押解送走之前,严颖书奉调回永平医院,任即将成立的荣军院院长。他本不必管陈大富的事,但还是和洪上尉谈了自己的想法,希望洪上尉了解陈大富的家庭情况。

"老实说,这都是日本人害的!"颖书愤然。他和陈大富有多少回意见不合,拍过多少次桌子,他都想不起了,只想胜利了,陈大富应该能活下去,和他的家一起活下去。

陈大富临行前被准许回家看望妻儿。一家人围着他,十分恓惶。五翠脸色蜡黄,疟疾已退,但她还是哆哆嗦嗦、站立不稳。桑叶给他煮了一碗米线,放了肉末和韭菜。

他出门临别时,想要叮嘱什么,却一句话也说不出来。

保华在他身边,忽然跪下抱住他的双腿,说:"爹,我替你去蹲监狱。"

救国从后面扑上来,拉着父亲的衣襟,在呜咽声里夹杂着模糊不清的话,说的是:"我也去!"

五翠、桑叶都满脸泪痕,只有抗日大声哭。

陈大富拉开保华的手说:"哭什么,我还没有死呢!"大踏步走向医院。

他对洪上尉提出一个请求,如果判他死刑,请不要告诉他的家人,待一切都过去了再让他们知道。

胜利一节一节临近了,而他们的家却像一只破碎的船,浮不起来了。

两陈上路的那一天,颖书等去送。铁大姐送给老陈一双手套。

哈医生也在,他对颖书说:"我知道你找洪上尉谈话了,你给老陈加了多少砝码?"

"我希望他活下去。"颖书平静地说。

两陈走了。经军事法庭判决,老陈是主犯,本来应判死刑,因洪上尉的说明和分析,减为无期徒刑。小陈是从犯,判无期徒刑。四年后,云南解放,狱头将他们都放了,说:"现在国不成国,法不成法,你们各自回家吧。"

老陈回家后不久,和五翠俱都病死。孩子们都已长大,各奔前程,只有抗日尚小,由老战收养。

小陈不知所终。人们在他的床下,挖出一个小袋,内有一些金块、玉器和纸币,那是他的储存。这些都是后话。

三

龙陵战役的艰苦不下于克复腾冲,得而复失,失而复得。为正军法,换帅斩将,全军震动。

每一个阵地都是血肉之躯铸成。龙陵附近的一个高地,全连士兵战死,只剩一位孤胆英雄,终于保住阵地。

民间输送的队伍始终未断,但是力量有限。大军曾有几天断粮的日子,士兵们饿得毫无力气,躺倒在地。师部也只能供应一顿稀饭。经过积极安排调援,加强空投,又有多家土司提供了大批粮食,才扭转了局面。我军日夜苦战,浴血奋斗,终于攻下了龙陵。

冷若安到高师的美军联络组已经两个多月了。联络组人员已经减少,薛蚡又病倒,只有他一人工作。他参加了龙陵战役,随部队一步步向前推进。他的工作能力不差,只英文水平不如澹台玮。

布林顿最初不大习惯,总是说:"冷,请你再说一遍。"或者说:"我说明白了吗?"

他拿妻女的照片给冷若安看,会说:澹台玮看过的。交代什么事,会说:我想玮会这样做那样做。联络组的人时常谈起澹台玮和谢夫,以他们为自豪。

比起斯宾格上尉和运送药品,这里的人和工作都要复杂些,冷若安并不在意布林顿的不适应,而是看重他们对澹台玮的怀念。

联络组管理伙食的荣格调走了,换来一个姓舒格(Suger)的管理员,原是卖领带的,现是上尉。这人和他的姓相反,尤其在中国人面前自以为了不起,一点不像"糖",倒像辣椒。

行军多有小路,有时要自己背东西,冷若安常分得最重的,他总是笑笑,从不拒绝。舒格负责分发口粮,宿营时,每人两个罐头,有时只发给冷若安一个。第一次,冷若安没有反应。如是几次后,冷若安趁全组的人都在一起进餐,郑重地向舒格说:"如果你需要计算,我可以帮忙。"

舒格说:"我需要什么计算?"

"我们这里有多少人,需要多少罐头,你可能没算清楚。"冷若安平静地说。

舒格脸红了又白。以后再没有克扣口粮。

冷若安想,若是澹台玮遇见这样的事会怎样对待?又想,没有人会这样对待澹台玮。

联络组的人和冷若安逐渐熟悉了,他们了解了他的能力和做人处事的态度,都生出敬意。吉姆尤其喜欢他,说他唱歌的声音赛过当时美国著名歌星平克劳斯贝。

在一次研究战术的会议上,冷若安遇见贾澄。贾澄对他的翻译水平有些意外,会后对他说:"我还以为你只会念数学,听说你的脑子是为数学长的。"

"数学需要很多东西。"冷若安答。他们一起默然良久。

"好了,"老贾说,"总算快到头了!"停了一下又说,"近来我和周围的人都吵了架。"

冷若安有些诧异:"吵架?有什么可吵的?"

老贾说:"在一起久了,彼此都看着不顺眼。"

"那就少看两眼好了。"冷若安说,"老实说,人难免有些小摩擦,要大事化小,小事化了。"

老贾说:"这点道理我还不懂?只是有些烦了。"

"只要我们的国家强大起来,人家看你就会不同。"冷若安若有所思。

两人又沉默一会儿,不约而同地说:"离抗战最后胜利的日子还不知有多久。"

冷若安没有参加庆祝龙陵胜利的仪式。那一天,他和吉姆到腾冲去联络那里的美军。他们开车,经过一道道夺回来的山水,觉得山水都在发亮,显示出复苏的模样,心里颇为轻松。

快到中午,他们走上一个岔道,见不远处树荫下,有几个帐篷和几间简易房屋,有些人出出进进,想是一个兵站。吉姆停了车,说可以在这里休息。

两人走向房屋,一个中年人迎出来,问是哪个部队的,又问:"翻译官?有烟吗?"

冷若安自己不吸烟,没有搜罗烟的习惯。那人不再理他,仍进屋去。冷若安两人在屋前树下坐了,拿出罐头来吃。

屋里有几个人说话,说得很快,声音不低。原来他们正在做一笔交易,买卖的是轮胎、汽油等物,都是缴获的战利品。

冷若安心上像被重锤敲了一下,那些物资都是士兵的性命换来的啊,转眼就落到这些人手里,成为发财的手段。

屋中的人忽然停住了谈话。一个声音说,他们学生听不懂的。谈话声音低了。

过了一阵,仍是那中年人走出来,见他们面前摆着罐头,搭讪着问:"买两个,行吗?"冷若安不答,和吉姆向吉普车走去。

"他们说什么?"吉姆问。

"他们说,我们打赢了,真不容易。"冷若安答,心里一阵阵发凉。

屋里又走出几个人,指点着帐篷,那里大概就是存货的地点。

吉姆继续开车。冷若安再看路上的一个个弹坑,有的树上挂着破碎的空投用的降落伞。觉得满目疮痍,心头因胜利而生的喜悦罩上一层阴影。我们的国家要强大起来真不知还要多久,他想。

他们在腾冲办完事,驱车回来,吉姆问:"你不高兴?我们正在一步步走向胜利。"

冷若安说:"我们的胜利大概不会一样。"

"怎么不一样?"吉姆问。

"很难说清楚。"冷若安说。"不过,"他微叹,"不要想太多明天的事,先把今天的事做好。"

高师补充了兵员和给养,奉命攻占芒市外围据点。永平医院人员全部撤回,由保山某医院组织了规模较小的野战医院,随军担负医疗任务。

丁医生与李之薇等人离开龙陵前,师部举行了欢送会,美军联络组部分人也来参加,一位副师长讲话,称赞这野战医院出色地完成了任务。四个月以来,丁医生做手术数百次,别的人员也都十分努力,以后都会有所表彰。

丁医生讲话说,美国军医的帮助是不可少的,他都很难用"感谢"来表达,他个人也向两位军医学到了很多技术。

军医都尔说,他喜欢中国的医生,中国医生容易合作,像丁医生这样的水平在他们国家也是上乘的。他也喜欢中国伤员,他们真勇敢,在任何地方都那么勇敢。他没有提到护士。

军医路德接着说,护士也是出色的。他看见李之薇、孟灵己还有别的护士为重伤员轻声唱歌,南丁格尔的爱心在这里到处可见。冷若安为他们翻译。

之薇脸微微红了,她们常唱的是《松花江上》《长城谣》等救亡歌曲,也常唱一首北方很流行的民歌《小白菜》:"小白菜啊地里黄啊,三岁两岁没了娘啊。"士兵大多是北方人,很喜欢听这个歌,要她们翻来覆去地唱。

副师长问之薇要不要说点什么,又笑道:"你们学生感想多啊!"

之薇用手捻着垂在胸前的辫子,想了一下说:"我恰巧是一个感想不多的人。我只觉得每个人都很伟大。"

赵参谋说:"李之薇的话虽短却很有意义,我有时也有这样的感觉。"

冷若安翻译了这几句话,几个美国人都点头。

老艾开始讲话,讲得很复杂,他见大家望着他,喃喃道:"听不懂吗?孟在就好了。"他一直认为孟灵己很了解他。

路德说:"有冷在这里。"

冷若安把老艾的话归结为三条:他反对战争;应该把战争消灭在发生之前;但有时战争是必要和有效的,那就是反侵略的战争。另外他还发表议论:在法西斯势力的侵略下,全人类的三分之二在苦难中,努力尽责拯救世界是伟大的。这个国家经历了长时间的苦难,不断在贡献力量,简直有圣徒般的感染力。

　　副师长对老艾说,他随时可以回曲靖去,那边也是需要人的。老艾说,他要留在前线,他对药房已经很熟悉了。丁医生说,药房确实管理得井井有条。最后副师长说,将来会和永平医院保持联系,也许他自己就会到那里去,不过先要把敌人赶出国境,把滇缅路打通。

　　次日,丁医生等人出发。临行时,能走动的伤员都出来在车旁送别。车开动了,"我们等着最后胜利的消息!"丁医生站在车上挥手,大声说。

　　部队推进后,顺利地攻占了芒市外围的几个据点。因芒市无险可守,敌人退兵到遮放。遮放在山谷之间,我军掌握了全部制高点,敌人不得不再退到畹町。这里三面有山,可以防守。敌人还不时派出飞机袭击我部队,继续顽抗。

　　高师的任务是攻打黑山门一带敌人的据点,其中最主要的一个是上天门。这里敌人的据点一面是悬崖深涧,一面是榛莽丛林,地势很是险要,只要守住正面就很难攻下。高师在对面山头筑了工事,用望远镜可以看见敌人从据点里出来,到山坡上采摘什么,可能他们认为自己很安全。其实,再险还险得过高黎贡山吗!

　　经过几天战斗,高师攻下了多处外围据点,两路友军也都向前推进。现在要集中力量,攻下上天门。高师长、两位副师长、参谋长、几位团长、团参谋们和布林顿研究作战计划,想从不同方向进攻。他们需要一张详细地图,原来的几张都太简单。当时派出了一些侦察人员。布林顿提出,去看一看那条深涧能不能架桥,遂和冷若安同去。他们清早离开师部,背着背包,拿着木棍,背包里装着一张简易地图和图纸,还有几个罐头。穿过几处丛林,经过几道山涧,一会儿上坡,一会儿下坡,布林顿不时举起挂在胸前的望远镜观察,在地图上做出标记。这时已是十二月,天气转寒,树木还是郁郁葱葱。他们走到一段大路上,忽然听见飞机隆隆声,紧接着天上出现一架飞机,向大路飞来,两翼上两团红色愈来愈清晰。

"日本飞机!"两人同时说,忙向路边的浅沟跑去,藏在灌木丛中。日本飞机从头顶飞过,射下一串子弹。飞机过去了,冷若安要站起,布林顿拉住他,意思是再等一会儿。果然不久飞机又折回,这次没有开枪,只向来的方向飞去了。两人从灌木丛中出来,衣服都被扯破了几处,相顾苦笑。

他们继续向前,尽快离开大路,取隐蔽处行走。仍是一会儿上坡,一会儿下坡,跨沟涉涧。走到离敌人据点不远处,用望远镜已可以看见长满苔藓的悬崖和悬崖上的据点。他们小心地走近,在山坡上看见涧底发亮的流水,还有一条小路通向涧底。他们拨开草丛,顺着小路的方向向前,到了一处,看见涧中有许多高大的怪石,其中两块大石相对,正是隐蔽的架桥的好地方。

布林顿大喜,画了一张简单的图;又考察许久,不断自语:"真奇妙!真奇妙!"然后他们从东面绕到北麓,想看一看能否从这里进攻。

时间不觉已过中午。"哪里来的烟味?"布林顿和冷若安几乎是同时说。又走了一段路,见山北麓一个山洞里冒出淡淡的烟,他们警惕地互望,站在树后观察。

只见山洞里走出几个人来,手中各拿着一块东西在啃。一个人走上一块大石,向四处瞭望。

这不是彭田立吗?冷若安心想。问布林顿:"你可知道游击队的彭田立?"

"怎么不知道?我还知道人们叫他田哥。"布林顿答,一面举起望远镜,朝冷若安指的方向看去,也认为那人很像,又把望远镜递给冷若安。

"就是他!"冷若安说,"看来游击队在这里。"

两人寻路向山洞走去,他们在树丛中,听见彭田立说:"嘿,冷若安你来了,正好!"他已经看见他们了。

待他们走到面前,他举一举手上的东西,原来是烤熟的野鸽。旁边的小董马上递给两人一人一只。

布林顿说:"你们的日子过得不错。"

"我们碰见了难题。"彭田立说,"抓到一个日本俘虏,彼此言语不通。"果然洞边坐着一个人,穿着一身破烂不堪的日本军服。"他在树林里钻了不知多少天了,衣服都破了,我们想给他换,又觉得他不配穿得和我们一样,给他吃肉足够了。"那垂头丧气的日本兵见了布林顿,立刻坐直了身子,发出不清楚的声音。

布林顿说:"你会说英语?"俘虏点头。

经过交谈,知道这日本兵姓吉野,原来驻扎在腾冲;他和十几个日兵开小差,想从腾冲逃到畹町,路上遇到日本宪兵,都被就地处决,只有他逃到山里。

彭田立说:"你们把他带走吧。"

俘虏对布林顿说:"我跟着你们走,我不会逃的。"

彭田立引冷若安到大石后面,低声说,他有一个计划,晚上他要去见高师长商量。现在需要他们快点把俘虏带走,因为他的游击队要转移。他说话时,那双女孩儿般的眼睛显得很温柔,和说话的内容极不相称;衣服也尚称整洁,不像整天在山林里出没。他的身边已经没有章叔,只有小董和十几个队员,他们还在大嚼野鸽。

"准备出发!"他低声说。大家都立刻跳起来,把手中的东西远远一扔,进洞收拾去了。

彭田立叫日本兵站出来,命人将他又仔细搜查一遍,确定没有暗藏的武器。一面说:"他的枪我们已经收了。"这支枪现在小董手中,这是他的战利品。

"可要把他的手绑上?"小董走过来问。

冷若安说:"我直觉这个人不会跑。对他来说,跟着我们是最安全的。"

布林顿拿出罐头送给小董,说:"早知道多带点。"

彭田立问:"那你们吃什么?"

"已经吃过鸽子了呀。"冷若安回答。

只听得一声唿哨,游击队员们都钻入树林中不见了,他们好像不是一个个走的,而是忽然消失了。洞边地上干干净净,什么也看不出来。

彭田立站在大石前,眼睛满含笑意,挥一挥手,也不见了。

"他是不是钻进石头去了?"布林顿瞪着眼前的沉沉的绿色,自言自语。

"可以想象。"冷若安说。

他们也出发了,冷若安在前,其次是俘虏,布林顿殿后。他们不能再观测地形,而是专心押送俘虏。

走了一阵,太阳已经落山。山中天黑得早,虽然走的是来时的路,冷若安仍不时拿出地图,在暮色中仔细辨认。一时经过一个山涧,水从山上流下,形成一个小瀑布,水声隆隆。忽然下起雨来,水流马上宽了许多,不能过去,他们只好退向高处。雨越下越大,看不清眼前景物。布林顿决定寻找避雨的地方,三人用手中的木棍拨动草莽。不远处大岩石下,有一个浅洞,因为有垂下的藤蔓遮蔽,雨不能飘进。

布林顿说:"我们也许得在这里过夜了。"他让吉野坐到里面,他和冷若安背靠背坐在洞口,都感到一点温暖,又都不自觉地向外挪了一点,想离日本兵远些。大家都不说话。

冷若安想,这大概就是孟灵己遇雨时的情景,她遇见的水流一定比这里大,能够把人冲走,以后可以谈这个话题。

布林顿说:"要是雨小一些,就可以走。"

冷若安说:"夜晚看不清路,这里悬崖峭壁很多。"

过了一阵,雨还没有变小的意思。三人这时有同一愿望:温暖、干净的栖身之地,一顿好饭。

布林顿说:"这山里不知有什么野兽。"

吉野搭话道:"我在这一带山里一个多月了,这里没有大野兽。"

吉野本来有些紧张,见中国人和美国人都很温和,逐渐平静。三人随便说话,话语声常被雨声淹没。

布、冷了解到,吉野应征前是大学生,已经四年级,随日军从缅甸入侵滇西;炸惠通桥的那一刹那,他正要跑上桥去,眼见上桥的同伴葬身江中,他也听见老战听见的震天的哭喊;以后驻扎在腾冲。他很想家,这么远跑到别人的国土上来,就算强占了,离自己的家还是很远。

说到家,布林顿摸摸上衣里面口袋,慎重地取出两张照片,递给冷若安。

"看得见吗?"他说,取出手电筒照着照片。一张是他的妻女,是澹台玮见过也是冷若安见过的。另一张是最近收到的彩色照片,照片中一树繁花似雪,映着一角蓝天。

"我家的山茱萸开花了。"布林顿略显得意。山茱萸是美国常见的花,树很高大,照片中,花朵成百上千地互相簇拥,呈现着成百上千的笑脸,显示着生命和欢乐。

冷若安说:"这花太好看了,简直不可思议。"把照片递还布林顿。布林顿稍有犹豫,递给吉野。

吉野受宠若惊,双手捧着,仔细看了一会儿,连连说:"对不起对不起!"

冷若安说:"弥渡也是山区,没有这里的山高大,满山遍野的花,大部分是杜鹃。小时常采来吃。"

吉野想起北海道的大雪,那才是他自己的家。他不禁诉说道:"我从头就怀疑这次战争的意义,无论加上多少好的词汇,都不能掩饰我们是侵略者。占据了别人的土地,要在别人的家里死守,没有援助,只有死守,守的不是自己的家——"吉野的话忽然中断了,他没有说出"所以我逃跑"。

布林顿和冷若安都对吉野生出一点同情。日本人把自己变成野兽,这是一个不愿变成野兽的日本人。

雨小一些了,天也完全黑了。现在走路,随时可能落下悬崖。布林顿和冷若安商量,如果雨停了,有月光,就可以走,不然,只好等到天亮。

"我可以站起来吗?"吉野问。

布林顿警惕地按住手枪,日本人苦笑道:"我太冷了,活动活动。"他扭动着身子,恳切地说,"一个人在山里是活不下去的,我情愿遇见中国人,不愿遇到我的同胞。遇到他们一定得死。"

冷若安说:"你怎么能站起来?一出洞口就会淋得透湿。

你的位置最安全,淋不着雨。"

"是的是的。"吉野说,把身子更缩小些。

不知过了多久,天已黑透,雨停了。立刻有一轮冷月出现在山顶,照见山中小路,很是清楚,只是山涧流水仍然很宽。

三人走出洞来,觉得寒气逼人,他们决定等涧水稍浅就蹚水过去。一只小动物蹿过附近草丛,吉野说,这东西是可以吃的。这些日子他就靠一些小动物和野果维持着生命。

月亮到了天空正中,路和榛莽颜色分明,涧水也小些了,三人用木棍试探着蹚水过溪。

布林顿说他身材高大,若落在水里,溪水不能淹没,便走在前面探路,由冷若安殿后。涧石很滑,水寒刺骨,正走到溪水中间,吉野一跤滑进水里。冷若安敏捷地抓着他的衣领,拉住了他。吉野抓住冷若安的另一只手臂,两腿用力,好不容易爬了上来,在石头上站稳了,瑟瑟地抖着,不停地说"对不起"。布林顿警告说,下一步水很深,要小心。最后,三人都安全渡过。

山路很滑,他们在泥泞中一步步向前,生怕踏错一步坠下悬崖,有时互相拉着木棍,走得很慢,直到下半夜才到师部。

师部赵参谋等正在担心,已派一个班出去寻找。看见多了一个吉野,知道是俘虏,笑说:"这是额外的收获。"遂命人将他关押起来,准备送往保山转送昆明俘虏营。

吉野向布林顿和冷若安连连鞠躬,嘴里英语、日语相杂,不知说些什么。

吉野被带走后,冷若安取出新标记的地图交给赵参谋,然后和布林顿一起回营地去。两人在路上讨论对吉野的感觉,得出一致的结论:仇恨是可以化解的,但那必须是在正义伸张之后。

他们还没有走到帐篷,高师长的勤务兵老赖跑步追上,请布林顿回去,有事商量。他们又回到师部,师长拿着几张地图在沉吟。他问布林顿,在深涧上搭浮桥有没有可能。布林顿一面在图上指点着一面说,这里是天造地设,可以从两座大石中间穿过去,隐蔽地施工。

"彭田立来过了,他也是这个意思。"高师长说,"游击队员身手敏捷,他们打前锋。天快亮了,今天夜里进行。"

白天,翟军长和两路友军商议后,做了统一部署,将于次日进攻畹町外围最后的主要据点。

次日,天刚蒙蒙亮,畹町外围三面山头响起了隆隆炮声。一阵炮火之后,紧接着是飞机沉重的马达声,它们飞得很低,投弹后又迅速拉起,发出刺耳的声音。敌人的据点变成一片火海。忽然从深涧中升起一队服装杂乱的人影,他们在涧中的石块上跳跃,如履平地,手拉藤蔓爬上悬崖,在悬崖的一个小坡处,迅速地搭好浮桥的一头。浮桥是连夜架起的,这是最后一步。紧接着,中国士兵冲过浮桥,直捣敌人据点。

又是一阵厮杀。枪炮声、呐喊声撼动了整个山头。布林顿和冷若安在对面山头看着这场战斗。

"快看!"布林顿把望远镜递给冷若安,只见熊熊火光中,飞动着一个身影,他似乎是在火的光焰之上,火光映照着他,他引领着火光。

"彭田立!"冷若安不觉喊了一声,和布林顿对望了一眼,两人都泪流满面。

中国军队顺利地打下了畹町,缴获了大批物资。城边有一个大猪圈,尤其让大家惊喜,他们已经很久没有吃到肉了。这猪圈是日本军队设置的,养了三百余头猪。

军长笑说:"这是日本人的招待!"下令各部队分享。

高师分得了一部分,各连队杀猪煮肉,好不热闹。

高师长邀布林顿等来享用这战利品,布林顿等带着罐头和酒,大家在一间民房里进餐。这是胜利饭。

冷若安问:"彭田立现在在哪里?"他很担心,怕听到彭田立牺牲的消息。

"他很好啊!"高师长答,"有人在畹町城里看见他。我想请他来吃肉,再找他时就不见了。"

冷若安把这话告诉布林顿,布林顿也放心地舒了一口气,说:"他们有野鸽子。"

高师的作战总结说,打仗从来靠士气,正气在我一方,才能取胜。这一仗能够这样顺利,更有两点很重要,一是准备周密,一是游击队协作、配合得当。

中国远征军两路胜利会师的日子到了。一路强渡怒江、跨越高黎贡山,血战数个城市,扫荡了云南境内的全部侵略者。一路从印度挺进缅甸,打通了户拱河谷、孟拱河谷,经过多次血战,密支那大捷后,直取八莫。至此,滇缅公路完全畅通。

一九四五年一月二十八日,举行了简短隆重的会师通车仪式。虽是冬天,太阳照得空气暖融融的,雨洗后的青山,雄伟中透出一种妩媚。

畹町北面的小城芒友上空,升起了中国国旗。国旗在阳光下迎风招展,许多人仰望着它,流下了热泪。同时也升起了美国国旗,在这场战役中,也有美国人把自己的生命留在了这片土地上。中、美双方军方负责人和高级将领在简短讲话后,热烈握手。

反法西斯战争向着胜利前进!这是重大的反攻胜利,是亚洲第一次反攻胜利。在持续数年的战争中,这一个辉煌的环节,如日月昭昭,永不褪色。

远处传来隆隆的车声,平原尽头,出现了黑压压的车队,越来越近,可以看见发亮的车身,雄壮而威武。一百二十辆满载物资的十轮大卡车,六辆医疗车,还有几辆坐满中外记者的吉普车,经过这里,络绎驶向昆明。

"中国万岁!""中国万岁!"人们欢呼跳跃,又不断地擦拭眼睛。

汽车一辆一辆驶过,欢呼和掌声包围了他们。冷若安和贾澄参加了仪式后,走到人群中,汽车还在一辆一辆驶来,像一条游动的长龙。

车辆的司机大都是美国人,他们从人群中驶过,好奇地左看右看,不时挥手飞吻。

忽然,一个驾驶员从车窗中探出头来,大声叫:"冷若安!你在这里!"这是数学系的同学。若安也大声叫着,追了几步。那同学摆摆手,车开远了。

"大头大头!"老贾忽然叫道。另一辆车的驾驶舱中坐着土木系的一个同学,他从舱里扔给老贾一样东西。"缅甸的石头!"他回头大声说。

这个庞大车队的驾驶员,一部分是一九四四年秋参军的学生。他们凭着满腔爱国热情,在国家最危急的时刻,投笔从戎,远赴印度。现在驾驶着车辆,把各种物资运到祖国,把新鲜血液注入祖国母亲虚弱的身体。

晚上,译员们聚会,有些人还不知澹台玮已经殉国,询问他的消息,知道后不免惊诧。

"怎么会轮到他死?"有人大叫,伴随着一阵叹息。两位生物系四年级学生呜咽不已。

滇西反攻战中，共有四名译员牺牲。一位在渡怒江时落水，一位在行军时中流弹而亡，一位在缅甸境内因病暴卒，还有澹台玮。

年轻人为四位同学默哀。冷若安觉得自己的心痛得厉害，他知道别人也是一样。澹台玮没有看见胜利，许多人没有看见胜利，而正因为有了他们，才有了胜利。

高师在畹町驻扎数日，重新部署工作，译员们都有新任务。贾澄离开炮兵营，到某地的培训学校；冷若安仍随布林顿到湖南一个师部；薛蚡因健康原因复员回重庆。他们各自乘车从畹町出发，奔向新的目的地。

冷若安是最晚离开的，乘车经过来时的路，看见依然青山翠谷，农人拉着水牛，在田地里的炸弹坑边操作。路旁倒着破车，有的一半车身悬空，显然是当时要把它推下山谷而没有做到。

他不觉想到，来时是步行，一步一步地走，每一步都是那样艰难，一个同伴倒下了，别人再接着走，接着打。

他向四周眺望，觉得自己也在替别人眺望，替许多许多人。车子开过了，他还回头望，再回头望——

四

远征军两路会师，将敌人逐出国境、滇缅公路畅通的消息，在永平医院炸了开来，大家一年来的辛苦有了结果。

峨和之薇眼里含着泪水，它们要到抗战完全胜利时才能流下来。医院也没有开庆祝会，人们企盼着最后的胜利。

各部队的野战医院进行了调整，有的合并，有的撤销，一部分人分到永平医院,因为这里要设荣军院。

一天黄昏,颖书来看之薇和嵋。还是那间宿舍,窗外泉水潺潺。这里的冬天虽不很冷,泉水却带着凛冽的寒气。嵋又生了冻疮,左手背有一处溃破,之薇为她包扎起来。

颖书问:"你怎么年年生冻疮?"

之薇道:"冻疮是习惯性的。"

嵋把左手藏在背后,问颖书道:"成立荣军院,人手够吗?现在好像人很多。"

颖书道:"绰绰有余。"他停顿了一下,"你要回昆明去?"

嵋微笑道:"你猜着了。我想回去上学。"

她说着,看着之薇。她没有和之薇商量,因为她知道,之薇的心在颖书身边,而颖书必须留在这里。

之薇看着颖书,颖书说:"我们这几天正要安排人员的工作,如果不往外派人,人足够了。学生应该回去上学。"

嵋说:"如果需要,我可以再从军。"

颖书说:"希望不至如此。"

他们都知道,要取得最后胜利,还有一段艰苦的日子。

颖书说,这事要向上级报告请示,估计没有问题。他想托嵋带一封信给荷珠,又踌躇道:"你总要去看亲娘吧?"

嵋道:"我会去看你们全家。"

几天后,嵋和之薇,还有几个学生,登上了去昆明的卡车。

嵋没有来得及去点苍山。她给姐姐写了一封信,报告她已回昆明。姐姐还是在那些花里吗?嵋觉得自己变了许多,阅历让她的精神世界变得又丰富又贫乏。她没有给姐姐写这些,在花里的嵋感受是不一样的。

她们在楚雄过夜,嵋不知道这里是澹台玮和殷大士见最一面的地方。知道又怎样?这一路岂止这一个故事。在弹坑里、沟渠中,在废弃的车辆边,都隐藏着一段段生死别离的痛苦记忆。

车子到了最终目的地昆明近日楼,大家下车。峨和之薇雇了一辆人力车拉行李,两人随车步行。经过正义路、华山西路到祠堂街,峨一路左右观看,天还是那么蓝,街道比以前还要繁华。

她几乎想大声喊:昆明!我们的昆明!多少人的性命保卫了你,你知道么?

李家的书店门面已在眼前。之薇取下行李,和峨默然对望,自进门去了。

"你家坐上车吧。"车夫对峨说。峨不肯,仍随车步行。不久到了祠堂大门,正见一个少年,从门里出来,不是别人,正是孟合己。

峨大叫:"合子!"

合子看见一个穿军装的黑瘦少女,很快认出了峨,他也大叫:"小姐姐你回来了!"跑过来拉着峨的右手,没有注意那垂着的左手。

峨说:"你长这么高了。"合子高兴地拿下了行李,两人走进了腊梅林。

腊梅已经开过,枝头还有残余的花朵,林中仍弥漫着淡淡的香气。

他们走近房屋,合子叫道:"娘!爹爹!小姐姐回来了!"随着话声已进了门。碧初正在外间缝补着什么,弗之照常坐在里屋书桌前。

碧初抬头见峨已在面前,意外的欢喜使她头晕眼花,站起来,两腿支撑不住又坐下,喃喃道:"真回来了,怎么不写个信!"

弗之出来，拍拍嵋的肩，连说从战场回来的胜利者！又端详道："真长大了。"

碧初说："怎么这样又黑又瘦！又生冻疮了？"拉起嵋裹着绷带的手，心里酸痛，流下泪来。

嵋抱住母亲的肩。这一年来父母更显苍老，鬓间都见白发，父亲背更驼了，母亲手上满是针痕，嵋心里十分难过。

"休假吗？服役期满了吗？""是不是还要去？"父母接连地问。

嵋说明已经退伍，回来上学，不少学生都这样。大家从惊喜中渐渐镇定，更感到安心。

碧初说："驱逐敌寇，还我河山，真是不容易啊！"

弗之说："中、美、英三国《开罗宣言》规定，胜利以后，日本必须把台湾、澎湖列岛和东四省都归还给中国。到那时，我们的领土就真正完整了，我们不再是被人瓜分蚕食的可怜虫了。"

"所以玮玮牺牲了。"碧初说。大家痛惜不已，好一阵没有说话。

合子开始问长问短，问都看见过什么武器，他最关心的当然还是飞机。

嵋说："你刚刚出门，是不是要去上课？"

合子这才想起，却不肯走，从自己的小桌抽屉里，取出那块肥皂印章。

弗之含笑，拿过印泥和纸，打在纸上让嵋看。四人在这一间小屋内，都觉得这小屋是世界上最快乐的地方。

过了一会儿，合子自去上学。孟灵己和李之薇回学校的消息很快在熟人中传了开来。

当晚，嵋检点衣物。碧初拿出一个大包，里面都是玹子的衣服。澹台玮殉国以后,澹台玹带着卫凌难到重庆去了,和父母在一起,大家都少些孤寂。她留下一堆衣服送给嵋。嵋看了看,挑了一条有暗红格的蓝薄呢裙,上身仍用自己的一件毛蓝布旧衣,前襟有暗红格的装饰,是碧初的设计。

"脱我战时袍,着我旧时裳。"碧初微吟道。这旧时裳已嫌稍短,倒是颇为时髦。

"当窗理云鬓,对镜贴花黄。"嵋接道。这两句诗只是念念而已,她们没有镜台。母女相视而笑。

次日,第一个出现的是庄无因。他来时,碧初正在外间收拾什么。

"孟伯母。"无因有礼貌地招呼。

"无因来了。"碧初放下手中的抹布。

嵋出来了,两人见面,都有些不自然。

无因看着嵋说:"日子一定很苦。"

嵋微笑道:"也不见得,不过的确很沉重。"

无因说:"到腊梅林里去,好吗?"

嵋说:"娘,我们到外面去。"

碧初扬一扬手,柔声说:"尽管去。"

她看着两个年轻人的背影,在北平时,无因就比嵋高大半头,两人一起长,现在,无因还是高大半头。见两人转脸说着什么,碧初心想,孩子真的长大了,心下安慰欢喜。

嵋和无因很自然地向城墙那边走去。那里半截毁掉的城墙,几年来,无人修葺,长满了各种杂树,像一座小山。小山前,腊梅树下,有几块断石,这里腊梅的余香更浓。两人互望,不知为什么,忽然都笑出声来,这在无因是很少有的。笑声轻轻抚摸着腊梅树,又回荡在树枝间。

无因打量着嵋,说:"我没见过你穿军装。"

嵋说:"我也没见过你穿军装,希望我们都不需要再穿军装。"

无因一点没有变,轮廓分明的脸,这时因为笑容,减少了常有的忧郁和冷漠,眉宇间颇有英气。嵋常觉得他很好看,约一年不见,似乎更好看了。

"我很难想象,战场是怎样的。不过,沉重一定是确切的形容词。"无因说,"你亲身经历了沉重,我佩服你。"

嵋把头一摇,说:"我不要人佩服。"

无因很熟悉嵋这样的姿势,摇头又歪头,明亮的眼睛含着无穷的灵气,浓密的、向上弯曲的睫毛形成好看的弧线,垂下又抬起,好像承担着多少勇气。遂道:"那么我不佩服你好了,我——"

他不知道怎么描述自己的感情。他对眼前这个黑瘦的女孩,心中充满了怜惜,比以前任何时候的感觉更深了一步。他很想抚摸那缠着绷带的手,却只矜持地望了片刻。他们都长大了,长大意味着规矩和界限。

无因不提澹台玮,嵋却知道他很想知道关于澹台玮的任何事,那是绕不开的话题。

他没有问,嵋却说:"我以后告诉你。"

无因望着远方,说:"我好像觉得,澹台玮已经告诉我了。"

他们看着眼前花朵稀落的腊梅枝,沉默了一会儿,在沉默中,香气更觉明显,沁人心脾。

"陆游有一首咏梅的词,"嵋说,"最后两句是:'零落成泥碾作尘,唯有香如故。'我常想给他改一改。"嵋黑瘦的小脸上,透出顽皮。

"怎样改?"无因笑道,"无论你怎样改,反正陆游不会反对。"

"只改一个字。"峨说,"'唯有香如故'是消极的,意思是只剩了香气,什么都没有了。如果把'唯'改成'仍','仍有香如故',就变成积极的了。什么都没有了,香气仍然存在。"

"是啊。"无因赞叹,"照你这样动脑筋,说不定会发明一条数学定理。"

"那我可不想。"峨说,"爹爹说了,我只能做一个中学教员。"

"中学教育很重要,"无因说,"所以,需要好的教员。一个好的中学毕业生,比一个糟的大学毕业生要强。"

他们从战争谈到教育,又谈到学业。无因今年暑假将读完研究生学业,英国和美国有几所学校都欢迎他去读博士学位,峨觉得这是一个遥远的话题。

"这个暑假你就会出去上学吗?"峨问。

"不会的。"无因答,"有许多手续要办。这一段时间,正好帮爸爸做些事,做些实验室工作。还有澄江的那所学校,需要人辅导,爸爸很关心他们。"他停了一下,迟疑地说,"如果胜利了,我觉得你可以出去上学,不一定念完四年。"

"如果胜利了。"峨咀嚼着这几个字,忽然笑道,"如果胜利了,你最先想做什么?——小事,不是回北平这样的大事。"

雨丝飘落下来,这就是昆明的天气,一会儿哭,一会儿笑,叫人摸不着头脑。他们不得不进房去,坐在峨的小书桌前。

峨问要不要喝水,无因说:"先回答你的问题。你怎样想?——不要说,我们各自写在纸条上,好吗?"

他本来要说写在手心上,因为想到峨手上缠着绷带,便说纸条上。

峨在小桌上拿起一张纸,那是这些年他们一直用的,粗糙发黄的纸。无因敏捷地裁开,一人一半。各人写好,交换来看。

无因写的是:"用好纸。"

峨写的是:"好纸。"

两人又开心地笑起来,峨更笑个不停。蓬门中纸窗下,两个年轻人的笑声充满了活力和向往,在空中飘荡。

无因看着桌上的纸,说:"前几天,无采用亮光纸做手工,爸爸和我谈起莫比乌斯带。爸爸说,这一个拓扑学原理,最初发现并不容易,后来,又好像很简单。世事往往是这样,后人不知道自己是站在前人的肩膀上,或者故意漠视前人,好表现自己的伟大。"

峨笑道:"说真的,我还没有见过一条莫比乌斯带,只知道有一只小虫,在莫比乌斯指引下,连续爬过一张纸的两面。"

无因随手拿起一张纸,裁了一个宽纸条,将纸条的一端旋转一百八十度,与纸条另一端相连,就形成了一个莫比乌斯带,再从正中剪开再剪开,就出现了两个相连并在同一平面上不断的圆圈。

峨接过来,看了一会儿,用手指比画着爬了一会儿,把它挂在窗上,笑说:"我要用红纸再做一个,只要简单的,不剪开的。"

无因说:"好像是一个简单的手工,可是,能想出这个道理是多么伟大。"他看着桌上的练习本,问,"你回来补功课有什么难处吗?"

峨道:"还没摸书本呢。肯定会有的。"

"如果有,那是我的事。我来教你。"无因说,脸上显出温柔的神色。

峨望着他,似乎又回到小时候,只是于亲切中又多了些什么。随口问:"你还教慧书吗?"

"哦,严慧书?"无因想了一下,"教她很无趣。你走后不久,我就不教了。"

"她笨吗?"

"也不能说是笨,只是很无趣。"

峨想问怎样无趣,却没有说。

无因问她被大水冲到独家村的情形。峨讲了阿露和本,也讲了坐在山头看彩虹的感觉。不过,没有说她希望无因坐在身边。

现在无因就在身边了。

无因忽然说:"你信中说,我不会懂你关于战争的话。我懂的,我怎么不懂。"峨望着他,两人又笑起来。

"峨,留无因吃午饭吧。"碧初在厨房说。

峨询问地望着无因,无因知道是告辞的时候了,低声问峨,什么时候到先生坡他的家去,庄家搬进城后,峨还没有去过。

"总要去的。"峨说。

无因到厨房向碧初告辞后,峨送他到腊梅林边,看他从小路走了。

无因走后,碧初说久未见他,显得开朗多了。

峨应该去严家一趟,交付颖书托带的信。素初和慧书现时住在安宁,同在安宁的还有青环。玹子走后,青环到严家照顾素初。在佛祖的帮助下,素初已经戒烟,这个过程很长,但终于完成了。这是让人非常高兴的事。

严宅中只有荷珠一人,峨很怕见荷珠,要碧初一同去,碧初微笑道:"多少大阵仗都见过了,这点事还要我陪?你应该代颖书去看看他的母亲,总有些话要问的。"

这天,峨来到严家。一个大院子空荡荡的。峨到客厅坐下,屏风上还挂着几条烟枪,不知是忘记取下还是留着当摆设。护兵到小院去通报,不多时,荷珠小跑着出来了。

"哎呀!二小姐来了,你哪阵回来的?我常想着去看三姨妈,倒是你先来了,你们一家可好?太太住在安宁,慧书放假也去了,我一个人在这看房子。"说着,荷珠自己嘿嘿笑了几声,"也不知道颖书什么时候回来?"

峨忙把颖书的信送上,说:"颖书哥很好,他的工作很重要。"

荷珠接过信,又想看信又想听峨说话。

峨道:"荷姨先看信。"

荷珠抽出信纸,信很简单,只说工作很忙,身体很好。一切可以由峨当面讲。字很大,只占半页纸。

荷珠看了好几遍,说:"就写这几行?"又看了两遍,把信放在裙边的口袋里。

峨说:"颖书哥负责整个医院的工作,很有魄力,很细心。现在要建荣军院,他的责任更大了。"

她以前没有想过评价颖书,现在很自然就说出这些看法。

"他像他爹,能不好吗?"荷珠一拍腿大声说。

峨问:"大姨父常有信吧?"

"他是写信的人吗?有时给慧书写几个字。不瞒你说,我昨天夜里做梦,梦见他们父子俩都回来了,军长到门口就不见了。我和颖书一起找,在一个树林里找见了。军长拉着我的手说,和你耍呢。"荷珠模糊不清的脸上现出了笑容。又好奇地问:"二姨妈家的少爷是怎么回事?听人说——"

"玮玮哥很勇敢。"

峨说了半句,停住了。她实在不想说这个话题。

"好啊好啊!"荷珠说。这并不是她关心的事,她关心的是一些传言。

"听人说,殷家小姐要订婚了,殷太太在张罗这事,你可晓得?"她见峨没有反应,又说,"殷大士常到重庆去玩,一位部长家的公子,好像是姓景的,想接近她,一直追到昆明来。殷大士对人家说她已经嫁人了。你家说天下可有这样的小姐?把殷太太气得两天没吃饭。那是一门好亲事啊!听说她现在还老穿着黑衣服,给谁守丧啊!"说着又嘿嘿地笑。

峨淡淡地问:"那怎么说她要订婚了?"

"那是当然的事,人家要她一起出国留学,多时髦啊!"说起出国留学,她忽然想起吕香阁,"你家亲戚吕香阁,也要出国呢。你可晓得?我那天到她的咖啡馆去,她亲口告诉我的。她结识了一位大土司,土司有办法。"

荷珠东一句西一句地说着。峨勉强听了一阵,又说了一些颖书近况,便有礼貌地告辞了。

峨还有一个任务,去看望萧先生,告诉他玮玮临终的话。不过,假期中萧先生总是不在昆明的。她给萧先生写了一封信,说玮玮哥怎样热爱他的学业,希望萧先生找到更好的学生。她把信塞在萧先生住房的门缝里,心里稍有一点轻松。

萧子蔚在青木关已经得到噩耗,他特地到重庆看望过澹台勉夫妇。大家互相安慰,那都是空话。他们不会再有一个好儿子,他也绝不相信会再有玮玮这样的学生。回到大戏台后,见到峨的通报,他在窗前站立良久,看着窗下的路。澹台玮从这条路上走了,再也不会回来,再也不会回来。

随着春天的到来,欧洲的战争局势急转直下。四月二十五日,苏军和美军的先遣部队在易北河河畔托尔高会师。此时德国法西斯想只向英、美投降,而继续同苏军作战,遭到同盟国拒绝。四月二十八日,墨索里尼被处死刑。四月三十日下午,希特勒自杀身亡。

这些消息,孟家人最初都从玳拉那里听到。传消息人常是庄无因,他一次次走进腊梅林,带来外国电台发布的消息。峩与合子已经不再大声叫"庄哥哥",而是颇为平静地听他的讲述。

五月初,庄卣辰做了一次时事演讲,介绍分析了当时战局。欧洲战场的胜利令人鼓舞;美国在太平洋战场中继攻克关岛和马里亚纳群岛之后,又攻克了硫磺岛,取得了进攻日本本土的基地,现在正在进攻冲绳岛。日军强征岛上十七岁至四十五岁全部男性,居民顽抗,战争十分惨烈。中国战场获得了滇西大捷,打通了滇缅路,是了不起的胜利。中南一带仍很紧张,日本发动的豫湘桂战争又占领了二十多万平方公里中国领土,一百四十六座城市,使六千多万中国人民流离失所。据盟军方面估计,要全面打败日本法西斯,还需要至少一百万以上的兵力,也就是说至少要牺牲数以百万计年轻的生命。

听众间有些波动。

"艰难的日子不知道还要有多久。"有人微叹。

"最后的胜利总是最艰难的。"有人感慨。

峩和之薇坐在一起,她们不觉对望了一眼,两人心里都在想,需要时再去从军。

八月上旬的一天傍晚,碧初去严家了,弗之与合子各自在学校还没有回来。峩一人在窗前看梁先生为二年级学生指定的参考书,看得津津有味。

"峨!"无因在窗外叫。这是很少有的,他总是彬彬有礼,很少大声。

峨应道:"请进来。"一面站起走到外间。

"你知道吗?"无因冲进来,有些上气不接下气,峨询问地望着他。

"你知道吗?"无因又说,"日本投降了!"

"你说什么?"峨简直不相信自己的耳朵。

"美国扔下了两颗原子弹。"无因道,"BBC广播的,日本投降了!"

"就是说,我们胜利了?"峨大声说。

合子在门外问:"你们说什么?"

"我们胜利了!"峨和无因齐声说。

合子先愣着,听了情况以后,又叫又跳,三人忽然拥抱在一起,互相拍打着。

他们觉得一下子身上轻松了许多,再没有战争的重负了。那样的重负,有形和无形的,没有经过的人很难想象。

这就是说,他们不会再跑警报,听着敌机在头上轰轰作响,任意丢下炸弹,也许就掉在自己头上。

这就是说,千百万人可以继续活下去,性命是谁也不甘心抛弃的。

这就是说,他们可以安心学习,关注自己所爱的一切。

这就是说,他们可以回到北平去了,回到他们真正的家。

合子忽然哭了起来,峨也流下眼泪,无因轻轻擦拭眼睛。眼泪已经在他们眼中含了许多年,这时,痛快地流下了。

弗之和碧初一起回来了,发现三个孩子在流泪。他们已经得到这个消息,也不断擦拭眼睛。

弗之笑道:"子蔚回去拿酒了,我们来喝一杯。"又对无因说,"你来宣布好消息了?我们也是听卣辰说的。"

原来弗之和子蔚在学校听到消息,回来路上遇见碧初,一起回家。

萧子蔚拿着一瓶酒,兴冲冲地走进门,大声说:"总算盼到了这一天!"大家举杯笑语。

过了一会儿,嵋与合子送无因出去。弗之邀子蔚坐下,又斟了一杯酒,两人持杯默然。在喜悦和兴奋之上,感到一些沉重。

弗之道:"日本投降,显然是原子弹的功效,这也是不得已。"

子蔚道:"是啊。如果继续打下去,还不知道要死多少人。日本军阀是花岗石脑袋,让他们也知道点厉害。"

弗之道:"怕的是就要开始打内战了。"

子蔚道:"这是中国人面临的最大问题。"

弗之道:"只有国共两党能和平相处,在胜利的基础上,共同努力,建设复兴大业,中国才能保持胜利的地位。"

子蔚道:"如果战火又起,我们怎样休养生息,恢复元气?我说句梦话,最好是两党自由竞选,比赛着把国家治理好。"

弗之道:"那才是国家大幸啊,免得多少生灵涂炭。"停了一下又说,"一个强大的中国,或者是一个战乱的落后的中国,对世界会有不同的影响。"

子蔚沉思地说:"建设国家是每一个党派的根本利益。从这一点看,应该没有冲突。但他们都认为,必须照自己的方法做,这问题就复杂了。"

弗之叹道:"我们是在痴人说梦,政治协商已经失败了。仔细想想,内战是避免不了的。两个党都是革命党,是靠武力革命的。他们各自认为,自己是为了国家利益。"两人议论一会儿,子蔚自回大戏台。

峨与合子回来后,四人都不想睡,仍坐在外间。

峨依偎在母亲身边,合子举着空酒杯,从房间这头跳到那头,嚷道:"回北平喽!回北平喽!"

弗之道:"我不信神,可是我要祈祷。"

碧、峨、合三人望着他。弗之大声说:"我要祈祷和平。"

三人不自觉地应道:"祈祷和平!"这是为和平而献身者的遗愿,也是每一个活着的人的希望。

祈祷和平!

和平,这个本该如此,并不奢侈的愿望,什么时候能真正得到啊!

一九四五年八月十五日清晨,中央广播电台广播了日本正式投降的消息,在昆明激起无比的欢乐。人们不停地放爆竹,街上人群拥挤,水泄不通,人人脸上挂着笑容。从十一日开始,人们就在街上挤来挤去,随着日本投降的消息一步步证实,来挤的人越来越多。

许多美国人也在人群中大声喊喊,有的人索性喊出:"我们可以回家了!"几个人低声讨论:"从上海坐船很方便。"

"只要能回家,骑自行车也行!"

晚上,弗之和子蔚两人从祠堂街一起去学校开会,路上遇见了舞龙和踩高跷的队伍,无法穿行。

他们面带微笑,站在路旁观看,和老百姓分享着巨大的喜悦,同时也有一种哀悼的心情。为胜利付出的一切,太沉重了。中国像烈火中的凤凰,飞出来了。可是,能够飞得高吗?

内战的前景,让人忧心忡忡。

"会有真正的太平吗?"子蔚自语。

弗之默然。

几条巷子里涌出不同颜色的龙,红色的、蓝色的、橙色的,汇成龙的行列,游动着走过街道。许多人跟着跑,一路叫着嚷着。龙身内的一盏盏灯,照亮了外表的鳞甲,发出五彩的光。

中国万岁!人们呼喊。声音不整齐,却是排山倒海一般。

中国万岁!巨龙向前移动,身体忽高忽低,身上的灯火忽明忽暗,在一条街尾隐没,又在一条街头出现。

不知巨龙会走向哪里。

第 七 章（上）

一

全中国人和全世界人民一样，沐浴在喜悦和兴奋之中。还有什么比和平更宝贵？和平的意义包括伸张正义，打败侵略。和平得来是那么不容易，有多少生命、多少青春消逝在战争之中。人们在想起这些时，心里又是沉甸甸的。

八月下旬，昆明举行了一次游行，那是胜利以后第一次游行。八月九日，在美国向日本本土投下两次原子弹之后，苏联出兵中国东北，增加了盟军的力量。八月十五日，人们得到日本投降的消息，在极大的欢乐中，也听到了苏军在东北横行肆虐的各种传闻。人们很愤怒，中国人再不是可以随便欺侮的了，再不是"九一八"的时代了。游行队伍打出横幅："苏联军队撤出中国领土！中国国家主权不容侵犯！"很多人参加。

从八月十八日开始，同盟国制定了中国战区的受降计划，接受日本投降。在这一工作紧张而有序地进行时，中国人逐渐恢复正常的生活。

九月初，又一个学期开始了。

冷若安走进一间教室，朝阳的光辉从破窗里照进来，照见满室凌乱的课椅。黑板上横七竖八写满了胜利的字样。冷若安先将课椅排好,再去擦拭黑板。他舍不得这胜利两字,将黑板擦干净后,用工楷在两边写了两行"胜利",又在上下用花体字母写了两行"victory"。

几个同学进来了。一个女同学穿着蛋青色竹布旗袍,外罩一件蓝布上衣,在靠边的一张课椅上放下书包,注视着黑板。

冷若安回过头来,愣了一下,扔下手中粉笔,走到女同学面前,叫了一声:"孟灵己!"

"你是冷若安!"嵋也高兴地叫了一声。

"一秒钟以前我脑子里还装满了你穿军装的样子。"冷若安道,"可是你现在不穿军装了。"他觉得嵋现在的装束很好看,不过没有说。

"我只见过你穿军装。你怎么来上二年级的课?"

"我已经毕业了,留校工作了。"

教室差不多已坐满,冷若安忙回到黑板前写好最后一个花边字,搬了一张椅子,坐到另一边的角落。

这时,梁明时走进教室。"呀,呀!这是世界上最漂亮的黑板!你们说是不是?"

"是!"大家由衷地轰然回答。

梁先生向冷若安点头。冷若安拿出学生名册,开始点名。这是新学期开始时的惯例。平时上课,先生们大都不点名。嵋知道,冷若安留校工作,是做梁先生的助教,这是顺理成章的。

冷若安点名的声音很洪亮,点到一个名字便抬头看,他要帮助梁先生认识学生。点到孟灵己时,他停了一下,没有抬头,他已经认识她了。

这堂课是常微分方程导论,内容丰富而不沉重。梁先生用右手写黑板,很是自如,只是时不时习惯地拉拉没有知觉的下垂的左臂,让它活动一下。

最后的十五分钟,冷若安发给大家一个试卷,以便了解学生的程度。有三个题目,嵋只做出两题。

下课了,同学们围着梁先生。梁先生示意嵋等一下。嵋站在一边,打量这间教室。

正是在这里,她陪姐姐上过英文课,也正是在这里,她上了从军以前的最后一课《楚辞》。现在胜利了,墙上的裂缝已经补好,她在这里上自己的专业课了。如果教室有知,它能说出多少故事?

梁先生和大家谈了一会儿,一同走出教室,同学们散去了。

梁先生对嵋说:"你来认识认识冷若安,他现在是我的助教。"嵋和冷若安都笑了。

冷若安道:"梁先生,我们早就认识,不过,我认识的是穿军装的孟灵己。"

"哦,我明白了,去年你们都从军了。"梁先生说,"胜利有你们一份功劳。"

每一个坚守岗位工作的人,都有功劳。胜利是一个整体,冷若安和嵋都明白。现在的事,是要学好数学。

嵋说,三题中有一题不会做。梁先生一路讲解,走出校门,自回住处。

冷若安问嵋:"上午还有课吗?"

嵋道:"还有一堂英诗。"那是她选修的。她说着,加快了脚步往回走,走进大门附近一间教室。

这一堂课,又是一种境界。人说诗和数学是相通的,嵋还没有这样的体会,只觉得两种境界都是很美的,都是她喜欢的。

站在讲台上的是外籍教授夏正思。这门课旁听的人很多，窗外黑压压一片，却是鸦雀无声。

夏先生铿锵有力的吟诵，充分表现了诗的音乐性。他还是边吟诵边打拍子，好像敲着小鼓。嵋随着默默念诵。

下课后，嵋走出教室，又见冷若安站在那里。

"我也听课了，以前怎么没有想起来选修文学课。"他说。

嵋笑笑，自管走。走了几步，见冷若安没有随来，便停下，转身见他仍在那里。嵋也站住，并不言语。

冷若安走过来问："你回家吗？"

嵋道："我离开腾冲以后的情况怎么样？可以说说吗？"他们一起走出校门，沿着红土路走去。

滇西反攻胜利后，冷若安到湖南，仍和布林顿一起工作。到湖南后，他们的任务是保护芷江机场。他没有想到，胜利来得这样快，更没有想到他和布林顿一起旁观了洽降仪式。他热心地向嵋叙述他的经历。

"当时真太高兴了！我眼睛都不敢眨一眨，生怕漏掉一个细节。"冷若安说，"冈村宁次的副参谋长代表日本侵华军队献上他们的指挥刀。我亲眼看见的。这就是侵略者的下场。"

嵋欢喜羡慕的表情更使冷若安得意。话题从胜利转到日本俘虏，冷若安说："前几年，我在昆明看见过日本俘虏。我当时很恨，恨极了，他们简直是野兽。"

嵋说："我也看见了。后来在上绮罗医院也有日本俘虏的伤员，我们一律给予治疗。对他们实在够好的。不过，从不让护士接近他们。"

"在攻打畹町的时候，我们抓到一个俘虏，他叫吉野。"冷若安讲了那一天的经过，"我对那个俘虏的感觉和前几年不大一样。现在想起来,感觉又是不同,我觉得他们在逐渐变成人。"

"因为我们胜利了。"嵋沉思地说,"他们有了从野兽变成人的机会。"

"是的。"冷若安也沉思地说,"吉野便是一个例子。"停了一会儿,他又讲到大雨和突然猛涨的溪水,"我当时想,就是这样的溪水把你冲到独家村。"

"我奇怪那样一户人家怎样生活,他们就是那样过了许多许多年。"嵋说,"阿露不知怎样了。"

他们缓步而行,一时无话。路上很少行人,初秋的风吹着路旁树枝,树枝轻轻摇动,地上的影子也在摇动。

冷若安道:"我离开畹町经过永平时,曾想去看你,你知道那是做不到的,车不能停。"

那时,我可能已经回昆明了。嵋想,却没有回答。她在想着阿露,还有本,那是两段青春。

冷若安见嵋若有所思,也不作声。他们走到北门,冷若安就回学校去了。他不知道孟灵己是不是愿意他在身边,这里不是前方,在前方他有照顾的责任。他没有走到腊梅林。

这天傍晚,秦巽衡邀部分教授在一起便饭。孟弗之等到达学校办事处,看见客厅正面墙上新挂了一张中国地图,秦巽衡正站在地图前仔细观看。

"这么大的沦陷区。"秦巽衡向走进来的教授们说。

地图上做了标志,对受降区也就是沦陷区,可以一目了然。大家用心观看。"我真有些后怕。"孟弗之说,"国土已经失去了大半,要凭一刀一枪收复失地,还要多少代价!"

"胜利来得这样突然,原子弹起了决定作用。"庄卣辰直截了当地说,"我们当然同情广岛长崎的日本人民。可是不用这个手段,怎么能让日本法西斯清醒。"

大家谈论受降情况。九月二日,在东京湾美国军舰密苏里号上,举行了日本向联合国签署投降书仪式。同盟国军最高司令官麦克阿瑟主持仪式并发表演说:"我们以此严肃仪式为转折点,必须从流血和残杀的过程中,重新建立依赖和理解的世界,以期完成人类之尊严和所渴望的自由、宽恕以及正义,这是我发自内心的希望。"

日本外务大臣和参谋总长签字投降以后,各国代表签字受降。仪式结束后,十一架超级堡垒排列成整齐的队形,飞到上空,紧接着又是几批超级堡垒编队飞过,十分威武雄壮,以纪念这历史转折的一刻。

同盟国根据侵略者的占领地区划分受降区,中国地区有十六个受降区。经过严密部署,九月九日上午九时,中国战区接受日本投降签字仪式在南京举行。何应钦代表中国战区最高统帅主持仪式,与会者千余人。中国战区日本投降代表、日本中国派遣军总司令冈村宁次上将解下所带佩刀,由参谋长小林浅三郎中将双手捧呈何应钦,以表示侵华日军正式向中国缴械投降。冈村宁次在投降书上签字后呈交何应钦。仪式约二十分钟结束。

血洗的南京城,受尽铁蹄践踏的中国人民和土地,终于有了扬眉吐气的一天。打不倒的中华民族,和美国、英国、苏联一起,被誉为反法西斯同盟国的四大强国,实在当之无愧。

以后,中国军队在各受降区分别举行受降仪式。九月十六日,在广州受降,十八日在武汉受降,二十二日在郑州受降。各地受降的消息,让人一次又一次地激动。特别是十一战区的受降仪式,给人印象很深。

江昉拿了一张报纸,上有报道,大家已经看过,却仍饶有兴致地传看。

十一战区,包括北平、天津、保定、石家庄。仪式于十月十日在北平故宫太和殿前临时搭起的会场举行。室内正面墙上悬挂着孙中山像,中国国旗及国民党党旗分列两旁。四周悬挂着中、美、英、苏四国国旗及金色"V"字符号。场内放着两张铺着白色台布的长桌,一张为受降席,一张为投降席,两旁为中外来宾及记者席。受降主官孙连仲将军偕同前进指挥所主任吕文贞将军等步入会场,全体人员起立鼓掌。日军投降代表华北方面军司令官根本博中将等二十一人,在中国军官引导下进入会场,根本博等先向受降官孙连仲等鞠躬,然后入投降席依次坐定。

孙连仲将第一号命令授领证由吕文贞转交,根本博签名盖章后,由高桥坦恭呈孙连仲。旋即日军投降代表依次呈献二十一柄军刀,置放在签字桌上。然后,日军投降代表退席。平津地区受降仪式至此结束,历时十五分钟。

大家都注意到,在南京冈村宁次解下所佩军刀呈交中方,在北平,二十一把军刀摆在投降席上。

江昉说:"这是血染的军刀,如今摆在投降席上了。"

萧子蔚说:"真想看看照片,将来总会有的。"

孟弗之道:"从历史上说,中国结束了从鸦片战争以来屈辱的历史,成为四个大国之一。我不敢说强国,我们积贫积弱的情况并未改变,民族复兴的道路还很长。"

江昉说:"受降一方是否应有中共代表参加?那样会好一些。"大家没有说话。

晚饭摆上了,除了办事处简单的宴客菜肴,还有秦夫人谢方立亲手调制的几样时令菜蔬。紫的茄子,红的西红柿,绿的芥菜。有的炒、有的煮,还有放在炭火上烤熟的,十分别致。

餐桌上的气氛显示着胜利的欢喜,但并不十分轻松。弗之和江昉的话引起了思索,先生们都若有所思。

"但愿永远不要再有战争。"大家举杯默然在心里祝愿,这是每个人的希望。

现在他们讨论的是复校工作,需要先派人回北平去。秦巽衡提出子蔚跟他一起走一趟,大家都认为这是最合适的人选。

子蔚站起举杯,大声道:"回去接收学校,真是梦寐以求啊!"他看着墙上的地图,索性走到墙边,研究着回去的路线。

"待从头收拾旧山河。"孟弗之说。

"要是大家能同心收拾,一起建设就好了。"秦巽衡叹息道,"现在我们只能做好分内的事。"

江昉再次指出,受降没有共方代表,是不公正的。中共已经对这样的安排表示了强烈反对。

孟弗之说:"能够得到胜利,中共当然是出了力的,很艰苦,很不容易。"

大家都知道,中共已在多处地方直接接受日军缴械,国共两方的矛盾全面升级。破碎的山河仍在战乱之中。

先生们离开时,带着胜利复校的喜悦,也带着对内战的关切和焦虑。

反内战的口号从学生中响起了,学校里各种社团经常举行时事讨论会。庄卣辰本是时事专家,这时却很困惑,他觉得认识内部的事务比外部的事务难多了,人的道理又比物的道理难多了。

他来拜访弗之,正好江昉也在。他们自然地谈到在学生中汹涌的反内战热潮,都认为,这表现了学生的爱国热情。在总的共识下,三个好朋友却各有不同意见。

江昉的意见很干脆,战争是国民党挑起的,他要独霸胜利果实,怎能不打内战。听说正有大批兵力调往西北一带,应该用群众运动的方式,起到制约作用。

庄卣辰认为,抗日战争是国民党领导的,他负担着主战场,八年抗战取得胜利很不容易,现在也有维持秩序、守卫领土的责任。

"当然,共产党也不容易。"卣辰赶忙加了一句,"最好共产党也不要轻易用兵,大家商量谈判——可是谈判也不容易。"

孟弗之说:"我说一句大胆的话,内战是避免不了的。"他笑笑又说,"我并不是主张打内战,我是说避免不了。上半年,中共举行了第七次代表大会。我是从广播里听到的,收音机还是卫葑留下的。"

江昉笑道:"没人怀疑你。"

弗之道:"中共七大决定了他们要建设新民主主义国家,长远的理想是共产主义。而国民党要建设三民主义国家,也有他们自己的进程。建设什么样的国家是问题的最本质所在,谁都不甘心妥协,只有打了。"

卣辰道:"只要能够建成独立富强的国家,人民安居乐业,谁来管理都可以。"

弗之道:"最好竞选,一个党干几年。"又自己笑道,"真是做梦!我们的民主从认识到制度都还很幼稚,需要时间。理想都是好的,要做到却是很难。"

江昉说:"共产党会把国家治理好,国民党太腐败了。"

弗之叹息:"这确实叫人痛心。"

几位先生在外间讨论。在嵋的小房间里也有着小小的讨论。

孟灵己和李之薇经过了战争生活,在学校中表现很不一样。孟灵己远不如以前活跃,专心研究数学。她似乎对人生有了看法,认为激情是很表面的东西,愿意多作思考。可能是专业的关系,李之薇在做过几次社会调查之后,比以前活泼了,积极参加社团活动,壁报编辑、诗歌朗诵等。不同的想法,并不妨碍她们真诚的友谊。

这时,她们讨论的是去不去参加一个时事集会。之薇来邀峫,峫踌躇不想去。

之薇批评道:"你怎么这样不关心国家大事。"

峫道:"我觉得我们的关心用处不大。"

之薇道:"能尽多少力就尽多少力。"

峫想想,理好桌上的书本,和之薇一起到学校去。

这一次集会是平安的。但令人深为痛心的事在进入十二月的时候发生了,数千学生在反内战的集会中遭到军警袭击。四名学生遇难,这就是"一二·一"惨案。

"一二·一"使得整个昆明城愤怒了,学生罢课,教授抗议。峫也从数学公式中走出来,还写了几篇小文章,从百姓疾苦说到专制必倒、民主长青。

李之薇在学校里积极参加罢课活动,在家里却遭到家长的反对。李太太金士珍曾轻度中风,身体已大不如前,会友的聚会少了,也不大管之薇的事。这次的反对来自李涟,李涟很担心之薇的安全,总是劝她少出门多读书。不久,之薇发现父亲还有更深层的认识。

李涟认为打内战双方都有责任,反对一方就是绑住一方的手,这是不公平的。

之薇很诧异,父亲平常很少政治见解,这看法太反动了。

两人争吵了几句,李涟忧心忡忡地说:"你知道吗?我看见青年们被推到枪口下,实在于心不忍。"

之薇道:"我们做的是争民主的大事业,怎么说是'推'?你怎么不说反动派用枪!"

李涟默然。

罢课委员会提出严惩凶手等复课条件。当局枪毙了两个人,在责任长官去职和复课的先后上,争执长久不决。秦巽衡、孟弗之等尽力斡旋,仍不能解决。

这又是一段不平静的日子。后来,当局决定,如再不复课,将解散学校。愿意复课的学生也日渐增多。领导罢课的中共地下党云南省工委审时度势,认为罢课已经收到一定效果,可以复课。

通过这次罢课,人们对国民党的反对更进了一层。

二

胜利后,抗日军人充分感受了喜悦和骄傲。严亮祖军被派往越南,参加受降。严亮祖随从受降长官在受降席上接受了日军投降代表土桥勇逸的鞠躬敬礼,亲眼看到日军投降代表在授领证上签字盖章,呈交后又被中方军官带出会场。

心底那种完成任务后的激动,让他想举刀大喊一声:"我们胜利了!"身为中国军人,转战征伐多少个日日夜夜,终于能喊出这一声"我们胜利了!"人生更有何求!

严亮祖长久疲倦的感觉爽然若失。约有半年光景,他没有想到累。最初的激动过去后,他和所有人一样,陷入各自的工作。

受降工作是繁忙的,缴械、收编日俘,维持地方秩序,处理好和法方、越方的关系。在这期间,将领中有些零星消息,在好几处地方,为争夺受降,国共双方已有火力接触。也有零星议论:"还要打吗?""共党不灭,国不能安。""真想解甲归田。"都是点到为止,不便讨论。

三月中旬,中国军队全部撤出越南。严亮祖以为可以回到昆明,但接到的命令仍是在滇南的一个村中驻扎待命。这是一个不小的村庄,遭过几次轰炸,毁坏的房屋还没有完全修复。滇南地势多山,几乎没有坝子,田间盛开着油菜花,黄澄澄的,也都是高高低低的小块颜色,没有连成一片。

亮祖闲处无事,想着国家、军队的前途,心中郁闷,每日写写大字,练练刀法。他安慰自己说,这也是难得的闲暇。让他奇怪的是,闲暇之中,疲倦劳累的感觉又回来了。他站着的时候想坐,坐着的时候想躺,躺着的时候就不想起来。他笑自己变懒了,尽量正常地生活。

一日,取出随身佩带的军刀,就是澹台玮见过的,来到院中,拉开一个架势舞动起来。几个参谋和护兵在旁观看。

随着刀的劈、刺、砍、挑,刀光像一道白练在亮祖周身缠绕,众人喝彩。亮祖舞了一会儿,停住脚步,手捧军刀大声叹息,自己暗想,怎么又这么累。

一个护兵一直等候在旁,见军长停住练刀,上前禀报,有一个名叫秦远的人来访。

"秦远?请进来。"亮祖扔了军刀,向屋中走去。心中默念:"秦远?是他么?"

室内坐着一个人,身穿便服,看不出身份。

他迎上来说:"军长可好?"

"果然是你。"亮祖一把抓住秦远的手,用力摇着,"好!好!我们好好谈谈。你从哪里来?"

秦远说:"我从昆明来,特地来见军长。"

"有什么事吗?"

秦远道:"主要是想念军长。我们一起经过抗日战争,同过生死,共过患难。想见一见。"

亮祖道:"我何尝不如此,老伙伴中你最了解我。坐吧,坐下谈。"他见秦远走路仍有些不便,便问,"腿怎样?"

秦远道:"可以说全好了,并不妨碍走路,只是姿势不大美观。"

亮祖笑道:"我们军人主要讲实用,美观是次要的。"

他们很快谈到目前时局。国共双方在一月份签订的停战协议,不过是一张纸,全面内战就在眼前。

秦远此来是要游说亮祖,不要参加打内战,最好能投向中共一方。他介绍了共产党建设新民主主义的理想。严军长作为抗日军人,已经有光辉的业绩。如果接下来为腐败的国民党去打能建设新中国的共产党,就毁了一世英名。如果能投向中共一边,参加建设,还有一番事业可为。

"你是说起码要做到不打共产党,最好能做到去打国民党?"亮祖沉思地说。

秦远道:"我和军长无话不谈,说得可能太直接了。"

亮祖摆摆手,命预备酒菜,邀秦远喝一杯。一时酒菜摆好,两人喝了几杯酒。

亮祖道:"你这样劝我,不怕我逮捕你?"

秦远道:"我若没有这点知人之明,还做什么工作。"话题转到当时政府的特权腐败情况。秦远忽然说:"延安那边也有问题。现在经济实力太差,还腐败不起来,也看见苗头了。"

亮祖望着窗外叹道:"最好各自治理好自己的政府,莫忙打仗。"

秦远道:"老实说,我也不想打内战。可是要建立新民主主义国家,必须扫清障碍。"

亮祖把手中酒杯重重一放,说:"好容易打败了日本鬼子,大家团结建设还来不及,再打内战怎么得了。"

两人谈论了一阵,亮祖最后表示他绝不去打共产党,也不愿意替共产党打国民党。

他看看案上军刀,笑笑说:"我的刀是杀日本鬼子的,保卫国家是军人本分。难道能打自己人!"

秦远站起来走了几步说:"我替军长想,要是能归隐就好了。"又笑道,"这话是我不该说的。"

归隐?亮祖心动了一下,感到一阵疲倦袭来。停了一会儿,笑道:"你站在我的立场说话,你犯错误了。"

"当然,我还是希望你率队伍去延安,做一个起义将领。"秦远说。

"喝酒吧。"亮祖举杯,"能不能先不谈这事?"

秦远站起身,举杯一饮而尽。说道:"话已说了,我该告辞了,时间太长,会给军长添麻烦。军长再好好想一想。我会设法联系。"

亮祖也站起,两人互望,都觉得还有话没有说完。

秦远深深鞠了一躬,走出房门,又回头一字一字地说:"军长保重。"转身走了。

过了几天,亮祖接到命令,命他率部开往山西一带。看来,参加内战势在必行。

这几天中,他仔细想了秦远的话。他的原则是明确的:不能打共产党,也不愿打国民党。怎么办呢?怎么能退出这是非之地?归隐,自然好,可是,怎么能做到?告病回家也必然受到骚扰。亮祖觉得十分疲惫和厌倦,只望得到彻底的安宁。

归隐,归隐,怎么做得到呢?

在部队开拔的前两天晚上,亮祖在军部开会,显得很没有精神,一再问戴副军长的意见。

回住处后,默坐许久,取出一个纸包,里面是家信,有颖书前几个月的信,慧书最近的信。他只摸了摸,仍旧包好。命护兵磨墨,说要写字。他写一张撕掉,又写一张再撕掉,后来,留了三张,整齐地放在桌上,用那把军刀压住。自己静坐片刻,上床睡了。

夜深了,开过花的油菜梗,在夜风中摇动。村庄远处传来一两声狗叫,这吠声引起了许多和者,在深夜中显得很是凄厉。它们大声唱和之后,逐渐平息下来,仍不时有一两声,装点着夜的寂静。

次日清晨,护兵端着一盆洗脸水走进亮祖的卧室,见军长尚未起床,便悄悄退出。

过了片刻,副官来问开拔事宜,两人走进屋,见亮祖仍安稳地睡着,觉得奇怪。副官上前看视,不觉大吃一惊。

严亮祖仰面而卧,面容安详。推他也无反应,已经鼻息全无。

"军长死了!"副官叫了一声。赶快请了两位副军长来,仔细检验后确定军长已死。

再看周围环境,戴副军长叫道:"这里有遗书!"

果然,桌上放有遗书。一张纸上写着几个大字:"中国人不打中国人。"旁边一行小字:"严亮祖绝笔。"另一张是写给殷长官的,内容明确简单:"我不能打内仗。请转告国府,以国家前途为重,不要打内仗。希望共产党也要安分,不要打内仗。如果我的死能起到一点和平作用,我死得有价值!"还有一张是写给家人的,戴副军长没有仔细看。

众人哽咽道:"军长何必如此,我们明白你的意思。"

亮祖的死因很明白,死法却让人猜不透。还是随他多年的老护兵,提出一个说法,说亮祖在绿林中学得一种屏息术,方法简单,就是自己停住呼吸,在停住呼吸时,自己点一处穴道,就无法恢复呼吸。一般人是做不到的,想来军长用了此法。可见他赴死的坚决。这是他"归隐"的唯一最干净彻底的办法。

严军长的死,在部队中引起一阵波澜,引起许多人的思考和感慨,不免也有些猜测。在响彻云天的凯歌声中,掺进了苦涩的调子。

当局的说法是,严亮祖军长死于心脏病突发。一般人并不知道严亮祖有没有心脏病,没有这种病也没有关系,可以说是隐性的。遂擢升戴副军长为代理军长,派副参谋长护送严亮祖灵柩回昆明。

严颖书在永平荣军院接到戴副军长电话,得到父亲屏息自尽的消息。

他拿着电话筒反复问了好几遍:"你说什么?!"等到完全确定了,一跤跌坐在地上,又赶快站起身。

电话里仍在大声说话,和他商量下葬的事,声音很不清楚。大意是,要他直接回昆明,不必前往驻地。

他都听懂了,坐在桌边大口喘气,泪如雨下。他没有时间哭,稍平静后,向有关人请假并布置了工作,很快开车奔往昆明。

颖书到家时,严府门口已经挂了办丧事用的白幡,素初、荷珠、慧书都在厅上。他快步走上厅来,扑通跪在素初、荷珠面前,放声大哭。

素初泪流满面,慧书嘤嘤地哭。荷珠却不哭,伸手抚着颖书的头,喃喃道:"好儿子,以后全靠你了。"

噩耗来得太突然,真如晴天霹雳一般,震得严府女眷不知所措,只有荷珠还镇定些,操持着各种事情。现在颖书回来,大家都感到一丝安慰。

荷珠说,军部来过电话,说灵柩已起运,今天可到,可不知什么钟点到。颖书一路劳乏,应先去休息。便引颖书到她的小院来。

小院当门的蛇和蜥蜴仍在老位置上,时间好像在它们那里停顿了。房间里原来的瓶瓶罐罐少了许多,窸窣的声音却还依旧。荷珠眼睛通红,却不哭。两人轻声讨论亮祖的死。

颖书哽咽道:"灵柩到了便可知晓。"

荷珠说:"灵柩到了,"叹了一声,"那也就是时候了。"

荷珠拭去颖书脸上的泪,要他坐下,从箱子里取出一个雕花木盒,拿到儿子面前,说:"这是咱们家的一点积蓄,没有多少,你知道你爹不爱钱。"

打开看时,有十来根金条、两个存折,还有些珠宝玉器。

颖书说:"妈,你家管着就是了。"

荷珠凄然道:"以后不一样了,这些东西跟你交代一下。还有那些虫蚁,我已经整理过了,剩下的可以卖个好价钱。"

颖书很不安,说道:"妈,你家有什么想法?我会奉养你家一辈子,我们母子不能分开。"

荷珠抚着颖书的头,说:"我这一辈子有了你爹和你,是心满意足了,再没有什么可求了。"

颖书担心地说:"妈,你怎么不哭?你哭吧。"

荷珠摇头。几个罐子里的响声时轻时重,分明是那些东西在爬动。

母子谈了一阵,复到厅上。这时,太阳已经落山,灵柩还不到。颖书想去迎接,却不知往哪里去。

素初仍端坐在厅上等候,慧书依在旁边。有人端了茶来,她们不接。

"灵车进街了。"几个护兵跑步来报告。

颖书等忙到大门外迎接,灵车沿着翠湖驶来,很快到达严府门口。

十几个人从卡车上抬下严亮祖的灵柩,斜阳的一点余光正照在棺上。如果亮祖有知,会想到那年他离家出征时看到的是朝阳的光辉。

颖书、慧书扶着灵柩直到厅中放稳。素初早站起,在棺旁哭泣。荷珠猛地扑到棺上,开始捶棺痛哭。一面说道:"军长!军长!你怎么撇下我们走了!你赶走日本鬼子就没有事了吗?"

颖书、慧书跪在一旁也是痛哭失声。众人无不下泪。

一时,哭声渐小。副参谋长对颖书说:"你就是严公子?运输不方便,没有组织迎接,可以在家中开吊。"

拿出严亮祖遗书,递给颖书。

"中国人不打中国人!"

颖书举起遗书让母、妹观看,大声念着。荷珠也止住哭声。

颖书又拿起写给家人的一份,荷珠说:"我先看。"伸手抢过,见上写四人名字,遗书内容是:"我离开你们不是出于本心,我的本心是要大家一起好好过日子,这很难做到。我太累了,很想休息。对不起。颖书已自立,我知道在任何时候,他都不会让我丢脸。慧儿的志愿是出去上学,我也放心。素初、荷珠今后的生活,我完全可以想得出来,我无法管了,各凭自己的心做去便是。"

荷珠看过,递给素初、颖、慧看了。大家真如万箭钻心,一起又哭。副官等上来劝住。

颖书知道这不是哭的时候,忍泪介绍了两位母亲。副参谋长好奇地看了荷珠几眼,走到一旁,和颖书、慧书谈开吊、下葬的事。

天色已经昏黑。荷珠站在棺前,一手举着一个酒杯,酒色血红。她把左手的酒洒在棺上,右手的酒一仰头饮入口中,悄然向灵柩下拜,又对素初说:"这些年荷珠多多得罪了。"

素初睁开半闭的眼睛,警觉地说:"你要做什么?"

颖书猛回头,看见荷珠一手扶棺,身体摇晃,忙跑上前拉住母亲的手。又见棺上摆着两个酒杯,红色的酒液从棺头上流下来,不觉大惊,喊了一声:"梦春酒!"

荷珠微微一笑,倒在颖书怀中。最后说:"好儿子——"就断了气。

次日,孟家人得到消息,来到严府,厅上已是摆着两具灵柩。严家在大理已无亲人,不必回到原籍。安宁那片小树林中亮祖曾经舞刀的地方,正是合适的墓地。

弗之说:"军人本不在乎葬身之地,亮祖兄总算亲眼看到了胜利。只是他死得突然,不知有没有什么未了之事。"

颖书告诉了他所知道的一切,并拿出遗书请弗之、碧初看。

弗之叹道:"我明白了,亮祖兄所想的正是千万中国人想的,他用一死来表达。"

千万中国人所想的并不能见诸报端。几天后,报纸上登出一则小消息:抗日将领严亮祖心脏病突发,不幸逝世。

江昉见报,和弗之谈起,说:"严军长身体很好,怎么这样突然?"弗之讲了经过,江昉道:"严军长表示了不打内战的决心,这是死谏啊,其悲壮不下于战死沙场。他是用血肉之躯表达自己的意见,我们只会用笔墨。"

弗之说:"官方要尽量缩小他的影响,所以,发那样一条小消息。"江昉叹息。

弗之写了一篇文章,阐述严亮祖之死的意义,送给相熟的报社。

编辑看过,说:"孟先生叫我们为难了,严亮祖军长的逝世当然令人惋惜,但他是患病身亡,不好联系到反内战。"不肯发表。

弗之无奈,回家和碧初谈论,都觉得从某种意义上讲,亮祖之死和吕老人有相似之处,却心照不宣,都没有说出来。

军部留守处派人到严家,建议开吊、下葬合并举行。殷长官那里也有人来,大家商量后都认为尽快下葬为好。

葬地没有问题,葬法是慧书最担心的。她估计颖书会提出两棺合冢,先和母亲商议对策。

素初说:"听其自然。"

慧书不满地说:"总要有人说话啊。如果听其自然,那就是听哥哥的了。"

素初道:"也不是。"

慧书说:"反正我不同意两棺合冢,那样的话将来娘放在哪里?"

素初不语,手捋佛珠,喃喃诵经。

后来颖书并没有提出具体意见,倒是说:"要看亲娘怎么样想。"素初只看着慧书不说话。

慧书有些着急,说:"娘,你说一句啊!"

素初说:"怎样葬我都没有意见,不过我们都该听祖母的话。"

亮祖的母亲素来反对荷珠,这是大家都知道的。颖书便明白了。

亮祖下葬的那天,军政两方都有人来,还有一些亲友。殷长官一身戎装,和夫人一起,直接去了墓地。

墓碑已经立起,棺木已在穴中,两穴两碑,一大一小,相依为伴。大碑上赫然刻着:"爱国军人严亮祖将军之墓"。小碑是经过研究的,因不知荷珠本来姓氏,写的是:"严府荷珠之墓"。墓地两旁各有四名兵士荷枪站立。

殷长官在严亮祖墓前作了简短讲话,他说:"严亮祖军长是爱国抗日军人,是人人皆知的。他打过的战役、立下的功劳也是人人皆知的。他做到了古训'武将不惜死'。现在,在可以不死的时候,他还是不惜一死。也许,他有几分迂,但他真是十分可敬。我从来就敬重他,现在更敬重他。"

讲完,转过身带头和将领们一起举手向严亮祖敬礼。

殷长官没有在讲话中申述亮祖的遗愿,他已将遗书上呈,并且做了详细说明。如果他能够,他还要劝共产党也不要打内战。他认为,打内战的主要原因在共产党,国府为了维持秩序,不得不打。现在的形势如同一驾下坡的马车,已经无法逆转。

殷夫人随大家行礼,并向严家人慰问后,自到荷珠墓前站了片刻。

孟家人都去参加葬礼,还有李之薇和吕香阁。

之薇和峨在一起向严亮祖墓鞠躬,也向荷珠墓鞠躬。她俩觉得荷珠的死很奇特也很壮烈。

吕香阁也鞠躬,她心中很平静。这两个人就是活着,对她也没有用处了。她低声问一个认识的护兵:"那些野物还在吗?"护兵点头。香阁想,她可以转手卖给和美娟,也许能赚一点。

人渐渐散尽了,士兵也撤去,只剩下这一块墓地。隔着绿树,是空旷的田野。

天色阴暗,忽然飘起雨来。雨丝中,田野上,一个人在慢慢行走。他走得很艰难,还摔了一跤,是个跛子。他跨过田埂,绕过绿树,走到严亮祖坟前,三鞠躬后,双手抱住石碑,痛哭不已。

雨丝不断飘落,很快浇湿了一大一小两座新坟。青草还没有将它们覆盖,那不会久的。

三

严府丧事过后,素初等回到家中,各自休息。晚饭时,慧书来到母亲房中,见母亲闭目斜靠在榻上。

娘是累极了,慧书想,便静静地坐在一旁。

"慧儿,"素初睁开眼睛,慈爱的目光抚着慧书,"我们的大事办完了,我要和你说说我自己的事。"

"娘有什么事?"

素初坐起,两人坐到窗下小桌旁。这些天,她们都没有到餐室用饭,只在这里用些点心。青环推门进来,端来两碗粥、一盘乳扇和一些蔬菜放在桌上。

"娘有什么事?"慧书又问。

素初坐得笔直,郑重地说:"我想你也猜到了。"慧书定定地望着母亲。素初说:"我要出家。"

慧书的眼泪直流下来,说:"娘,你还嫌我们不够伤心吗?"

素初拉着慧书的手,眼泪滴在纤巧的手背上,另一手轻轻擦着,喃喃道:"娘对不起慧儿。"

慧书呜咽道:"以后就是娘和我相依为命了。娘除了我,还有谁?我除了娘,还有谁?我已经没有了父亲,娘还叫我没有母亲吗?"

素初拭泪道:"我怎么舍得扔下你!可是,前思后想,你有你的前途。我知道,很多年来你都盼望着离开这个家,到外面去,我只会拖累你。我有佛祖可靠,你也可以放心。"

慧书哽咽着说不出话来,两人哭了一阵。

慧书道:"娘,你有佛祖可靠,我怎么办?"

素初说:"各人有各人的缘法。你爹在时,已将你托付给三姨父、三姨妈,我还有什么不放心的?"

慧书的眼泪滴滴答答落到粥里,粥面上浮现出一片清水。

素初又交代说:"二姨父、二姨妈也是亲人,还有殷府也会照应的。家里的东西一向都是荷姨掌管,哥哥是好人,不会缺你的费用。"指着墙角小桌说,"那边抽屉里,有我从小到大留下的几只戒指、簪子、手镯,想来够你留学的旅费。"又说,"那镯子是一对,是你爹给我的聘礼,你留一只,给颖书一只。"慧书点头。

青环来收拾碗碟,桌上食物一点没有动。

过了两日,一天下午,素初到慧书房中坐了,邀颖书过来,她有事要谈。

"亲娘。"颖书进门招呼道,又向妹妹点头,把手中的雕花木盒放在桌上。慧书房中错落的帐幔发出花椒的气味,让他想到母亲,想到慧书对母亲的防御。如今可以不用了。

三人说了些这几天的事。素初几次欲言又止,慧书只低着头。

颖书道:"亲娘,有什么话只管吩咐。"

素初看了女儿一眼,对着一幅锦幔,慢慢说话:"这些年你们爹辛苦劳累,那些硬仗岂是容易打的!千难万难赶走了日本鬼子,本该全家人静享太平。不想,他又为唤醒国人反对内战,拼了一死。若有荷姨在,这个家还能支持,现在她也跟着去了。你们两人各有自己的事业和学业,我呢,也要有我的归宿。"

慧书泪滢滢然,仍低着头。颖书见嫡母把父亲的死意说得这样清楚,很是感动。他也猜到一些嫡母的心意,又唤了一声"亲娘"。

素初微叹:"我的话很简单,我要出家。"

颖书听了,望望慧书。慧书低头不语。

颖书道:"在家里静修也很好,照顾、伺候总方便些。"

素初平静地说:"出家和在家究竟不同,这意思我早就和三姨妈说过。那时有你爹在,有荷珠照应,你们有各自的生活,我在家中可以尽心佛事。现在他们两人都去了,我在家中,对于你们是个牵挂,倒不如出家干净。去哪里我也看好了,就在安宁曹溪寺附近一个小庵,叫落雨庵的。"

曹溪寺是著名禅寺,昆明人大抵都知道。颖、慧二人常到安宁,自然熟悉。落雨庵规模小,且是尼庵,隐藏在山林之中,少为人知。慧书随母亲去过多次。那里佛像庄严,房舍依山建筑,虽有些破败,景致却好。颖书也去过,印象尚可。

素初继续说:"那里的老师太上智下圆,讲经时昆明的人都去听呢。"

颖书知嫡母在家诵经已有多年,现在家中遭此变故,自会看破红尘,想是出家之意已决,踌躇着说:"亲娘的意思我不能违背。我会照顾妹妹,只是我不能久留昆明,妹妹也不能一个人住在这宅子里。"

"慧儿总是要出去的。"素初说,"大学要回北平去,可以跟着三姨妈到北平上学。"素初爱抚地看着慧书,"还有二姨父、二姨妈,都会照应的。也可以安排留学。"走得越远越好,这是慧书的心意,素初是知道的。

大家静了片刻。"亲娘决定的事很周到。"颖书说,"这么办是最好的了。"他指着那雕花木盒说,"这里有咱们家的积蓄,我妈交给我的,可以做妹妹的生活费用。"说着,要打开盒盖。

素初伸手按住,看着颖书:"难为你想着妹妹。我想把安宁的房子卖了,给慧书用。这些东西你留着。"

颖书说:"我做事了,有薪水。安宁的房子可以卖,这些东西也要分了才好。"

素初仍按住那盒子,眼光凄凉。

颖书想了想,觉得不是分东西的时候,说:"以后再说吧——至于那些虫蚁,我妈也交代了,可以卖掉。"

"有人买?"慧书问。

"当然有。"颖书答,"这是一种生意,那天吕香阁还问呢。"

该办的事都决定了。三人默坐一会儿,颖书道:"落雨庵那里要派人去收拾,我和妹妹一起送亲娘去。"

素初摆手:"你的工作忙,尽可回永平去,我这里有慧书就可以了。出家的事也还需要几天,不必等了。"

慧书忙道:"哥哥走以前,得把那些东西处理了。"

颖书道:"你是管不了它们,明后天我就叫人运走。"

三人起身到厅上,在亮祖像前上了一炷香,各人心中默默祈祷。

颖书看着妹妹纤弱的身躯,犹有泪痕的脸,心中难过,对嫡母说:"妹妹年纪尚小,亲娘放心,我会照顾她。"

慧书走过一步,拉着颖书的手。素初拉着颖书另一只手,轻声说:"到底是哥哥。我是放心的。"

一时,素初母女回房去了。颖书在宅内走了一转,楼上亮祖房间久无人住,却是干净整齐。又到荷珠小院来,见院门紧闭,门旁木香花正在寂寞地开放。

一个护兵走过来好心地说:"莫要进去,那些野物几天没有好好喂了,提防它们咬人。"

颖书点头,在院门外徘徊片刻,回到自己房间。

父亲的大幅戎装照片和与两位母亲的合照仍在那里,看去十分精神,可是三个人都是那样遥远。颖书无力地坐在椅上,以前和父亲接触太少了、谈话太少了,以后再不能看见他、听见他了。怎么能再见他一次,哪怕是训斥、责打也好。父亲和母亲很亲近,这是他们的幸福。自己也和母亲很亲近,却又有多少了解?颖书觉得很空,靠着床栏杆,坐了很久。

次日,颖书到绿袖咖啡馆找到吕香阁。香阁说原以为女土司和美娟会买,谁知她现在变了主意,连自己养的野物也要脱手。这些东西做药材用,要有比较科学的养法,她懒得张罗。颖书一时不得主意。

这天晚上,颖书约了之薇,在翠湖图书馆下面的茶座见面,那里清静无人。两人对望,千言万语无从说起。

颖书说:"这一年来,变故太多,我从此是无父母的孤儿了。"

之薇道:"还有我呢——事情都办完了?"

颖书犹豫道:"那些野物没有人要,我想把它们烧掉。又想着它们是我妈养的,她一定舍不得。"

之薇道:"人到头来,有什么舍得舍不得?该烧就烧了了事。"

颖书看了之薇半晌说:"这一年多你变得多了。"

之薇道:"我是觉得我自己变了很多,这现象也不知道是好是坏。"

颖书道:"你变得活泼了,本来对社会学来说,人际交往是很重要的。"

之薇说:"我很遗憾,这一年没有去看你的母亲。"

颖书转过脸去,停了一会儿说:"你最好到大理那边做民族调查,我会提供方便。"

"学校要迁回北平。"之薇说,"你能不能到北方工作?"

颖书道:"那太远了。不过,我想离开永平。父亲死后我不想留在军队里。"

之薇道:"有机会回昆明也好。"

颖书道:"你毕业后回昆明工作好吗?"

之薇哧的一声笑了,干脆地回答:"我当然愿意。"

颖书问之薇父母可好,他能不能去拜见。

之薇又扑哧笑了,说道:"欢迎,欢迎。"遂约好次日下午到李家。

两人说好了,默然相视,都觉心里有一种平安之感。

之薇把玩着茶杯,又说:"到过上绮罗医院的同学们都很关心,贾澄还向孟灵己打听你的消息。"

颖书道:"冷若安也寄来了一封短信吊唁,我很想见他。"想了想,说,"我们明天可以约他们先来这里坐一坐,再去你家。"之薇点头。

次日下午,冷若安、贾澄等四五个同学来到茶室,对颖书表示慰问,他们都是毕业后留在昆明的,孟灵己也来了。

大家都认为严亮祖之死意义深远,又说到当时在前方的情形,不约而同都想到一个人,那就是彭田立。

"彭田立怎么样?"冷若安和贾澄同时问。颖书讲了下面的传说。

"我只能说这是一个传说。"他说,"滇西战役胜利以后,谁也没有再见过彭田立。听高师长说,本来部队要给他军衔的,而且让人给他带过话,他的回答是不需要。以后就没有了消息。胜利的那几天,在深夜里,有人看见彭田立和他的队伍骑着马在田野上飞奔,大声呼喊,胜利了!胜利了!连着好几夜。后来又有人说,在深夜里听见人喊马嘶,枪声炮声,起来出门看时,什么也没有。"

"我觉得这完全可能。"嵋说。

"我也觉得。"冷若安说,"彭田立似乎是为滇西一战而生的,打赢了滇西战役,国家走上了胜利的道路,他就消失了。"

嵋接着说:"有时我想,也许彭田立根本没有存在过,他是一种精神。这种精神浮动在滇西大地上,玮玮哥也已融化在里面。"

大家肃然,都觉得不管怎么说,这个传说很可信。

颖书说到丁昭将去美国留学,人们认为他会成为一个真正的好医生。老战情况正常,他记得很多事,起了很好的作用。提到张医生、铁大姐等,大家都觉得很亲切。

嵋说:"那位典型人物呢?还在那里继续查?"

"可不是继续查,不断有新发现。"颖书答。大家都笑。

"高师长呢?"冷若安问,"有消息吗?"

"没有直接消息。"颖书说,"大概是继续打仗。"

和谁打不言而喻。大家都有一种惋惜之感。

聚会散后,颖书和之薇要去李家。之薇邀峒也去,峒笑着扮了一个鬼脸,和同学们一起走了。

李涟夫妇对于严颖书已经有所了解,大家见面后,很觉亲切。

李涟说:"严军长有功于国家,从报上看到他逝世的消息,只知是暴病。后来听孟先生说,才知他的死更是重于泰山。现在大家都了解。"

"只是不知有多少作用。"严颖书说,"父亲性情耿直,做什么事尽心而已,不问代价。"

李涟道:"若是人人都能尽心也就好了。"

李太太向荷珠表示敬意,说现在哪里还有这样的烈女。对严颖书,她是十分满意。她没有想到之薇能找到这样一个好人,足以让她在人前骄傲。

她一点不掩饰自己的高兴,一跛一跛地在房中张罗水果茶食。还不时说之荃几句,要他向颖书学习。

颖书和之薇不时对望一眼。后来两人都说他们的母亲有点像。

又过了一日,颖书着人找了一位养家,请他帮助处理那些虫蚁。

那人在院中巡视一番,说道:"有的有用,有的无用,有用的我会付钱,无用的烧掉吧?"

颖书请他全权处理。不过一个小时光景,荷珠小院已经空荡荡的,没有任何生物。

颖书到孟家告辞,和弗之谈论国家前途。弗之仍说内战势在必行,共产党要实现自己的理想,国民党要维护自己的政权,两者势同水火,必以刀兵相见,这是中国人的不幸。国民党的理想色彩不及共产党,从现在的学生运动就可以看出来。颖书如果愿意离开军队也好。

颖书说,从长远看他一定要离开,现在他想把荣军院建设好,让荣誉军人的生活好一些,他们都是抗日军人啊!在抗日战争中失去生活能力,应该有所归依。

弗之十分赞许,说颖书有乃父风。

颖书又向碧初说了昨天去李家情况。碧初连说之薇是个好孩子,和弗之都很高兴。

又过了两天,颖书大略安排了家中事务,辞别了母、妹和之薇,到永平去了。

严宅中一片萧条,安宁的房子已经卖出。绛初从重庆托人带信来,说如果慧书的学业许可,可以先到重庆等候去北平,她那里交通工具方便些。慧书的学校不很严格,同意她离校,发给肄业证书。又过了半个月,碧初和慧书送素初到落雨庵出家。

这天,军部留守处派了一辆车,碧、慧带了青环同去。走了约半天工夫,来到寺门前。寺侧有一个小潭,泉水点点上升,称为珍珠泉。落雨庵的名字便从这上升的水泡得来。泉水流成一道清溪,经过寺门,隔开了尘世与佛国。

大殿里不多的僧尼正在做下午的功课,香烟缭绕和着诵经声在空中飘荡。素初等三人在客座等了半个时辰,功课完了,一位五十多岁面目慈祥的尼姑来到面前。

"智圆法师。"素初站起行礼,又引见了碧、慧二人。

智圆师太寒暄了几句,说:"严太太来小庵出家,是和小庵有缘,今后在佛法中有大福的。"她谈吐文雅,颇见学识。有这样一位师父,碧、慧都觉得放心。

师太又说:"严太太要入佛门,三天以后可以剃度。"

碧初道:"佛法无边,自在心中。大姐能不能不剃头发,带发修行。"

素初道:"头发称为烦恼丝,要它何用?"

智圆师太微笑道:"我对这点倒不执着,看施主决定。"

素初看着慧书,慧书对碧初商量地说:"既然已来出家,头发是小事。娘愿意剃发,就剃好了。"

碧初叹息,不再说话。

师太道:"严小姐倒是达观,出家人四大皆空,何在乎几根头发。"又微笑道,"孟太太是读书人,我想就在这里给令姐起个法号,就叫纯如,你看如何?"

碧初说:"很好,很好,对家姐很适合,也适合她原来的'素初'这个名字。"师太微笑不语。

有人安排好素初的住处来报。众人进了一个院落,一排平房住着几位僧尼,顶头一间小房,青砖铺地,砖缝里长出草来,这就是素初的住房。青环打扫干净,搬进行李,慧书帮着安排妥当。

素初要诵经,碧初说:"我们先回去,三天后再来。"

素初说:"用不着来。"

慧书两行眼泪早流下来,素初拿手帕替她拭去眼泪,决断地说:"我送你们到庵门口。"

四人走到大门前,慧书抱住母亲,两人衣襟都湿了一大片。青环劝着,慧书哽咽了半晌,强忍着和青环上了车。碧初拉着姐姐的手,哭着叮嘱了几句,也上了车。

素初站在门前,眼看着车开远了,四围青山,遮断了来时的路,心中凄楚。勉强默诵:"色即是空,空即是色,受想行识,亦复如是。"

她站了一会儿,转身进得庵门。此后二十年,再没有踏出庵门一步。

当晚,慧书便住在孟家。峨热心地让出床铺,还在床头插了一瓶野花,她知道慧书心里悲痛,需要清静;母亲也很难过。她细心地张罗了饭菜,自己到宿舍去了。

慧书早早睡下,却不能入睡。她睁大眼睛,室内并不很黑,只见小窗疏影,窗棂上并垂着两个蝴蝶结,颜色一浅一深,以为是峨的发饰,其实正是那莫比乌斯带。

门轻轻开了,碧初来到慧书床边,摸摸她的头,掖好被角,轻叹一声,走了出去。

父亲已是永别了,什么时候再见到母亲?两个姨妈便是亲人了,还有异母兄颖书,可是他工作繁忙,能有多少关心?慧书用被角拭泪,被角很快湿了。渐渐地,她觉出这里很静,而且没有花椒气味,感到一丝安慰。这一段时间,她几乎处在绝望中,看不到将来的生活。

这时,模糊中生出一个愿望:见到庄无因。无因清秀的脸庞在她眼前打转。自己的机票已订好,一周后到重庆去。这几天里,能见到他吗?父亲见不到了,母亲见不到了,在这个世界上,只有这一个人是她最想见的,可是即使见到,又有什么用呢?

慧书动身去重庆的前一天,无因到孟家来了。他到澄江中学去了几天,回来了便来找峨。见应门的是慧书,有些诧异,很快就明白了原委。

"是你在这里?"他的声音表达出同情和友好。

慧书请他坐,他踌躇了一下,仍站在那里。慧书穿着一件白上衣,左臂系着黑纱,很是刺目。她的脸苍白而瘦削,显出几粒雀斑,一双眼睛黑沉沉的,充满了悲伤和茫然。

无因想说几句安慰的话,又不知怎样说才合适,只说:"听说你要到重庆去?"

"是的,先到二姨妈家住。"慧书说,"以后去北平,那对于我来说是新生活。"

"换一种生活也好。"无因有礼貌地说,"有什么我能做的事,你可以告诉峨。"

慧书用手帕掩住脸,不觉哭出声来。她很想大哭一场,勉强忍住。一会儿,放下手来,抬眼看着无因,目光恳切,脸上犹有泪痕,像是在祈求什么。

无因有些惶恐,说:"我不知道峨的课表改了,我去教室找她。"正好碧初买菜回来,无因辞去。

次日下午,殷府派王钿带车来接慧书,去巫家坝机场。峨与合子都有课,便在祠堂街作别,只由碧初去送。

慧书坐在车上,依偎着碧初。她一直想离开家,走得远远的,越远越好。现在她离开家了,离开昆明,离开自己生长的地方,被连根拔起,像风中的柳絮一般,向远处飘去,想停也停不住。

第 七 章（下）

一

学期结束了,八年颠沛流离的生活也就要结束了。明仑大学全校师生陆续登上归途,因为交通工具困难,复员的速度很慢。滞留的人仍在热心讨论时事,反内战要民主的活动仍在继续。只是因为已经放假,人不集中,规模小多了。

六月的下午,天气很热,这在昆明是少有的。茶馆门前摆出招牌,大字写着"刨冰"。女学生在小摊上喝木瓜水,一面用手帕扇着自己。

文林街上一所中学的礼堂内正在举行时事讨论会。讨论会由中文系学生朱伟智主持。进步学生经过一段时期的活动,逐渐引人注目,便要隐蔽。朱伟智在罢课中很活跃,主持过大大小小许多会,也已受到告诫。这两年,要民主反内战是一股政治潮流,许多人受到影响,人才是不缺的。

周䌹和吴家馨结婚已经几年了。本来吴家馨参加民主活动比周䌹热心,结婚以后住在植物所,离学校很远,积极性便差了。今年初得一女儿,更无暇出来活动。

日益高涨的民主运动,影响着每一个人,周䌹一天天积极起来,尤其在"一二·一"惨案之后,他和所有具有同情心、正义感的人们一样,常处于激昂的状态之中。

对参加这次讨论会,周弸和吴家馨曾有一番讨论。家馨要照顾婴儿不能去,劝周弸也不要去。周弸说,现在能参加活动的人已经不多,更应该支持。

他从植物所步行赶来,清晨出发,刚刚跨进会场,一眼便看见江昉先生。他向江先生行注目礼,在后排边上坐下。他虽是生物系,却听过江先生多次演讲,楚辞、庄子还有中国神话等,他都十分喜欢,对江先生很崇敬。

江昉是这一类活动的主角,他的富有激情的发言,很有感染力。只要会上有江先生,大家的认识和情绪都会提高。许多人以他为楷模。同学们在讨论问题时常常说:江先生是这么说的。便会得到支持。

会上已有几个人发言,有人谈到"一二·一"惨案给人的教训,一个不民主的、专制的政府,又掌握着枪杆子,是多么危险。

朱伟智走到江昉身边,给他的大茶杯添水。

江昉拉拉他,要他坐下,低声说:"前天我又收到恐吓信。"

说着,拿出一张纸,纸张粗糙,字迹拙劣,上写:"你不要命吗?你等着吧!"

朱伟智知道,已经有几位进步教授收到恐吓信,他们大都置之不理。看来,应当提防。

"江先生,"朱伟智小声说,"今天你不要讲话了。"

"什么?你以为我怕吗?"江昉有些不悦,"我是让你们了解情况,好掌握全局。话,我还是要讲的。"

轮到江昉讲演,江先生大步走上讲台,大声说:"我的讲话没有题目,我只要问,我们到底有没有民主?我们的民主在哪里？为什么有些人这样害怕别人讲话！"他讲得慷慨激昂,痛陈没有民主自由之害。最后说:"如果没有言论自由、出版自由,人就变成了哑巴,哑巴当得久了,就会成为傻子。人之所以为人,就是因为有思想,人是有思想的动物。不准说话,不准思想,使中国人都成为傻子,甚至可以说都不成其为人,谁造成这样的局面,谁就是民族的千古罪人！如果你说不是,那你说是什么?!"大家热烈鼓掌,都觉得很痛快。

散会后,朱伟智等几个人陪他走出会场,周弼赶上去,一起送他回家。朱伟智知道江昉明天还有一个活动,劝他不要去。

江昉笑笑,说:"大家都要离开昆明了,应当多做些事。"看见周弼便说,"你们说人是鱼变的,现在,人在被迫变回去,再变成鱼——沉默的鱼。"

走到街拐角处,朱伟智等站住和人谈话,江昉继续往前走,只有周弼在身旁。

周弼低声说:"江先生,你要注意安全。"话音未落,两声枪响,周弼一把将江昉推倒,自己伏在江昉身上。

朱伟智从后面跑过来喊:"什么人开枪?"

几个学生拥过来,已经不见凶手的踪迹。

人们想拉起周弼,却拉不起来。他身中两弹,血还在从背后流出。

江昉站起来,见周弼倒在血泊中,心中怒极,站在街上大声吼道:"青天白日,屠杀百姓,公理何在！公理何在啊！"要随学生送周弼去医院。

朱伟智说:"你不能去！也不能回家,我送你去学校办事处。"

江昉大声说:"周弼是替我死的,我算是已经死了一次了,我怕什么？"

朱伟智说："不要做无谓的牺牲。"

说话间，已有学生把周弼抬走，朱伟智拉着江昉到学校办事处。

秦校长处理罢课事件以后，又去北平办理复校事宜，只有谢方立一人在家。办事处有几个办事人员，见江昉到来，说是遇刺，都很吃惊。大家商议，着人去请孟先生。

弗之不知何事，出门正遇钱明经。

明经说："又出大事了，江先生遇刺。"

弗之大吃一惊。两人急步到得秦家，见江昉好好坐在那里，弗之长出了一口气，跌坐在椅子上。

江昉说："周弼中弹了，不知死活。要不是他，我早死了。"

朱伟智把刚发生的事说了一遍，很明显，这次暗杀的目标是江昉。

谢方立和留守处办事人员见弗之来了，都松了一口气。当下，弗之派人乘车去植物所接吴家馨到医院，并提出现在保护江昉最为重要。祖国的国土上已经不是安全的地方，只有和美国领事馆交涉，在那里暂时避难。

钱明经低头，见江昉左脚踝处洇出红色。

"流血了！"他低声呼道，弯下身帮助脱下袜子，是一点擦伤。

谢方立取出药棉等物，明经道："我来。"说着敏捷地擦拭。"涂什么药？"他问谢方立。

"只有红药水。"谢方立说。

"那就够了。"江昉自己说，"我头上有一处伤，是日本飞机炸的。现在脚上又有一处伤，是中国当权者开枪打的。"

"这样的当权者,不会持久。"弗之说。

"万幸啊,只擦着皮肉。"谢方立说。

一时包好了伤口。留守处安排了晚饭,众人都无心下咽。

弗之寻思怎样和美国领事馆联系,命人去请了外语系主任王鼎一,他和领事馆常有联系。

王鼎一素来钦敬江昉,同情学潮,得到消息立刻跑步前来。经过商量联系,江昉和几位进步教授都住进了美国领事馆。

自周弼走后,吴家馨甚是不安。她哄婴儿睡着,自己坐在床边织一件小毛衣,一面织一面胡思乱想。不知隔了多久,婴儿醒了,她抱着婴儿走来走去,隔几分钟便到门口张望,在门前可以看见蜿蜒的黄土路,看不见一个人影。又一次张望不见人影,只觉心惊肉跳,转身进屋坐下,对婴儿说:"你爸爸真淘气,不管我们,自己出门去了。"婴儿转动着小脑袋,好像不同意她的话。

门前一阵车响。"吴老师!"一个人冲进门来大声叫。这是一个不认识的学生。

家馨站起身,急问什么事,学生上气不接下气,说:"周老师中弹了!已经送医院了,我来接你去。"

家馨觉得四肢无力,几乎抱不住孩子,坐在椅上镇定了片刻,把婴儿托付给邻居。婴儿不肯离开母亲,哇哇大哭。

邻居说:"你放心去吧,我去所里报告。"

家馨随着学生走出院门,坐上大学的那辆破车。

这时天已薄暮,昆明的路上上下下,高低不平,破车很是颠簸。

"他的伤重吗?"家馨问,这话她已问了好几次。

"不轻。"学生答。

走到铜头村,植物所的两个同事开了一辆较新的车追了上来,要他们换乘。他们上了车,果然较快。

不久医院在望,家馨觉得血向头上涌,忽然问:"他死了吗?"

学生说:"怎么会!"

医院门口有几个人迎着,神色黯然。

"我知道了。"家馨喃喃自语。

同学领她去的是太平间。太平间门口站了许多人,有些人并不认识周弼,听说滥杀无辜的消息,特地赶来。有人打开了太平间的门,让家馨进去。

家馨一见平躺的周弼,觉得血从头上炸了开来,立刻晕倒了。两个女学生连忙将她扶到门外椅上。人们乱作一团。

"孟先生来了。"学生们低语。

孟弗之和几位教授来到太平间,向周弼鞠躬致敬,又肃立片刻。太平间内外一片压抑的哭声,沉重到令人窒息。

弗之来到家馨椅前,这时家馨已醒,弗之温和地劝慰道:"要保重自己,将来的路还很长。"

家馨挣扎着要再去看,朱伟智说:"以后还有丧葬的事,不必忙在这一时。"

太平间的铁门关上了。人们期待着孟先生讲话。弗之心头沉重,愤怒、悲痛和责任交织在一起,他站在太平间门前,看着眼前一张张激动的脸庞,想忍住要喷发出来的言词,却还是说出了下面一段话。

"国家不幸,百姓不幸,当权者用枪屠杀手无寸铁的公民,这给我们又上了一课。无论是谁,犯下这样的罪行,都要付出代价,都要赎罪!周弼倒下了,千万人会站起来!"他停顿一下,努力平和地说,"秦校长回北平办理复校的工作,等他回来,会有适当的处理,希望大家安心做好自己的事。现在,我们默哀。"

同来的几位教授站在人丛中,和大家一起低头默哀。吴家馨挣扎着站立起来,仍在哭泣。

第二天,报上登出明仑大学教师周弼中流弹身亡的消息。没有战争哪里来的流弹?!因学校已经结束,正在搬迁,剩余的力量不能再有抗议活动,却也更加强了群众争取自由民主的决心。

又过了几天,秦校长和萧子蔚都从北平回来了。一方面向当局抗议,要求严惩凶手,一方面积极安排江昉等离开昆明。

江昉不肯走,对秦校长说:"既然子弹是朝着我来的,就来好了,我不能让周弼一个人去死。"劝说无效。

这天晚上,何曼来看江昉。何曼现在是地下党负责人,很少出头露面。江昉不知道她确切的身份,却知道她能传达组织的消息。

"江先生,您的心情我们很理解。"何曼温和而坚决地说,"任何人处在您的位置上都会这样想,这样做。不过,您还有更重要的事。复员以后的民主运动需要领袖,以您在群众中的威信,您不能放弃自己的责任。"

何曼的口气代表一种力量,再没有讨论的余地。她说,江昉去重庆的机票已经买好了。次日,江昉用化名登上飞机,飞往重庆。家属从成都来会,很快一同转往延安。

秦校长回来以后,弗之集中精力整理书稿,同时也整理自己的心情。

一再发生的血案,使得国民党当局越来越失去民心。一个政府绝不能靠暗杀来巩固自己的政权。这样的行为可能暂时吓倒一些人,却同时会唤醒大多数人。弗之想到,那一年自己莫名其妙地被带上汽车"走一遭",又被莫名其妙地放回来,一切如同儿戏。人的性命也如同儿戏!在这样的社会里,最好的办法是逍遥世外,诗酒自娱。可是,这绝不是孟樾孟弗之的做法。他不会慷慨激昂地进行斗争,却也不会缄口不言。几年来,针对时事的变化,他不断发表文章,表达意见。

在学校工作之余,弗之大部分精力用于学术著作。三更灯火,五更鸡鸣,从来如此。抗战以来,一沓沓粗黄的纸上,布满了清秀的蝇头小楷。他已陆续出版了三部学术著作:宋、明断代史各一本,思想通史一本。使弗之获得大名的《中国史探》,由英国汉学家沈斯翻译完毕,也将在伦敦出版。另有即将出版的论文集,书中都是单篇文章,却凝聚了弗之的最耀眼的思想,那是这几年逐渐发展明确的。人不只要尽伦尽职,还要有作为一个个人的权利。国共双方的争论在于要建立什么样的国,而少关注组成国的人。论文集中两篇文章,一篇"论人",一篇"论政",都反对极权统治,从历史发展的角度提出,必须实行民主,中国才有出路。当时各刊物都不敢刊登这两篇文章,现在收在论文集中,还不知能否印出。

"孟先生在家吗?"一个穿长衫的人站在腊梅林小屋外,两手各提着一包书,扬声询问。

"哪一位?"弗之在屋内答,走出房门,见是书局的一个编辑,"请进来。"

"给孟先生送书来了。"编辑说着,把两包书放在桌上,迅速地解开了一包,拿起一本,"你家看看。"

孟弗之甚喜,接过书说:"真出版了!"

书用的是那种土纸,装帧尚好,书面上大字标题"中国自由之路",这原是副题,却比正题"中国近代史论文集"的字大。那

"中国自由之路"的题目,是到昆明不久,在油灯下写的。现在,印在书上,正好作为这几年一部分工作的总结。

"你家看啊,这封面多漂亮。"编辑指指点点。

"二十二篇文章都有吗?"弗之一面翻书一面问。

"上面决定的。"编辑吞吞吐吐,又说一遍,"上面决定的。"

弗之很快地看过目录,果然,他最关心的那两篇文章不在上面。

编辑有些不安,连说:"该送稿费的时候,怕孟先生已经离开昆明了。一定汇到北平去,不会错的。"

弗之捧着书站在那里,半晌没有说话,也不让座。编辑有些尴尬,站了一会儿,觉得任务已经完成,告辞去了。

弗之初见书时欢喜的心情转换为十分复杂的情绪,大部分是无奈。

碧初从厨下走出,把书一翻,温和地说:"果然删去了。你不要为这点事生气,我们白生气,一点用也没有。"

弗之喃喃道:"这可不是小事。"

碧初道:"书印得不错,你看看有什么错字。"

弗之习惯地听碧初安排,伏案逐页翻看,他用自己的文字安慰了自己,逐渐沉浸在"史论"中,有错字就标出来。这些年,他的近视程度加深很多,看书已很吃力,还是常常趴在那里,或看或写,一连几个钟头。

下午,萧子蔚来访。他从北平回来以后,校领导方面已经开过几次会。这时来看弗之,另有别事。弗之迎着递过论文集,说了两篇文章被删。子蔚苦笑道:"就是了,我就是为这事。"

原来子蔚在北平遇见教育部一位姓许的负责人,这人素来对教授们颇为关心。他托子蔚带话,说删去两篇文章是对弗之的保护,有话不妨慢慢说,不必都凑在一时。

弗之道:"想起来也不是大事,人家连性命都丢了,文章算什么。不过,真叫人窒息,像在一个铁盒子里。"

子蔚道:"研究自然科学,本来离现实远些,可是也离不开。我已经失去了两个年轻人,澹台玮为国捐躯,还有得可说。周弼死得不明不白,真冤啊,也可以说,是暴政的一个证明。"两人默然半响,子蔚又说:"听说周弼遇害那天,你的讲话有些激动,你也要注意。"

弗之道:"我明白,不过那时很难控制自己。"

子蔚道:"要是我在那里,也是一样。"

弗之道:"其实,我们只需要一个安静的学术环境,能够自由地发表自己的见解,又不弄枪弄刀。有那么可怕吗?"

"你说'只需要'是太谦虚了,这是一个根本问题。"子蔚说。

"是啊,思想自由,言论出版自由,都是根本问题。没有这些,一个国家很难健康地发展。"弗之说,"我们常说,人是有思想的动物。我想,这是不够的,有思想还必须能公开地说出来,人才是完整的。这些天,我常想到康德论启蒙的一段话。他说,启蒙就是使人类脱离自己所加之于自己的不成熟状态。又说,必须永远有公开运用自己理性的自由,并且唯有它才能带来人类的启蒙。他特意在'公开'二字下面加了重点号。"

子蔚笑道:"说起康德哲学,我在康奈尔读书时曾选修过,只有一学期。他这段话确实很深刻,自由确是人的本性需要。"

他拿起一本新书,大声念出"中国自由之路"几个字。不觉叹息道:"自由之路,可不平坦啊!"

两人又谈些学校的事,子蔚别去。

碧初过来,将桌上的书放到书架上。那里已经摆着弗之近年的著作,新书扩大了阵容,如果新书没有被删,阵容当然更加雄厚,可是,世上没有"如果"。

这样的成绩,让弗之稍稍安抚了不平静的心情。

"我们可以毫无愧色地回北平去。"弗之对碧初说。

碧初转脸看着弗之,憔悴的脸上,绽出温柔的笑容。

二

碧初的笑容也抚慰着嵋。周弼的死让嵋十分震惊,因为吴家馨和峨的关系,周弼也是她的熟人,他在自己同胞的枪口前倒下了。

嵋特别清醒地感到,不能只抵抗外侮,也要反对国内的暴政。如果没有民主,国家是自己的国家吗?她常想和玮玮哥讨论这个问题。国家必须属于全体人民,不属于少数人,也不属于哪个党派。无论哪一个党派,无论是怎样的政府,都应以人民为前提,尊重每一个人。这才是玮玮哥献身的目的。

嵋知道,父亲也很苦恼,在这样的时刻,有良知的人都会苦恼。

弗之对嵋说:"中国社会封建时期太长了,转变为一个民主社会,谈何容易。要不是日本侵略,国家的事情会好一些。"

"无论如何,我们总算把日本鬼子打出去了。"嵋说。

"路,只能一步一步走。"弗之说,"无论哪一党执政,道路都很长。"

碧初则说,经过抗战的艰苦,经过万千劫难,一家人还能团聚,没有缺损,就是最大的幸福。

孟弗之一家人,在腊梅林里用晚饭,四个人分坐在方桌旁。

桌上摆着一盘炒豆芽,一盘拌莴笋。胜利的激动和欢欣已经渐渐平淡,内战的阴影和当局的高压手段让人心头沉重。

弗之和碧初看着眼前的一双儿女,心中有一种说不出的安慰,又不约而同地想:要是峨在家就好了,就真团圆了。现在还有几家能够团圆啊。战争遗留的破碎还未修补,还要加上新的伤痕,什么时候能到头?

"要是峨在家就好了。"碧初喃喃地说。

"我们就缺姐姐了。"嵋轻声说。

门呀的一声开了,一个人跨进门来。

"爹爹,娘!"声音很清脆。

"峨!"

"好孩子!"

"姐姐!"

"姐姐!"

四人各叫了一声,都站起来,意外的惊喜使得小屋仿佛陡然明亮了。嵋和合子跑过去接过姐姐手中的帆布包。

峨一手拉着父亲,一手拉着母亲,说:"我想信还没我快呢,就没写信。"

"只要人回来就好。"碧初说。

大家围着峨问长问短,嵋跑到厨房,打了四个鸡蛋,倒进油锅里,哗的一声,满屋香气。

峨坐了一天车,一身是土,自去洗换。等换了衣服出来,桌上已经添了一副碗筷,新添的炒鸡蛋,嫩黄耀眼。嵋和小娃同坐在一边。

峨说:"我不回来,你们正好一人坐一边。"

碧初嗔道:"什么话!"

嵋要给姐姐盛粥,小娃来抢,说他要盛,两人争了起来。另外三个人看着笑。

嵋很快让了说:"不和你小孩子一般见识。"

"谁说我是小孩子,我都比你高了。"合子回道。

峨注意到,小娃确实长得很高了。嵋看起来也很高,比在大理那次见面又长了,也好看多了。

家人团聚,简单的菜蔬不啻山珍海味。峨知道父母很快要回北平,特地找机会回家看看。女儿这样想就让父母感动,何况峨就在眼前。大家看着她,好像看不够。

弗之问起她的工作情况,峨说:"现在越来越觉得植物的奥秘探究不完,我一生的力量能做到的也是很有限的。"

弗之又问:"有没有考虑过在哪里工作?"峨说没想过。

碧初试探地说:"北平也有植物学一类的工作。"

峨道:"娘是说回北平去?除非把点苍山也搬了去。"

晚饭后,峨打开帆布包,取出两个大理石镇尺,一长一短,是送给弗之和小娃的;两个绣满花朵的针线包,是送给碧初和嵋的。

嵋高兴地拿着针线包左看右看,说花朵的风格和白族建筑有些像。

峨说:"你见过几个白族建筑?"

嵋说:"你不知道,我到土司家里去过呢。"

大家谈着别后情形,很是快乐。

话题转到昆明的形势,特别是最近的周弼遇害。峨也知道报上所谓中流弹是谎言。

弗之说,特务暗杀,实际的目标是江昉,周弼保护了江先生。大家更觉周弼值得敬重。

峨说:"真没想到周弼这样勇敢。"

说起大姨妈出家,峨说:"大姨妈从来就像个出家人,她选择对了。"大家都觉得这话有理。

合子心中闪过一个念头:姐姐也有几分像出家人。却不敢说出。

晚上,峿在床边加了一块铺板,和姐姐挤着睡。两人迷迷糊糊,说几句话,睡一会儿,又说几句。

峿告诉峨到土司府的情况,想起瓷里土司问起吕香阁,便说:"姐姐,你说吕香阁是什么人啊?"

峨道:"不是老实人。"

峿道:"我在驿站遇见她,她说无因常到咖啡馆去。有一天,我和无因走过咖啡馆,知道他只陪庄伯母去过一次。"

峨喃喃道:"天下就有这种造谣专家。"

"所以才热闹。"峿说。

碧初在房中大声说:"不准说话了,该睡了。"峨、峿才安静下来。

次日,峨去看吴家馨,到东门坐马车。现在的路已经好多了,马车还是两边两排座位,中间放着小板凳,却也干净整齐多了。路上行人,提篮挑担的、空手赶路的,一个个从车边向后退去。

峨一路想着周弼和吴家馨。没想到胜利到来,吴家馨的小家却破碎了。用枪屠杀自己人民的政府,不准人说话的政府,还能维持多久!

在一个转弯处,走着一对青年男女,男子不时拉一拉女子,让她靠近些。峨忽然想起仇欣雷,那一对青年男女好像就是自己和仇欣雷。在去龙尾村的那条路上,仇欣雷掉下了山崖。他究竟算是自己的什么人啊？自己在心中,只因歉疚而给他的一个地位,他乐意接受吗？

车到站了,峨向植物所走去,路上遇见两个熟人,都对周弼和吴家馨深表同情。

家馨正抱着婴儿,坐在桌旁看一本资料。见峨来了,伸手把婴儿递给峨,自己掩面哭出声来。

峨让她哭了一会儿,才说:"世界上的事,谁也想不到。既然已经发生了,就只有应对。"

婴儿不喜欢峨的怀抱,扭动着伸手要妈妈。家馨只好将她接过,仍哽咽不止。

峨说:"你不要哭了,你怎么不招待我,我是客人啊。"

家馨说:"你不知道,周弼有多么好。只有做了自己的丈夫,才知道有多么好。"

峨觉得有些刺心,长叹一声,没有说话。

"我不想留在昆明了。"家馨说,"萧先生来看过我,我已经提出离开植物所,到北平或上海去,萧先生已经答应帮我安排。"

"换个环境也好。"峨说。心想,本是两个人的世界,只剩了一个人,怎能忍受。

"我的哥哥吴家榖,你记得他吗？"家馨说。

"好像见过。"峨寻思,"那年,他和我们一起去劳军？以后很少听你说起。"

家馨微叹,说:"日子过得真快,他三八年就毕业了,到战地服务团做过几年,现在到北平了,几个月前有信来。"

"那你最好去北平工作。"峨说。

家馨说,她进城时要去看萧先生,再谈一谈工作的事,约峨一起去。峨坚决地摇头,说分派给她任何别的事都可以。家馨盯着她看,也不再提。

峨打量吴家馨的小家,家具简单,布置宜人,一定曾是极幸福的小窝。墙上挂着些植物标本,认得其中两株还是那次去西山实习,周弼采的。因问家馨,她参加的那本《云南植物分类细目》进度怎样。

家馨说:"我负责的那一部分,进度很慢。我要照料家,照料孩子,工作算是处于中间状态。有时,我想只要周弼有贡献,也就行了。没有了周弼,什么也没有了。"

峨安慰道:"你从来功课就好,现在,不是周弼的工作里有你的一份力,而是你的工作里有周弼的心愿,有他的一份,更有意义了。你说是不是?"

家馨摇着婴儿,道:"话是这样说。"

峨检查家馨的厨房,找出米、面、饵丝等物,说:"我替你做点什么?"

家馨觉得心情轻松些,说:"你能做什么,我还不知道?请坐,喝茶。"

说着,把睡着的婴儿放在床上,自己动手操持,煮了一锅饭,先盛出米汤加上蛋黄搅匀,这是婴儿的食物。峨饶有兴致地帮忙,不时把锅碗碰得叮当响。

家馨瞪她一眼,她连忙声明:"我们一直是集体伙食。"

两人又找出些盐酸菜,就着米饭吃了,都觉得味道不错。

下午,植物所同事送来些肉、蛋、蔬菜。峨见大家对家馨很关心,自是安慰,等人走了,打趣地说:"怎么上午不送来?"

家馨答道:"这样正好,省得我麻烦。"

这时,婴儿醒了,自己咯咯地笑。两人盘桓了大半天,峨自回家去。

峨在家中住了一周,和碧初一起,为吴家馨的婴儿做了几件小衣服。假期中嵋担负着大部分家务,这几天大显身手,用简单的原料做出可口的饭菜。一家人融融泄泄,十分快乐。碧初脸上常带笑容,显得愉快而满足。

弗之对她说:"看见你高兴我也高兴,可是又有些高兴不起来,甚至有点不好意思。"

碧初马上懂了,说:"因为能团聚的人家不多?"

弗之道:"而且不能团聚的人家还要增多。"说着,长叹一声。

峨在家中很少出门。一天下午,她到生物系去办事,回来时已是薄暮。斜阳轻柔地笼罩着腊梅林和大戏台古旧的门,稍远处那片荒废了的菜地,绿草葱茏,野花从草中探出头来。她慢慢走着,看着,忽然看见萧先生从大戏台台阶上走下来,风神潇洒依旧,不觉心头一震,加快脚步要走进腊梅林。

"孟离己!"子蔚唤住了她,"你好吗?"峨站住,没有回答。子蔚稍稍走近说道:"你的工作很好,我知道的。最近关于高山杜鹃的论文,我也听说了。你会成为一个真正的学者。"

峨抬头看着子蔚坦诚而友好的脸庞,时光似乎没有留下任何痕迹,低声说:"谢谢萧伯伯。"转身走进了腊梅林。

峨要回大理去了。碧初希望她能住到全家人走。峨说:"我不能一个人送你们,还是你们送我吧。"正好永平荣军院有车,全家人眼睁睁看着峨走了。

峨走后,孟家有几天没有买菜。这天,嵋出去买菜回来,提着菜篮子走进腊梅林,后面赶上一人,接过嵋手中的菜篮子。

"我来拿。"那人说。

嵋转头看，见这女子穿了一身蓝布裤褂，很是干净利落，正是青环。

嵋高兴地说："你来了！你怎么样，还好吗？"

青环离开严家后，在龙尾村姨妈家里住了一阵。现在来，是有一件大事和碧初商量。

碧初在房门外洗东西，看见青环很高兴。

"我来洗。"青环蹲下来，抢过碧初手里的衣服就洗。

碧初笑笑，便把小板凳让给了她，自己检点着菜篮，见有蚕豆，遂坐着剥豆，一面随口问："龙尾村那边的人都好吗？"

"比打仗的时候算是强些。"青环想了一下，"可是现在还要打仗，谁知道往后会怎样。"

碧初叹息道："老百姓苦啊！你还进城找事吗？"

"我来和你家商量一件事。"青环素显黑黄的脸上透出一点红晕，有些兴奋，又有些不好意思。

"你的婚姻大事？"碧初问。

"你家猜着了。"青环只管洗衣服，洗完晾好，坐到碧初身边，拿起一粒豆，慢慢说，"我在宝珠巷认识一个人，名字叫苦留，前两年去当兵了。打走了日本鬼子，他在军队里也是个官了。上星期他来找我，说他不当兵了，逃出来了。他不愿意打自己人，要和我结婚，有个家，过安生日子。"

青环说着，想起那天苦留来时，她正在金汁河边洗衣服，苦留突然出现，把她吓了一跳。苦留说，我在村子里到处打听，总算找到你了。三言两语，就提出结婚，又把她吓了一跳。她想着，不觉微笑。

这时，碧初问："你心里觉得他怎么样？"

青环道："我从来都觉得他很好。苦留是保山大轰炸的孤儿,比我小两三岁呢。玹子小姐认得的,他常到宝珠巷去,小姐也觉得他不错。"

碧初说:"这是喜事。"

青环接着说:"没想到,前天又有一个人来找我,也要和我结婚,这人你家认识。"

碧初道:"我认识?是谁?"

"是柴发利。"青环说。

"柴发利?"碧初有些诧异,说,"他是个正经人,现在自己开着饭馆。可是他已经四十多岁了,怎么想起来找你?"

"我在你家这里遇见过他,后来他又到宝珠巷去过两次,我也不知道他有这个意思。他对我说,有人给他提亲,他想先问我,如果我愿意,他就回掉人家。"

"这么说,你有两个求婚人。"碧初微笑道。

"他们都希望快些决定,我也不想在姨妈家常住。可是,跟谁呢?玹子小姐又不在,我只有和你家商量了。"

"你和苦留认识好几年了,你喜欢的是苦留,对不对?"

青环微微点头。"可是,姨妈说苦留从军队逃出来,自己都养不活,跟着他只有受罪。柴发利年纪虽大一些,可是有生意,有钱,生活有靠啊。"她剥着豆,继续说,"他们都是好人。我说,我的命硬克亲人,他们都不在乎。"

当时说这事时,柴发利只说没有关系。苦留说:"我的命更硬,打了这两年仗,也没有死。凶煞恶魔的日本鬼子我都不怕,你的命能硬到哪里去?"青环想着,又不觉微笑。

碧初说:"你也是好人,把这话说在前头。"想了想说,"苦留不是一般的逃兵,他是不愿意打自己人。你还是问问自己的心。"青环低头不语。

碧初又说:"若要心安,就嫁苦留。若要身安,生活有靠,就嫁柴发利。能决定的只有你自己。"

青环思忖了片刻,抬头微微一笑说:"我明白了。"不再谈这个问题。进屋去帮着收拾了一阵,和峮说了几句话。说到村子里木香花开得盛,金汁河水很清,村里人还能记得峮与合子的小时候。

碧初手上刚好有弗之的一点稿费,便拿给青环。青环不肯收。

碧初说:"这是贺礼啊! 哪有不收的。这些年,我们三姊妹家你都帮过了,你的终身有托,大家都高兴。"硬把钱塞在她衣襟口袋里。

青环推不过,只得收了,深深鞠了一躬,说她决定了就来告诉,告辞走了。

峮在房间里听见碧初和青环的谈话,觉得世界上的事,大都不能两全,能有一全也很好了,只是心安和身安不能相等。她把这个想法告诉母亲,碧初说她真是经过事的,真长大了。

峮又告诉碧初,她在前方见过苦留,是个很好的年轻人。母女谈论,青环能够决定自己的命运,是社会进步了,只不知青环有没有勇气去过没有根基的生活。

晚上,碧初和弗之说起青环的事,弗之叹息。

碧初道:"我知道你想什么,我也是这样想。"

弗之道:"你说说看。"

碧初说:"你在想,怎么峨还没有求婚人。"

弗之轻抚碧初的手,又是一声叹息。

"也许我们不知道。"碧初安慰道,"但愿是这样。"

过了几天,柴发利来访。身边有一个女子,他介绍是他的妻子,这人不是青环。

青环以后没有再来。碧初为她拣出几件衣服,也一直搁着,想是随着苦留不知到哪里去了。

梁先生举行了一次数学讨论课,参加的人不多,都是高年级的学生,峨也去了。还是那一间上常微分方程导论的教室。下课时,梁先生说,这堂课是在昆明的最后一课,这些教室完成了它们的任务。峨想,这些教室确实老了,完成任务以后的老也不平凡。同学们走出教室,都说到北平再见。

冷若安和峨一起走,冷若安说:"我想给你写封信,见到你就不用写了。"

峨微笑道:"什么事?"

冷若安说:"我也要走了,和一批同学先到湖南,然后到上海,再到北平。"

峨说:"我们在北平见面。"

冷若安道:"我觉得很幸运,要不是大学迁来内地,我大概不会出去做事。"

峨笑道:"你要谢谢日本鬼子。你会喜欢北平的,就像我喜欢昆明一样。"

冷若安道:"我也会想念昆明,就像你想念北平一样。"

两人走到校门口,看见庄无因和一个同学在说话。

无因看见峨,撇下那个同学走过来,问:"你今天还有课?"

峨道:"梁先生加授一堂课,讲复变函数,我是旁听生。"

冷若安解释道:"这是给四年级的一堂加餐,梁先生吩咐让孟灵己也来。"

无因点点头,看着冷若安说:"我送孟灵己回家。"意思是让他走开。

冷若安觉得自己还有话说,因孟灵已没有表示,也不好再赖着,便说:"那么,我们到北平再见。"自去了。

峨和无因沿马路走去,峨说:"冷若安是玮玮哥的好朋友,玮玮哥临终时,他在场的。"

无因不说话。峨遂说了些刚才讨论课的情况,因讨论课上有一些题目是冷若安做讲解。更惹得无因不悦。

一直走到祠堂街,无因都没有说话。峨并不在意,对无因笑笑,向祠堂大门走去。

"峨!"无因跟过来,好看的嘴角略有些颤动,"我很无聊,是不是?"峨摇头,拍拍无因的衣袖,走进大门。

三

明仑大学的师生员工一批批陆续离开了,昆明街上逐渐显得冷清,人少多了,有些小茶馆、小饭铺也关门了。公共汽车比前几年正规得多,乘坐的人却不多。夜里吆喝糯米稀饭的声音也稀疏了,每一声都仿佛拉得特别长。

搬运仪器和书籍是烦难的工作。整理、分类、装箱,有关人员夜以继日,辛苦异常,心情却是兴奋的、快活的,和从北平逃难来时的惶恐、压抑大不相同。

学生和教职员工中的年轻人大多走陆路。校长和一部分教授的路线是飞往重庆,再由重庆直接飞赴北平。也有人走公路到重庆,再从重庆走水路。回去的路多种多样,归心似箭则是人同此心。

大学领导方面做出决定,华验中学将不随大学搬迁,它要留在昆明,作为教育的种子,生根开花。

离开昆明的日子越来越近了,各家都在收拾衣物,准备踏上归程。经过八年的艰苦生活,几乎家家都是家徒四壁,不过破锅破灶总是有的。于是在文林街一带街边出现了许多地摊,离昆的人们在那里卖不能带走的东西。

地摊中最显眼的一个属于金士珍。除了旧衣物外,炭炉子、旧锅碗、腿脚不全的桌椅,连同那些大大小小的石块,她认为是有神力的,都整齐地排列着。一天中有大半天,她都在这里看守。之薇怕她累,有时也来看一会儿。

之薇看守时,从不争价钱,买的人给多少是多少,一角两角、五分八分迅速成交。金士珍则会为几件之薇小时的衣服和人争得面红耳赤,这些衣服是这些家当中最完好的,她省吃俭用为之薇买下的,有的只穿过几次,一不留神就穿不下了。现在要当破烂卖掉,她心里真舍不得。她舍不得的不只是这几件衣服,还有那一段艰辛的岁月。

李涟和之薇都认为,那些大小石块可以扔掉,可是它们居然都卖出了,也许是神佛保佑。

李家旁边的一个地摊,属于老魏。老魏是文研所的图书管理员,原在学校大图书馆工作,来昆明后调到文研所,是资深管理员了。他对各种文献书籍都很熟悉,教授们要找什么书,他都能手到擒来。他为人素来热心,乐于助人,还曾帮峫查过周瑜传记,一直暗自赞许孟家晚辈如此好学,岂知峫查书是因对周瑜的倾倒,和好学是风马牛不相及的。图书全部运走以后,他便来摆地摊。自己简直没有什么可卖,都是替别人操持。地摊上摆着十几家的东西,分成小堆,大都几角钱一堆。

一天,孟弗之从学校回家,走过这里。正值夕阳西下,照着街旁低矮的民房,大都是两层楼,木格窗向外支起,显得十分古老。楼下一排摆着破旧什物的地摊,也都各有深藏的故事。老魏和金士珍等人各坐在小板凳上,喜气洋洋而面容憔悴,给景物平添了苍凉之感。

弗之忽然觉得,大家都像被风吹起的沙粒,落到这么边远的地方。八年来,学校同仁艰苦备尝,在疾风骤雨之中,坚持教书育人,尽了自己一份责任。我们的艰难,后人怎能体会!时间虽长,总算熬过去了,要回家了。他在心里说。

"孟先生。"有人招呼,是晏不来,"我们打胜仗了,要回家了。这几天我常想到范仲淹的边塞词:'羌管悠悠霜满地,人不寐,将军白发征夫泪。'宋时守边将士不能回家,我们比他们强。"

"他们也有胜利。"弗之说,"'战胜归来飞捷奏,倾贺酒,玉阶遥献南山寿。'那胜利当然是不彻底的。"

"我们彻底吗?"晏不来说。

"我刚从学校来。"弗之答非所问,"我想再看一看我们的学校,再看一看。学校里人很少,大概都走了。"

晏不来说:"一排排破旧的空房,里面存着历史。"

"还有房屋后面的蓝天,天真大啊!"弗之说。

他们看了看地摊,弗之略一举手,自回家去。在夕阳中,他的背影拉得很长。现在,经过八年煎熬,南渡之人可以回去了,回北平去了。

晏不来看着满眼苍凉。"老魏!"他喊了一声,"我替你看一会儿?"

老魏笑道:"你弄不清哪些东西是哪家的。不要紧的,一会儿就完了。"

旁边的一家,是工学院教师的家属,一位中年太太已将杂物处理完毕,正在收摊,高兴地招呼晏不来:"我们后天走,你们哪天走?"

"我要走公路。"晏不来说,"大概下星期吧。"

终于可以回去了,回北平去了。

地摊三三两两,有的摆出,有的收去,不过持续了四五天,却在昆明留下了长远的记忆。

碧初把破家当交托给柴发利。柴发利说物价涨得太快,回北平去也不见得宽裕,付了过多的钱。弗之特地为他写了一幅字,写的是杜甫的《阌乡姜七少府设脍戏赠长歌》,诗云:

> 姜侯设脍当严冬,昨日今日皆天风。
> 河冻味渔不易得,凿冰恐侵河伯官。
> 饔人受鱼鲛人手,洗鱼磨刀鱼眼红。
> 无声细下飞碎雪,有骨已剁觜春葱。
> 落砧何曾白纸湿,放箸未觉金盘空。
> 偏劝腹腴愧年少,软炊香饭缘老翁。
> 新欢便饱姜侯德,清觞异味情屡极。
> 东归贪路自觉难,欲别上马身无力。
> 可怜为人好心事,於我见子真颜色。
> 不恨我衰子贵时,怅望且为今相忆。

柴发利大喜过望。来取字时,拉着嵋要她一句一句讲解。取回家去,特制镜框装了,挂在饭馆进门处,果然增加了不少文化气氛。

文林街上几条巷子也是一样冷清。蹉跎巷中的卫葑早几年已离开,以后,阿难随着玹子去了宝珠巷,又去了重庆。

刻薄巷中的尤甲仁夫妇早有离开昆明之意。起先因战局严峻,想要逃避,后来见滇西反攻胜利,便又留下。这时已安排好行程,特到孟家来告辞。尤、姚二人在大学中人缘很差。他们自视很高,常对别人做出点评,难免得罪人。弗之素来称许尤甲仁才学,碧初对他们也没有歧视。

这天他们来到腊梅林,不巧,弗之到学校去了。碧初让座倒茶,谈话无非是人员离昆的情况,车、机的安排等。

"下学期的聘书还没有发。"尤甲仁说,"我们不好直接到北平去,想先回天津,看望老人。"

姚秋尔接话道:"甲仁还有一位叔父在堂,甲仁是最有孝心的。"

碧初不便表示意见,说道:"先在天津住一阵也好,反正离北平很近,来去都方便。"

又谈了几句闲话,尤甲仁说:"听说师母这边带不走的东西都交给一位厨师处理,办得很好。"

姚秋尔笑着说:"能不能也给我们办一办,我们东西不多。"

碧初沉吟道:"这要问柴发利自己,你们直接问他好吗?"

尤甲仁笑笑说:"还要师母写个条子才好。"

碧初写了柴发利的地址,一面说:"就在金碧路上,很好找。"还写了托付的话。

尤、姚拿了条子去找柴发利,柴发利答应代办。后来,二人觉得价钱少,又想了别的办法。

刻薄巷中的另一家,数学系的邵为,自妻子刘婉芳出走后,便已搬到单身宿舍。他和几位青年教师结伴,决定走公路水路这一条线,可以饱览山河风光。梁明时慨叹自己行动不便,不然,也要这样走。

如意巷中有另一种发展。郑惠枌因有重庆画界的关系,已经走了。钱明经的收藏这些年没有起色,有些也已转卖。剩了几件家具、字画和玉器,他自有托付的人,那就是和美娟。

这一天,两人约了在如意巷见面。和美娟不喜欢旧家具和字画,答应帮他转给合适的人,倒是问:"我记得你有几件很好的玉器,你要带走吗?"

"真好的也没有几件了,那羊脂玉香炉我是要带的。"明经说,意义深长地微笑,轻抚美娟的肩,带走玉香炉当然是重视赠玉香炉的人了。

"你看这红木太师椅,造型多么流利,我真想带回北平放到博物馆里去。可是,路太远了。"

和美娟思忖着什么人可以收容旧家具,口中说:"你认识瓷里大土司吗?"

钱明经连说:"见过,见过。"一面想他到底何时何地见过。

美娟道:"告诉你一件新闻,瓷里和吕香阁结婚了。"又补充道,"就是孟家的亲戚,开咖啡馆的。"见明经没有什么反应,在他手上重重打了一下。

明经啜嚅道:"我觉得,我觉得瓷里像是——"他不好说完。

和美娟倒是爽快,说:"我知道你要说什么,本来是我要嫁他的。"说着,咯咯地笑了,"我要嫁他不过图个安逸,其实我心里有谁,你还不知道?"

两人并坐在一张椅上,院中有人走动,觉得很不方便。大致商量好这些东西的去向,约好晚上在和美娟住处相会。

过了两日,孟家来了两位衣饰华丽的客人,带了不少礼物,这便是吕香阁和瓷里,来报告结婚的消息。

弗之、碧初有些意外,还是为香阁终身有托而高兴。瓷里向弗之说了些仰慕的话,并说从此便是孟家的亲戚了。他将携香阁经缅甸到英国去,香阁很能干,对他一定会有帮助。

香阁话不多,一直含情脉脉地看着瓷里,十分贤淑的样子。她说绿袖咖啡馆已经卖出,她给自己置办了一份好嫁妆。

"给你爹有什么要带的吗?"碧初问。

"爹——"香阁好像才想起来,"这样吧,就说我很好,不用惦记。"想了想,又说,"我会写信告诉他结婚的事。"

瓷里说,《中国史探》已经抄录了几页,挂在墙上。听说又出了新书,想要一本。"名字叫作——"他迟疑地说,"好像是《自由之路》?"他看着香阁,香阁点头。

弗之高兴地把新出版的论文集赠他。瓷里举着书说:"我拿回去放在土司府里镇宅。"弗之知道他不会看,不过愿意用书来镇宅,也算难得。

香阁周到地问了全家大小情况,说以后总要回北平去,那也是瓷里向往的地方。

孟、庄等几位先生,都要先到重庆候机。当时,自昆飞渝的航班是不定期的。一班飞机只有十七八个座位,买到票很不容易,一次最多两三张。恰巧有一周是三次航班,学校买到两次的票,每次三张。玳拉又买到一次,也是三张。两家人计划分为三批赴渝。弗之夫妇带合子,卣辰夫妇带无采,无因和嵋一批,还有一张票正好给吴家馨。

李涟一家计划走公路赴渝,李太太身体不好,走公路太辛苦。碧初和弗之商议,最好能匀出一张机票。

"我可以走公路,"嵋说,"和李之薇在一起。听说那一路风景很好,还有黄果树大瀑布呢。"李涟夫妇都觉不妥。

无因知道后,便要让出自己的票,可是他和李家一起走很不方便。三家人讨论未得结果。

事有凑巧,一个英国记者买了机票,临时有事不能走,将票让给了无因,行期就在次日。票还没有拿到,说是晚上送来。

无因忙到腊梅林通知孟家人,他不无遗憾地对峨说:"我们一起坐飞机多好。"

峨说:"你不过早走几天。到重庆以后,我们大概还要坐飞机去北平。"

无因在腊梅林里略事徘徊,走到大门又折回,进屋对峨说,想出去走走,看看昆明城。峨说她正也想去。因和母亲说了,两人一起走出来。

他们踩着青石板路,沿着城墙边走去。土墙不高,树木茂密,添了身量。路的另一边多是民宅,快到市中心处,有一小座房屋,是一个公共图书馆,不知属于哪一级,他们在里面看了很多小说,还有过许多次讨论。市中心的电影院更提供了很多回忆。

走到高处的街道时,正值夕阳西下,落照变幻出绚丽的颜色,涂抹着昆明城。远处暮霭下一片灰色的房屋,就是他们的学校了。他们满身披着红霞,看看天,看看地,彼此对望,几乎没有说话。

回北平,是多年来大家朝思暮想,魂牵梦萦的事。来的人却不能全部回去了,李之芹从未踏上云南的土地,凌雪妍魂断飘落的水花之中。还有亲爱的玮玮,用他全部二十岁的青春,留守在那一片奇妙的土地上。

以后,多是下坡,红霞渐渐褪去。峨的花生米小铺,无因为制作玩具购买零件的小店,仍在那里。陡坡米线已经换成了刨冰,早已没有了"免红免底"的吆喝。四周的一切是这样丰厚亲切,那是过去。将来呢,又有谁知道。

无因提议,到先生坡看看。峨已经去过那里的庄家多次,有时是替父母给庄家长辈传口信,有时是和庄家小辈一起读书或闲话。那座房子极小,有一个两步可以跨过的院子,是名副其实的天井。建筑不成格局,却有特色。站在楼上,穿过翠湖树木,可以遥见西山轮廓,是峨极欣赏的。以后再没有机会去了。

无因和峨都愿意再一次凭栏遥眺西山,两人顺华山西路通向翠湖的大坡下来,沿着湖边,慢慢走到先生坡,见坡口停着一辆吉普车。

两人走上坡去,到庄家门前时,正好门开了。玳拉送那位记者出来,看见无因,高兴地说:"回来了,回来了。"原来记者尚未取到票,这时来找无因同去取票,免得他再送。

无因抱歉地看着峨,玳拉热心地邀峨进屋去坐。峨和庄伯母交谈了几句,说也要回去收拾东西,仍和无因同记者一起转身下坡。

"我们重庆见。"峨和无因在坡口含笑互望。吉普车开走了,峨自回腊梅林。

过了几天,腊梅林里的小屋显得空多了,各人的衣物都已装箱,弗之专有一小箱书,是选而又选后要带走的。剩下的东西柴发利自会清理。

要回家了,一家人常常相视而笑,可是,在笑里又有一丝苦涩。

庄家人是第一批,孟家人是第二批。家人走后的这一晚,峨独居腊梅林,在房中走走看看,检点剩下的杂物,见一只箫从网篮中探出头来,便取出抚弄。她已经很久不吹箫了,试一试,居然吹响,居然吹出一段旋律,是哪一个歌剧的序曲。

箫声断续,虽然凄婉,却又欢喜。箫声吹向腊梅林,呜咽地缠绕在枝头,又散开去,消失在月光中。箫声载着一个托付,向腊梅林和笼罩着它的月色告别,向少女的无羁的梦告别,向周瑜告别。

嵋躺在小床上久久不能入睡,箫声似乎仍然未去,和着腊梅林的气味包裹着她,好像一张温柔的网。网外面,有数不清的苦难。国家、社会、家庭、个人,一道道难题纠缠在一起,人生的路大概就是这样,解不完的一道道难题。无论如何,抗战胜利了;无论如何,要回北平了。

次日,吴家馨很早来到,眼睛红红的,抱着她的婴儿,提着一个小包。快到中午时分,嵋雇一辆人力车装了东西,和家馨一起走出腊梅林。大戏台剩的人已经不多,遇见几位,大家都说北平见。

嵋看着夏日的腊梅林,一林深深浅浅的绿;看着大戏台,台阶上一片片青苔;看着剥落的祠堂大门,恨不得多看两眼。

李涟和之薇、之荃送金士珍到车站,人力车拉东西,大家步行。他们在这街道上走过千万次,这一次走过,不知何日再来。

飞机起飞了,在昆明的蓝天下转了一个圈。远处天边的大朵云彩像一个个花球,缀在蓝天上。

飞机越飞越高,他们抛落了这一片红土地,留下了那一段满怀信心和激情的艰辛的岁月。

间 曲

【西尾】怒江水滚波涛。霎时间,霞彩万千条,落红成阵逐浪梢。问因何颜色换了?嚎啕!好男儿倾热血把家国保。驱敌寇半壁江山囫囵挑,扫狼烟满地萧索春回照,泱泱大国升地表。谁来把福留哭,欢留悼?把澹台玮的英灵吊? 魂灵儿一干立九霄,云拥雾绕。盼的是国泰民安人欢笑。怎的时干戈又起硝烟罩,枉做了一母同胞。看关山路遥,难为那旧燕觅巢。看关山路遥,挡不住新程险峭。苦煎熬,争民主谱出新时调。

后　记

二〇〇一年春，《东藏记》出版后，我开始写《西征记》。在心中描画了几个月，总觉得很虚。到秋天一场大祸临头，便把它放下了。

夫君蔡仲德那年九月底患病，我们经过两年多的奋战，还是没有能留住他。二〇〇四年春，仲德到火星去了。

仲德曾说，他退休了就帮我写作。我们有一张同坐在电脑前的照片——两个白发老人沉浸在创造的世界里。这张照片记录了我们短暂的文字合作。它成为一个梦，一个永远逝去的梦。

二〇〇五年下半年，我又开始"西征"，在天地之间，踽踽独行。经过了书里书外的大小事件，我没有后退。写这一卷书，最大的困难是写战争。我经历过战争的灾难，但没有亲身打过仗。凭借材料，不会写成报道吗？

困惑之余，澹台玮、孟灵己年轻的身影给了我启发。材料是死的，而人是活的。用人物统领材料，将材料化解，再抟再炼再调和，就会产生新东西。掌握炼丹真火的是人物，而不是事件。书中人物的喜怒哀乐烛照全书，一切就会活起来了。我不知道自己能做到什么程度，只有诚心诚意地拜托书中人物。他们已伴我二十余年，是老朋友了。

我惊讶地发现,这些老朋友很奇怪,随着书的发展,他们越来越独立,长成的模样有些竟不是我原来设计的。可以说是我的笔随着人物而走,而不是人物随着我的笔走。当然,并不是所有的人物都这样,也只在一定程度内。最初写《南渡记》时,我为人物写小传。后来因自己不能写字,只在心中默记。人物似乎胆大起来,照他们自己的意思行事。他们总是越长越好,不容易学坏。想想很有趣。

《西征记》有一个书外总提调,就是我的胞兄冯钟辽。一九四三年,他是西南联大机械系二年级学生,志愿参加远征军,任翻译官。如果没有他的亲身经历和不厌其烦的讲述,我写不出《西征记》这本书。

另外,我访问了不止一位从军学子和军界有关人士,感谢他们从不同的角度给予我许多故事和感受。有时个人的认识实在只是表面,需要磨砖对缝,才能和历史接头。

一九八八年,我独自到腾冲去,想看看那里的人和自然,没有计划向陌生人采访,只是看看。人说宗璞代书中角色奔赴滇西。我去了国殇墓园,看见一眼望不到头的墓碑,不禁悲从中来,在那里哭了一场。在滇西大战中英勇抗争的中华儿女,正是这本书的主要创造者,他们的英灵在那里流连。"驱敌寇半壁江山囫囵挑,扫狼烟满地萧索春回照,泱泱大国升地表。"《西尾》这几句词,正是我希望表现的一种整体精神。我似乎在腾冲的山水间看见了。

二十年后,我才完成这本书。也是对历史的一个交代。

如果我能再做旅行,我会把又是火山又是热泉的自然环境融进去,把奇丽特异的民俗再多写些。也许那是太贪心了。完成的工作总会有遗憾的。

仲德从来是我的第一读者,现在我怎样能把文稿交到他的手里呢?有那一段经历的人有些已谢世,堂姐冯钟芸永不能再为我看稿。存者也大都老迈,目力欠佳。我忽然悟到一个道理,书更多是给后来人看的。希望他们能够看明白,做书中人的朋友。当然,这要看书中人自己是否有生命力,在时间的长河中,能漂流多久。

必须着重感谢的仍是责编杨柳,她不只是《野葫芦引》的责编,现在还是我其他作品的第一读者,不断给我有益的意见和帮助。如果没有她,还不知更有多少困难。

《南渡记》脱稿在严冬。《东藏记》成书在酷暑。《西征记》今年夏天已经完成全貌,到现在也不知是第几遍文稿了。但仍一段一段、一句一句增添或减去。我太笨了,只能用这种滚雪球的方式。我有时下决心,再不想它了,但很快又冒出新的意思,刹不住车。这本书终于慢慢丰满光亮起来(相对它最初的面貌而言),成为现在的《西征记》。时为二〇〇八年十二月冬至前二日。

待到春天来临,我将转向"北归"。那又会是怎样的旅程?

二〇〇八年十二月三十一日

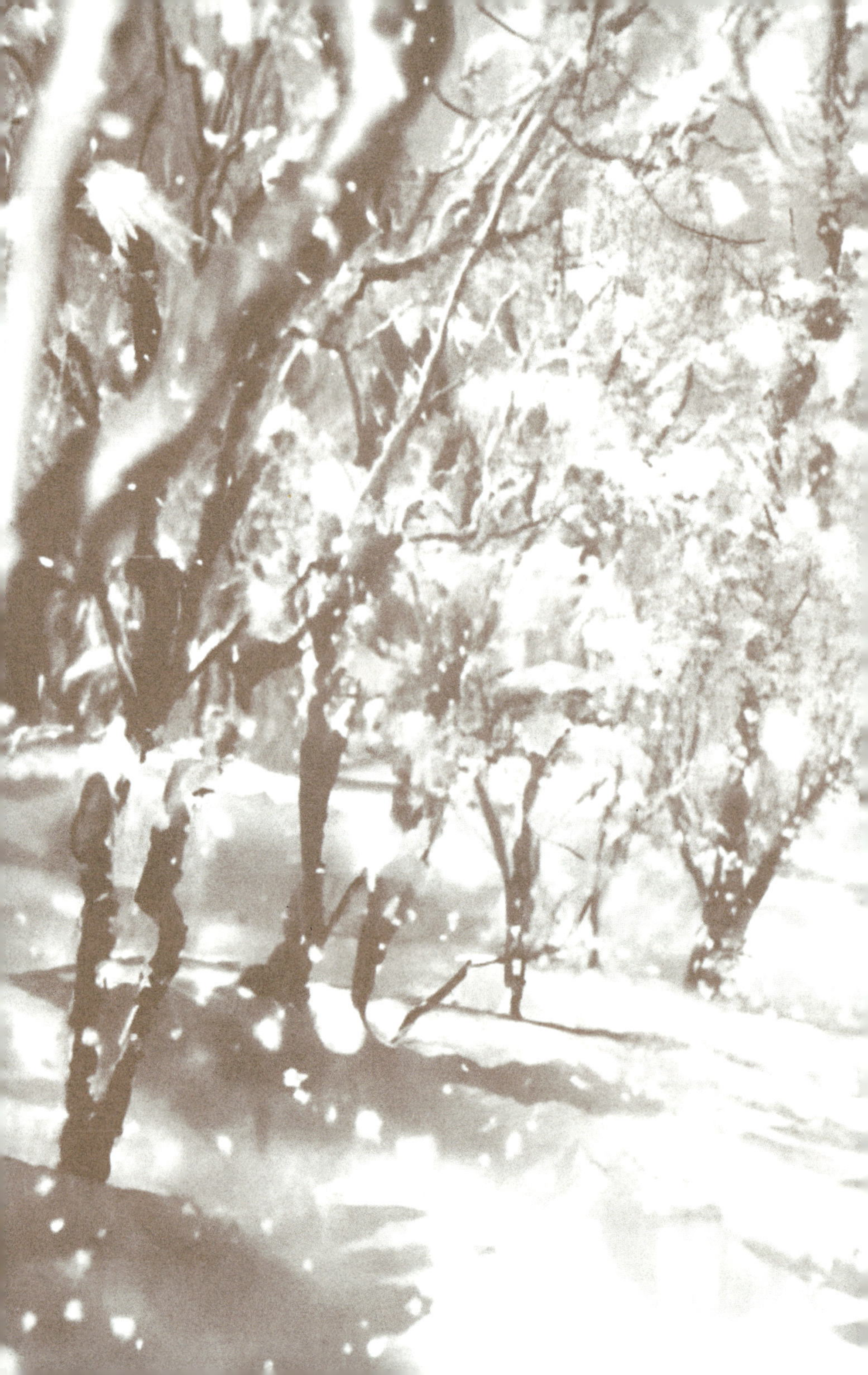